사랑, 스미다

사랑, 스미다

1판 1쇄 찍음 2016년 7월 21일
1판 1쇄 펴냄 2016년 7월 28일

지은이 | 한승주
펴낸이 | 고운숙
펴낸곳 | 봄 미디어

기획·편집 | 김민지, 김자유

출판등록 | 2014년 08월 25일 (제387-2014-000040호)
주소 | 경기도 부천시 원미구 소향로17, 304(두성프라자)
영업부 | 070-5015-0818 **편집부** | 070-5015-0817 **팩스** | 032-712-2815
E-mail | bommedia@naver.com
소식창 | http://blog.naver.com/bommedia

값 9,000원

ISBN 979-11-5810-237-1 03810

사랑, 스미다

한승주

장편 소설

contents

프롤로그

3월의 봄바람이 차가운 아침이었다. 윤은 무진의 본가인 성북동에 와 있었다.

"번번이 미안하구나. 휴문데 쉬지도 못하고."

음식이 든 쇼핑백이 트렁크에 실렸다. 쇼핑백이 한쪽으로 쏠리지 않게 잘 갈무리한 윤은 트렁크를 닫았다. 그녀가 어른을 돌아봤다.

"그런 말씀 마세요. 좋아서 하는 일인걸요. 있다가 전화 드릴게요."

그녀의 말에 석주 삼촌이 고개를 끄덕였다.

"그래. 운전 조심해라."

막 운전석에 올라 차 문을 닫았을 때였다. 집 쪽에서 고함에 가까운 외침이 들려왔다. 익숙한 목소리에 윤은 차창을 내렸다. 그녀의 얼굴에 희미한 미소가 떠오르고 열린 출입문 사이로 그림자 하나가 빠르게 튀어나왔다.

"누님! 누님!"

예상대로 잠옷 바람의 무영이었다. 숨차게 달려온 녀석이 운전석 창에 매달렸다. 사방으로 삐죽 솟은 머리는 자다 일어났는지 제멋대로의 주장을 펼치고 있었다.

"누님! 나도! 나도, 무진 형님 보러 갈래!"

또 실랑이가 길어지겠다 싶었다. 그때 어른이 무영의 허리를 덥석 안아 차에서 떼어 냈다.

"요 녀석! 학원은 어쩌고, 형님을 보러 가?"

"학원 하루 안 간다고 지구가 멸망하는 것도 아니고."

아버지 허리에 대롱대롱 매달린 무영이 버둥거렸다. 그러나 역부족인지 그녀에게 도움의 눈길을 보냈다.

"도와줘요, 누님."

"안 될걸?"

윤은 꼬박꼬박 누님이라고 부르는 무영이 귀여우면서도 가슴 한구석이 무거웠다. 유전자의 모순 탓에 열두 살의 무영은 무진의 축소판이었다. 배다른 형제가 이렇게까지 닮을 수 있다는 것이 경이롭기보다 씁쓸했다.

"아이, 누님!"

"그렇게 애원해도 안 돼. 오늘은 나 혼자 형님 독차지할 거거든."

1
가만한 이탈

성북동에선 아직 전화가 걸려 오지 않고 있었다. 윤은 휴대전화와 차 열쇠를 쥔 채 소파에 앉아 있었다.

열다섯. 그해 그녀는 봄빛에 아빠를 잃었고, 초여름 그를 만났다. 윤무진, 그를.

성북동으로 이사한 첫날이었다. 삼촌의 인생에 본격적으로 편승한 첫날이기도 했다. 옆집에서 손님이 찾아왔다.

"네가 윤이구나. 아저씬 아빠 친구다. 석주 삼촌이라고 해."

민환 삼촌과도 각별하다는 아저씨는 아빠 장례식에 왔다고 했다. 그러나 기억이 없었다. 그날, 그녀는 아빠 영정 사진 외엔 어떤 것도 보고 있지 않았기 때문이다.

아저씨는 아빠 대학 선배이자 출판사 사장으로 한때 많은 사업체를 인수했는데 그중에 아빠가 다니던 출판사가 있었다고 했다. 사장으로 있던 아저씨는 궁중 음식에 관심이 많았고 마침 대중의 관심도 그쪽이라 궁중 요리 백과사전을 펴내기로 마음을 먹었단다. 순서상 처음 할 일은 당연하게도 조선왕조 궁중 음식 기능 보유자를 찾아가는 것이었다. 그 사람이 외조모였고 그 일의 담당자가 아빠였다.

당시 엄마는 외조모의 일을 돕고 있었는데 아빠에게 먼저 반했단다. 부잣집 딸로 태어나 떠받듦에 익숙했던 그녀에게 비위라곤 맞출 줄 모르는 아빠가 신선했으리라. 그렇게 가진 것 없는 남자와 부잣집 외동딸의 사랑이 시작됐고 외조모의 냉랭한 반대 속에 두 사람은 결혼했다.

그러다 아빠는 사망. 엄마는 장례식이 끝나자마자 자신의 인생을 찾아 떠났고 윤은 삼촌 인생에 짐이 되었다. 엄마의 무책임한 행동은 외조모의 묵인하에 이뤄졌다. 자신은 장례식이 끝난 뒤 아파트로 찾아온 외조모의 심기를 건드렸다는 이유로 며칠 뒤 외가에 끌려갔다.

대문이 끝도 없이 나오는 한옥에 갇혔을 때 그녀는 살고 싶지 않았다. 아빠는 죽었고 엄마는 그녀를 버렸으며 보고 싶은 삼촌은 그녀 근처에도 오지 못했다. 그녀는 영원히 이 집에서 벗어날 수 없을 것 같아 숨이 막혔다. 차가운 외삼촌과 외숙모, 그의 자식들과 끔찍한 외조모에게서.

물 한 모금 넘기지 않았다. 그들과는 단 하루도 같이 살 수 없기에. 결국, 산송장 치우게 생긴 외조모가 두 손을 들었다. '제 아비의 눈을 쏙 뺀, 독한 년'이라며 혀를 찼다. 외조모는 세간의 입이 두려웠던지 면피용의 돈을 던져 주었고 그 대신 인연을 끊길 요구하며 각서를 받아 냈다. 각서 내용은 '살면서 자신들을 팔지 않을 것이며 핏줄을 내세워 찾아오지 않는다' 였다. 삼촌은 기꺼이 각서에 도장을 찍었고 외조모가 던져 준 면피용 돈을 하나뿐인 피붙이를 위해서 이를 악물고 받았다. 그리고 아빠의 사망보험금과 많지 않은 가산을 처분해 성북동으로 이사 왔다. 면피용 돈이 아니었으면 꿈도 못 꿀 이웃 옆으로.

당시 윤은 아저씨 뒤를 힐끔거리며 보고 있었다. 아저씨 아들은 삼촌과 인사를 나눌 때 잠시 밝은 표정을 지었을 뿐 내내 어두운 표정이었다. 시선을 느낀 걸까? 그가 쳐다봤다. 쏘는 듯한 강렬한 시선에 흠칫 놀라고 말았다. 그녀는 재빨리 딴청을 피웠다.

그러나 시선은 저도 모르게 다시 그에게 향했다. 잘생긴 사람이었다. 감히 눈도 마주치지 못할 만큼. 키도 상당히 컸다. 이번엔 너무 노골적으로 봤나 보다. 그의 미간이 구겨졌다. 덧붙여 아저씨도 아들을 훔쳐보는 그녀를 보고 말았다. 아저씨가 빙긋이 웃었다.

"내 정신 좀 보게. 윤아, 아저씨 아들이다. 무진이 오빠 고3."

고등학교 3학년. 그녀보다 네 살이나 많았다. 쳐다보는 걸 들킨 탓에 윤은 얼굴을 붉혔다.

"아, 안녕하세요!"

"아……."

건성에 가까운 대꾸였다. '아'는 그저 소리일 뿐이었다. 그런데도 윤은 그가 알은체한 것이 기뻐서 재빨리 악수를 청했다. 예의 바른 삼촌 조카답게. 삼촌이 반가운 지인을 만나면 으레 하는 것처럼. 상대를 배려하는 미소는 기본이었다. 그런 그녀를 표정 없이 바라보던 그가 제 아버지를 돌아보았다.

"그만 가도 되죠?"

'어?'

할 일을 끝냈다는 듯 무심한 말투였다. 울림이 있는 낮은 목소리는 건조했다. 그리고 그는 정말 그대로 가 버렸다. 잔뜩 무안해진 그녀의 손을 두고.

아저씨가 다급히 사과했지만 무시당한 기분은 나아지지 않았다. 그래서 그녀는 머릿속 수첩에서 조용히 그의 이름을 뭉갰다. 덧붙여 민환 삼촌의 '다정한 이웃' 목록에서도 '윤무진'이라는 이름을 지웠다.

물론 그녀는 배운 사람이므로 첫 만남 이후 그에게 몇 번의 기회를 더 주었다. 그가 관심조차 보이지 않았다는 게 문제였지만. '이웃'에서 '아웃'으로 돌아서게 하는 재주를 가진 그를 파악하는 데 오래 걸리지 않았다. 이제 그는 그녀의 기피 대상 1호였다. 윤은 그가 없을 때만 석주 삼촌의 집을 드나들었고 동네

어귀에서 마주치기라도 하면 길을 빙 돌아서 집으로 왔다. 그러자 어이없는 일이 발생했다. 그가 그녀의 집을 드나들기 시작한 것이었다. 삼촌에게 용건이 있다는 이유였다.

그게 시작이었다. 그는 늦은 시간까지 눌러앉아 그녀가 차려낸 밥을 먹고서야 집으로 돌아갔다. 반찬이라고 해 봤자 계란물 입힌 소시지에 멸치볶음, 계란국이 다였는데도 그는 꼭 저녁을 먹고 갔다. 요리사까지 있는 집에서 왜 저럴까 싶었다. 며칠전 석주 삼촌의 초대로 먹었던 점심상이 눈앞에 어른거리자 더이해가 안 됐다. 그때 그는 그 어마어마한 음식을 앞에 두고도밥을 뜨는 둥 마는 둥 했다. 여기선 말라비틀어진 멸치하고도밥 한 그릇 뚝딱이던 사람이! 하여간 이해 불능이었다.

한 번은 속에 담아 두었던 말을 하자 그가 물끄러미 그녀를 쳐다보았다.

"그럼 우리 집에 가서 밥 먹을래?"

잠시 둘 사이에 정적이 흐른 건 말할 것도 없었다. 홈그라운드에서 먹는 밥도 체할 판인데 그의 집에 가서 단둘이 밥을 먹자고? 그런 악의적인 농담을!

그녀의 표정이 아주 적나라했던 모양이었다.

"농담."

그가 간단하게 상황 정리를 했다. 사실 그 역시도 그녀와 먹는 밥이 편해 보이지 않았다. 그런데도 부득불 저녁을 먹고 가고 오지 않는 삼촌을 기다렸다. 희한한 건 그가 집에 가는 시간이 늘 삼촌 퇴근 시간이라는 거였다. 그는 그 시간이면 어김없이 일이 생겼고 집으로 가야 했다. 전화가 걸려 온 것도 아니었다. 잊고 있던 일이 생각나거나 해야 할 일이 생겼을 뿐이었다. 도대체 뭘까? 정말 삼촌에게 할 말이 있기나 한 걸까?

그런 상황은 해가 바뀌어도 계속됐다. 그녀는 열여섯이 되었고 그는 대학생이 되었다. 그는 여전히 삼촌에게 할 말이 있다는 말로 드나들었고 그녀가 차려 낸 밥을 먹으며 양식을 축냈다!

한 번은 삼촌에게 그 '할 말'이라는 것에 대해 물어본 적이 있었다. 그러자 삼촌은 묘한 웃음을 흘리더니 '남자들만의 얘기'라며 얼버무렸다. 순간 감이 왔다. 역시 '할 말'이란 애초에 없었던 거다! 자신의 우둔함에 뒷골이 땅겼다.

밤새 내일을 기다렸다. 낮이 되자 그는 평소와 다름없는 얼굴로 현관으로 들어섰다. 아아, 저 뻔뻔한 얼굴! 윤은 두 팔을 쫙 벌려 그를 막아섰다. 그녀는 발끝으로 두 사람 사이에 선을 주욱 그었다. 그리고 암팡지게 그를 노려보았다.

"어……."

평소와 다른 그녀의 태도에 적잖아 당황한 그였다.

"저기, 들어가도 돼?"

14

"글쎄요. 그게 되겠어요?"

"응?"

표정이 퍽 볼만하다 싶었다. 윤은 가슴에 팔짱을 꼈다.

"왜요? 이런 상황은 예상 못 했어요?"

"어?"

"갑자기 입이 붙었어요? '어' 는 무슨! 내가 오빠 밥 차려 주는 사람이에요? 우리 집이 식당이야? 할 말은 무슨 할 말!"

그의 얼굴이 붉어지고 있었다.

"아니. 그게, 난……."

"난 뭐요! 뭔데요! 말해 봐요!"

말할 틈을 주지 않았다. 그러면서도 이실직고를 요구했다. 그 럴듯한 변명이 아니면 아주 끝장내 주겠다고 을렀다. 그러나 무 진은 변명 대신 물끄러미 바라봤다.

"내가 그렇게 싫어?"

느닷없는 물음에 대답할 만큼 그녀는 순발력이 좋지 못했다. 덧붙여 성숙하지도 못했다. 열여섯 살이었으니까.

"당, 당연하죠! 그걸 이제 알았어요? 진짜 둔하다! 그렇게 눈치를 줬는데, 몰랐어요?"

"……."

"내가 싫은 거 참느라고 그동안 얼마나 힘들었는지 알아요? 그걸 이제야 알아채요? 진짜 대박. 아, 됐고! 다신 우리 집에 오지 마요! 다시 한 번 왔단 봐요! 국물도 없어!"

그게 마지막이었다. 유치한 말을 했지만 정말 오지 않을 줄은 몰랐다. 다음 날이면 태연하게 현관문을 밀고 들어올 거라 생각했다. 그러나 그는 오기는커녕 떠났다. '오지 않는 건' 일시적인 소원이었으나 '떠나는 건' 소원에 속하지 않았다.

중3 겨울 방학식을 마치고 집으로 오던 길이었다. 집 앞에 노란 택시가 서 있었다. 누군가가 떠나고 있었다. 다름 아닌 무진이었다. 그는 커다란 짐 가방을 택시 기사에게 건네고 있었다. 바닥에 크고 작은 여행 가방이 더 있었다.

짐을 택시 기사에게 맡기고 보조석으로 돌아오던 그가 그녀를 발견하고 멈춰 섰다. 우뚝 선 그와 주춤 멈춰 선 그녀였다. 무진은 청바지에 라쿤 털이 풍성하게 달린 야상 점퍼를 걸치고 있었다. 카키색의 야상 점퍼 탓에 넓은 어깨와 큰 키가 두드러졌다. 그가 성큼성큼 다가왔다. 그리고 한걸음 앞에 멈춰 섰다. 언제나처럼 희미하게 웃는 낯을 하고.

"이제 오는 거야? 그래도 보고 가네."

"어디, 가요?"

쭈뼛 물었다.

"화, 풀린 거야?"

놀리는 말투에 윤은 반박하려고 했지만 그의 짐을 보자 말이 나오지 않았다. 그런 그녀를 보며 그가 픽 웃었다. 저렇게 웃을 수도 있구나. 처음 보는 미소에 심장이 쿵 내려앉았다.

"후련하겠다? 앞으로 나 안 봐서?"
"어디…… 가요?"

그가 보일 듯 말 듯 고개를 끄덕였다.

"나 이제 여기 안 와."

어쩐지 가슴이 덜컥 내려앉는 말이었다.

"왜요?"
"그렇게 됐어."

그가 또 희미하게 웃었다.

"잘 지내라."

"……."

"잘 가라는 인사도 안 해?"

웃는 얼굴로 하는 말에 어쩐지 마음이 시큰했다.

"잘, 가요."

겨우 한 말에 그가 또 웃었다.

"그래."

잠시 주저하던 그가 돌아섰다. 무진이 택시에 올랐고 윤은 택시가 움직이는 방향으로 그를 좇았다. 그가 사라지자 기분이 이상해졌다. 허전함 같은 것이 일었다. 가슴이 빈다는 게 이런 기분일까? 안 보면 후련할 것 같았는데, 성가시게 안 해서 좋을 것 같았는데 드는 생각은 '이제 같이 밥 먹을 사람 없겠구나'였다. 그리고 또 하나, '오늘부터 담 너머에 저 오빠, 없겠구나'.

그 밤, 삼촌으로부터 그의 소식을 들었다. 그는 도곡동 빌라로 들어갔다고 했다. 작고한 조부로부터 물려받은 펜트하우스로 유산 중 일부란다. 그가 집을 떠난 이유는 석주 삼촌의 재혼 때문이었다.

그의 어머니는 재작년 겨울에 세상을 떠났다고 한다. 교통사고 후 3년을 식물인간으로 누워 있다가 버텨 온 세월이 허무하게 갑자기 세상을 떠났다고.

석주 삼촌의 재혼 상대는 아내의 병실을 담당했던 간호사였
다. 아버지의 결정에 무진은 각자 사는 쪽으로 결론을 내렸다고
했다. 떠나기 전 그가 남긴 말은 '아버지를 이해하지만 아직은
받아들일 수 없다'는 것뿐이었다고 덧붙였다.

"나 이제 여기 안 와. 그렇게 됐어."

새삼 낮에 본 그의 얼굴이 떠올랐다. 우울하고 침울했던 표
정. 복잡한 눈빛이었다. 아버지로부터 재혼 통보를 받은 그. 그
런 그에게 다신 오지 말라고 소리쳤었다. 아아, 어째서 타이밍
은 늘 이 모양일까?

그가 안쓰러웠다. 그녀보다 네 살이나 많은 그이지만 그의 방
황을 이해했다. 집을 떠나는 그의 심정을 알 것 같았다. 영원할
것 같았던 사랑의 변질을, 그 벌거벗은 본질을 먼저 지켜본 사
람으로서 배신감과 상실감이 어떠했을지 짐작하고도 남음이 있
었다.

아빠가 교통사고로 세상을 떠났을 때 엄마는 자신의 인생을
찾아 떠났다. 엄마의 비극은 평범한 남자를 선택하면서 시작됐
고 아빠의 비극은 부잣집 외동딸로 태어난 엄마의 욕구를 충족
시켜 주지 못한 것에서 비롯됐다. 열렬했던 사랑의 파국은 결국
한 가지만을 명확히 하고 끝난 셈이었다. 세상에는 동화 속 이
야기처럼 '그래서 그들은 오래오래 행복하게 살았습니다'는 없
다는 것.

벨 소리가 날카롭게 귓속을 파고들었다. 흠칫 놀란 윤은 번쩍 눈을 떴고 아주 짧은 순간 멍한 표정을 지었다. 피곤함에 반사적으로 손을 들어 올려 눈가를 문지르려다 손에 쥔 휴대전화를 보고 피식 웃었다. 졸던 와중에도 용케 떨어뜨리지 않고 쥐고 있었던 모양이다. 다른 손엔 차 열쇠까지 들려 있었다. 정신을 차린 윤은 전화를 받았다. 기다렸던 석주 삼촌으로부터 걸려 온 것이었다.

"예, 삼촌. 지금 가려고요."

윤은 해마다 해 온 일을 하기 위해서 소파에서 몸을 일으켰다.

❖　　　❖　　　❖

얼마 뒤 윤은 도곡동에 도착했다. '텅' 하는 소리를 내며 차 트렁크가 시원하게 내려졌다. 일렬로 늘어선 다섯 대의 외제 차 옆, 자신의 중고차를 바라본 윤은 트렁크에서 쇼핑백을 꺼내 들고 몸을 돌렸다.

전용 주차장에 딸린 로비로 들어간 그녀는 엘리베이터에 올랐고 특유의 고요한 상승을 느끼며 눈을 감았다. 부족한 잠 탓인지 눈동자가 뻑뻑했다. 이물감에 눈을 몇 차례 감았다가 떴으나 별 효과는 없었다. 운전하느라 대충 묶은 머리카락이 얼굴 주위에 흘러내려 치렁한 느낌이 일었지만 다시 묶을 엄두가 나지 않았다. 주말 내내 밀려든 손님 응대와 전산 처리로 숨 돌릴

틈 없이 바쁜 시간을 보낸 여파가 아직 있었다.

띵! 하는 소리와 함께 엘리베이터 문이 열리고 펜트하우스 층이 드러났다. 드넓은 복도를 지나 로마식 원형 기둥이 창가에 늘어서 있는 천장 높은 거실로 들어간 윤은 곧장 주방으로 향했다. 최고급 가전제품이 빌트인 된 주방은 중앙에 아일랜드 식탁이 자리하고 있었다. 그녀가 가끔 사용하는 것 외에 활용되지 않는 주방은 도우미 아주머니의 손길이 닿아 반들거렸지만 온기는 없었다.

윤은 늘 그렇듯 성북동에서 가져온 음식들을 냉장고에 넣었다. 갈비찜과 미역국, 잡채와 모둠 전 같은 것이었다. 음식은 밀봉된 상태로 냉장고에서 자고 있다가 일주일에 세 번 오는 가사 도우미의 손에 들려 나갈 것이다. 성의만 받는 것. 집안의 대소사에 참석하는 것. 밀어내지도 당기지도 않는 관계. 그가 성북동을 떠난 뒤 가족을 대하는 방식이었다.

케이크도 미역국도 없는 생일. 윤은 무진이 형식적일지라도 가족들에게 생일 축하 인사를 받길 원했다. 비록 새어머니의 손을 빌어 장만되는 음식일지라도 석주 삼촌의 마음이 담기길 바랐다. 어렵고 불편한 아들이라고 해도, 아들의 거부에 상처 받는다고 해도 말이다. 그러다 보면 언젠가는 만년설 같은 무진의 마음이 녹을지도 모르니까.

그전까지는 그들 사이에서 그녀가 할 수 있는 일이라면 무엇이든 할 생각이었다. 당장은 냉장고에 처박히더라도 그게 그와 가족을 이어 줄 매개체 노릇을 한다면 기꺼이 성북동을 오갈 생각이었다. 어느 한쪽이 끈을 놓지 않은 관계라면 회복을 위한 시도는 해 봐야 하지 않을까? 평생이 걸린다고 해도.

"휴우."

갑자기 답답함이 밀려들어 윤은 냉장고 문에 기대섰다. 누군가의 생일이면 자동으로 제 생일이 떠올랐다. 그리고 연관되어 떠오르는 기억들이 그녀를 괴롭혔다. 따뜻했던 기억과 외면당했던 기억이 동시에 떠올라 마음 기댈 곳이 없어지는 것이다. 생일, 그리고 엄마. 집요하게 반복되는 생각에 숨이 막혔지만 생각은 늘 자유롭지 못했다.

엄마. 누군가에게는 떠올리는 것만으로도 먹먹해지고 눈물 난다는 그 말. 그녀에겐 짐작할 수 없는 느낌이었다. 그녀에게 엄마란 아름답고 화사하지만 예민하고 신경질적인 기억이었다. 한 번도 엄마였던 적이 없는 사람. 여자로 기억되는 사람. 출산으로 망가진 몸매에 절망하며 두고두고 딸을 미워했던 사람. 그런 사람이 과연 한 번이라도 딸의 생일을 축하해 본 적이 있을까? 태어남을 축복해 준 적이 있을까?

'그럴 리가.'

윤은 쓰게 웃었다. 그러나 냉소는 사라지고 눈빛은 아련해졌다. 아빠. 그 단어는 늘 가슴을 아리게 했다. 한때는 그녀도 생일을 기다린 적이 있었다. 낡은 기억 속 생일은 언제나 저녁이었다. 생일이면 늘 현관문 앞에서 아빠를 기다렸다. 턱을 괴고 귀를 기울이며 숨죽인 시간. 아파트 복도를 오가는 무수한 발소리. 그 소리가 익숙한 이의 것이길 기다리던 시간. 이윽고 아파트 현관문에 열쇠가 꽂히면 더욱 숨을 죽이곤 했다.

"아빠 왔다!"

마침내 문이 열리고 아빠의 얼굴이 환하게 빛났다. 그러나 그
녀의 시선은 언제나 아빠의 손이 먼저였다. 케이크 상자를 쥐고
있는 아빠의 손.

"우리 윤이 좋아하는 케이크 사 왔다!"

틀렸다. 그녀에게 중요한 것은 케이크가 아니었다. 그녀에게
중요한 것은 아빠가 그녀의 생일을 잊지 않았다는 것이었다. 그
녀가 태어났고 존재하고 있으며 그 사실을 잊지 않고 있다는 것
이 가장 중요했다.

늘 그녀의 존재를 잊고자 했던 엄마였다. 자신의 생일이면 연
례행사처럼 외가로 가는 엄마였다. 한때는 생일임을 잊어서 그
런 줄 알고 엄마가 사용하는 탁상 달력에 빨간색으로 동그라미
를 쳐 놓아 보기도 했다. 그러나 달라지는 건 없었다. 이후로는
그런 짓을 하지 않았다. 그녀를 노엽게 하고 싶지 않았기 때문
이었다. 또 생일까지 벽 보고 서 있는 벌을 받고 싶지 않기 때문
이기도 했다.

"아이코! 녀석."

달려가 아빠의 허리를 끌어안았다.

"그렇게 좋아?"

"응. 난 세상에서 아빠 손이 젤 좋아."

"케이크가 아니고? 녀석, 엉뚱하긴."

초등학교 2학년이었다. 부모의 다툼이 늘 자신 때문이라는 걸 아는 조숙한 아이는 갖고 싶은 물건이나 가고 싶은 곳이 있어도 울거나 떼쓰지 않았다. 다툼이 끝나면 늘 집을 나가 버리는 엄마 때문에 슬퍼하지도 않았고 엄마가 난장판으로 만들어놓은 집을 치우는 것도 한심해하지 않았다.

그녀가 걱정하는 건 아빠였다. 엄마가 그렇게 나가 버리면 홀로 식탁에 앉아 술을 마시는 아빠. 등 돌리고 앉아 있는 모습 그대로 화석이 되어 버릴 것 같은 아빠. 두려웠다. 저러다 아빠도 엄마처럼 자신을 지겨워할까 봐.

엄마는 늘 말했다.

"너만 태어나지 않았어도! 너만 없었어도 내가 이렇게 살진 않아! 너만 없었어도……."

등 돌리고 있는 아빠의 모습은 언제나 불안했다. 그런 날이면 아빠가 여전히 곁에 있다는 것을 확인하고 싶어졌다.

"아빠."

"응?"

"아빠."

"녀석, 배고픈가 보구나? 조금만 기다려. 금방 돼."

말의 의미를 모르는 아빠는 늘 윤의 밥을 챙겼다. 이른 저녁
이건 늦은 밤이건 그것이 새벽이라고 해도 말이다. 아빠는 시간
을 잊었고 그녀는 몇 시간 전에 밥을 먹었다는 말을 하지 않았
다. 그저 아빠가 그녀를 잊지 않았다는 것만이 중요했다.

"언제 왔어?"

주방 입구 쪽에서 느닷없이 들려온 음성에 윤은 화들짝 놀랐
다. 186cm의 장신이 입구에 서 있었다. 그는 막 샤워를 마친 듯
티셔츠와 느슨한 운동복 바지 차림이었다. 평상시엔 한 올 흐트
러짐 없는 머리카락이 멋대로 헝클어져 있었다. 그 무심한 모습
에 가슴이 철렁 내려앉았다. 막 인사를 하려는데 그의 허리께가
눈에 들어왔다. 티셔츠의 귀퉁이가 접혀 있었다. 그 사이로 드
러난 아찔한 장골에 윤은 흠칫 숨을 들이켰다. 재빨리 시선을
돌린 그녀였다.

"집에 있었어요?"

짐짓 아무렇지 않은 척한 말이었다. 그러나 아무렇지 않을 리
없었다.

"으음, 6호점 디자인 제안서 좀 검토하느라고."

주방으로 들어온 그는 그녀를 지나쳤다. 커피 메이커 앞에 선
그에게서 비누 냄새와 함께 남성용 화장품 냄새가 났다. 콧속으
로 밀려든 강한 향기에 움찔 몸의 어딘가가 반응을 보였다. 그
저린 느낌에 반사적으로 머릿속 스톱 스위치가 켜졌다.

'또 시작이다.'

언제부턴가 무진의 존재는 위험해졌다. 그가 지척에 있으면 세포들이 소란스러워졌다. 소름도 돋았다. 물론 그로 말미암아 돋은 '소름'은 다른 경험과는 다른 '소름'이었지만 그렇기에 더욱 경계해야 하는 것이었다. 무진은, 그는 연애의 대상도 일시적인 관계의 대상도 될 수 없는 사람이니까. 그럼에도 몸은 멋대로 반응을 보였다. 마치 온몸의 세포 하나하나가 그를 위해 반응하도록 만들어진 감지기 같았다.

한때 부정적인 생각에 갇힌 결혼관을 깨 보려고 연애를 시도한 적이 있었다. 그러나 연인 간의 스킨십과 성관계가 자연스러운 요즘에 키스조차 허락하지 않는 관계가 오래갈 리 없었다. 몸의 절대적 거부 반응은 상대에게 모멸감을 안겨 줬고 그녀에겐 소름 돋음 현상과 심리적 위축을 안겨 주었다.

전문의 말로는 남성 기피증의 일종이라고 했다. 결혼에 대한 부정적인 생각이 미지의 대상인 남성에게 집중되면서 왜곡된 경우라는 소견이었다. 평소에는 이런 현상들이 없다가 이성이 관계를 진전시키려 하거나 성적인 행동을 하려고 할 때 나타난다고 했다. 심리적으로 압박을 느끼면 발현되는 현상이라는 얘기였다. 결국 부모의 결혼이 그녀에게 유산을 남긴 셈이었다.

"무영이가 형님 보고 싶어 해요."

윤은 제 생각을 떨쳐 내며 조심스럽게 말했다. 허투로도 성북동에 다녀온 일을 묻지 않는 그였다.

"알아."

무심한 대답이 돌아왔다. 그러나 그의 눈동자에 어린 복잡한 심경을 모를 리 없는 그녀였다. 새어머니와 아버지에겐 무감해도 어린 무영만큼은 어쩌지 못하는 그였다. 핏줄이 당겨서가 아니라 아무것도 모르는 어린애를 미워한다는 것 자체가 그의 성정에 맞지 않는 일이기 때문이었다.

애증 관계에서 무영은 무풍지대였다. 그의 입장에선 얼마든지 미울 수 있는 아이인데도 무진은 그러지 않았다. 무영 또한 이상하리만큼 그를 잘 따랐다. 어른들 사이에서도 곧장 제 주장을 펼치는 무영은 형과 관련된 대화가 나오면 무조건 형의 편을 들었다. 그 대화가 무엇인지도 모르면서.

원두가 분쇄되는 소리가 들린 것도 잠시 유리 주전자에 커피가 내려지는 소리가 들렸다. 그 소리를 들으며 윤은 중얼거리듯 말했다.

"지금이라도 케이크 사서 촛불 켤까 봐."

그녀의 말에 무진이 미간에 주름을 잡았다.

"다시 오래된 논쟁의 시작이야? 어머니 생전에도 질색해서 안 했다는 얘기 또 할까?"

그는 언젠가 그가 했던 말처럼 재미없는 아들이었음이 확실했다.

"그래도 기억하고 축하해 주면 좋잖아요."

"네가 하잖아, 기억. 커피 뜨거우니까 조심해."

그의 말처럼 소모적인 논쟁일 뿐이었다. 수년 동안 타협되지 않은 일이 새삼 이루어질 리 없었다. 그저 이렇게 얼굴을 마주하고 커피를 마시며 간혹 시간이 되면 함께 저녁을 먹는 것으로 아쉬움을 달랠 수밖에.

"6호점 일은 어때요?"

커피를 받아 든 윤은 주방을 나와서 거실 소파에 자리를 잡았다. 건너편에 앉는 무진을 보며 윤은 아직은 뜨거워서 마실 수 없는 커피를 탁자 위에 내려놓았다. 뜨거운 머그잔 탓에 탁자 주위로 김이 서렸다.

"늦어도 내달 초엔 오픈할 수 있을 것 같아."

무진은 '몬테 비앙코'의 대표였다. 아버지의 도움 없이 조부에게 물려받은 유산으로 강남에 베이커리 겸 카페를 연 그는 현재 서울 지역 대형 백화점은 물론 주요 상권마다 매장을 두고 있었다. 별도의 공장 시설을 갖춘 몬테 비앙코는 6호점 오픈을 시작으로 하반기까지 10호점 개점을 앞두고 있다. 지방 사업까지 병행 중인 그였다.

"오빠."

무진이 대답 대신 커피 한 모금을 마시고 그녀를 쳐다봤다.

"있다가 언제 나가요?"

"왜?"

"가는 거 못 볼 것 같아서. 졸려서 30분만 자다가 갈까 봐요."

그녀의 말에 무진의 미간이 찡그려졌다. 저건 좋지 못한 신호였다. 아니다 다를까 생각에 잠긴 목소리가 흘러나왔다.

"성북동 가는 거 그만해. 너 그런다고 달라지는 거 없어."

윤은 대답 대신 손으로 입을 가리며 하품하는 시늉을 했다. 듣지 않으려는 태도이기도 했지만 사실 몹시 피곤하기도 했다. 소파가 유혹적으로 느껴지고 있었다. 무진 앞에서 잔다는 게 신경 쓰였지만 '흉하게 자지만 않으면 될 거야'라는 자기 합리화가 몽롱한 의식 속을 파고들고 있었다.

"나 진짜 자요."

윤은 소파 팔걸이와 등받이 사이에 머리를 기대며 파고들었다. 무진은 그런 윤을 생각에 잠긴 얼굴로 바라보았다. 윤이 바라는 것이 무엇인지 알고 있었다. 그러나 윤의 노력으로 달라지지 않을 관계였다. 그가 원치 않기 때문이었다. 오래전에 그 부분을 명확히 했음에도 윤은 아직까지 받아들이지 못하고 있었다.

"윤, 침대에서 자."

"거기서 자면 안 돼요. 못 일어날 거야."

묶은 머리 탓에 자세가 불편했는지 윤은 눈도 뜨지 않은 채 고무줄을 빼서 손목에 끼우고는 다시 잠을 청했다. 잠들기 전 윤이 웅얼거렸다.

"약속 있어요. 5시 전에 일어나야 해……."

이미 반쯤 꿈나라로 간 윤의 목소리는 흐릿했다. 얼마 지나지 않아 고른 숨소리를 내며 금세 잠들어 버렸다. 작게 한숨을 쉰 무진은 소파에서 일어나 윤에게 다가갔다. 그리고는 그녀를 가볍게 안아 올렸다. 축 늘어지는 몸은 형편없이 가벼웠다. 시즌 행사로 바쁘다고 하더니 생각보다 더한 모양이었다.

윤은 일본에 본사가 있는 '브랜, B'라는 의류 매장에 근무하고 있었다. 창업주가 한국 사람으로 한국에 지사를 둔 브랜, B는 전국 주요 도시마다 직영점과 대리점을 두고 있었고 내년까지 수십 개의 매장 개점을 할 예정이었다.

매장을 관리하는 직종인 만큼 일정한 직급이 되면 출장이 잦아지기 마련이다. 올해 초, 윤은 매니저가 되었다. 말하자면 언제 출장 명령이 떨어질지 모른다는 의미다. 본사에서 말하는 출장이란 현지 상주도 포함이었다. 짧게는 며칠, 길게는 수개월이 될 수도 있었다. 어쩌면 그 이상도. 윤은 언제든 그를 떠날 준비가 되어 있다는 소리였다.

무진은 윤을 안은 팔에 힘을 주었다. 잠결에 윤이 그의 목덜미로 파고들었다. 부드럽게 파고드는 몸. 달콤하고 깨끗한 숨결에 그의 몸이 굳어졌다.

윤.

나의 윤.

깊은 한숨을 쉰 무진은 복도를 지나 침실로 걸어 들어갔다. 넓은 침대 위에 윤을 내려놓은 그는 깊은 숨소리를 내며 잠이 든 그녀를 응시했다. 잠시 그대로 서서 잠든 모습을 보던 그는 창가로 걸어가 암막 커튼을 친 뒤 침대 머리맡 조명등을 켰다.

무진은 다시 잠든 윤을 내려다보았다. 놀랍도록 매끄러운 피부에 작고 또렷한 이목구비를 가진 윤은 아름다웠다. 볼에 긴 그림자를 드리우는 긴 속눈썹, 오뚝한 콧날 아래 자리한 도톰한 입술, 숨을 쉴 때마다 오르내리는 아름다운 형태의 가슴, 아찔한 허리 아래 매끈한 두 다리까지. 어느 것 하나 아름답지 않은 것이 없었다. 이 순간 저 하얀 목덜미에 얼굴을 묻고 탐스러운 머리카락을 손가락에 휘감을 수만 있다면…….

이불을 쥔 손끝이 떨렸다. 그 손을 꽉 쥔 그는 윤의 몸에 이불을 덮어 주었다. 아무런 의심 없이, 경계 없이 잠들어 있는 윤을 보는 건 고문이었다. 안고 싶고, 만지고 싶고, 입 맞추고 싶었다. 단 한순간도 여자가 아니었던 적이 없는 윤이었다.

그러나 윤은 그를 혈육처럼 대했다. 삼촌이 있어도 외로웠던 그녀와 아버지가 있어도 마음 둘 곳 없던 그가 서로 의지하며 살아온 대가였다. 어린 시절엔 그녀가 곁에 있다는 것만으로 행복해서 감히 다른 생각을 할 수 없었다. 더 나이를 먹어서는 윤의 남성 기피증을 알기에 속수무책이었다. 남자가 닿으면 끔찍하다고 말하는 윤에게, 차라리 종교인이 되어 버릴까 심각하게 고민하는 윤에게 무슨 말을 할 수 있었을까? 남들과 다른 자신이 괴상하다고, 별나다고 괴로워하는 그녀에게 말이다.

고민 끝에 전문의를 불러들였고 상담을 받게 했다. 상담 결과는 결혼에 대한 부정적인 생각이 미지의 대상인 남성에게 집중되면서 왜곡됐다는 소견이었다. 그러니 윤이 스스로 마음을 열고 받아들일 때까지 남자로 느낄 만한 섣부른 스킨십도 적극적인 마음을 표하는 일도 금해야 한다는 것이었다. 윤은 상담 내용 일부만 알고 있었다. 그녀가 아는 내용이라고는 전문의가 전한 '결혼에 대한 부정적인 생각의 왜곡'이라는 것뿐이었다.

무진의 눈빛이 흐려졌다. 윤을 향해 발갛게 달아 있는 마음. 그녀가 스치듯 지나칠 때마다, 무심코 팔짱을 낄 때마다, 그 말간 얼굴로 미소 지을 때마다 윤을 으스러지게 안고 싶은 욕구에 시달렸다.

언제까지 이 상태를 견딜 수 있을까? 죽을 만큼 괴로운 마음 따윈 알 리 없는 윤인데. 자신의 손길을 거부하지 않는 것이, 그의 손길에 경기를 일으키지 않는 것이 친구로 받아들여졌기 때문이라니. 가족으로 받아들여졌기 때문이라니.

잠결에 윤이 만족스러운 한숨을 흘리며 그를 향해 돌아누웠다. 이다지도 평온한 얼굴이라니. 너무도 무방비한 모습에 그의 심장이 죄어 왔다. 그의 심장을 움켜쥐고도 그런 줄 모르고, 죽을 것처럼 고통스러워해도 알지 못하는 윤. 언제까지 버틸 수 있을까? 실로 신만이 알 일이었다. 더는 윤과 한 공간에 머물 수 없어 무진은 돌아섰다.

❧　　　❧　　　❧

아버지를 떠올렸던 탓일까? 윤은 짧은 잠을 자는 동안 그날의 꿈을 꾸었다. 결코 꾸고 싶지 않은 꿈을. 꿈은 아빠의 장례식이 있고 며칠 뒤 외조모가 찾아왔던 날에 관한 것이었다.

사위엔 어둠이 내려앉아 있었다. 윤은 작은방에서 깜빡 잠이 들었다가 컴컴한 방 안에 놀라 화들짝 일어나 앉았다. 그녀는 충동적으로 삼촌을 찾아 거실로 나갔고 수런거리는 소리에 흠칫 놀라 반쯤 연 문 뒤로 붙어 섰다. 거실엔 삼촌만 있는 것이 아니었다. 깐깐한 목소리가 낯이 익었다. 윤은 두려운 마음을 누르며 문틈 사이로 거실을 엿봤다. 거실엔 세 사람이 있었다. 거실 탁자를 사이에 두고 마주 앉은 삼촌과 외조모, 그리고 외조모를 호위하듯 병풍처럼 선 마른 남자. 남자는 짙은 양복 차림이었고 옆구리에 납작한 가방을 끼고 있었다.

"윤이는 못 데려갑니다. 제가 키웁니다."

"사돈, 앞으로 결혼하실 거 아닙니까? 공연히 뒤에 가서 딴소리 말고 늙은이가 청할 때 못 이기는 척하고 말 들어요."

"사돈 어르신이야말로 자꾸 같은 말 하시는군요. 윤은 내가 키웁니다. 내가 지금 사돈어른께 궁금한 건 형수에 대한 겁니다. 부동산에서 연락이 왔습니다. 집 내놨다고요. 연락이 안 돼서 그러는데 형수 지금 어딨습니까?"

"남편 잃어 슬픈 아이입니다. 마음 추스르고 돌아오라고 외국 좀 보냈습니다."

"하."

사람이 너무 기가 막히면 말이 나오지 않는 법이다. 삼촌이 노려보는 것인지 외조모는 눈을 곧게 깔며 고개를 외로 틀었다. 양심에 거리낌이 있어서 하는 행동이 아닌 불편하고 못마땅한 상황에 대한 역정임을 윤은 알고 있었다. 한참 뒤 삼촌이 억눌린 목소리를 냈다.

"아빠를 잃은 건 윤도 마찬가집니다. 형수가 보험금 수령해 갔더군요. 적금 다 쓴 건 이해합니다. 하지만 집은, 보험금은 안 됩니다! 그 보험금! 그 돈⋯⋯ 우리 형님, 아니 윤이 아빠 죽어서 나온 돈입니다. 윤이 겁니다. 형수가 챙겨선 안 되는 윤이 거요! 제 아빠 죽은 목숨값이요! 우리 윤이 앞으로 대학도 가야 하고 결혼도 해야 합니다. 아빠 대신일 그 돈! 우리 윤이한테 돌려주세요. 형수가 국내로 안 들어오겠다면 내가 가죠. 내가 가서 형수 만나겠습니다! 그러니 어디 있는지 알려 주세요. 형수 어딨는지! 그 여자 어딨는지 대란 말입니다!"

혀 차는 소리가 들렸다.

"쯧쯧, 이래서 애초에 안 되는 결혼이라고 했지. 교장도 아니고 평교사 집안 자식 뭐 볼 거 있다고 그렇게 목매달았는지. 겨우 푼 돈에 목숨 거는 구질구질한 집구석을. 그 돈 내가 챙겨 오라고 했네!"

"뭐요!"

"남편 죽고 남은 거라도 있어야지. 내 아이가 안 챙기면 사돈이 챙기려고? 노려보면? 결국은 사돈도 돈 욕심 아냐?"

"사돈어른!"

"그렇게 부르면 어쩔 건가! 떠돌아다녔다더니 막산 티 내는가? 어디서 눈을 부라려! 내 말 어디에 틀린 구석이 있어! 귀한 집 자식 데려다가 신세 망친 것도 모자라서 그 고생시키고 과부 만든 것들이 숫제 도둑 취급을 해?! 그깟 돈 몇 푼이나 된다고!"

"그깟…… 돈? 그깟 돈이요!"

"그래! 그깟 돈! 내가 주지! 그 대단한 돈."

윤은 삼촌이 울고 있다고 생각했다. 억눌린 목소리로 또박또박 말하고 있는 그 순간, 삼촌은 울고 있다고.

"네, 주십시오. 당신네에겐 그깟 푼돈! 당신 잘난 딸이 거둬 간 그 보험금! 이 집! 적금! 모두 돌려주세요. 우리 윤이 거니까. 우리 윤이! 아빠 대신이니까, 그 돈 다 돌려주시란 말입니다!"

"이제야 그 속셈 나오네. 그래, 결국 돈 욕심이지. 그 욕심에 애 데리고 살겠다는 거였어. 그래 놓고 고고한 척은."

비아냥과 멸시의 시선이 민환의 전신에 쏟아졌다. 더는 상종하고 싶지 않다는 듯 서유란은 은색 클러치 백을 쥐었다.

"돈은 바로 이체할 테니 받는 즉시 우리한테서 떨어져. 다시 그쪽 얼굴 보는 일 없게. 돈 받고도 뒤에 가서 딴소리하면 그땐 나도 참지 않을 테니까. 앞으로 내 딸 만날 생각도 말고, 부모 책임 운운하며 귀찮게 하지도 말아. 이쪽도 애초에 그 결혼 안 시켰던 걸로 할 테니까."

민환은 분노에 치를 떨며 이를 악물었다.

"형수도 같은 생각입니까?"
"……."
"형수도! 형수도 윤이 안 볼 생각이랍니까? 그래서 장례식 끝나자마자 외국으로 날랐답니까!"
"내 말뜻을 이해 못 했네. 말했잖아요. '결혼 안 시킨 걸로 하겠다'고. 안 한 결혼에 애가 어딨어?"
"어르신!"
"가지, 김 비서."

자리를 털고 일어난 외조모가 옥색 치맛자락의 주름을 손끝

으로 튕기듯 펼쳤다. 그리고 한 번도 숙여 본 적 없는 빳빳한 고
개를 들고 현관으로 걸어갔다. 그런 외조모를 윤은 똑바로 바라
보았다. 어느 사이 방문은 활짝 열려 있었다. 그 앞을 스스럼없
이 지나치려던 서유란은 마르고 삐쭉 선 인영에 소스라쳤다. 그
러다 곧 놀란 가슴을 손끝으로 누르며 얼굴을 일그러뜨렸다.

"버르장머리 하곤."

엿들은 것에 대한 비아냥이었다. 어린 윤은 쓰러질 듯 창백한
낯빛이었지만 그녀를 내려다보는 눈빛엔 일말의 동정도 없었다.

"하긴 그 씨가 어디 갈까."

'엄마가 떠났다.'
윤은 다리에 힘이 풀려 휘청했고 그것을 본 민환이 달려왔다.

"윤아!"

언제부터 거기에 있었는지 얼마나 들었는지 물을 필요는 없
었다. 윤의 표정이 모든 것을 말해 주고 있었다. 윤은 부축하는
삼촌의 품을 벗어나 외조모를 노려보았다.

"……고 가요."

작지만 또렷한 중얼거림에 서유란이 주춤 돌아봤다.

"뭐?"

"사과, 하고 가라고요."

"너!"

강단 있는 기세에 서유란이 움찔했다. 주먹을 말아 쥔 윤은 바들바들 떨고 있었다.

"우리 삼촌한테 사과해요!"

"애가 어디서 큰 소리야!"

"빨리 사과해요! 사과하란 말이야! 우리 아빠 욕한 거, 우리 삼촌 비웃은 거 사과해!"

윤은 팔을 붙드는 삼촌의 손을 떨치며 외조모를 노려보았다.

"쯧쯧. 김씨 집안 씨 아니랄까 봐. 우리 이령이가 널 키우면서 얼마나 애먹었을지 알 것 같다. 가지, 김 비서."

상대할 가치도 없다는 표정으로 서유란이 김 비서를 재촉했다. 윤은 옥색 저고리 위 곱게 틀어 올린 머리카락을 노려보며 울지 않으려 기를 썼다.

"가기만 해요. 그 문 열기만 해. 인터넷에 확 퍼트려 버릴 거야.

고고한 척 가식 쩌는 궁중 요리사가 어떤 사람인지! 세상 사람들이 다 알게 할 거야! 그러니까, 사과하고 가요. 우리 삼촌한테 사과하라고!"

순간 서유란이 싸늘한 얼굴로 손녀를 돌아봤다. 뭔가 곱씹어 생각하는 눈빛이 차가웠다.

"너 안 되겠구나. 여기 둬선 안 되겠어. 그 맹랑한 입으로 무슨 짓거리를 할지 내 불안해서 안 되겠어. 데리러 오마. 어디 죽을 때까지 너와 나, 함께 살아 보자."

충격적인 말을 던지고 외조모가 돌아갔다. 닫힌 현관문 안엔 정적이 감돌았다. 얼마나 시간이 흘렀을까? 윤은 고개를 들어 삼촌을 올려다보았다. 불안한 눈동자가 그녀를 내려다보고 있었다. 그녀가 받았을 상처를 어떻게 해야 할지 몰라 불안한 표정이었다. 윤은 삼촌의 손을 잡았다. 그리고 그 눈을 들여다봤다.

"있지, 삼촌. 우리 외할머니 되게 재수 없지? 잘난 척 오지게 하고. 그냥 그러려니 해. 어차피 또 볼 사이도 아닌데."
"너…… 괜찮아?"

살피는 물음에 윤은 피식 웃었다.

"안 괜찮으면? 이 상황 더 구려지게 울까? 짐작했었어. 그럴지도 모른다고. 엄마가 아빠 장례식 끝나고 나랑 눈도 안 마주쳤거든. 집에도 안 들어오고 전화도 안 받고 말이야. 원래도 잘 그랬지만, 이번엔 전보다 더 쎄한 기분이길래 이제 엄마도 나랑 안 살려나 보다 했어."

"윤아……."

윤이 어깨를 으쓱했다. 별거 아니라는 듯.

"뭐, 내가 눈치 하나는 귀신이잖아."

"윤아."

"어라? 삼촌 울어? 어우, 그러지 마."

"윤아, 삼촌이 미안하다……."

"삼촌이 뭐가 미안해. 미안하면 내가 미안하지. 나 때문에 별꼴 다 봤잖아. 있지, 삼촌. 나 밥 좀 주라. 배고프다."

"배고파?"

"응, 많이. 우리 맛있는 거 해 먹자."

"그래, 뭐 먹을래? 뭐 해 줄까? 말만 해."

"부대찌개. 저번에 먹은 거 맛있더라."

"부대찌개. 그래, 그러자."

삼촌이 소맷부리를 부산하게 걷었다. 가슴에 스산한 바람이 불고 슬픔에 마음이 뭉개졌다. 그럼에도 두 사람은 살아 보자고 말하고 있었다.

"삼촌?"

"응?"

불안하고 서글픈 두 눈이 딱 마주쳤다. 윤이 빙긋이 웃었다.

"배고프니까 빨리 만들어 줘야 해."

삼촌의 입술이 꾹 다물렸다. 실룩이는 입가와 뜨거워지는 눈가를 본 윤이 먼저 등을 돌렸다.

"그럼 난 먹기 전에 화장실 좀⋯⋯."

웃는 얼굴로 돌아선 윤은 조용히 화장실로 들어갔고 등 뒤로 문을 잠갔다. 기어이 참았던 눈물이, 설움이, 상실감이 밀어닥쳤다. 주르륵 바닥에 미끄러지듯 내려앉아 무릎을 끌어안고 오열했다. 울음이 새어 나갈세라 입술을 무릎에 누른 채. 그런데도 끅끅 울음이 목구멍을 타고 기어올랐다. 윤은 더욱 무릎에 얼굴을 묻었다.

그로부터 며칠 뒤 윤은 외조모에게 끌려갔다. 삼촌과 연락할 수 없었고 외출 같은 건 꿈도 꿀 수 없었다. 집 안팎으로 감시하는 눈이 있어 그녀가 조금만 미심쩍은 행동을 해도 외조모에게 알렸다. 철저한 고립과 따돌림. 그곳을 벗어나는 길은 죽음밖에 없는 듯했다.

그녀는 자지도 먹지도 않았고, 마시지도 않았다. 그녀는 그저 방구석에 누워 있었다. 결국 손을 든 건 외조모였다. 삼촌을 불러들여 돈을 던져 주며 인연을 끊었다. 마침내 삼촌을 만났다. 마침내 삼촌을.

윤은 잠결에 흐느꼈다. 그러나 자신이 울고 있다는 것을 인지하지 못했다. 삼촌을 만나기 전까지 그녀는 차가운 냉대를 버텼다. 낮 동안은 감정이 없는 사람처럼 반응을 보이지 않았고 밤이면 구석진 방에서 몸을 웅크린 채 울었다. 누가 나약한 울음을 들을세라, 그것이 또 다른 책잡힘이 될까 이불을 둘러쓴 채 숨죽여 울었다. 지금처럼 모로 누운 채 가는 몸을 동그랗게 말고.

"흐흑."

가느다란 흐느낌이 입술 사이로 흘러나왔지만 윤은 잠에서 깨어나지 못했다. 꿈인지 현실인지 모호한 경계에서 날카로운 소리가 스며들 때까지.

"으음."

날카로운 소리가 귓속을 파고들자 윤은 이불 속으로 파고들었다. 그러나 회피해도 그 소리는 끈질기게 따라붙었다. 점차 의식이 또렷해지고 소리의 정체가 귀에 익다 깨달은 순간 윤은 작게 비명을 지르며 벌떡 일어나 앉았다.

미팅! 정신이 번쩍 났다. 벨 소리가 계속 울려 대고 있었다. 휴대전화는 스탠드 옆에 놓여 있었다.

윤은 침대에서 내려섰고 휴대전화를 집었다. 그리고는 사방을 휘저어 자신의 코트와 가방을 찾아내 그것들을 끌어안고 방을 나섰다.

흘러내린 머리카락을 쓸어 넘기다 손끝에 닿는 축축한 뺨을 의아하게 여겼다. 설마 하고 눈가에 손을 대 보니 마찬가지로 축축했다. 꿈속에서 울었다는 건 알고 있었다. 하지만 실제로도 울었을 줄이야.

주인 없는 집에서, 그것도 그의 방에서 의식 없이 울었다는 것이 멋쩍었다. 그가 보지 못한 게 얼마나 다행한 일인지. 윤은 뺨의 물기를 대충 훔쳐 내고 전화를 받았다.

"오빠, 저 일어났어요."

―아, 그래. 5시 약속이라고 해서 혹시나 싶어 전화해 봤다.

"고마워요. 하마터면 늦잠 잘 뻔했어요. 지금 나가 보려고요."

―중요한 일이야? 미룰 수 있으면 저녁 같이 먹고.

"아, 그게 부장님과 미팅이라."

하필이면 오늘 같은 날 미팅이라니. 윤은 잠시 그대로 선 채 머리카락을 쓸어 올리며 입술을 잘근거렸다.

―미팅? 오늘 휴무 아니었어?

"부장님이 일본 본사 들어가기 전에 잠깐 보자고 해서요. 아무래도 대구 쪽 일이 확정된 것 같아요."

돌연 전화기 너머에 정적이 발생했다. 이윽고 딱딱한 음성이 전화기를 통해 흘러나왔다.

―그게 무슨 소리야. 지원했어? 대구에?

아아, 이런. 윤은 속으로 신음을 삼켰다. 확정되면 이야기하자, 생각하다가 그만 깜빡 잊고 말았다.

"그게, 내달에 대구 내려갈 것 같아요. 1년 근무 조건으로."

　　　　❖　　　　❖　　　　❖

　스무 살 겨울, 윤은 영문도 모른 채 잘 가라는 인사를 했다. 과거를 떠나보내고 새로운 현실을 받아들여야 했기에 집을 떠나 도곡동 빌라로 옮겨 가면서 그는 모든 걸 잊고자 마음먹었다.

　아버지와 닿아 있는 모든 인연을 의식적으로 거부하던 때였지만 윤만은 간혹 떠올랐다. 그러나 다시 만나자 작심하는 마음 같은 건 일지 않았던 것 같다. 그저 때때로 떠오르는 얼굴에 위안을 받았을 뿐.

　그 무렵 자신은 분노와 상실감의 소용돌이 속에 갇혀 있었다. 할 수 있는 것은 무너지지 않으려 기를 쓰는 것뿐이었다. 오직 학교와 집만을 오갔고 그 외의 것은 생각할 수 없었다.

　이해와 수용의 차이. 머리와 가슴까지의 거리. 당연히 그럴 수 있다는 이해와 거부감의 충돌은 쉽사리 가슴에서 융화되지 않았다. 아버지를 이해하기엔 설익은 나이, 그런데도 안간힘을 썼던 시간이었다.

　어머니가 식물인간이 되고 아버지는 무너지지 않으려 무던히도 버텼었다. 영혼의 반려. 주검이 되어 버린 아내. 홀로 의식이 돌아온 아들. 그 때문에 마음 놓고 애도하지 못했던 그의 슬픔. 마음 쉴 곳이 필요했을 것이다. 이해해 보려고 노력해도 그가 한 행동이 용서되지 않았다. 자신은 어머니를 잃었고 이제 아버지마저 잃었다.

　해를 넘겨 아버지를 만났다. 만감이 교차했다. 아버지 역시 마찬가지인 듯했다. 마음속에서 일어난 무수한 말이 소리가 되지 못한 채 마음속에서만 헤매다 가라앉았다.

"얼굴이 많이 상했구나."

당신도.

슬픔이 스며들었지만 그저 보일 듯 말 듯 고개만 끄덕였다. 한참을 주저하던 아버지가 어렵사리 말문을 열었다. 아이가 태어났다고 했다. 무영이라고, 작년 그가 집을 떠나올 때부터 존재했다고 했다.

"나도 몰랐었다는 말로는 용서가 안 되겠지. 어떤 말로도 네게 용서받을 수 없을 거라는 걸 안다. 그 사람에게도……."

고백하는 아버지에게 아무 말도 하지 못했다. 그저 고개 숙인 아버지를 물끄러미 바라볼 뿐이었다. 어머니가 죽기 전부터 시작된 관계라고 했다. 어쩌다 그렇게 됐다는 말은 무책임했고 여자가 임신했다는 사실을 뒤늦게 알았다는 말도 사족같이 들렸다. 태중에 아기를 품은 채 떠났던 여자는 시간이 흘러 아이를 안고 찾아와 도와 달라고 했단다. 부모가 아이를 입양 보내려고 한다고. 그것만은 막아 달라고.

"네 엄마에게, 네게 몹쓸 상처를 준 나지만 그 아이와 그 사람을 모른 척할 수 없었다."

무슨 말이든 해 주길 바랐을 것이다, 아버지는. 방 안에 어둠
이 내려앉고 있었다. 그 어둠을 물끄러미 응시하며 앉아 있었던
것 같다. 시간이 얼마나 흘렀는지는 알 수 없었다. 모든 것이 무
감각했다.

"혼자, 있고 싶습니다."

그의 말에 아버지는 미안하다, 말했던 것 같다. 할 말이 없
다고 말했던 것도 같다. 들은 것도 같고 아닌 것도 같았다. 문
이 닫히고 마침내 혼자가 되었을 때 그는 느닷없이 치미는 구역
감에 화장실로 내달렸다. 게워 낼 게 없음에도 구역질은 멈추지
않았다. 질식할 것 같은 구토 속에 그는 아버지의 사랑을 비웃
었다. 영원을 다해 사랑할 것 같던 아버지의 사랑을. 이기적인
변심을. 이다지도 가벼운 사랑을.

사고가 나기 전, 그는 불행이 무엇인지 몰랐다. 온갖 불행으
로 넘쳐 나는 매체들을 보면서도 먼 나라 어딘가에서 일어나는
일쯤으로 여겼다. 행복을 과신했던 걸까? 그 오만함에 신이 노
했던 걸까? 열다섯의 여름은 참혹했다.

신호등을 건너고 있었다. 파란불이었고 아들의 팔짱을 낀 어
머니는 어떤 노래의 멜로디를 흥얼거리고 있었다. 잔잔하고 고
운 목소리. 그는 어머니의 허밍이 좋았다. 요리할 때, 화초에 물
을 줄 때, 청소를 할 때 부드럽게 흘러나오던 그 소리가.

부잣집 딸로 태어나 부족함 없이 자란 어머니였지만 소박한

사람이었다. 많이 가진 것을 특권이라고 여기지 않았고 그저 얻은 것을 자랑이라 여기지 않았다. 길거리 음식을 좋아했고 전통 시장을 좋아했다. 동네 빵집의 빵과 동네 슈퍼를 좋아했다. 그리고 단골 가게 아이스크림을 좋아했다.

선선한 저녁이었다. 낮 동안의 무더위가 거짓말처럼 느껴졌던. 주말에도 책 속에 파묻혀 있는 게 마음에 걸렸는지 어머니가 데이트를 청했다. 가게는 신호등 맞은편에 있었고 아이스크림 가게 간판을 보는 어머니의 얼굴은 소녀처럼 빛났다. 훌쩍 자란 아들과 팔짱을 낀 어머니의 얼굴에 살포시 떠오른 뿌듯함. 때때로 보이는 그 표정은 그를 한 뼘쯤 더 자란 기분이 들게 했다. 그날도 그랬다. 모든 것이 행복했고 어떤 날과도 다르지 않은 날이었다.

신호등 중간쯤 건넜을까? 사람들의 다급한 비명 소리와 함께 발소리가 흩어졌다. 반사적으로 돌아봤고 강한 불빛이 그에게 쏘아졌다. 그는 얼어붙었다.

"진아!"

어머니의 비명 소리. 지면에 마찰하는 찢어질 듯 날카로운 타이어 소리. 눈 속으로 파고들던 아찔한 불빛. 그리고 공포에 질린 어머니의 눈빛.

"안 돼—!"

어머니가 끌어안았던 것 같다. 아니, 밀쳤던 것 같다. 그리고 다음 순간 세상은 암전이었다.

다시 눈을 떴을 때 그는 혼자였다.

"어머니! 어머니는요?"

외면하는 아버지를 보는 순간 그는 아득해졌다.

"무진아."

이어서 툭 하고 터진 아버지의 흐느낌에 그는 질식할 것 같았다.

"어머니, 어디 계세요? 어머니요!"

침대에서 구르듯 내려섰고 엎어질 듯 병실 복도를 내달렸다. 온몸이 삐걱거렸다. 제 몸 같지 않은 사지, 물속을 걷는 듯 허우적대는 몸을 끌고 중환자실까지 갔다. 그리고 어머니를 보았다. 온갖 생명 장치에 연결된 채 누워 있는 어머니를.

산 자도 죽은 자도 아닌 어머니의 정지된 시간. 보고도 믿을 수 없었다.

자동차 결함이라고 했다. 브레이크가 듣지 않았다고 했다. 자동차 결함이라니. 이럴 수는 없었다. 그 장난 같은 말을 믿고 싶지 않았다. 어머니를 저렇게 만든 사고는, 그들을 덮친 차의 주인은 그런 식으로 이해되어선 안 되었다.

그는 흉포한 범죄자여야 했다. 파렴치한이어야 마땅했다. 속도에 미친 광인이거나 죽어 마땅한 철면피여야 옳았다. 저 이는 아니어야 했다. 병실 바닥에 무릎을 꿇고 엎드려 온몸으로 용서를 구하는 초로의 남자는 아니어야 했다!

방향을 잃은 분노에 가슴이 터질 것 같았다. 옆에서 들려오는 아버지의 음성이 아득한 어딘가에서 흘러나오는 것처럼 현실감이 없었다.

"돌아가세요. 이런다고 그 사람 깨어나지 않습니다."

무기력하게 말아 쥐는 주먹. 아버지가 남자를 외면하며 돌아섰다. 슬픔으로 버석해진 목소리, 공허한 눈빛은 슬픔에 지쳐 있었다.

덜덜 몸이 떨려 왔다. 사지가 후들거렸다. 일어나라 소리치고 싶었다. 아버지 앞에 엎드려 흐느끼는 남자를 일으켜 세워 주검처럼 누워 있는 어머니 앞으로 끌고 가고 싶었다.

보라고! 당신이 한 짓이야! 당신이 저렇게 만들었어! 이게 당신이 한 짓이라고! 왜 그랬어! 왜 우리야! 왜 내 어머니야! 어째서 우리야! 죽여 버릴 거야! 당신, 죽여 버릴 거야! 내 어머니 살려 내! 내 어머니, 살려 내!

어제의 과거와 수년 전의 과거가 뒤섞여 시간 감각을 완전히 잃어버렸던 것 같다. 낮인지 밤인지 며칠이나 됐는지, 혹은 그 시간이 흐르기는 한 것인지 알 수 없었다. 무겁게 드리워진 암막 커튼을 젖힐 의지가 생기지 않았다. 그저 아버지가 돌아간 뒤의 시간을 살고 있을 뿐이었다. 낮도 밤도 아닌 눈 뜬 시간이 그렇게 흘러갔다.

문득 허기가 졌다. 밥이 먹고 싶어졌다. 윤의 밥이, 윤이 서툴게 구워 낸 소시지가 먹고 싶었다. 갓 지은 밥에 서툰 젓가락질로 올려 주던 김치가 먹고 싶었다. 맨날 온다고 타박하면서도 가기 전에 꼬박꼬박 차려 내던 밥상이 그리웠다. 따뜻한 보리차 한 잔을 건네며 가끔은 제 밥을 덜어 주던 윤이, 미치게 보고 싶었다.

무작정 집을 뛰쳐나왔다. 택시를 탔고 성북동으로 향했다. 아버지와 마주칠 우려 같은 건 머릿속에 없었다. 그저 윤이 보고 싶을 뿐이었다. 못 본 척할지도 모르는데…… 말 붙일 틈도 안 주고 쌩하니 제집으로 들어갈지도 모르는데. 정말 본체만체 지나가면 어떡하나. 집이 가까워져 갈수록 붕 떠오르는 마음과 함께 불안함도 쌓여 갔다. 입안이 바싹 마르고 손끝이 차가워졌다. 마침내 택시에서 내렸고 윤의 집 앞을 서성이기를 얼마쯤, 저만치에서 윤이 걸어왔다.

아아, 윤. 당장에 달려가고 싶었지만 발이 떨어지지 않았다. 나풀거리는 긴 생머리, 가느다란 실루엣, 그를 발견하고 우뚝 선 걸음. 심장이 쿵 내려앉았다. 동그래지는 눈과 '어?' 하고 살포시 벌어진 입술이 환한 미소로 변모했다.

"오빠!"

윤이 달려오기 시작했다. 심장이 콩, 콩, 콩, 윤을 따라 뛰었다. 달려온 윤은 숨찬 듯 제 무릎을 짚고 숨을 골랐다. 그러다 고개만 들어 그를 보았다.

"와아ㅡ! 진짜 무진 오빠구나!"

발갛게 상기된 뺨, 반달이 된 눈, 찡긋하는 콧등. 햇살처럼 빛나는 윤. 윤은 못 본 사이 자라 있었다. 걱정이 무색하게 윤은 그를 반겼다. 지난 시간 그다지 반가운 이웃은 아니었음에도 거침없었다. 그런 윤이 고마워 와락 끌어안고 싶었지만 벅찬 가슴과 달리 건네는 인사는 어색했다.

"잘 지냈어?"
"오빠도 잘 지냈어요?"

마주 서며 윤이 물었다. 다정한 말에 하마터면 울 뻔한 그였다. 그는 못 지냈다고, 내내 아팠다고 말하는 대신 고개를 끄덕였다.

"다시 온 거예요?"
"아니."

그의 말에 윤의 낯빛이 흐려졌다.

"그럼 또 못 보는 거네요? 그동안 못되게 굴어서 미안했는데. 나 반성도 많이 했는데, 이제 밥 먹으러 와도 뭐라 안 그럴 건데…… 삼촌 가게에서 소시지도 많이 갖다 놨는데…… 그거 되게 맛있는 건데……."

"……."

"다시 오지."

그는 아무런 말도 하지 못했다.

"진짜 안 올 모양이네."

시무룩해진 윤이 제 신발 앞에 볼록 올라온 돌부리를 톡톡 찼다. 볼멘소리가 흘러나왔다.

"사과도 했는데 이게 뭐람."

"윤아."

윤이 고개를 들었다. 불러 놓고 그는 말이 없었다. 윤이 고개를 갸웃했다.

"왜요?"

"네가……."

"응."

"올래?"

내게.

"오빠네 집에? 새 아파트?"
"응."
"놀러 가도 돼요?"
"응."
"우와!"

제자리에서 폴짝폴짝 뛰며 좋아하는 윤이었다.

"나 진짜 심심했는데. 이 동네 사는 애들 되게 웃긴 거 알아요?
나랑 말도 안 해. 격 떨어진다고. 그게 다 뭐래. 웃기죠?"

그땐 몰랐다. 그리고 한참을 몰랐다. 윤을 향한 마음이 그조
차 가늠할 수 없을 만큼 커질 줄은.
윤이 성년이 되던 날 그는 고백하리라 마음먹었다. 근사한 곳
에서 식사하며 아름답게 성장한 윤을 축하해 주고 싶었다.
레스토랑을 빌리고 전날 윤에게 시간과 장소를 문자로 남겼
다. 그리고 그에 앞서 윤에게 원피스와 구두를 향수와 함께 보
냈다. 직접 쓴 카드와 함께.

성년 된 거 축하한다, 윤.

나의 윤.

마지막 말은 쓰지 못한 채 접어 넣었던 카드. 그는 한 아름의 장미꽃을 준비해 레스토랑에 앉아 윤을 기다렸다. 그러나 그밤, 윤은 오지 않았다. 대신 약속했던 시간 30분 전에 문자가 왔다.

〈미안해요. 저녁은 다음에 먹어야 할 것 같아. 서울 가면 연락할게요.〉

성년의 날을 기념해서 같은 과 친구들과 속초 바다에 갔다고 했다. 갑작스럽게 잡힌 약속이라고. 그날 알았다. 처음부터 그와 그녀는 바라보는 시선이 달랐다는 것을.

그리고 지금 역시 그때와 마찬가지였다.

"선배? 무진 선배!"

무진은 상념을 뚫고 들려온 소리에 고개를 들었다. 건너편에 앉은 수원이 쳐다보고 있었다.

"어휴, 무슨 생각을 그렇게 해요? 내 말 듣고 있어요?"

가볍게 책망하는 도회적인 얼굴. 옅은 화장을 한 수원은 몸선이 드러나는 검은색 브이넥 니트에 동일한 색의 슬랙스 차림이었다. 수원에게서 시선을 뗀 무진은 피로한 기색으로 눈가를 문질렀다.

"미안, 어디까지 얘기했지?"

말은 그렇게 하면서도 3D 도면이 아닌 그 위에 놓인 휴대전화를 응시하고 있는 그였다. 수원은 그런 무진의 모습이 흥미로웠다. 좀처럼 일에 집중하지 못하는 그가 신기하기까지 했다. 공과 사의 구분이 명확하다 못해 칼 같은 그가 정신이 팔려 있다니. 대체 누굴까? 침착하다 못해 냉담한 윤무진을 이토록 조급하게 하는 사람은. 그러나 궁금증이 인다고 해서 물을 수 있는 상대가 아니었다. 해서 수원은 수정안 얘기를 했다.

"6호점 천장이 높으니까 펜던트 조명을 쓰는 게 어떻겠냐고 물었어요. 어차피 벽 쪽으론 레일형 스포트라이트 조명 쏘아 줄 거고 카페 존이나 커뮤니티 존도 펜던트 조명을 달면 빛이 부족한 공간은 없을 거예요."

두 사람은 몇 시간 전에 6호점 현장을 둘러본 뒤 무진의 사무실로 와서 세부 사항을 점검하고 있었다. 수원은 인테리어 시공 업체 '공간, 수'의 사장으로, 무진의 대학 2년 후배인 그녀는 집안끼리 아는 사이기도 했다.

공간, 수는 기존 인테리어 시공 업체와의 사업상 거래가 종료된 뒤 새로운 파트너로 무진이 택한 곳이었다. 현재 6호점 인테리어를 담당하고 있는 수원은 공간 활용이 뛰어난 날카로운 감각의 소유자였다. 그녀는 경영학을 전공했으나 공간의 재배치와 소통 쪽으로 더 자질을 보여 유학을 다녀왔고 현재 청담동 쪽에 영업장을 가지고 있었다.

"안 되겠다. 밥 먹고 해요. 선배 생일이니 선배가 쏘는 걸로. 좋죠?"

그녀의 말에 무진은 등받이에 걸쳐 놓은 상의를 집었다.

"오늘은 안 되겠다. 다음에 하자."

그가 코트와 스마트폰을 챙겨 일어나자 따라 일어선 수원이 불만 가득한 얼굴을 했다.

"뭐예요. 그냥 퇴근하려고? 나 요즘 수고하고 있는데 밥도 안 사 줘요?"

"나중에. 공사는 주방 쪽부터 마무리해 줘."

"선배!"

졸졸 뒤따르는 수원을 무시하고 무진은 엘리베이터 닫힘 버튼을 눌렀다. 지하 주차장까지 내려가 차에 오르자마자 휴대전화를 꺼내서 윤에게 전화를 걸었다. 연결음을 들으며 시트에 몸을 기댔다. 대시 보드에 박힌 아날로그시계는 저녁 7시를 가리키고 있었다. 윤은 전화를 받지 않았다.

스마트폰을 던지듯 보조석에 놓은 뒤 시동 버튼을 눌렀다. 부드러운 엔진 소리와 함께 메르세데스 벤츠 S클래스가 주차장을 빠져나갔다. 얼마 지나지 않아 차는 대로로 진입했다. 전방을 주시하는 무진의 눈빛이 어둡게 가라앉았다.

대구 근무 확정. 단기 출장이 아닌 1년 상주 조건. 윤과의 짧은 통화를 끝으로 그는 종일 일에 집중하지 못했다. 발령 때문이 아니었다. 그런 일쯤은 윤이 매니저가 된 이후 각오한 일이기에 실상 그것으로 충격을 받지는 않았다.

문제는 윤이었다. 타지로의 근무가 확정될 것을 알고 있었음에도 그에게 언질조차 주지 않은 그녀가 문제였다. 일부러 하지 않았을 리 없으니 잊었다는 소리다. 그는 그 사실이 충격이었다. 결국 윤에게 그라는 사람은 고작 그 정도의 사람이라는 소리가 아닌가. 다정하고 따뜻하지만 때론 무심한 윤이었다.

이제는 고인 물처럼 되어 버린 관계. 방법이 없었다. 더 지켜볼 수도 없었다. 잃든지 얻든지 이제는 명확해져야 할 시간이었다. 그도, 그녀도.

8시에 가까워진 시각 카페 안은 조용한 활기를 띠고 있었다.

"이 팀장이 내일 대구 내려가서 숙소 계약할 거야."

커피를 한 모금 마신 서이창 부장이 말했다. 윤과 서 부장은 근처 브런치 카페에서 다소 이른 저녁을 먹고 조용한 카페로 자리를 옮긴 뒤 이야기를 이어 가고 있었다.

서이창 부장은 캐주얼한 차림으로 40대 후반이라는 나이가 무색한 동안이었다. 얼핏 봐서는 30대 중반으로 보이는 그는 기혼자로 남매를 둔 가장이기도 했다.

"오픈 전날 오픈 멤버들이 물류팀 직원들과 내려가겠지만 그전엔 이 팀장과 수고해야 할 거야. 매장 공사는 4월 중순으로 잡혔다는 얘기 들었지? 그전까지 직원들 뽑아서 교육해야 오픈하는 날 제구실할 수 있어. 대구점으로 이력서 받아 놓으라고 했으니까 그렇게 알면 되고. 오픈 행사 때릴 거니까 서브 매니저 전산 보는 거 확실히 교육하고."

"네."

"그리고 내일 이 팀장 올라오면 다음 주에 대구 내려가게 될 거야. 우선 한 달가량 묵을 짐만 꾸리면 될 것 같고 도착하면 첫날은 쉬고 다음 날 출근하면 돼. 오픈 전에는 1시까지 출근하고.

면접은 이 팀장이랑 같이 보겠지만 김 매니저 사람 뽑는 거니까, 조율하고. 대구 1호점엔 매장 사용하는 거 불편함 없도록 해 달라고 부탁해 놨으니 큰 어려움은 없을 거야. 고생은 하겠지만 오픈 때까지만 참고."

같은 본사 소속이라고 해도 한 달이라는 시간 동안 다른 팀과 매장을 공유한다는 건 불편한 일이었다. 그나마 다행인 점은 대구 1호점 매니저 구자은과 그녀가 친한 사이라는 것이었다. 동갑내기인 두 사람은 1년 전 본사 영업 회의에서 만난 뒤로 업무상의 전화를 주고받다가 친분이 생겼는데 특히 일적인 도움을 많이 받았다.

짧은 경력으로 책임자 자리에 올라 어려운 점이 많았던 그녀를 자은은 쉬는 날에도 전화를 받으며 일 처리에 힘을 보태 주었다. 어찌 보면 직장 선배인 매니저보다, 본사 담당들보다 업계의 일을 더 많이 가르쳐 준 사람이 자은이었다.

"여러모로 신경 써 주셔서 감사합니다, 부장님."

"그래. 이번에 확실히 실적 올려서 자리매김 한번 해 보자."

"열심히 하겠습니다."

서이창 부장은 입사할 때 면접관이었던 회사 간부로 이번 일에 그녀를 추천한 사람이기도 했다. 아르바이트에서 정직원이 되고 서브 매니저가 되기까지 윤의 업무 능력을 지켜본 그는, 영어와 일어에 능통한 그녀를 간부급으로 키울 생각을 하고 있었다. 서브 매니저일 때 보였던 성과가 그 생각에 쐐기를 박은 듯했다.

능력을 발휘할 기회는 뜻밖의 상황에서 찾아왔다. 여름휴가를 다녀오던 매니저가 교통사고로 입원하여 찾아온 기회였다.

그 무렵을 생각하면 지금도 아찔했다. 매니저의 사고로 석 달 넘게 매니저 자리가 공석이었을 때였다. 보통 그런 경우엔 본사에서 매니저를 대신할 인력을 투입해 주는데 당시엔 인력 부족으로 그럴 만한 여력이 없었다. 결국 일은 그녀에게 배당됐고 윤은 떨어지는 매출을 잡으려고 밤낮으로 고민했다. 그렇게 고심한 아이디어를 본사에 제출해 받아들여질 때까지 밀어붙였다.

그녀가 생각한 아이디어는 타 매장에는 없는 할인 코너를 만들어서 부진을 털어 내는 것이었다. 처음엔 골칫거리인 홍대점의 의견에 귀 기울여 주지 않았다. 그러나 끈질긴 그녀의 설득에 본사는 마지못해 의견을 들어 주었고 벼랑 끝에서 매출이 오르기 시작했다.

그러자 윤은 이번엔 신상품 누락에 대해 본사에 항의했다. 타 매장엔 버젓이 들어가는 신상품이 홍대점에는 번번이 누락되는 것에 대한 항의였다. 본사 입장에선 잘 팔리는 매장에 신상을 주는 것이 옳다는 방침이었으나 그녀 입장에선 새로운 상품이 있어야만 기존의 상품도 팔린다는 입장이었다.

그 일도 처음엔 난항이었으나 오래지 않아 받아들여졌다. 매장 재고 현황은 물론 타 매장의 입고 현황도 꿰고 있는 그녀에게 두 손을 든 본사였다. 그렇게 올해 초 매니저가 되었다. 초고속 승진이었다.

그녀의 부단한 노력이 있었지만 노력으로 상쇄될 경력은 아니었다. 승진은 부장과 전 매니저의 추천이 없었다면 불가능했으리라. 그리고 다시 짧은 경력으로 지역 매장 하나를 통째로

맡았다. 부장의 승진에도 영향을 미칠 이번 일은 어떤 일이 있어도 성공해야 할 일이었다.

"자, 그럼 얘긴 어지간히 된 것 같으니 일어날까?"

카페 밖은 어둠이 내려앉아 있었다. 카페 주차장까지 걸어간 윤은 부장을 배웅했다.

"오픈 때나 볼 것 같네. 수고하고."

"감사합니다, 부장님. 출장 조심해서 다녀오세요."

"그래, 다녀와서 보지."

검은색 중형차의 차창이 올라갔다. 그녀가 막 차체에서 한 걸음 떨어졌을 때였다. 차창이 내려가더니 부장이 고개를 내밀었다.

"김 매니저."

"예, 부장님."

"빠진 얘기 있거든 이 팀장한테 물어봐. 김 매니저가 전화하면 좋아할 거야."

"……?"

창문이 올라가고 아리송한 말을 흘린 부장의 차가 멀어졌다. 윤은 사라져 가는 차의 후미를 바라보며 눈살을 찌푸렸다. 이승요 팀장과 자신은 앞으로 한 달 동안 타 지역에서 동고동락해야 할 사이였기에 수시로 연락을 주고받는 것은 당연한 일이었다. 그런데도 부장의 말은 어딘지 이상했다.

몸을 돌려 자신의 차가 서 있는 곳으로 걸어가며 윤은 이 팀장을 떠올렸다. 이승요 팀장은 매장 담당자였다. 부지점장 아들인 그는 매장에서 스마일 맨으로 통했다. 찡그리거나 화내는 법이 없는 그는 큰 키와 준수한 외모 탓에 인기가 많았다. 그녀보다 두 살 많은 그는 매장을 방문할 때면 빈손으로 오는 법이 없어서 매장 동생들이 특히나 좋아했다.

친절하고 예의 바르며 싱글싱글 잘 웃는 스마일 맨. 돌연 가방 속에서 요란한 진동이 느껴졌다. 전화를 건 상대를 확인한 윤은 눈살을 찌푸렸다. 스마일 맨이었다. 윤은 곧바로 전화를 받지 않고 차 문을 열어 운전석에 앉았다. 그리고는 가방을 옆 좌석에 놓고 차 문을 닫은 뒤에 전화를 받았다.

"네, 팀장님."

―하이! 김 매니저님, 오케이 했다면서요? 소식 듣고 반가워서 전화했어요.

"함께 일하게 됐다는 말, 부장님께 들었어요."

―우리 잘해 봅시다!

무턱대고 파이팅을 외치는 스마일 맨이었다. 제대로 낙하산인 그와 일하게 된 것에 윤은 속으로 신음을 흘렸다.

"네, 앞으로 잘 부탁드립니다."

―하하. 우리 그런 의미에서 한 번 뭉치죠? 대구 내려가기 전에 오픈 팀 만나 봐야죠?

본사엔 전국적으로 오픈 매장만 돌면서 오픈 물건을 진열하고 행사 준비를 하는 사람들이 있었다. 팀장부터 대리, 과장까지 직급이 다양했다. 빠질 수 없는 자리였다.

"언제쯤이 좋을까요?"

―대구 다녀오면 날 잡죠. 다녀와서 봅시다.

"네, 연락 기다리겠습니다. 내일 잘 다녀오시고요."

형식적인 인사였다. 그러나 상대방의 응수가 늦어졌다. 순간 활기찼던 기운이 뚝 끊기고 행간에 말줄임표가 들어섰다.

—기분 좋은데요.

"예?"

—잘 다녀오라는 말, 듣기 좋네요.

"……?"

—윤.

가만히 불린 이름이었다. 친근한 부름이었다.

"방금……?"

설마 잘못 들었겠지 했다. 그러나 잘못 듣기엔 너무도 또렷한 말이었다.

"방금, 혹시 '윤'이라고 하셨어요?"

긴가민가한 물음에 이승요가 태연하게 대꾸했다.

—그럴 리가요. 김 매니저님, 이만 끊습니다.

전화가 끊어졌다. 이게 뭘까? 잠시 멍해진 윤은 휴대전화를 옆 좌석에 놓았다. 손목시계는 벌써 9시를 가리키고 있었다. 그 순간 저녁 내내 마음에 얹혀 있던 무진과의 통화가 떠올랐다. 윤은 다시 스마트폰을 집어 들었다. 식사 중에 걸려 온 전화를 무시했던 게 생각나서였다. 전화 아이콘을 눌러 통화 기록을 확인한 윤은 저도 모르게 신음을 뱉고 말았다. 7시쯤 걸려 온 전화는 무진으로부터였다. 윤은 황급히 무진에게 전화를 걸었다. 몇 차례 신호가 가고 무진이 전화를 받았다.

"오빠 어디예요?"

—밖에.

"나 이제 끝났는데 저녁 안 먹었으면 지금 먹을까요?"

—아파트로 와. 집 앞이야.

"우리 집?"

—응.

"근데, 왜 밖에……."

그녀가 그렇듯 그도 그녀의 집 열쇠를 가지고 있었다. 무진은 대답 대신 다른 말을 했다.

—기다릴게. 조심해서 와라.

언제부터 기다린 걸까? 설마 전화를 걸었을 때부터일까? 윤은 급해진 마음에 허둥지둥 안전벨트를 맸다.

"지금 집 근처니까 얼마 안 걸려요. 금방 갈게요."

서둘러 전화를 끊고 시동을 걸어 주차장을 빠져나갔다. 오전에 받았던 무진의 전화를 생각하며 그녀는 입술을 깨물었다. 입장 바꿔서 그가 자신에게 그런 식으로 소식을 알렸다면, 아니 들켰다면 두고두고 원망했을 것이다. 절대 그럴 일이 없는 사람이지만 자신은 종종 그런 사람인 게 문제였다. 가끔 자신의 무신경함이 뒤늦은 후회로 돌아왔다. 차라리 대구 발령이 났을 때 말할 걸 그랬다. 확정된 거나 마찬가지였던 일을 차일피일 미룬 건 잘못이었다.

무진과의 통화를 끝으로 30분 남짓 지났을 때 윤은 아파트 주차장으로 들어섰다. 막 가방을 들고 차에서 내리자 무진에게서 문자가 한 통 왔다.

〈아파트 입구에서 기다린다.〉

윤은 부리나케 차 문을 잠그고 뛰었다. 미안한 마음에 서두르
는 것도 있었지만 그가 자신의 집 앞에 있다는 것이 기뻐 서두
르는 마음이 더 컸다. 주차할 곳이 없어서 자신이 사는 동과 한
참 떨어진 곳에 주차를 해야 했다. 아파트 입구까지의 거리가
만만찮았으나 그 거리를 쉬지 않고 달렸다. 그리고 달려간 아파
트 입구에 그가 서 있었다.

고급스러운 슈트 차림의 그는 군데군데 칠이 벗겨진 아파트
와 어울리지 않았다. 그녀를 알아본 그가 출입구 쪽에서 한 걸
음 앞으로 걸어 나왔지만 빛을 등진 탓에 표정을 읽을 순 없었
다. 윤은 달려오느라 숨이 턱까지 찼다. 그럼에도 반가운 마음
에 계단을 그대로 뛰어 올라갔다. 앞머리가 헝클어지고 오버사
이즈 카디건이 어깨에서 흘러내렸다.

"많이, 기다렸어요?"

그녀가 흐트러진 숨을 토해 내며 환하게 웃었다.

"화난 거 아니면 좋겠는데."

"……"

"대구 가는 거 미리 말하지 않은 건 일부러 그런 게 아니고
바로 말할 수가 없……!"

말이 채 끝나기 전에 와락 끌어안긴 그녀였다. 놀란 그녀가 휘
둥그레진 눈으로 고개를 들었다. 내리뜬 눈과 마주했을 때 그 짙
은 눈빛에 당황했다. '오빠' 하고 그녀의 입술이 달싹여졌다. 그
러나 그 순간 그가 고개를 숙였고 입술이 겹쳐졌다.

"······!"

비벼지듯 강하게 겹치는 입술이었다. 윤의 손에 들린 가방이 툭 떨어졌다. 윤은 반사적으로 무진을 밀어냈다. 그러나 그녀의 손은 곧바로 그에게 붙들렸고 아래로 내려졌다. 키스를 하는 동안 손가락 사이로 파고드는 그의 손가락이 줄곧 그녀를 꼼짝 못하게 만들었다. 강압과는 거리가 먼 그것은 마치 그도 떨고 있으며 그도 두렵다고 말하고 있는 것 같았다.

심장이 터질 것 같았다. 숨을 쉴 수가 없었다. 그의 손가락과 얽힌 손가락에 힘이 풀리고 그에게서 분리됐을 때 그가 그 손을 가만히 되잡았다. 그리고 겹쳐졌던 입술이 부드럽게 떨어졌다. 마주 보고 선 그도, 그를 올려다보는 그녀도 호흡이 흐트러져 있었다. 윤은 믿을 수 없는 눈으로 그를 올려다보았다. 혼란스러움으로 가득 찬 눈동자를 보며 무진은 깊게 잠긴 목소리로 말했다.

"그래. 이게 내 마음이야. 그러니 묻자. 네 마음은 어떤 거지?"

꽃샘추위가 잦아든 고즈넉한 봄밤이었다. 바람 한 줄기 일지 않는 사방은 적막하기까지 했다.

"난······."

윤은 잡힌 손을 어찌할 바 몰라 내려다보다가 가만히 빼냈다.

"내 마음은, 그러니까 오빠······."

윤은 힘겹게 침을 삼켰다. 그녀는 온 신경을 그러모으며 지금의 상황을 헤쳐 나가려 애썼다. 처음 듣는 그의 고백이었다. 들어서는 안 될 말이었다. 윤은 떨리는 숨을 가만히 내쉬었다.

"······내게 오빠."

"……."

"가족이에요. 너무도 소중한."

힘겹게 뱉은 말에 무진의 낯빛이 창백해졌다.

"가족?"

받아들이기 어려운 얼굴은 뻣뻣하게 굳어 있었다. 윤은 마음이 아팠다. 그러나 그녀가 해 줄 수 있는 말은 그게 전부였다.

"정말 내가……."

무진은 잠시 말을 잇지 못했다.

"네게 가족이야?"

절망이 묻어나는 말이었다. 필사적으로 파고드는 눈빛을 감당하지 못해 윤은 시선을 피했다. 떨리는 손으로 옷을 추스르며 애써 담담함을 가장했다.

"우리 이대로도 행복하잖아요. 남자, 여자 그런 거 안 해도 행복하잖아요."

"행복?"

그가 실소했다. 서글픔이 번지는 눈동자는 그동안의 고통이 스며 있었다.

"매일같이 천당과 지옥을 오가는 건 행복이 아니야. 난 하루에도 수십 번씩 너를 몰랐던 때로 돌아가고 싶었어. 난 행복하지 않아. 이대로라면 앞으로도 마찬가지일 거다. 아니, 앞으론 더 하겠지."

그의 아픔에 윤은 망연자실했다. 누구보다 그의 행복을 바라며 살아왔는데 무진은 자신 때문에 행복하지 않았노라고 말하고 있었다. 그의 불행을 원치 않았다. 단 한순간도 그의 행복을 바라지 않은 순간이 없었다. 그런데도 그의 감정을 받아들일 수 없는 건 무진을 잃고 싶지 않아서였다. 식어 버리면 등 돌릴 수 있는 남녀 관계. 그것만은 피하고 싶었다.

"버려두면, 버려두면 사라질 감정이라고 생각해요. 홍역 같은 걸 거야. 왔다 가는 감정이야."

"아니, 사라지지 않아. 멈춰지지 않아."

"오빠, 제발!"

"아니!"

단호한 말이 그녀를 막아섰다.

"내가 돌아가고 싶지 않아."

가만히 내뱉어진 말에 윤의 눈빛이 절망적으로 흔들렸다.

"오빠⋯⋯."

"이제 알아야겠어. 내가 네게 무엇인지 알아야겠어."

부인해서 잃거나 인정해서 새로운 관계로 나아가거나, 둘 중 하나였다. 그녀가 말하고 있는 것은 주장에 불과했다. 그것으로 둘 사이에 흐르는 미묘한 감정을 정의 내릴 순 없었다.

"그러니 말해 봐. 내가 아직도 가족이야?"

"⋯⋯."

차마 입이 떨어지지 않았다. 갈급하게 닿았던 입술이 아직도 생생했다. 꽁꽁 싸맸던 마음을 기어이 풀어헤쳐 놓은 그였다. 그의 입술이 닿는 순간, 더운 숨결이 닿는 순간 깨달았다. 다시는 예전으로 돌아갈 수 없음을.

"가족일 수 없게 돼 버렸잖아요."

까만 눈동자가 절망으로 타들어 가고 있었다.

"윤."

"왜 그랬어요."

"윤."

그가 그녀의 이름을 부르며 한 발짝 다가섰다. 그러나 윤은 그만큼 물러섰다. 그녀가 고개를 저었다.

"그렇다고 달라지는 건 없어요."

처음부터 그는 그녀에게 남자였다. 남성 기피증이 생겼을 때조차 그는 남자였다. 소름이 돋지 않는 유일한 남자. 그러나 그런 식으로 닿길 원치 않는 남자이기도 했다.

"오빠가 소중해요. 오빠를 위해서라면 무슨 일이든 할 수 있어요. 내가 가진 전부를 원한다고 해도 줄 수 있어. 그런 사람이 오빠야. 그러니까, 지금처럼 지내요. 이렇게 살아. 제발 부탁이야."

"아니. 난 그 이상을 원해."

"오빠, 제발!"

"오늘이 아니어도 좋아."

무진은 물러설 마음이 없었다. 그는 불안하게 일렁이는 윤의 눈을 보면서 말했다.

"내가 소중하다면 그걸 증명해 줘. 내게로 와서 네 용기를 보여 줘. 내가 네 불행한 추측들이 틀렸다는 걸 증명해 보일 테니까. 어른들에게 일어났던 일 같은 건 우리에게 일어나지 않는다는 걸 보여 줄 테니까. 그러니 네 마음을 보여 줘."

그는 자신의 내면을 들여다보듯 그녀를 보고 있었다. 그러나 사랑해서 돌아서면 산산이 부서지는 것밖에 남지 않는다는 것을 그는 이해하지 못했다. 창백하게 질린 얼굴로 윤은 무진에게 다가섰다. 그녀가 그의 팔을 잡았다.

"제발, 이러지 마요."

한동안 말없이 바라보던 무진은 윤의 손을 가만히 떼어 냈다. 그리고 돌아서기 전 말했다.

"결정하는 거야, 윤. 달아날지, 부딪칠지."

2
빗방울 드는 방

"기다릴게. 네가 올 때까지."

"하아."

집 근처 강변로를 따라 뛰며 윤은 혼란스러운 마음을 갈무리하려 애쓰고 있었다. 걷고 뛰기를 반복한 탓에 숨이 턱까지 찼지만 뛰는 걸 쉬지는 않았다.

이대로 멈추면 복잡한 머리가 펑하고 터져 버릴 것 같았다. 뛰다 보면 생각의 갈피가 잡힐 거라 생각했다. 그러나 한 시간이 지난 지금도 정리된 건 없었다. 오히려 처음보다 더 복잡해진 마음이었다.

본사로부터 주어진 특별 휴가를 보내고 있었다. 타 지역으로의 장기 출장에 대한 배려 차원으로 본사에서 내린 유상 휴가였다. 평소였다면 뛸 듯이 기뻤을 테지만 지금은 아니었다. 갑자기 넘쳐난 시간으로 머리가 터지기 직전이었다. 그날, 무진은 대답을 기다리겠다는 말을 남기고 돌아갔다. 두 사람은 윤의 집 앞에서 재회한 이후 처음으로 서로에게 문자도 전화도 하지 않았다.

자신의 마음은 늘 명확하다고 생각했다. 그는 그녀의 친구였고 가족이었다. 만났다가 헤어지면 냉정하게 돌아설 수 있는 남녀가 아닌 가족. 그러나 더는 가족의 범주에 자신과 그를 넣을 수 없게 되어 버렸다.

경계가 허물어지던 순간, 입술이 맞닿던 순간 그토록 우려했던 남자와 여자가 되어 버린 것이다. 난생처음으로 소름이 돋길 소원했었다. 그와 닿았던 모든 곳에 소름이 돋아 가족으로 남을 수 있길 희망했다. 그러나 원했던 종류의 소름은 돋지 않았다.

한때는 무진을 이성으로 생각한 적도 있었다. 그러나 가슴앓이는 오래지 않아 멈췄다. 다시금 사랑의 불안정한 모습을 확인한 뒤였다.

늦은 나이에 결혼을 했던 삼촌은 소정 언니와 이혼했다. 6년이란 긴 연애와 4년이란 짧은 결혼 생활. 결혼 직후 두 사람은 더없이 행복해 보였다. 그러나 그 행복은 오래가지 않았다.

어느 순간 상대를 바라보는 눈동자에 억눌린 원망이 맺히기 시작했고 뱉지 못한 불만은 험악한 분위기를 조성했다. 그리고 다툼이 일상처럼 일어나기 시작했다. 싸움에 장소를 가리는 법도 없었다. 집과 직장, 마트와 길거리. 몸싸움 같은 건 일어나지 않았지만 두 사람은 그보다 더한 말로 상대를 죽였다.

그렇게 서로에 대한 존중을 잃었을 때 두 사람은 헤어졌다.

법원에서 나온 소정 언니는 미련 없이 떠나갔다. 삼촌 역시 마찬가지였다. 세상에 이런 사랑 하나쯤은 있었구나, 안도했던 마음에 대한 배신. 열렬했던 사랑의 종말은 달라지지 않았던 것이다.

두 사람은 결혼하지 말았어야 했다. 남자와 여자가 되지 말았어야 했다. 그랬더라면 지금도 함께일 것이다. 서로를 존중하고 애틋해하며 독려하는 동료로 말이다.

남자로서의 사랑이, 여자로서의 사랑이 두 사람을 망쳐 놓았다. 아빠도, 엄마도, 삼촌도, 소정 언니도 사랑이라는 것에 망가졌다. 남이 됐다.

그래서 자신만은 그들의 전철을 밟지 않겠노라고 다짐했다. 그런 식으로 무진과 남이 되지 않겠노라고 말이다. 마음이 아픈 것쯤은 감수할 수 있었다. 몸의 신호 또한 무시하면 그뿐이었다. 고통스럽겠지만, 안타깝지만 그와 헤어져 남이 되는 것보다는 나았다. 하지만 더는 틀려 버린 듯했다. 그가 그런 관계를 원치 않는다.

"결정하는 거야, 윤. 달아날지, 부딪칠지."

윤의 표정이 흐려졌다. 그가 기다린다. 대답을 듣길 원한다. 이제 원치 않아도 하나를 선택해야만 했다. 잃거나 선택하거나. 그를 사랑한다. 세상 무엇보다. 그는 마음을 증명해 보이라고 하지만 응하지 않을 생각이었다. 미워서 헤어지는 것보다 그편이 나았다.

지쳐서 더는 걷지 못하겠다는 생각이 들었을 때 윤은 집으로 돌아왔다. 샤워하고 나오자 휴대전화가 울렸다. 그 느닷없는 울림에 심장이 쿵 내려앉았다. 그일까? 반사적으로 든 생각이었다. 전화하지 않을 걸 알면서 헤어진 이후 종일 그의 전화를 기다린다. 윤은 서둘러 경대 위 휴대전화를 집었다. 그러나 전화는 스마일 맨, 이 팀장으로부터 걸려 온 것이었다. 말할 수 없는 실망감이 엄습해 왔다.

"여보세요."

─밥 사요.

다짜고짜 날아온 말이었다. 앞뒤 설명이라곤 없는 스마일 맨의 말에 윤은 좀 당황했다. 사적으로 친한 사이가 아니었다. 물론 그가 담당자로서 팀워크를 다지자며 간식거리를 사 들고 자주 매장을 오가긴 했지만 그건 별개였다.

"밥이요?"

─네, 밥이요.

싱글거림이 묻어나는 말투였다. 이 상황을 어떻게 받아들여야 할까. 휴가 중이었다. 업무 차원에서 건 전화도 아닌 듯했다. 윤은 머리카락을 감쌌던 젖은 수건을 풀어서 쥐고 베란다로 걸어갔다. 다용도실 세탁 바구니에 수건을 넣은 그녀는 잠시 그대로 서서 전화에 집중했다.

"제가 팀장님한테 밥 사야 할 일이라도 생긴 건가요?"

─생겼죠. 밥 사야 할 일이.

점점 모를 소리를 하는 이승요 팀장이었다. 그녀의 답답함을 느꼈는지 이번엔 이 팀장이 시원스럽게 말해 주었다.

—나, 김 매니저 숙소 알아보러 다니다가 다쳤거든요. 그래서 밥도 제대로 못 먹고 세수도 잘 못 하고 얼마나 고생했는데요. 그러니까 밥 사요.

심장이 쿵 내려앉았다.

"다쳐요? 어쩌다가요? 많이 다쳤어요?"

지금까지와는 사뭇 다른 그녀의 태도가 수화기 너머로도 전해진 모양이었다. 뺀질뺀질 말장난 일색이었던 그가 주춤거렸다.

—아, 그게…… 보면 좀 놀랄 거예요.

놀라? 그 정도로 다쳤다는 말일까?

"병원 가 봐야 하는 거 아녜요?"

—뭐 그 정도까지는…… 나 지금 집 근천데 바로 나올 수 있어요?

집을 어떻게 알고 왔는지 생각할 여유가 없었다. 그는 집 근처 사거리를 이야기하며 빌딩 이름을 댔다. 윤은 거기서 기다리라고 말했다.

"시간 좀 걸려요. 근처 가서 전화할게요."

서둘러 전화를 끊은 윤은 급하게 머리를 말리고 빗질을 했다. 선크림과 립글로스만 대충 바른 뒤 외출복을 꺼내 입은 그녀는 나가기 전 삼촌에게 전화를 걸었다.

삼촌과 만날 약속을 잡아 놨던 그녀였다. 저녁에 들르겠다는 말로 통화를 마친 후 그녀는 황급히 지갑과 차 열쇠를 챙겨서 집을 나섰다.

"많이, 다치셨네요?"

윤은 어이없는 눈길을 이승요에게 던지고 있었다. 두 사람은 집 근처 빌딩 앞에서 만난 뒤 음식점에 들어와 있었다. 한정식으로 유명한 집은 점심시간을 조금 넘기고 있었지만 빈자리가 거의 없었다.

"그렇죠? 보면 놀랄 거라고 했잖아요."

기막혀하는 시선을 아랑곳하지 않고 승요가 오른쪽 검지를 들어 보였다. 길쭉한 손가락 두 번째 마디에 살색 밴드가 감겨 있었다. 피 한 방울 비치지 않는 손가락이었다. 핸들을 돌리다가 손끼리 스쳐서 손톱에 긁혔다고 했다.

"다치지도 않았는데 왜 그런 전화를 하셨어요?"

웃음기 없는 얼굴이었다. 뚫어지게 보는 시선에 승요가 머쓱하게 말했다.

"정직하게 말하면 김 매니저 안 나왔을 거 아닙니까. 이게 보기는 이래도 세수할 때 얼마나 따갑다고요. 스킨 바를 때도 펄쩍 뛸 정도로 따끔하다니까요."

윤의 표정이 굳어졌다.

"그렇게까지 저를 보려는 이유가 뭐예요? 거짓말까지 해 가면서."

"혼자 밥 먹기 싫어서요."

"혼자 밥 먹는 게 싫어서 그런 거짓말을 했다고요?"

"예."

잘못됐느냐는 표정이었다. 말똥거리는 천진한 눈에 윤은 말문이 막혔다. 스마일 맨이 멋쩍게 웃었다.

"내가 혼자서는 밥을 잘 안 먹어요. 회사 나갈 땐 밥 먹을 사람이 많아서 좋았는데 안 나가니까 밥 먹을 사람이 없잖아요. 그래서 시간 많은 사람, 나 같은 사람 어디 없나 스캔하던 중 딱 김 매니저가 생각났지 뭐예요. 그래서 회사에 가서 인사 기록 좀 뒤졌죠."

"밥 먹으려고 인사 기록을 뒤져요?"

"보라고 있는 인사 기록인데 좀 보면 안 됩니까?"

양심의 가책이라곤 터럭만큼도 보이지 않는 얼굴이었다.

"회사에 이의 제기해도 되죠?"

정색하는 말에 승요가 손사래를 쳤다.

"에이, 내가 낙하산인 거 잊었어요? 그래 봤자 우리 꼰대 귀에 들어갈 텐데 소용없지. 그러지 말고 이참에 친목 다진다고 생각하고 밥 먹읍시다. 나 진짜 배고파요."

이 황당한 사람을 어쩌면 좋을까? 생각 같아서는 자리를 박차고 나가고 싶었지만 윤은 화를 참으며 앞에 놓인 보리차를 마셨다. 그런 그녀의 표정을 살피며 승요가 슬그머니 화해를 청해 왔다.

"화났어요? 아아, 이걸 어쩐다. 진짜 화나셨네. 어떻게 해야 풀리실까? 다음엔 안 그러겠다고 하면 풀릴까?"

뭐라고 대꾸하기 전 서빙 카트가 들어왔고 10여 가지의 맛깔스러운 반찬이 차례로 놓였다. 마지막으로 밥공기가 놓이고 종업원이 물러가자 승요가 밥뚜껑을 열며 표정을 살폈다.

"밥, 내가 살 테니까 화 풉시다. 네? 김 매니저."

"밥이나 드시죠."

윤은 잘라 말하고 숟가락을 들었다. 맑은 북엇국을 한 숟가락 떠서 삼켰다. 아침부터 공복 상태였지만 시장기가 느껴지지 않았다. 무진과 헤어진 뒤로 줄곧 이 상태였다. 빨리 혼자가 되고 싶었다. 마음속에 이는 생각만으로도 벅차 누군가에게 대거리해 줄 여력이 없었다. 그러려면 빨리 밥그릇을 비우는 수밖에.

"김 매니저, 왼손잡이구나?"

뜻밖의 것을 발견했다는 듯 눈을 빛내며 하는 말에 윤은 국그릇에서 고개를 들었다. 테이블 하나를 사이에 두고 싱글거리는 눈과 마주쳤다. 숟가락조차 들지 않은 그를 보며 윤은 무표정하게 말했다.

"식사 안 하세요? 배고프다면서요."

"배고프죠. 먹어요, 먹읍시다!"

승요는 싱글거렸다. 밥을 먹으면서도 젓가락질을 하면서도 싱글거렸다. 처음으로 밥맛이 좋다고 생각하는 그였다. 민낯이 예쁜 여자였다. 평소에도 짙은 화장과는 거리가 멀지만 말간 얼굴이 더없이 예뻤다. 그 옛날, 그녀처럼. 그리운 그녀처럼.

작년 말 그는 보통의 낙하산들이 그렇듯 아무런 경험도 없이 팀장 직함을 달았다. 한국 지사의 부지점장을 아버지로 둔 덕분이었다.

그의 아버지는 명문대를 나와 제대로 된 일을 하지 않고 있는 아들을 창피해했다. 어딘가로 치워 버리고 싶어 안달하다 결국 회사에 들여앉혔다. 당신 시야 밖에서 사고 치고 수선 피우는 아들을 보느니 눈앞에 놓고 보자는 듯 감시병인 부장까지 붙여서. 그를 대놓고 낙하산이라 명명하며 제대로 굴리라는 명령까지 내린 대단한 아버지였다.

그렇게 일을 시작하고 처음 영업 회의에 들어갔을 때였다. 그 자리에서 심장이 멎는 줄 알았다. 처음엔 그녀인 줄 알았다. 첫사랑, 그녀. 그러나 김윤은 그녀가 아니었다. 더군다나 전혀 닮지도 않았다. 그런데도 그녀라고 착각하고 놀랄 만큼 분위기가 흡사했다.

사랑했던 그녀. 다른 남자를 사랑한다는 말로 아득한 절망을 안긴 그녀. 그때 나이 스물둘이었다. 체질에 맞지 않은 경영학이 즐거울 수 있었던 것은 그녀가 있었기 때문이었다. 그러나 짧았던 행복. 너무도 간절했지만 놓쳐 버린 행복. 그만 아니었다면, 그 선배만 아니었다면…… 못난 생각인 줄 알면서도 아직 윤무진을 떠올리면 마음이 편치 않았다.

그러나 다시 찾은 삶의 활력이었다. 무언가를 하면서 즐거움을 느꼈던 것이 얼마 만인가. 갑자기 회사 생활이 즐거워졌다. 무슨 소린지 도통 알아들을 수 없는 업무에도 흥미가 생겼다. 그렇다고 업무에 파고들게 됐다는 소리는 아니었다.

그는 여전히 걸려 오는 전화를 대리, 혹은 과장에게 떠넘겼고 낙하산 놀이를 즐겼다. 적당히 놀다가 적당히 빠져 주면 되는 낙하산. 꼰대가 밥벌이하려고 부지점장 노릇을 하는 게 아니듯 그도 회사에 밥 벌어먹으러 나오는 사람이 아니었다. 그런데도 꼰대가 시키는 일을 착실히 하고 있는 것은 순전히 김윤 때문이었다. 눈앞의 여자를 보기 위해.

"김 매니저."

"……."

눈만 들어 바라보는 그녀였다. 또 무슨 일이냐고 묻는 듯한 표정에 승요는 씩 웃었다.

"아까 몰고 온 차, 김 매니저 차죠?"

어쩐지 불길한 물음에 윤은 뜸을 들이다 대답했다.

"그런데요?"

긴장한 기색에 승요가 빙긋이 웃었다.

"대구 갈 때 신세 좀 집시다."

순간 윤은 목이 콱 막혔다. 서둘러 물을 마신 그녀는 승요를 쳐다봤다.

"타고 온 차는 어쩌고요?"

"주차장에 있는 차요? 저거 내 차 아닙니다. 내 찬 정비소에. 주차장 차는 친구 차예요. 내 차는 얼마 전에 퍼져서 정비소에 가 있어요."

출고한 지 얼마 안 된 제 차를 주차장에 버젓이 세워 놓고 하는 거짓말이었다. 그것을 알 리 없는 윤은 한순간 퓨즈가 나간 표정이 됐다. 서울에서 대구까지 이 팀장과? 윤은 가출한 정신을 재빨리 소환했다.

"그건 안 될 것 같은데요? 저 운전 잘 못해요. 기차가 안전할 거예요. 기차 타세요."

"운전하는 거 다 봤어요. 그러지 말고 같이 갑시다. 미우나 고우나 한 달 동안 고생할 동료 아닙니까."

강적이다. 윤은 속으로 신음을 삼켰다. 이렇게까지 말하는 데야 방법이 없었다. 줄지 않는 밥을 잠시 바라본 윤은 먹기를 포기하고 숟가락을 내려놓았다.

"좋아요. 함께 가요."

"……."

마지못해 승낙하는 그녀를 승요가 물끄러미 응시했다. 그간의 장난스러움을 벗어 던진 눈빛은 진지했지만 자기 생각에 빠진 윤은 느끼지 못했다. 그의 눈빛이 그리운 이를 바라보듯 흐릿해졌다는 것도.

늦은 밤, 윤은 삼촌과 있었다.

호프집 안은 자기 전 한잔하러 나온 사람들로 북적였다. 새벽까지 영업하는 곳이라 단체 손님이 대다수인 이곳은 근처 주민들 또한 많이 찾았다.

윤은 삼촌의 퇴근 시간에 맞춰 단골 술집에 와 있었다. '달술'. 삼촌이 사는 아파트 근처에 있는 호프집 상호였다.

이곳에서 윤은 처음 삼촌에게 술을 배웠다. 성년을 기념하고 축하하는 자리였다. 혀끝에 닿았다가 목구멍 가득 번지는 쓴맛에 인상을 쓰는 그녀를 보며 삼촌은 참 많이도 웃었다.

"잘 자라 줘서 고맙다, 꼬맹이."

"내가 좀 잘 자라긴 했지?"

감회에 젖어 드는 삼촌을 보며 장난스럽게 건넸던 말이었다.

"고마워, 삼촌."

"……나도."

시간이 영원히 흐르지 않을 것 같았던 때가 있었다. 열다섯의 시간이 그랬다. 언제 어른이 될까. 언제쯤이면 아빠가 보고 싶지 않을까, 언제쯤이면 엄마가 생각나지 않을까. 작은 머리로 밤을 새우며 고민했던 시절. 고이고 막힌 것만 같았던 시간. 벗어날 수 없을 것 같았던 그리움.

시간은 누구에게나 공평하게 흘러간다는 말은 거짓말 같았다. 그녀의 시간은 오래도록 흐르지 않았음에. 그러나 그 밤, 삼촌에게서 아빠의 모습을 발견하고 깨달았다. 시간은 그녀에게도 흘렀다는걸. 그립고 보고 싶지만 더는 숨 막히게 아프지 않다는 사실을 통해 세월은 그녀에게도 흘렀고 그 일이 가능했던 것은 삼촌이 있었기 때문이라는 것도.

그녀는 달술을 좋아했다. 이곳에는 소소하고 행복했던 그녀의 시간이 녹아 있는 까닭이었다. 다정했던 소정 언니, 언니로 말미암아 행복해 보였던 삼촌, 그리고 무진 오빠. 그는 삼촌의 술친구가 되어 주곤 했다. 삼촌이 청하면 거절하는 법이 없었고 늘 먼저 취하는 삼촌을 부축해 집까지 데려다주곤 했다. 삼촌과 달리 그는 술에 취하는 법이 없었다. 어른 앞이라 어려워서이기도 하겠지만 원래 절제가 강한 사람이었다.

술 마실 때조차 반듯하고 단정한 사람. 그가 보고 싶었다. 그 밤, 오래도록 삼촌의 이야기를 들어 주며 의자 밑으로 그녀의 손을 잡아 주던 그가.

"월요일에 간다고?"

"응."

"벌써 서울이 휑하니 빈 것 같다."

"자주 올 거야. 나중에 귀찮다고 하지나 마셔."

"헛, 그 말 들으니까 벌써 귀찮아지려 한다. 휑한 것 같단 말 취소."

"이것 봐. 본색 드러내신다."

"삐친 척하긴."

"삐친 척 아니고 삐친 거야, 삼촌님아."

"사소한 거에 삐치면 늙은 거라는데?"

"누가."

"내가."

장난스럽게 웃는 삼촌을 보며 윤은 조금은 마음이 놓였다. 처음 부장으로부터 대구 출장을 제의받았을 때 가장 마음에 걸린 사람이 삼촌이었다.

"혼자 있을 수 있겠어?"

그녀의 물음에 돌아오는 건 코웃음이었다.

"내가 애냐? 나 말고 무진이, 그 친구 걱정이나 해. 너 때문에 멘탈 붕괴 왔지 싶은데. 가지 말라고 안 그래? 섭섭할 텐데."

그녀의 일을 두고 자기 입장을 내세우는 사람이 아니었다.

"오빠가 내 일에 참견하는 사람은 아니잖아. 섭섭해하는 건 그렇지, 뭐."

켕기는 양심에 윤은 말끝을 흐렸다. 그와 다퉜다는 말을 할 순 없었다. 다툰 이유가 사전에 귀띔하지 않았기 때문이라는 말도 하지 않았다.

　그래서 그가 화가 났었다는 말도, 그들의 관계가 새로운 국면으로 접어들었고 위태롭기 짝이 없어졌으며 그것 때문에 지금 죽을 지경이라는 말도 하지 않았다.

　"속 깊은 사람이니 뭐라고 말은 않겠지. 혼자 속앓이하는 게 눈에 선하다. 그 마음이 오죽할까. 애인이 1년씩이나 타지에 나가 있겠다는데."

　움찔해진 윤의 얼굴이 확 붉어졌다.

　"뭐? 우리, 그런 거 아냐!"

　듣는 사람도 없는데 자세까지 낮춘 윤이 빨개진 얼굴로 항의했다. 그 모습을 웃는 얼굴로 바라보던 민환이 싱글거렸다.

　"삼촌 앞이라고 부끄러워하긴. 애인을 애인이라고 하는데, 뭐?"

　"그런 거 아니래도!"

　만만찮은 항의에 민환의 눈매가 가늘어졌다.

　"아니면, 뭐? 설마 또 그 말 같잖은 가족 타령이야?"

　"사실이니까."

　정색하며 하는 말에 민환은 조카를 뚫어지게 바라보았다.

　"진심으로 하는 말이야?"

　"그래."

　"……."

　"왜 그러고 봐?"

　"네가 내 조카 맞나 싶어서 본다. 너 설마 그 친구한테도 그렇게 말한 건 아니지? 사람 말려 죽이려고 작정한 거 아니면 그런 소린 하는 거 아니다. 넌 어째 다른 건 똑 부러지는 애가……
쑥스러워서 가족 운운하는 줄 알았더니. 진심이야?"

"그게 최선이어서 가족이라고 말한 걸 수도 있잖아."

그녀의 말에 삼촌이 기막힌 얼굴을 했다.

"말했네, 말했어. 보자마자 뭔 일 있구나 싶더니만. 그래서 싸
웠어?"

싸움이나 되는 사람인가.

"아니야, 그런 거."

"쯧쯧. 너 보니까 삼촌 가슴이 다 탄다. 시꺼멓게 타. 내가 이
런데 그 친구 속은 오죽할까."

"나도 복잡하고 힘들어."

"뭐가 힘들어. 너희 관계만큼 간단하고 명료한 관계가 어디
있다고. 인정하면 될 일을 뭐가 힘들다고, 굴 파고 앉아! 너 그
친구 좋아하잖아. 그 친구 일이라면 자다가도 뛰쳐나가잖아. 서
로 사랑하고 신체 건강한데 뭐가 문제야. 무진이 그 친구, 기다
릴 만큼 기다렸어. 내가 봐서는 너 때문에 이러지도 저러지도
못하고 있는 것 같은데, 그만큼 기다리게 했으면 됐어. 결혼하
자고 하면 그냥 해."

"난 결혼 안 해."

윤은 입술을 깨물었다. 삼촌 앞에서 할 소린 아니었지만 한
번은 짚고 넘어가야 할 일이었다. 윤은 삼촌의 눈을 똑바로 응
시했다.

"결혼 안 할 거야."

"뭐?"

"결혼 안 한다고. 오빠랑 결혼할 일은 없어. 다른 누구와도."

"허."

할 말을 잃은 민환의 얼굴이 망연자실해졌다. 헛웃음 웃고 있지만 표정은 말할 수 없이 착잡했다. 한동안 허공을 응시하고 있던 민환이 조카를 돌아봤다.

"너 혹시 삼촌 때문이야? 그러니까 내 말은 나 때문에, 네 아빠 때문에 그래? 그래서 결혼 안 하고 혼자 살고 싶어?"

"……."

"말해 봐."

재촉에 윤은 다시금 입술을 깨물었다.

"……난 오빠를 그렇게 잃고 싶지 않아."

다시 할 말을 잃은 민환이었다. 그는 갑갑해진 마음에 떨리는 손으로 바지 주머니를 더듬었다. 그러나 얼마 전에 끊은 담배가 주머니에 있을 리 만무했다. 가슴이 꽉 막혀 맥주를 길게 들이켠 그는 빈 잔을 내려놓았다. 그러고는 한참 먼 어딘가를 응시했다. 그러다 그가 입을 열었다.

"좋아. 오죽하면 네가 그런 생각 했을까 싶어서 다른 말은 못 하겠다. 못 하겠는데, 한 가지만 묻자. 너 무진이가 다른 여자랑 결혼하면 감당할 자신 있어? 생각 잘 해. 너 그 친구 결혼하면 그 친구 인생에서 자동 아웃이야. 아는 거지?"

"!"

"보고 싶어도 못 보고 아무 때나 전화할 수도 없어. 왜? 남의 남자니까. 너 그거 알고 가족 운운하는 거지? 머리 좋은 애가 그런 생각도 안 해 보고 그런 말 하는 거 아니지?"

뭔가로 머리를 세차게 얻어맞은 기분이었다.

"아아, 난……."

윤은 떨리는 손끝을 바짝 쥐었다. 정신이 아득해졌다. 자신은 바보일지도 모르겠다는 생각이 들었다. 그를 잃고 싶지 않아서 가족이라는 틀로 묶어 놓고 그 밖의 것은 생각하지 못한 것이다.

"그 친구가 결혼하면 넌 절대 그 친구 못 만나. 세상엔 절대 허용되지 않는 게 있어. 어떤 말로도 미화될 수 없는 관계가. 배우자의 이성 친구 같은 거."

비수가 될 말인 줄 알면서도 민환은 윤이 세상을 제대로 보길 바라 찔러 말했다. 죽은 형의 자식이지만 제 품에 안는 순간 내 새끼라고 생각하며 살아왔다.

힘을 다해 왔지만 못 해 준 게 더 많아서 가슴 아프고 속상한 자식. 그런 애가 어른들의 불행 때문에 제 눈앞의 행복을 보지 못하고 있었다.

"석주 형님, 그 아들 결혼 생각하고 있더라. 얼마 전에 네 눈치가 어떤지 묻고 갔어. 그 양반 눈에도 네가 아리송한 거야. 형님이 뭐라고 하고 간 줄 알아? 둘이 그냥 친구면 무진이 중매 넣겠다고 하더라. 올해 안 넘기고 싶다고."

처음 듣는 말이었다. 자식 가진 부모로서 당연히 할 수 있는 말임에도 가슴이 쿵 내려앉았다. 윤은 눈을 질끈 감고 앞에 놓인 맥주를 들이켰다. 그런 그녀를 보며 민환은 쐐기를 박았다.

"널 예뻐한다고 마냥 믿지 마. 제 새끼 배필 욕심은 다 있는 거야. 석주 삼촌, 평범한 집 사람 아니다. 대기업 총수였던 조부를 위시해 서슬 퍼런 권력을 가진 집안 수장이야. 세가 정계, 재계 안 닿는 데가 없어. 그런 집안 아들이 무진이야. 대단한 집안과 사돈 맺는 게 당연한 집안이란 의미다. 그런 집안에서 널 허용했어. 왠지 알아? 무진이 널 놓지 않으니까. 무진이 눈치 보느라, 자식 눈치 보느라 가만히 있다는 이야기다. 석주 삼촌이 널 예뻐하지만 그건 어디까지나 아들이 행복할 때 얘기지, 널 여자로 보는 그 친구에게 가족이라고? 그런 관계를 원한다고? 농담으로라도 그런 말 입에 담지 마라. 석주 삼촌 귀에 들어가는 날엔 영영 그 친구 못 볼 테니. 제 자식 속 끓이는 걸 두고 볼 부모는 어디에도 없어."

윤은 아무런 말도 못 하고 있었다.

"윤아."

민환은 혼란스러운 표정으로 앉아 있는 조카의 손을 잡았다. 크고 따뜻한 손. 윤은 삼촌의 마디진 손을 물끄러미 바라보았다. 오래도록 밀가루를 반죽하고 빵을 구워 온 손은 갈색 흉터들로 가득했다. 오른손 손등엔 5cm가 넘는 수술 자국도 있었다. 손을 무리하게 쓴 탓에 심줄에 무리가 가서 수술로 드러낸 자국이었다.

"부탁이다. 삼촌 소원이야. 행복할 기회를 잡아. 삼촌 실패 생각하지 말고 네 아버지 경험 비추지 말고 무진이 놓치지 마. 그 친구 죽어도 너 아프게 할 사람 아니야. 제가 죽으면 죽었지, 그 성정에 너 아프게 할 사람 아니다. 지금까지 지켜보고도 그걸 몰라? 삼촌은 말이야. 네 숙모랑 결혼한 거 후회 안 해. 그건 네 아빠도 마찬가지였어. 네 눈에 비친 우리가 불행해 보였을지 몰라도 네가 본 게 다일 순 없는 거야."

❧　　　❧　　　❧

윤은 오지 않았다. 내일이면 그녀가 서울을 떠난다. 무진은 가슴이 답답해져 의자를 밀치고 일어나 창가로 걸어갔다. 불 꺼진 거리, 시커먼 어둠이 그와 마주했다.

자정을 훌쩍 넘긴 시간이었지만 그는 아직 사무실이었다. 새로운 사업장 검토 때문이었다. 그의 책상 위엔 지방 도시들의 상권 분석과 유동 인구 분석 자료가 쌓여 있었다. 많은 인력과 비용을 들여 만든 결과물로, 몇몇 후보지가 우선적 시범 장소로 낙점된 상태였다. 동시에 지역의 유명 백화점 입점을 앞두고 있기도 했다. 지방 사업장 주요 도시 포진은 그의 초기 사업 계획의 하나로, 이후 국내 사업이 안정화되면 수년 내 미국과 프랑스를 공략한다는 것이 그의 장기 플랜이었다. 그 또한 해외사업부와 공조해서 진행 중이니 머지않아 가시화될 일이었다.

많은 일이 그를 기다리고 있었다. 결재할 일도, 처리할 사안도 넘쳐났다. 임원들은 그와 보조를 맞추느라 연일 고전 중이다. 그가 쉬지 않으니 그들도 쉴 수가 없다. 그걸 놓칠 만큼 일에 빠져 제대로 자지도 먹지도 않고 정신력으로 버티는 중이었다. 쓰러지지 않는 게 신기할 정도의 상태를 보며 임원들은 걱정이 태산 같았다.

예술인이 무대에서 죽는 것은 영예로운 일이나 사업가가 일하다가 책상에서 죽는 건 불행한 일인 법. 그들은 유사시에 사장을 침대에 묶어 강제 휴식을 취하게 할 방법을 모색 중이었다.

그 사실을 까맣게 모르는 무진은 무수히 걸려 오는 전화 사이에 윤의 것이 섞여 있기를 바라고 있었다. 그러나 고백 이후 윤은 문자 한 통, 전화 한 번이 없었다. 차라리 고백하지 말았어야 했다고 자책했다.

보지 않고 살 수 없으면서 홀로도 잘 살 수 있는 윤에게 고백을 하고 대답을 기다리겠다는 말을 하는 게 아니었다.

딩동.

돌연 정적을 깨는 문자 알림 소리에 무진은 반사적으로 굳어졌다. 윤일까? 책상을 돌아본 무진은 서둘러 문자메시지를 확인했다. 그러나 문자는 수원으로부터 온 것이었다. 실망감을 누르며 그는 메시지를 읽었다.

〈클라이언트님, 때론 일도 적당히! 내일 현장에서 뵐게요.〉

메시지를 확인한 그는 휴대전화를 원래의 자리로 되돌려 놓고 다시 창가 자리로 갔다. 거절과 나무람에 익숙하지 않은 수원은 그에게 잃은 점수를 만회하기 위해 애쓰는 중이었다. 한번씩 제멋대로 구는 행동이 불러온 결과였다. 수원은 전문적인 일을 하고 있지만 아직은 재력가 집안의 외동딸이 하던 버릇을 다 버리지 못했다. 어디서든지 자신의 행동은 모두에게 통용된다는 태도가 여전히 남아 있었다.

이틀 전이었다. 그녀의 물건들이 본사 대회의실에 쌓여 있다는 보고를 받은 건. 비서가 짐을 치워 달라고 말했지만 수원은 듣지 않았던 것 같다. 비서의 보고를 받고 들어간 대회의실엔 각종 도면과 자료들이 무질서하게 쌓여 있었다. 단체 미팅이 끝난 뒤 소회의실에서만 회의를 진행해 온 터라 대회의실은 오랜만이었기에 이 정도인 줄 몰랐던 것이다. 결국 그가 그녀를 불러들였다.

"치워."

그의 말은 간단했다. 단호한 말에 수원은 당황한 얼굴이었다. 그리고 입을 삐쭉대며 버텼다.

"빈 공간 좀 사용하면 안 돼? 오가는 시간 줄여서 일해 보려고 그런 건데 너무 야박하잖아. 청담에서 현장까지 오가려면 하루가 빡빡해. 쉴 틈이 없다고. 함께 일하는데 그 정도 편의도 못 봐줘?"

장광설에 그의 말은 간명했다.

"원거리든 근거리든 내 알 바 아니야. 지킬 마음 없으면 말해."

단호한 말에 수원은 입을 꾹 다물었다. 한참 뒤 수원이 붉어진 얼굴로 말했다.

"임 실장, 짐 챙겨."

함께 온 남직원에게 지시한 그녀가 몸을 돌려 나가 버렸다. 그리고 어제 6호점 공사 현장에 나타나지 않았다. 인테리어 시공 업체 사장이 매일같이 현장에 나올 필요는 없었으나 지금까지 줄곧 현장을 지켜 왔던 것을 놓고 본다면 그녀의 행동은 불쾌한 것이었다. 그는 기분이 좋지 않았다.

그리고 하루를 넘긴 오늘 밤, 수원은 느닷없이 몬테 비앙코로 찾아왔다. 이 시간이면 본사가 아닌 본점 5층에 그가 있다는 것을 아는 그녀였다. 사무실 안으로 들어온 그녀는 그와 눈도 마주치지 못한 채 빨개진 얼굴로 머뭇거렸다.

"미안했어, 선배. 직원들 앞이라 무안해서 프로답지 못한 행동을 보였어. 주의할게. 다시 기회를 준다면 잘해 보고 싶어."

"좋아."

한숨을 흘리며 그가 한 말이었다. 그는 알고 하는 실수와 무례를 용납하는 사람이 아니었다. 그러나 상대가 수원이었으므로 한 번은 넘어가 주기로 했다.

"고마워, 선배."

그가 내민 커피를 받으며 수원은 어색하게 웃었다. 공사 진행에 관한 짧은 대화가 오가는 사이 수원은 자신감을 되찾았다. 원래 쉽게 주눅 드는 성격이 아니었고 화가 나도 금방 풀어지는 성격이었다. 그것이 수원의 많은 단점을 상쇄하는 장점이었다.

커피 잔을 절반쯤 비웠을 때 수원이 말했다.

"선배, 혹시 기억나요? 이승요라는 이름?"

무진의 짙은 눈썹이 언뜻 움직였다. 이승요. 오랜만에 듣는
이름이었다.

"알 것 같은데, 그건 왜?"

대학 4년. 그에게 다짜고짜 주먹을 날렸던 놈이었다. 계집애
같이 곱상한 외모였지만 주먹은 제법 매웠던 놈이었다.

"우리 업장 찾아왔었어. 처음엔 이승욘 줄 몰랐는데 자세히 보
니 맞더라. 자기 집 인테리어 같아 치우고 싶은데 견적 좀 내 달
래. 그 이승요라니, 어떻게 그렇게 만나지? 세상 참 좁지?"

"……."

무진은 왼쪽 턱을 손바닥으로 가만히 쓸어 보았다. 맞은 이유
는 기억나지 않았다. 수업이 끝난 뒤 집으로 돌아가기 위해 학
교 주차장으로 가고 있을 때였다. 달려온 녀석이 다짜고짜 주먹
을 휘둘렀다.

"너, 뭐야."

반사적으로 주먹을 빼 들고 녀석의 멱살을 틀어쥐었다.

"선배만 없었어도!"

밑도 끝도 없는 말이었고 처음 보는 녀석이었다. 그런데 녀석은 그를 알고 있는 듯했다.

"선배만 없었어도……."

알아들을 수 없는 말로 웅얼거리는 녀석은 울 것 같은 얼굴을 하고 있었다. 아주 분한 얼굴이었다. 계집애처럼 곱게 생긴 얼굴이었고 툭 치면 진짜 울 것만 같았다.

그런 놈을 상대로 주먹을 날릴 순 없었다. 결국, 녀석을 밀치듯 놓고 앞으로 조심하라는 말을 하곤 돌아섰다. 함께 있던 수원이 녀석을 돌아보며 '또라이 자식'이라고 한마디 뱉은 뒤 가방에서 손수건을 꺼냈다.

"선배, 괜찮아요? 입술에 피 난다."

그때까지 입술이 찢어졌을 줄은 몰랐다. 손등으로 입술을 눌러 본 그는 대수롭지 않은 상처에 손수건을 물렸다.

"타라."

막 차 문을 열었을 때였다. 녀석이 악다구니를 썼다.

"바람둥이 자식! 망할 자식!"

허공에 주먹질을 해 대는 모습에 눈살을 찌푸렸다. 수원이 헛웃음을 쳤다. 그러다 돌연 얼빠진 표정을 지었다.

"뭐야, 쟤 나랑 수업 듣는 애잖아? 맞네! 이승요! 하, 쟤 또라이였어? 완전 어이없다. 근데 뭐래? 지금 선배 보고 바람둥이라고 한 거야? 진짜 미친 거 아냐? 누굴 보고 바람둥이래. 뭘 알고나 하는 소리야? 완전 기막히다!"

수원이 어이없어했다. 그녀의 차가 정비소에 들어가 있어 그의 차를 얻어 탔던 날이었다. 벌써 6년 전 일이다. 그런데도 녀석을 기억하는 건 맞고도 주먹으로 갚지 않은 유일한 놈이기 때문이었다. 그때 그는 세상을 다 잃은 얼굴을 한 놈을 차마 때릴 수 없었다.

똑똑.
작지만 또렷한 노크 소리가 들려왔다. 기억 어디쯤 멈췄던 그의 생각이 현실로 돌아왔다.
수원인가?
방금 사무실에서 나간 그녀였다. 용건은 모두 마친 거로 아는데 아직 할 말이 남은 건가?

"들어와."

무심하게 내뱉은 그는 여전히 어둠이 내린 거리를 바라보고 있었다. 문이 열리는 기척이 들렸지만 돌아보지 않았다. 답지 않게 조심스럽게 문을 닫는 수원이었다. 마지못해 그가 돌아봤다.

"아직 남은 얘기라도 있는……."

무진은 채 말을 잇지 못했다. 윤이었다. 그녀가 닫힌 문 앞에 서 있었다. 그는 반사적으로 윤을 향해 가려는 두 다리에 힘을 주었다. 멈칫하는 그를 윤이 바라보고 있었다. 어색한 미소를 흘리는 윤이었다.

"나, 왔어."

바짝 마주 잡은 손끝이 눈에 들어왔다.

"전화하려고 했었는데……."

하지 않았다, 혹은 하지 못했다는 말의 무의미함을 깨달았던 건지 윤은 말끝을 흐렸다. 녹록하지 않았을 지난 시간의 피로함이 윤에게서 묻어났다. 윤의 안색은 창백했다. 베이지색 코트 속 몸은 힘주어 안으면 바스러질 것처럼 보였다.

"오빠가 한 말 말이에요. 생각해 봤어."

멀리 차들이 젖은 노면을 차며 달려가는 소리가 들려왔다. 달리는 차바퀴에 물줄기가 날릴 만큼 노면은 젖어 있는 듯했다. 그런데도 그는 비가 내리고 있다는 사실을 몰랐다. 내내 창밖을 보고 있었음에도 말이다. 후드득 창문을 때리는 빗방울 소리가 잡힐 만큼 적요한 밤이고 창문에 달라붙은 무수한 물방울이 어룽지며 흘러내리고 있었음에도 말이다.

"내가 소중하다면 그걸 증명해 줘. 내게로 와서 네 용기를 보여
줘. 내가 네 불행한 추측들이 틀렸다는 걸 증명해 보일 테니까. 어
른들에게 일어났던 일 같은 건 우리에게 일어나지 않는다는 걸 보
여 줄 테니까. 그러니 네 마음을 보여 줘."

"결정하는 거야, 윤. 달아날지, 부딪칠지."

그 밤, 처음으로 선명하게 달아오른 마음을 내보였던 밤 그가
윤에게 한 말이었다. 이제 그 대답을 윤이 하려고 했다. 온몸을
짓누르는 긴장감이었다.

"헤어지고 많이 생각했어요."

윤은 파고드는 시선을 응시하며 말을 골랐다. 그의 집 앞에서
오래 서 있었다. 그가 돌아오길 기다리며 자신의 결정을 번복하
고 싶은 마음과 싸워야 했다. 10시를 넘기고 11시가 가까워질 무
렵 집 앞을 떠나면서 사무실에 그가 있기를, 아니 없기를 동시
에 희망했다. 그 마음은 사무실 앞에 차를 세울 때까지 첨예하
게 대립했다. 차에서 내리고도 돌아갈까 다시 마음이 흔들렸다.

그러나 올려다본 그의 사무실. 그곳에서 새어 나오는 불빛에
왈칵 그리움이 솟구쳤다. 그 순간 돌아갈 수 없음을 깨달았다.
돌아가선 안 된다는 생각이 들었다. 비로소 선명해졌다. 나는
저 사람을 놓을 수 없구나. 그 끝에 무엇이 있든, 그 길에서 무
엇과 마주하든 그의 손을 놓아서는 안 되는구나.

어두운 정장 바지에 연푸른 셔츠를 입고 있는 그는 늘 그렇듯

빈틈없이 반듯한 모습이었다. 수척해 보인다는 것만 제외하면 평소와 같았다. 거칠한 모습에서 그의 고단했던 시간이 읽혔다.

"지난 시간 잃고 싶지 않아서 겉도는 걸 택했어요. 경계를 넘지 않으려 필사적으로 노력하면서. 나를 억누르고 눈을 감으며 오빠를 밀어냈죠. 그게 최선이라고 생각하면서."

"……."

"우리 관계가 영원히 이어질 거라고 생각 안 해요. 어떤 관계도 그런 건 없으니까. 난 여전히 남녀 관계에 회의적이고 우리가 언제든 헤어질 수 있다고 생각해요. 그래서 오늘의 내 결정을 두고두고 후회할지도 몰라요. 하지만……."

"……."

"직진이에요. 지금은, 이 순간은 이 마음 가는 대로 직진."

무진이 윤을 와락 끌어안았다. 으스러지게 그녀를 안으며 그가 두 눈을 질끈 감았다. 갈등의 숲에서 빠져나오기까지, 제 안의 두려움을 깨고 이 문에 서기까지, 그 간단하지 않은 일을 결정하기까지 그녀가 어떤 낮과 밤을 보냈을지 알고 있었다. 그역시 그러한 낮과 밤을 보냈음에.

"너와 나 사이에 헤어짐 같은 건 없어. 절대로."

"절대라는 건 없어요."

회의적인 목소리였다.

"그런 게 있을 리 없잖아요."

"있어. 김윤과 윤무진 사이엔."

확신에 찬 말에 윤은 두 눈을 감았다. 자신의 몸을 옥죄듯 안은 그의 등을 마주 안으며 그녀는 서글픈 안도감을 느꼈다. 그가 고마웠다. 자신이 갖지 못한 확신을 가진 그가. 불 켜진 창문을 보며 생각했었다. 회색빛으로 가득 찬 자신의 인생에서 한순간이라도 명확한 순간이 있었다면 그건 바로 그와 함께한 시간이라고. 그리고 그 깨달음 뒤에 떠오른 선명한 감정 한 조각.

"오빠를 사랑해요."

윤은 떨리는 입술로 속삭였다. 그의 몸이 굳어지고 흔들리는 눈빛이 그녀를 내려다보았다. 생각지도 못한 고백이었나 보다. 그는 말을 잇지 못했다.

"사랑해요."

가만히 속삭인 그녀가 용기를 내어 무진의 목을 끌어안았다. 그가 맥없이 딸려 오자 윤은 그의 입술에 떨리는 입술을 눌렀다. 떨림이 입술을 통해 전해져 왔다. 숨조차 쉬지 못하고 있는 그였다. 늘어진 두 팔이 움찔 움직여 그녀의 몸을 쓸어안았다. 힘주어 안으며 그가 신음했다.

"아아, 윤."

자잘한 입맞춤이 얼굴에 퍼부어졌다. 다정한 키스였고 자잘한 입맞춤이었다. 기쁨에 신음하는 포옹이었다. 그러나 그 키스는 오래지 않아 갈급한 연인들의 것으로 바뀌었다. 오랜 기다림이었다. 지치지 말자, 포기하지 말자. 그렇게 마음 다잡으며 오래오래 기다린 순간이었다. 서로의 몸이 성급하게 더듬어졌고 입술이 교차하며 포개졌다. 맞물린 입술 사이로 혀가 밀려들었다. 그녀의 혀가 급하게 빨렸고 입술이 이지러지도록 비벼지며 깨물렸다.

"이렇게 하고 싶었어. 너를 볼 때마다. 너를 안고, 이렇게."

욕망으로 가라앉은 목소리는 탁했다. 거친 그의 말은 그녀의 몸 어딘가를 자극했다. 아랫배에 고이는 뜨거움을 느끼며 윤은 입술을 깨물었다. 그녀도 그랬다. 그를 느끼고 싶었다. 그렇게 함으로써 자신 안의 위태로운 생각들이 사라질 수만 있다면.

윤은 절박한 손길로 무진을 끌어안았다. 그러는 동안 그의 손길과 키스가 존재하는지도 몰랐던 갈망과 욕망을 불러일으켰다. 첫 키스와는 비교할 수 없는 짙은 키스에 윤은 신음하며 몸을 떨었다.

한 번도 이런 식으로 무진에게 안긴 적이 없었다. 남자와 여자의 차이를 생생하게 느낄 만한 포옹을 해 본 적도 없었다. 가벼운 스침과 포옹은 셀 수 없을 만큼 많았지만 그 많은 접촉에도 성적인 느낌은 받지 못했다. 그것이 무진의 배려였다는 것을 이제 알 것 같았다. 그녀의 머릿속에 켜졌던 스톱 스위치와 마찬가지로 그 역시 철저히 자신을 절제했다는 것을.

성인이 되고 4년이었다. 그 시간 동안 그는 이렇게 발갛게 단 마음을 숨긴 채 그녀를 지키고 있었나 보다. 그런 그의 마음이 그녀의 마음을 달아오르게 했다.

"좋아했어요. 오랫동안."

떨리는 입술을 단단한 턱 끝에 누르며 윤이 속삭였다.

"외면했지만, 그렇게 하면 사라질 마음인 줄 알았지만 사라지지 않았어요. 오빠 사랑해요. 두려울 만큼."

마음이 뜨거웠다. 마음의 빗장을 푸니 그 속에 존재하는 줄도 몰랐던 감정들이 쏟아져 나왔다. 풀어 놓은 마음에 심장은 주체할 수 없을 만큼 빠르게 뛰었다.

"오빠 원해요. 같은 마음이라고 해 줘요."

"널 원해."

탁하게 속삭인 그가 그녀의 턱을 쥐었고 삼킬 듯 키스를 해 왔다.

"너를 미치게 원해. 상상 속에서 널 상대로 무슨 짓을 했는지 안다면 넌 날 용서하지 않을지도 몰라. 하루에도 수십 번, 수백 번씩 널 안는 생각을 했어. 그런 내게 널 원하느냐고? 같은 마음 이길 바란다고?"

뜨거운 입술이 목덜미에 닿고 허리를 타고 내려온 손이 치마 속으로 파고들며 엉덩이를 움켜쥐었다. 엉덩이가 바짝 끌어당겨 졌고 딱딱하게 발기한 그의 몸이 거칠게 밀어붙여졌다. 노골적 인 구애에 윤은 무진의 셔츠를 움켜쥐며 그의 가슴으로 파고들 었다.

"아, 오빠."

윤은 무너지듯 무진의 가슴에 매달리다 온몸을 쓰다듬던 손 길이 다리 사이로 파고드는 것에 놀라 움찔 몸을 떨었다. 팬티 속으로 파고든 손길이 충격적이었지만 윤은 거부하지 못했다. 그저 가늘게 몸을 떨며 흥분과 뒤섞인 희미한 두려움에 신음할 뿐이었다.

쾌감이 전신을 관통하고 있었다. 그가 그녀를 만지며 신음했 다. 억눌린 욕망의 소리에 윤은 그를 바로 보지 못하고 넓은 가 슴에 얼굴을 묻었다. 다리에 힘이 풀렸다. 그가 주저앉으려는 그녀를 안아 들었다. 사무실 안쪽, 프라이빗 룸이 열리고 침대 위로 두 사람의 몸이 포개졌다. 다시 갈급한 키스가 이어졌다.

그의 손이 전신을 어루만지다 다시 하얀 다리 사이로 파고들었다. 커다란 손이 덮인 다리 사이, 생경한 뜨거움이 피어올랐다. 묵직한 열감에 저도 모르게 신음한 윤은 돌연 환한 불빛을 느끼며 눈을 떴다. 별안간 정신이 번쩍 났다. 밝은 불빛 아래 반쯤 풀어 헤쳐진 몸. 갑자기 모든 것이 부끄럽게 느껴졌다. 다리 사이를 움켜쥔 그의 손도, 그 손길에 애타며 몸을 떠는 자신도. 뻣뻣해진 그녀를 느낀 무진이 고개를 들었다.

"왜?"

욕망으로 가라앉은 눈빛에 의아함이 일었다.

"오빠, 잠깐만……."

침대에서 일어나 앉는 그녀를 도우며 무진은 윤의 안색을 살폈다.

"괜찮아?"

"네."

윤은 치맛자락을 당기며 입술을 깨물었다. 그의 눈에 어떻게 보일지 알면서도 떨리는 마음을 숨길 수가 없었다. 넓은 침대를 돌아보는 윤의 얼굴에 긴장감이 서렸다. 막상 방으로 들어와 침대에 누우니 달아오른 마음과 달리 떨리는 몸이었다. 미묘하게 굳어지는 그녀를 보며 무진의 마음이 내려앉았다.

"긴장되면……."

"아, 아뇨."

윤은 웃으려고 애쓰며 입술을 달싹였다. 그런 그녀를 걱정스럽게 바라보는 무진이었다.

"오늘이 아니어도 돼."

그의 말에 윤은 고개를 저었다.

"환해서, 그게 어색해서…… 불빛이."

두서없이 하는 말에 무진은 두 손으로 윤의 뺨을 감쌌다. 그녀의 이마와 코끝, 그리고 입술에 입을 맞추며 무진은 떨리는 숨을 내쉬었다.

"나도 떨려. 두려워. 너를 안는 일이 행복해서 숨이 막히지만 나도 못 견디게 떨려. 너를 다치게 할까 봐, 내가 나를 어쩌지 못할까 봐. 그러니 억지로 괜찮은 척할 필요 없어. 네가 싫으면 여기서 멈추는 거야."

긴장을 푸는 주문처럼 두려움을 떨쳐 내는 주문처럼 그 말은 그녀에게 스며들었다. 윤은 긴장이 풀린 몸을 무진에게 기댔다.

"멈추기 싫어요."

가만히 겹쳐지는 입술이었다. 서로를 안심시키는 다정한 입맞춤이었다. 입술이 떨어졌다. 그녀의 뺨을 어루만지는 손길이 따뜻했다.

"불 끄고 올게."

윤은 고개를 끄덕였다. 그가 침대에서 내려섰고 창가로 걸어가 암막 커튼을 쳤다. 어둠이 내린 창밖이 사라지고 두꺼운 커튼이 그 자리를 대신했다. 침대 머리맡의 스탠드가 켜졌다. 환한 불빛이 사라진 방 안은 은은한 불빛으로 들어찼다. 그가 그녀에게 다가오고 있었다. 윤은 침대에서 내려섰고 그를 마주 보았다.

"옷, 벗겨 줄게. 괜찮지?"

윤은 떨리는 눈빛으로 고개를 끄덕였다. 그가 그녀의 입술에 가벼운 입맞춤을 하며 몸에 손을 댔다. 어깨에서 코트가 미끄러져 내렸다. 흰색 원피스와 슬립이 머리 위로 벗겨지고 브래지어가 떨어져 나갔다.

윤은 본능적으로 드러난 가슴을 두 팔로 안았다. 이제 그녀가 걸친 거라곤 순백의 브리프가 전부였다.

무진은 넋을 잃었다. 신비로운 숲 어딘가에서 걸어 나온 듯한 윤의 모습은 충격적이었다. 등허리에서 굽이치는 머리카락이 벗은 상반신을 덮고 있었고 잘록한 허리 아래 길게 뻗은 두 다리는 너무도 아름다웠다.

윤의 다리 사이를 보는 무진의 눈동자가 욕망으로 탁해졌다. 아랫도리에 피가 급속도로 몰리기 시작했다. 그는 묵직해진 몸을 느끼며 힘겹게 숨을 몰아쉬었다.

"벗겨 줄래?"

무진은 윤의 손을 잡았고 제 가슴에 올려놓았다. 바짝 다가선 몸. 정수리에 더운 숨이 느껴지고 욕망을 억제하는 신음이 귓가를 적셨다. 그 숨소리에 윤의 몸은 다시 뜨거워졌다. 바들바들 떨리는 손으로 셔츠 단추를 풀어 나갈 때마다 단단한 근육질의 몸이 드러났다.

마침내 셔츠가 바닥으로 떨어졌다. 근육으로 다져진 상체가 완전하게 드러났다. 그는 너무도 아름다웠다. 견고한 쇄골 아래 근육으로 다져진 넓은 가슴과 팽팽한 복부 근육은 다리의 힘을 빼놓았다.

그가 벨트를 풀었고 바지 지퍼를 내렸다. 곧 속옷만을 입은 채 그녀와 마주했다. 강인한 육체의 일부인 우뚝 선 남성의 윤곽에 윤의 얼굴이 귀밑까지 달아올랐다. 당황해 시선을 피하는 그녀를 그가 끌어당겼고 깊이 포옹하며 강한 입맞춤을 했다. 반라에 가까운 몸으로 서로 깊숙이 안은 탓에 두 사람은 몸이 쓸릴 때마다 끊임없이 신음을 토했다. 그 바람에 흥분은 배가 되고 무진의 욕망은 더욱 뜨거워졌다.

그는 상처 입은 짐승처럼 신음하며 그녀의 입술을 탐했다. 입술을 가르고 뭉개며 혀를 빠는 행위에 윤이 헐떡였다. 힘찬 팔이 그녀의 몸을 들어 올렸다. 넓은 가슴에 가슴 끝이 쓸렸다. 그녀가 움찔 웅크리자 뜨거운 입술이 하얀 목덜미에 눌러졌다. 무진이 흥분이 가시지 않은 목소리로 말했다.

"지금 함께 씻을 거야."

윤은 같이 씻는다는 말에 본능적으로 쭈뼛했다.

"싫다면 안 할게."

얼굴을 붉히며 갈등하는 그녀였다. 그런 그녀의 입술에 쪽 하고 입을 맞춘 그가 욕망으로 갈라진 목소리로 말했다.

"보지 말라면 안 볼 거야. 약속해."

"네."

새빨개진 얼굴로 윤은 무진의 목덜미에 얼굴을 묻었다. 무진이 그런 그녀를 안아 든 채 성큼성큼 샤워실로 들어갔다. 샤워부스 안에 그녀를 조심스럽게 내려놓은 그가 물을 틀었다. 윤은 갑자기 쏟아지는 물줄기에 고개를 들었고 젖은 머리카락을 쓸어넘겼다.

무진은 속옷을 벗어 부스 밖으로 던진 뒤 쏟아지는 물줄기 속으로 들어갔다. 그의 기척에 눈을 뜬 윤은 전라의 몸으로 다가

서는 무진을 보며 어색한 미소를 짓다가 그의 남성을 보고 얼어
붙었다. 두려움이 밀려들었다. 저도 모르게 신음을 삼키며 윤은
눈을 감았다.

"윤."

윤은 떨리는 눈꺼풀을 들어 올렸다. 욕망으로 짙어진 눈빛이
그녀를 내려다보고 있었다. 윤은 마른침을 꿀꺽 삼켰다.

"아직도 긴장돼?"

걱정스런 빛을 띤 무진의 물음에 윤은 긴장한 기색을 숨기며
작게 고개를 저었다. 그런 그녀를 가만히 당겨 안은 무진은 윤
의 팬티를 끌어 내렸다. 그녀의 발끝에서 속옷을 걷어 낸 그는
눈에 띄게 떨고 있는 윤을 품에 안았다.

"하지 말까?"

윤의 떨림이 멈추지 않자 걱정스러워진 그였다.

"아니, 아뇨."

윤은 떨리는 손을 들어 무진의 허리를 끌어안았다. 무진의 가
슴에 윤을 향한 애틋함이 더해졌다. 그가 자신의 품에서 윤을
떼어 놓은 뒤 샤워 퍼프에 비누를 짜서 돌아왔다.

"너한테서 내 냄새 나겠다."

무진이 사용하는 비누였다. 그의 욕실에 여성 용품이 있을 리
만무했다.

"내, 내가 씻을게요."

그녀가 어색하게 손을 내밀었다. 그가 미소 띤 얼굴로 순순히
퍼프를 넘겨 주었다.

"내가 씻겨 주면 기절할 얼굴이네."

윤이 얼굴을 붉히자 무진이 달아오른 볼을 만졌다. 가만히 쓰다듬다 거둬지는 손길이었다.

"난 저쪽에서 씻을게."

그러니 마음 놓고 샤워하라는 의미일 것이다. 돌아서는 그를 보며 윤은 넓은 샤워실에 진심으로 감사했다. 얼떨결에 함께 씻자는 말에 동의하긴 했지만 몸을 문지르고 닦는 모습을 보일 생각을 하니 정신이 아득했었다. 잠시 뒤면 서로의 벗은 모습을 여과 없이 볼 테지만 이건 별개의 문제였다.

윤은 몸을 닦으며 어색하게 무진을 돌아보았다. 그는 등을 돌린 채 손바닥으로 몸을 문지르고 있었다. 그가 아래로 손을 내리는 걸 본 윤은 기겁하며 황급히 돌아섰다.

아까 본 그의 몸이 생각났다. 얼떨결에 봐 버린 그것이 떠오르자 귀밑까지 빨개졌다. 검은 숲, 그 아래 우뚝 솟은 그것은 아찔한 크기와 모양을 가지고 있었다. 그것이 몸으로 들어온다. 그게 가능한 걸까? 제 몸에 뭔가가 들어온다는 것만으로도 아찔한데 그의 몸은…… 상상만으로도 숨이 막히고 아래가 견딜 수 없이 아픈 것 같았다.

다시 긴장되는 마음에 윤은 재빨리 생각을 떨쳐 냈다. 들리지 않게 심호흡을 한 그녀는 그가 샤워를 마쳐 간다는 것에 생각이 미치자 마음이 급해졌다. 집을 나오기 전 샤워를 하긴 했지만 잠시 후 그에게 안길 생각을 하니 모든 것이 신경 쓰였다. 생각 같아서는 욕조에 갖은 향수를 쏟아붓고 몸을 담그고 싶었다. 그러나 희망 사항일 뿐이었다.

떨리는 숨 사이로 비누 냄새가 콧속으로 파고들었다. 돌연 몸에 짜릿한 전율이 일었다. 무진에게 안겼을 때 맡았던 비누 냄새였다. 그가 사용하는 비누니 당연한 일이겠지만 벗은 몸에 샤워 퍼프를 문지르자 기분이 야릇해졌다.

곧 그와 함께한다. 그가 몸속으로 들어온다. 흠칫 몸이 떨렸다. 기묘한 흥분이 혈관을 내달렸다. 두려움과 함께. 아프다고 들었다. 얼마나 아플까? 기절도 한다던데 그만큼 아프다는 거겠지? 더럭 겁이 났다.

그만!

윤은 브레이크 없는 생각에 제동을 걸었다. 그 순간 팔이 잡혔다. 깜짝 놀란 그녀가 움찔했다. 그러나 다행히 펄쩍 뛰어오르진 않았다. 그녀는 무진의 손에 이끌려 샤워기 아래에 세워졌다.

"눈 감아 봐."

물줄기가 머리 위로 쏟아졌다. 씻겨 주려는 모습에 당황한 윤이 물줄기를 멈추려고 했지만 무진은 아랑곳하지 않고 벽에 걸린 보조 샤워기를 당겨 그녀의 몸을 문지르며 거품을 씻어 냈다. 얼굴과 목, 가슴에 무진의 손길이 닿았다. 가슴에서 미끄러진 손이 복부를 문지르더니 허벅지의 비눗기까지 씻어 냈다. 다리 사이라고 예외는 없었다. 세 살 먹은 아이를 씻기듯 그는 거침없었다. 그녀를 갈망하며 어루만질 때와 같은 사람이라고 볼 수 없을 만큼 담백한 손길이었다.

여섯 살까지였다. 아빠가 그녀를 씻겨 준 것은. 이후 그녀의 몸에 타인의 손이 닿은 적은 없었다. 아픈 것도 아니고 다친 것도 아닌데 다 큰 남자가 다 큰 여자를 씻기고 있었다. 실오라기

하나 걸치지 않았음에도 당당한 모습을 하고.

윤은 그의 손이 스치고 머물렀던 다리 사이가 긴장감으로 조이고 한층 더 예민해진 것을 느끼며 부끄러움에 얼굴을 붉혔다. 그가 그곳을 문지르며 흥분시켰을 때 정신을 차릴 수가 없었다. 처음 느껴 본 쾌감은 울고 싶을 만큼 강렬한 것이었다. 몸이 아픈 것도 같고 기운이 없는 것도 같은 기묘한 느낌이었다.

그의 손길이 집요해질수록 갈증이 더해지고 뭔가를 더 원하게 됐다. 처음 경험한 은밀한 스킨십은 충격적이었지만 그이기에 수치심 같은 건 없었다. 그래, 그이기에. 그러니 두려워할 이유가 없었다.

윤은 무진이 씻기는 동안 끊임없이 자기 최면을 걸었다. 그럼에도 움찔 굳어지는 몸이었다. 무모하리만큼 용감했던 고백과 달리 몸은 마음을 따라 주지 않았다. 자꾸만 경직되는 몸을 무진이 알아챌까 두려웠다.

이제 그의 손은 다리 사이에 닿고 있었다. 반사적으로 몸이 굳었다. 그러나 차마 그 앞에서 다리를 모을 수가 없었다. 숨을 참았고 그가 씻겨 주는 동안 무진을 보지 않으려 애를 썼다. 이윽고 몸에 묻은 거품이 모두 사라졌을 때 그가 일어섰다. 샤워기를 원래 자리로 되돌린 그는 물을 잠갔고 부스 밖으로 나갔다.

곧이어 돌아온 그의 손에는 두툼한 수건이 들려 있었다. 그것으로 무엇을 하려는지 깨달은 순간 그녀가 뒤로 물러섰지만 결국 붙들려 세워졌다. 얼굴이 닦여졌고 몸이 문질러졌으며 또 다른 수건이 머리를 덮었다. 부끄러움에 그녀의 전신이 발갛게 달아올랐다. 무진은 그녀를 닦였던 수건으로 제 몸을 닦은 뒤 세탁 바구니에 던져 넣었다. 윤은 어색함에 그를 마주 보지 못하고 시선을 돌렸다.

"윤."

그가 그녀를 불렀다. 올려다봤지만 그는 한동안 말이 없었다.

"애쓰지 않아도 돼."

"오빠⋯⋯."

"난 괜찮아."

"하지만."

"서두르지 말자."

그가 그녀를 가만히 안았다.

"오늘일 필욘 없어."

"오빠⋯⋯."

"네가 마음의 준비가 됐을 때, 그때 하면 돼."

"내가, 내가 망친 거죠?"

풀 죽은 말에 무진은 고개를 저었다.

"하나씩 천천히 가자. 쫓기듯 말고. 한 걸음씩 천천히. 마음과 마음이 닿아서 몸이 못 견디게 그리울 때. 그때⋯⋯."

새벽이 밝아 오고 있었다. 스며들었는지도 몰랐던 새벽빛, 그 흰빛이 어둠을 걷어 내며 푸른빛을 드리우고 있었다.

"그때 사랑하자."

3
봄에 녹다

"윤, 일어나."

부드럽게 어깨를 흔드는 손길에 윤은 힘겹게 눈을 떴다. 깜빡이는 눈 속으로 미소 짓고 있는 무진의 얼굴이 들어왔다. 윤이 깨어났음을 확인한 무진이 누워 있는 그녀 위로 상체를 기울였다.

"잘 잤어?"

나직한 목소리가 심장을 파고들었다. 한순간 여기가 어딘가 했던 윤은 벼락같이 떠오른 간밤의 기억에 화들짝 놀라 이불을 코밑까지 끌어당겼다.

어젯밤, 그러니까 밤이라고 부르기도 모호한 새벽에 그와 사랑을 나눌 뻔했고 직전에 멈춰 준 배려로 침대에서 잠들 수 있었다. 젖은 속옷과 그녀의 옷 대신 그의 티셔츠를 입은 채. 그 옷이 지금 이불 속에서 멋대로 말려 올라간 게 느껴졌다.

"6시야. 10시에 출발해야 한다며."

한 손을 허리에 얹고 침대 헤드를 짚고 선 그는 언제 일어났는지 캐주얼한 티셔츠에 블랙 진 차림이었다. 면도까지 끝낸 그는 흠잡을 데 없이 말쑥했다. 그런 반면 자신의 몰골은…… 속으로 신음을 삼키며 윤은 가다듬어지지 않은 목소리로 되물었다.

"6시요?"

"6시 5분. 정확히 5분 지났네."

그가 느긋하게 손목시계를 보며 경과된 시간을 알려 주었다.

"그, 그럼 일어나야겠네요."

무진이 비켜 주길 바라고 한 말이었지만 전혀 그럴 마음이 없어 보였다. 은근한 눈빛에 창피해서 죽을 것 같았다.

"아아, 근데 나 피곤했나 봐. 눈이 안 떨어지네."

몸을 뒤척이며 제발 비켜 달라는 눈빛을 보냈지만 그는 웃기만 할 뿐 꿈쩍도 하지 않았다. 그의 입술이 슬쩍 비틀린 걸로 봐선 그녀의 곤란함과 난처함을 즐기고 있는 게 분명했다.

"일어날 마음이 없나 봐?"

은근한 놀림에 윤은 작게 기지개를 켰다.

"아, 나 일어나야 한댔죠? 며, 몇 시라고 했더라?"

"6시 넘었다고 했던 것 같은데, 자꾸 잊나 봐?"

그녀의 어색한 연기를 재미있게 관람 중인 그는 눈치 없이 굴기로 한 모양이었다.

"그, 그랬죠? 나 요즘 기억력이 좀…… 아, 나 그만 일어나야겠다."

제발, 좀 비켜 달라고요!

"잠 깨기 어려우면 내가 일어나게 해 줄 수도 있는데."

짓궂은 눈빛으로 이불을 잡는 손에 기겁한 윤은 발딱 일어나 앉았다.

"아뇨! 잠 다 깼어요. 내, 내가 일어날⋯⋯!"

'게요'라는 말을 미처 뱉기 전에 양어깨가 붙들려 도로 눕혀 졌다. 윤은 서둘러 숨을 참았다. 코앞에 잘생긴 얼굴이 있었다.

"나 피한 거지, 방금?"

윤의 얼굴이 귀밑까지 달아올랐다.

"누가 피, 피했다고!"

"표정 보니 피한 거 맞는데?"

말꼬리를 끄는 목소리에 심장이 찌르르 떨려 왔다. 심장이 어제부로 고장 난 게 분명했다. 아니고서야 이럴 수가 없었다. 눈도 이상해진 게 분명했다. 이마에 돋은 정맥을 보고도 가슴이 두근거리다니. 제 속에 존재하는지도 몰랐던 무수한 감정이 간밤에 봉인 해제된 후 멋대로 날뛰었다. 그녀는 조용히 예감했다. 앞으로 심장이 온전치 못하겠구나, 여차하면 심정지도 우습 겠구나, 하고.

"아기처럼 자더라."

짙은 눈썹이 슬쩍 치켜졌다. 그 아래 쌍꺼풀 없이 긴 눈이 장 난기를 담아 반짝이고 우뚝 솟은 콧날 아래 남성적인 입술이 슬쩍 휘었다.

"모, 못 잤어요?"

"못 자게 해 놓고 못 잤느냐고 물으면 난 좀 억울한데."

슬쩍 찌푸려지는 미간, 웃음기 밴 느릿한 음성이 심장을 간지럽혔다. 새벽, 그는 달아오른 몸의 열기에도 그녀를 안지 않았다. 대신 그녀에게 자신의 옷을 입혀 주고 침대를 내어 주었다. 그는 얇은 모포를 덮은 채 맞은편 소파에 누워 그녀와 거리를 뒀다. 그의 긴장과 인내가 고스란히 느껴지는 시간이었다.

스탠드만 켜진 방 안, 그를 향해 웅크리듯 누운 채 달아오른 몸의 열기를 삭히느라 숨을 죽인 것은 그녀도 마찬가지였다. 창문을 때리는 새벽 빗소리가 정적을 더했다. 그에게 말조차 걸기 어색한 순간이었다.

겁도 없이 용감하게 굴었으면서 막상 사랑을 나누는 순간이 오자 위축되어 버렸다. 너무도 바보 같은 자신을 탓하며 오늘 밤은 잠들지 못하겠구나 생각했다. 그랬는데, 그랬는데…… 아기처럼 잤다고 한다. 그에게 본의 아니게 지옥 구경을 시켜 주고 자신은 난생처음 겪은 격정의 스킨십에 지쳐 푹 자 버린 것이다.

"지금 되게 예쁜 거 알고 있으려나?"

"그, 그럴 리가."

"확인시켜 줄까?"

그의 얼굴이 내려오고 있었다. 윤은 기울어져 오는 얼굴에 기겁해 이불을 끌어 올렸다. 그러나 입술을 가리기 전 마디진 손이 이불 끝을 잡고 가만히 아래로 끌어 내렸다. 꼼짝할 수 없게 붙드는 시선이었다. 그 시선에 갇혀 윤은 옴쭉도 못 한 채 볼에 닿는 손길을 느끼고 있었다. 그의 눈빛에 심장이 터질 것 같았다. 얕은 숨을 몰아쉬자 그가 상체를 깊이 숙이며 입술을 무겹게 겹쳐 왔다. 고요한 새벽, 어떤 기척도 없는 방 안. 그의 입술에 갇혀 버렸다. 그러나 그녀에겐 짜릿한 시간만은 아니었다. 물속 극기의 시간이었다. 보다 못한 그가 쿡쿡거리며 입술을 뗐다.

"그러다 질식하면 인공호흡 할 텐데."

빨개지는 그녀를 보며 그가 웃었다. 무진이 침대에서 몸을 일으켰다.

"옷 좀 챙겨 왔어. 집히는 대로 가져온 거라 어떨지 모르겠다. 차는 아파트 주차장에 두고 왔고. 이따 아침 먹고 데려다줄게."

침대 의자 위에 그녀의 속옷과 운동복이 정갈하게 놓여 있었다. 저걸 언제……

"설마, 안 잤어요?"

그러고 보니 그의 안색이 창백했다. 하루를 꼬박 뜬눈으로 지새운 사람의 얼굴이었다.

"하루쯤 안 잔다고 죽진 않지. 밑에 내려갔다 올게. 씻고 나와. 서두르지 않으면 늦을지도 모르겠다. 10시에 팀장이라는 사람 픽업해야 한다며."

그들이 있는 곳은 몬테 비앙코 5층이었다. 전용 엘리베이터를 타고 내려가면 4층부터 1층까지가 영업장이었다. 그의 집무실은 옆 건물이었지만 무진은 주로 몬테 비앙코 5층에 머무르며 자잘한 업무를 처리하고 있었다. 사업이 확장되면서 옆 건물인 진영빌딩이 본사가 됐으나 초기의 사무실은 이곳, 5층이었다. '6시 반이야' 하고 그가 시간을 다시 한 번 확인시킨 뒤 방을 나갔다.

새벽, 날이 밝으면 서울을 떠난다는 생각에 윤은 이런저런 이야기를 했었다.

"출장 직전에 차 고장이라…… 직급이 팀장인 사람이 말이지."

본사 팀장과 함께 대구로 내려가게 됐다는 말을 꺼내자 그가 한 말이었다. 생각에 잠긴 듯 느릿한 말투는 의구심을 담고 있었으나 그는 별다른 말을 하지 않았고, 한 달 동안 팀장과 함께 고생하게 됐다는 말에도 듣고만 있었다. 윤은 그 외에도 그가 무진과 같은 대학을 나왔다는 이야기를 했다. 둘 사이에 흐르는 성적 긴장감을 완화할 수 있는 말이라면 어떤 말이라도 상관없었다.

그러나 어두운 조명 아래, 반쯤 어둠에 묻힌 그의 표정을 읽지 못한 건 그녀의 실수였다. 그는 이 팀장이라는 남자를 뇌리에 심은 다음, 윤의 입에서 나온 남자에 대한 정보를 하나도 놓치지 않았다. 윤은 모르겠지만 그녀가 남자 얘기를 한 것은 이번이 처음이었다. 의도했든 아니든 팀장이라는 남자는 그에게 요주의 인물이 된 것이다.

윤은 문이 닫히자마자 의자 위에 놓인 운동복과 속옷을 끌어안고 샤워실로 뛰어들어 갔다. 그리고 거울 앞으로 달려가 얼굴부터 확인했다. '끙' 하는 신음이 목구멍으로부터 올라왔다. 사방으로 뻗친 머리와 베개에 눌린 뺨이 눈에 들어왔다. 다행히 뭐가 묻어 있거나 하진 않았지만 예쁘다는 말을 듣고 키스를 받을 얼굴은 아니었다.

"하아."

땅이 꺼져라 한숨을 쉰 윤은 머리카락을 매만지다가 갑자기 떠오른 생각에 부리나케, 그리고 부산하게 샤워실 안을 돌아다녔다. 간밤에 벗어 놓은 속옷을 찾는 중이었다. 분명히 어젯밤 바닥에 떨어져 있었는데 말끔하게 정리된 내부 어디에도 속옷은 보이지 않았다. 샤워실 옆 세탁실을 들여다봐도 마찬가지였다. 방으로 되돌아가 찾아보고 싶은 마음이 굴뚝같았지만 시간이 마음에 걸렸다. 결국 찾기를 포기하고 티셔츠를 벗었다.

긴 머리카락을 아쉬운 대로 수건으로 감싸 올리고 샤워 퍼프에 비누 거품을 내어 몸을 문질렀다. 순간 그녀는 움찔 숨을 죽였다. 그의 체취. 방금까지 침대에서 맡았던 그의 냄새였다. 흠칫 뒤를 돌아봤지만 그가 있을 리 없었다. 수증기가 피어오르는 욕실 안에는 그녀 혼자였다. 윤은 샤워 퍼프를 들어 천천히 몸을 문질렀다. 따뜻한 물줄기 아래 수증기를 머금은 향기가 전신을 감쌌다. 별수 없이 새벽의 일이 떠올랐다.

강인한 육체에 갇혔었다. 온몸을 쓸어안으며 욕망을 숨기지 않았던 그의 손길에 정신을 차릴 수가 없었다. 그의 호흡을 따라가려 애썼고 자신의 마음을 증명해 보이려 노력했었다.

과연 새벽의 일들이 자신에게 일어났던 일일까? 그 아찔하고 대담했던 행위를 자신이 한 것일까? 그와 키스하고 손길을 허락한 그 모든 것이 현실이었을까? 자신과 무관한 일처럼 여겨졌다. 그러나 희미하게 부푼 입술이, 뻐근한 열감으로 뭉쳐진 다리 사이가 그 모든 일이 실제로 일어났음을 증명하고 있었다.

그와 연인 사이가 되다니. 그 일을 자신이 시작했다니. 거울 속 눈동자가 불안하게 흔들렸다. 무진을 잃고 싶지 않아서 시작한 관계이나, 그로 가득한 세상에 발을 들이고 보니 방향을 잃은 듯 불안해졌다. 한 사람이 다른 한 사람에게 온 마음을 내던진다는 것이 어떤 말로를 야기하는지 알기에, 그로 인해 산산이 부서질 자신이 아직은 없기에 마음이 불안해졌다. 덜 사랑하고 덜 행복했으면 하는 마음. 온 마음을 불살라 녹아내리는 양초 같은 사랑이 아니길.

그러나 알고 있었다. 유전적 취약성을. 오직 한 사람만을 사랑하다 죽을 숙명을 가지고 태어난 이의 기형적 형질을. 사람들은 아빠가 교통사고로 죽었다고 했지만 그녀는 알고 있었다. 그가 죽은 것은 사랑을 잃어서라는 것을. 더는 마주 안을 가슴이 없고, 더는 태울 마음이 없어서였다는 것을.

"이렇게 짐 싸서 가는 거 보니 기분이 이상하다."

흰색 소나타의 트렁크가 텅 하는 소리를 내며 내려졌다. 윤의 여행 가방을 실은 뒤 무진이 한 말이었다. 아파트 주차장, 시간은 10시를 향해 가고 있었다.

"왜요? 다 큰 딸 시집보내는 것 같아요?"

그의 표정이 삼촌과 닮아 있어서 해 본 농담이었다. 그녀의 말에 무진의 미간이 슬쩍 찌푸려졌다.

"그럴 리가."

"그럼요?"

"기간까지 정해 놓고 가니 애인 군대 보내는 것 같다."

뜻밖의 말에 윤은 풋 하고 웃음을 토했다. 그녀의 웃음에도 그의 표정은 펴지지 않았다. 허리에 양손을 걸친 채 선 그는 짐짓 심각한 얼굴이었다. 착잡함이 더해진 걸 보며 윤은 일부러 그를 놀렸다.

"군대 가는 기분이 이런 거예요? 그런 말 들으니 나도 기분 묘해지네. 그럼 나, 오빠한테 고무신 거꾸로 신지 말라고 당부해야 하는 거죠?"

"요즘은 군대 변심이 더 무섭지."

농담인 듯 진담 같은 말에 윤은 쿡쿡거렸다.

"나 지금 기분 몹시 괜찮은데요? 선택권 나한테 있는 거죠? 우와, 이 기분 막 누리고 싶어지네."

의도와 달리 그의 미간이 좁혀지자 윤은 작게 헛기침을 했다. 그러나 장난기를 온전히 버리지 못하고 무진을 슬쩍 올려다봤다.

"어쨌든 면회는 오는 겁니까?"

"면회는 가지 말입니다."

찌푸린 표정을 하고도 장난을 받아 주는 말이 너무도 우스워서 윤은 이별이라는 것도 잊고 깔깔거리며 웃었다. 그러나 어떤 기억에 이내 웃음이 잦아들었다.

무진의 입대. 군 입대를 앞두고 짧게 자른 머리였다. 그의 모습에 한참을 먹먹해했던 기억이 났다. 굳어진 표정으로 목석처럼 서 있는 모습이, 그 가슴에 이마를 기대며 옷자락을 붙들고 오래도록 섰던 기억이, 다시 못 볼 것처럼 한참을 그렇게 울었던 기억이 났다. 그리고 첫 면회를 갔을 때 구릿빛으로 그을린 그를 보고 오래 설레었던 기억과 처음으로 그에게 편지를 썼을 때 장문의 답장을 받았던 기억도. 민간인과 군인이라는 신분의 차이를 실감하며 떨어져 있었던 시간과 거리. 그때 그토록 마음이 아팠던 이유가 그를 사랑했기 때문이라는 걸 이제야 깨달았다. 빗장 건 마음이 그토록 견고했기 때문이겠지만 시차를 두고 도달한 생각에 새삼 아릿했다.

반듯하고 잘생긴 얼굴. 굳은 표정의 내리뜬 눈길은 복잡했다. 그 표정을 풀어 주고 싶었다. 이런 얼굴을 뒤로하고 떠나고 싶지 않았다. 그녀가 다시 장난을 걸었다.

"바람피우면 총 들고 나옵니다?"

이별의 순간은 가까워지고 작별의 시간은 아쉬웠다. 그런 그녀의 마음을 알았는지 한숨을 쉰 그가 걱정 가득한 얼굴로 말했다.

"잘 도착하고 연락 줍니다. 덧붙여 출장 앞두고 차 고장 낸 팀장 놈도 조심합니다. 알아들었으면 대답합니다."

말을 받아 주는 그가 고마웠다. 덧붙여 그의 질투도 나쁘지 않았다. 아니, 좋았다. 윤은 대답 대신 그의 허리를 답삭 끌어안았다. 그런 그녀의 등을 안는 무진의 표정이 심란해졌다.

"무슨 일 있으면 바로 전화하고. 시간 내서 내려갈게."

어깨를 어루만지는 손길에 윤은 그의 체취를 흠뻑 들이킨 뒤 무진을 놓아주었다.

"그럴게요. 이제 정말 가야겠다."

차에 올라 그를 남겨 둔 채 길을 나섰다. 백미러 속 그가 저를 지켜보고 있었다. 아마도 그는 자신이 사라질 때까지 그 자리에 서 있을 것이다. 차창을 내려 그에게 손을 흔들었다. 한 번 더 고하는 작별 인사에 그가 손을 들어 보였고 그 모습을 마음에 담으며 윤은 아파트 정문을 돌아 나갔다.

도로로 접어든 탓에 더는 그가 보이지 않았지만 망막에 맺힌 그의 모습은 사라지지 않았다. 처음으로 대구 내려가는 일이 후회됐다. 1년이라는 무형적 거리가, 서울과 대구라는 물리적 거리가 아득하게 느껴졌다.

"좋아 보여요."

뒷좌석에 짐을 실은 뒤 조수석에 탄 팀장이 던진 말이었다. 그가 안전벨트를 착용하는 것을 확인한 윤은 방향 지시등을 켜고 옆 차선으로 끼어들 타이밍을 엿보는 중이었다.

"뭐가요?"

윤의 시선은 달려오는 차들을 확인하느라 사이드미러를 주시하고 있었다. 그런 그녀를 승요가 뚫어지게 바라보고 있었다.

"기분 좋은 일 있었나 봅니다? 그런 미소 처음 봐요."

신호가 끊기는 걸 확인한 윤이 재빠르게 차량에 합류했고 유턴 자리로 들어선 뒤 승요를 돌아보았다.

"그런 미소라뇨?"

"연애합니까?"

대답 대신 돌아온 직설적인 물음이었다. 미처 대답하지 못하고 눈을 동그랗게 뜨는데 더 직접적인 말이 날아왔다.

"애인 있습니까, 김 매니저?"

무슨 대답을 어떻게 해야 할지 멍한 사이 신호가 바뀌었다. 앞서가는 차를 따라 윤 역시 유턴을 한 뒤 말했다.

"대답해야 할 이유 있나요?"

"이유는 없지만 궁금합니다."

윤은 잠시 망설이다가 대답했다.

"있어요."

"오래 사귀었어요?"

윤의 표정이 굳어졌다. 그녀가 불쾌감을 누르고 말했다.

"왜 그런 게 궁금한지 모르겠네요. 대답은 안 할게요. 직장 상사랑 사생활 이야기하는 취미는 없어서."

그 말을 끝으로 윤은 입을 다물었다. 그 역시 더는 묻지 않았다.

서울 요금소를 빠져나온 차는 경부고속도로를 달렸다. 두 사람은 그사이 휴게소에 들렀지만 화장실만 다녀온 뒤 다시 침묵으로 일관하며 도로를 달렸다.

"우동이라도 먹고 가죠?"

오랜 침묵을 깨고 윤이 한 말이었다. 5km 전방에 추풍령 휴게소가 있었다.

"그러죠."

윤은 휴게소 진입 지점에서 핸들을 꺾었다. 서울을 떠난 뒤 두 번째 휴게소였다. 3월의 휴게소는 봄꽃 구경에 나선 사람들로 붐볐다. 대형 관광버스에서 형형색색의 아웃도어를 갖춰 입은 중년들이 내리고 있었다. 그들이 화장실로 우르르 몰려가는 걸 보며 윤은 차를 세웠다. 안전벨트를 풀던 승요가 말했다.

"우동 코너 앞에서 만나죠."

수분 뒤 분식 코너 앞에 나란히 선 두 사람은 우동을 골랐다. 계산하려는데 그가 만류했다.

"우동값 정도는 내가 내죠. 덕분에 편하게 가는데."

거절하기도 뭣해서 고맙다고 말하자 보일 듯 말 듯 고개를 끄덕인 그가 계산을 마쳤다. 대기표를 받아 드는 그를 보며 윤은 주머니에서 휴대전화를 꺼냈다.

"먼저 자리 잡고 계세요. 전화 좀 하고 올게요."

"그럽시다."

그 말을 한 뒤 그가 돌아서서 저만치 걸어갔다. 굳은 표정의 스마일 맨은 어딘지 기운이 없어 보였다. 자신이 심했나? 괜히 마음이 불편해 윤은 고개를 저었다. 그녀는 휴게소 출입구 쪽으로 걸어갔다. 사람들과 부딪치지 않는 곳에 서서 무진에게 전화를 걸었다. 몇 번의 신호가 가고 무진이 전화를 받았다.

―어디쯤 갔어?

"아직 추풍령. 밥 먹으려고요. 오빠 밥 먹었어요?"

―지금 먹으려고. 밖이야.

―선배, 난 자몽 주스랑 뇨끼. 선배는?

느닷없이 들려온 여자 목소리였다. 생각지도 못한 목소리에 윤은 당황했다. 그녀가 아무런 말도 못 하고 머뭇거리는 사이 여자의 목소리가 다시 들려왔다.

―뭐 먹을 거예요?

―윤, 잠깐만.

송화구를 막았는지 말소리가 멀어졌다. 주변의 잡다한 소리도 함께 멀어졌다. 길지 않은 시간 동안 윤은 낯선 여자와 마주앉은 무진을 떠올렸다. 메뉴판을 펼쳐 든 채 의견 조율을 하는 모습이었다. 그를 선배라고 불렀다. 오래 알고 지낸 사람 특유의 친밀함이 목소리에서 느껴졌다. 그에게 가까운 여자 후배가 있는 줄은 몰랐다. 어쩐지 시무룩해지는 마음이었다.

—윤? 미안, 주문 좀 하느라고. 차는 밀리지 않았어?

"좀 밀리긴 했지만 괜찮았어요."

—다행이네.

그때 다시 여자의 목소리가 불쑥 끼어들었다.

—선배, 샐러드도 하나 시키죠? 배 너무 고픈데.

윤의 표정이 굳어졌다. 여자에 대한 불쾌감이 밀려들었다. 전화기 너머로 그가 무슨 말인가 하는 것 같은데 귀에 들어오지 않았다. 윤은 서둘러 말했다.

"시, 식사해요. 나도 일행이 있어서 끊어야겠다. 끊을게요."

그의 대답도 듣지 않고 종료 버튼을 눌렀다. 끊고 보니 이게 아닌데 하고 곧바로 후회가 밀려왔다. 못났다 싶었다. 자리로 돌아가려 몸을 돌리는 순간 휴대전화가 울렸다. 무진이었다. 심장이 쿵 내려앉았다. 아, 역시 그렇게 전화를 끊는 게 아니었다.

"여, 여보세요?"

어색하게 전화를 받자 한숨 소리가 들려왔다.

—그렇게 끊으면 어떡해.

나무라는 말에 윤은 움찔했다.

—윤, 내 말 듣고 있어?

자리를 옮긴 건지 음악 소리가 들리지 않았다.

"듣고 있어요. 끊은 건 방해한 것 같아서 그냥……."

제가 듣기에도 화난 목소리라 윤은 입술을 깨물었다. 아아, 이게 아닌데. 숨죽여 그의 반응을 기다렸으나 전화기 너머에서 기척이 없었다. 자신이라도 말문이 막히겠다 싶었다. 어색한 침묵이 두 사람을 감싸자 더는 견디지 못한 윤이 다시 달아날 준비를 했다.

"그, 그만 끊어야겠어요. 밥 나왔나 봐."

—끊지 마, 윤.

"하지만 밥이……."

바보같이 밥에 목숨 건 것도 아닌데, 밥은 무슨. 수화기 너머로 한숨 소리가 들려왔다. '윤' 하고 입을 뗀 그가 차분한 어조로 말했다.

—현장 소장이랑 밥 먹으러 나왔어. 여자고 최근 파트너십 맺은 인테리어 업체 사장이야. 일 때문에 만났다가 밥 먹는 거고 대화 중에 불쑥 끼어드는 버릇이 있어. 내 사람 아니어서 뜯어고치진 못해.

그의 설명을 들으니 더 얼굴이 화끈거렸다.

"누가 뭐랬다고……."

—윤.

"……응."

—질투 귀엽다.

윤의 얼굴이 삽시간에 귀밑까지 빨개졌다.

"누, 누가 그런 걸 한다고!"

전화기를 통해 웃음소리가 들려왔다. 그 웃음소리가 좋았다. 바보 같게도.

—들어가야겠다. 밤에 전화할게. 밥 맛있게 먹고.

전화가 끊어졌다. 윤은 달아오른 얼굴을 진정시키려 창을 향해 돌아섰다. 후, 하고 숨을 내뱉으며 손등으로 뜨거운 볼을 눌렀다. 그렇게 얼마간 서 있던 그녀는 가까스로 두근거리는 마음을 진정시키고 자리로 돌아갔다.

"애인, 전화입니까?"

식당과 가까운 자리에 한 자리 차지하고 앉은 승요가 눈에 들어왔다. 그를 힐끗 본 윤은 맞은편에 앉았다.

"네."

윤은 들고 있는 대기표와 전광판 숫자를 비교하며 의자를 끌어당겼다.

"무슨 대답이 부연 설명도 없을까요? 그리고 얼굴 좀 보죠? 계속 이러고 갈 겁니까?"

윤은 별수 없이 승요를 마주 봤다.

"애인이냐는 말에 부연 설명이 왜 필요할까요?"

그의 말투를 흉내 낸 말에 승요의 입가가 씰룩여졌다.

"김윤 씨, 원래 그렇게 잘 웃는 여자였습니까?"

이건 또 무슨 시비일까?

"무슨 뜻이에요?"

"갑자기 그렇게 자주 웃으니 별롭니다."

정말이지 별소리를 다 듣는다 싶었다. 기가 막힌 얼굴로 쳐다보자 퉁명스러운 말이 날아왔다.

"애인과 있을 땐 그런 표정인가 봅니다? 평소엔 잘 웃지도 않는 여자가 갑자기 방글방글 웃으니 별롭니다."

윤의 안색이 굳어졌다.

"이것 보세요, 이승요 팀장님."

"왜요, 김윤 매니저."

"내가 왜 이 팀장님한테 그런 소릴 들어야 하죠?"

따지듯 묻는 말에 그가 입을 다물었다. 한동안 응시하던 그가 자리에서 일어났다.

"밥 나왔네요."

어이없어서 쳐다보는 그녀를 뒤로하고 승요가 식당 앞으로 걸어갔다. 뒤늦게 그를 쫓아가며 윤은 승요의 등판을 노려보았다. 각자의 식판을 들고 자리에 앉은 두 사람은 서로를 없는 사람 취급하며 밥을 먹었다. 이윽고 우동 그릇이 비었다.

"다 먹었으면 갑시다."

승요가 식판을 들고 일어섰다. 스마일 맨은 어디로 사라졌는지 형체도 찾아볼 수 없는 표정과 말투였다. 아예 신경을 끄자 싶어 식판을 챙겨서 일어나는데 그가 그녀의 식판을 당겼다.

"줘요. 갖다 놓고 오게."

"아뇨, 제건 제가 갖다 놓죠."

식판을 드는데 그가 제지했다.

"복잡하게 하지 맙시다. 차에서 기다려요. 바로 갈 테니까."

그가 그릇을 포개서 식판을 하나로 만들며 일어섰다. 그릇 반납 코너로 걸어가는 그를 보며 윤은 10년은 늙은 기분으로 휴대전화와 지갑을 챙겨 밖으로 나왔다. 편의점 앞에서 음료수를 살까 고민하다가 그냥 지나쳤다. 자주 화장실을 드나드는 것도 민망한 일이었다.

밖으로 나오자 차를 세우고 스트레칭을 하는 운전자들이 눈에 띄었다. 장거리 운전이라 그녀도 몸이 뻣뻣했다. 차로 걸어가며 뭉친 어깨를 통통 두드리며 주물렀다.

바람이 좋은 날씨였다. 살랑살랑 부는 바람에 머리카락과 옷자락이 나부꼈다. 누구만 아니었으면 모처럼의 바깥바람이 기분 좋을 뻔했다. 그녀는 그 누가 오기 전에 굳은 몸을 풀자 싶어 깍지를 끼고 몸을 쭉 뻗으며 기지개를 켰다. 그때 이승요가 눈에 들어왔다. 쭈뼛대며 다가온 그가 가만히 커피를 내밀었다.

"받아요. 오늘 커피 한 잔 안 마시던데."

그녀가 선뜻 받지 못하자 승요가 입술을 삐죽였다.

"독 안 탔습니다."

"고마워요."

"화해 신청입니다."

그녀가 돌아보자 그가 차체에 기대며 먼 산을 응시했다. 산 능선은 흐릿한 푸른빛이었다. 그 능선 어딘가를 바라보며 승요가 말했다.

"아깐 미안했어요. 화 풀면 좋겠습니다."

"……"

윤은 잠시 그대로 선 채 승요를 쳐다봤고 이윽고 작게 한숨을 쉬며 그와 조금 떨어져 차에 기대섰다.

"좋아요. 그러죠."

"이유, 안 묻습니까? 내가 뾰족하게 군 이유?"

"화해 신청이라면서요."

더는 말하지 말자는 뜻이었다.

"이유를 들어야 화해가 될 거 아닙니까."

"안 들어요. 대충 그런가 보다 하고 그냥 가죠?"

"예쁩니다."

윤은 멈칫 승요를 돌아보았다. 굳어지는 그녀의 표정을 보며 승요가 중얼거렸다.

"처음엔 그 사람과 닮아서 예쁜가 보다 했는데 그냥 예쁜 거였습니다."

착잡한 눈빛에 윤은 당혹스러웠다. 머뭇거리던 그녀가 선을 그었다.

"이유, 듣고 싶지 않다고 말했던 것 같은데요."

"압니다. 그런가 보다 하고 가려는 사람이라 얄미워서 해 본 말입니다. 커피나 마저 마십시다."

"하."

저도 모르게 흘러나온 탄식이었다.

"사람 난처하게 하는 재주 있으시네요. 원래 이렇게 마음대로세요?"

기막혀하는 시선에 승요는 하늘을 올려다보았다.

"날씨 좋습니다. 바람도 좋습니다."

이 타이밍에 나올 소리는 아니었지만 날씨 이야기는 그녀도 동감이었다. 푸른 하늘도, 봄의 산도, 차갑지만 향기로운 바람도 좋았다.

"덧붙여서 당신도 좋습니다."

방심할 수 없는 상대였다.

"그만 가시죠. 갈 길이 머네요."

윤은 커피를 들지 않은 손으로 운전석 문을 열었다. 무시하겠다 작정한 태도였다. 그런 그녀를 바라보는 승요의 표정이 우울했다.

"좋다고 말하는 게 잘못입니까?"

상체를 숙여 운전석으로 들어가려던 윤이 몸을 빼 승요를 쳐다봤다.

"듣는 사람이 불편하다면 잘못이겠죠."

"……."

윤은 운전석에 올랐다. 차 문을 탁 닫은 그녀는 컵 홀더에 커피를 놓고 안전벨트를 맸다. 반대쪽 차 문이 열리고 승요 역시 커피를 들고 탔다. 안전벨트를 매며 그가 그녀를 돌아봤다.

"그 표정은 대구 도착할 때까지 한 마디도 않겠다는 것처럼 보이네요."

"……."

"그럼 난 좀 잡니다."

좌석을 뒤로 눕혀 잠을 청하는 그였다. 휴게소를 벗어나는 윤의 표정이 어두웠다. 이 사람은 뭘 어쩌자고 이러는 걸까? 한숨이 절로 나왔다.

남쪽으로 달리는 동안 이승요 팀장은 일어나지 않았다. 그는 정말 잠이 들었고 그 사실에 진심으로 안도했다.

대구에 도착한 시간은 출발한 뒤 네 시간 만이었다. 남쪽으로 내려올수록 늘어난 차량 때문에 속도를 내지 못한 탓이었다. 놀랍게도 이승요 팀장은 잠을 청한 이후 단 한 차례도 깨지 않았다.

"네, 자은 씨. 지금 북 대구 톨게이트 지났어요. 네, 시내 들어가서 전화할게요."

통화 소리에 잠이 깬 승요가 부스스 눈을 떴다.

"다 왔습니까?"

"곧 시내 진입이에요."

블루투스 연결을 끊으며 윤이 말했다.

"피곤했겠네요. 덕분에 난 잘 잤고."

"그러게요. 그렇게 잘 자는 사람인 줄 알았으면 휴게소에 내려놓고 올 걸 그랬어요."

어딘지 누그러진 기색에 승요가 슬쩍 윤을 쳐다봤다.

"화 풀렸어요?"

윤은 한숨을 쉬었다.

"그 말이 적당한지는 모르겠지만 일단은요. 매장 위치는 아시죠? 자은 씨 말로는 시내에 차 못 들어간다던데. 저번에 어디에 주차하셨어요?"

"공원이요. 지하."

"근처 가면 말해 줘요."

"그러죠."

오늘 일정은 대구점에 얼굴을 내민 뒤 숙소로 가면 끝이었다. 그러면 이 난감한 남자와도 오늘은 안녕이었다.

도착한 매장은 손님들로 북새통을 이루고 있었다. 그 사이에서 용케 그들을 발견한 자은이 달려왔다.

"오랜만이에요! 매니저님! 안녕하세요, 팀장님!"

두 손이 덥석 잡혔다. 반가운 사람을 보면 손부터 잡고 보는 자은은 언제 봐도 기분 좋은 에너지를 발산했다. 자은은 오밀조밀한 얼굴에 언뜻 유순한 인상과 달리 당찬 성격의 사람이었다.

"우리 매장 정신없죠? 근데 이게 얼마 만이에요! 진짜 반갑네요. 이따가 저녁에 어때요? 셋이서 한잔할래요?"

그녀의 말에 윤은 난처하게 웃었고 그런 그녀를 흘낏 본 승요가 거절했다.

"술은 다음에 하죠. 오늘은 좀 피곤하네요."

"하긴, 피곤하죠? 그럼 아쉽지만 다음에. 김 매니저, 나중에 전화할게요."

자은이 손을 꼭 쥐었다 놓았다. 내일 보자며 작은 입을 오물거리며 말한 자은이 손님들 사이로 바삐 사라졌다.

"우리도 가죠. 숙소 알려 줄게요."

승요가 돌아섰다.

"여기서 유턴해요."

숙소는 시내에서 20여 분 떨어진 곳에 있었다.

"다 왔어요. 저기 안쪽 주차장입니다."

좁은 골목 우측으로 줄줄이 주차된 차들을 피해 윤은 주차장으로 들어갔다. 입구에 비교하면 주차장 안은 제법 넓었다. 차

시동을 끄고 사이드브레이크를 당기는데 승요가 먼저 차에서 내리더니 뒷좌석에 놓인 자신의 짐과 트렁크에 있는 그녀의 짐을 꺼내었다.

"제건 제가……."

"이거나 들어요. 이쪽입니다."

그가 자신의 가방을 그녀에게 밀어 주었다. 그가 그녀의 화물용 여행 가방을 들고 현관으로 걸어갔다. 출입문 비밀번호를 누르는 그에게서 한 걸음 떨어져 서자 승요가 열린 문을 턱짓으로 가리켰다.

"2층입니다. 3층 같은."

아리송한 그 말은 층계참을 두 번 지나고서야 이해할 수 있었다. 말이 2층이지 1층이 주차장인 덕에 계단을 한 번 더 올라가야 했다. 205호 앞에 섰을 때 먼저 도착한 승요가 열쇠로 문을 열었고 그녀가 들어갈 수 있도록 비켜섰다.

방 안으로 들어서자 두 개의 문이 눈에 들어왔다. 하나는 욕실 문이었고 나머지 하나는 베란다 문이었다. 방으로 되돌아온 그녀의 눈에 구석에 놓인 베개와 이불이 들어왔다. 처음엔 전 주인의 것인가 했는데 비닐도 채 뜯지 않은 새 물건들이었다. 수건도 뭉텅이로 있었다. 그것 역시 새것이었다. 구석에서 눈을 떼지 못하는 그녀를 보며 승요가 화물용 여행 가방을 구석에 세웠다.

"당장 필요한 것들인 것 같아서 대구 내려왔을 때 샀어요."

뜻밖의 배려에 윤은 당황했다. 그녀가 아무런 말도 못 하고 채 쳐다보자 승요가 담담한 표정으로 말했다.

"그렇게 감격할 거 없어요. 싼 것들로만 들고 왔으니까."

"고, 고마워요. 계좌 번호 주시면……."

그녀의 말에 그의 표정이 굳어졌다.

"그럴 땐 밥 한 번 사겠다고 하면 될 일이지만 공차 타고 온 걸로 퉁 칩시다."

"그래도……."

"그냥 받아요. 서울에서 여기까지 오는 기름값도 안 되니까."

그럴 리가. 그러나 이 이상 사양하면 호의를 무시하는 일이 될 것 같아서 윤은 주춤 인사를 했다.

"고맙습니다. 잘 쓸게요."

그가 고개를 끄덕였다.

"갑니다."

무뚝뚝하게 내뱉은 그가 신발을 신고 방을 나가려다 갑자기 손을 내밀었다.

"이거요."

그의 손에는 열쇠가 쥐어져 있었다. 그것을 받아 들자 그가 표정 없는 얼굴로 말했다.

"현관 비밀번호는 #8899, 그건 보다시피 집 열쇠. TV랑 도시가스는 연결됐으니까 바로 사용하면 돼요."

"아, 네……."

"무슨 일 있으면 전화해요. 내 숙소 여기서 멀지 않습니다."

걸어서 10분이라는 말은 하지 않았다.

"고맙습니다."

"조만간 서울 송환입니다. 오픈하고 또 몇 주 보겠지만 그동안이라도 어려운 일 있으면 말해요. 그 정도는 직장 상사로서 해 줄 수 있으니까."

"감사합니다."

"그럼, 내일 봅시다."

대답을 기다리지 않고 승요가 계단을 내려갔다. 그가 돌아가고 문을 잠근 윤은 집 안으로 들어왔다. 그리고 구석에 쌓인 물건들을 착잡한 심정으로 바라보았다. 그는 직장 상사의 배려처럼 말했지만 그게 전부라면 이렇게 마음이 불편하지 않았을 것이다. 작게 한숨을 쉰 그녀는 물건들 앞에 앉았고 포장지를 벗기기 시작했다.

삼촌과 무진에게 잘 도착했음을 알리고 짐을 정리한 후 휴대전화를 켜서 시간을 확인하니 벌써 8시였다. 하루가 어떻게 지나가는지도 모르게 가 버렸다. 피로가 몰려오고 허기가 졌지만 손가락 하나 까딱하고 싶지 않았다.

한 달 동안, 아니 1년을 지내야 할 곳은 당연하게도 낯설었다. 서울을 떠나 지방으로 왔다는 게 실감이 났다. 낯선 도시, 낯선 방 안. 공기마저 낯설게 느껴지는 밤이었다. 벌써 서울의 집이, 그가 그리웠다. 윤은 이불에 얼굴을 묻으며 이불을 꼭 끌어안았다. 잠이 올 것 같지 않은 밤이었다. 그래도 씻기는 해야 할 것 같아서 옷과 수건을 챙겨 욕실로 들어갔다.

일부러 시간을 끌며 샤워를 했지만 밤은 길었다. 젖은 머리카락을 말리고 이부자리를 폈다. 마음을 정리하려 휴대전화를 켜 전자책 파일을 열었다. 그러나 몇 번째 같은 줄을 읽고 있는 자신을 발견하곤 그마저도 꺼 버렸다.

머릿속은 온통 그가 무얼 하고 있을까, 하는 생각으로 산만했다. 그의 스케줄이 일로 빼곡함을 알기에 하릴없이 전화를 걸수도 없었다. 서울에 있을 때는 일에 파묻혀 수일씩 그를 만나지 않고 지나가거나 일이 바빠 약속이 미뤄지는 일도 많았다.

그래서 지금의 자신이 낯설었다. 생각의 끝마다 그의 이름으로 마침표를 찍고 궁금해하는 자신이. 조금 느긋할 필요가 있다고 자신을 나무랐지만 그때뿐이었다. 생각이 자꾸만 그에게 달려갔다. 그리고 수분 뒤 걸려 온 그의 전화에 반색하는 자신을 발견하곤 정말 답이 없구나, 제 마음 단속을 포기하고 말았다. 그의 목소리에 심장이 미친 듯이 뛰었다.

―잤어?

피곤함으로 가라앉은 목소리는 칼칼했다. 아직 사무실일까?

"자려고요. 오빠 안 잤어요?"

―아직 검토할 게 좀 남아서.

"사무실이에요?"

―방금 집에 들어왔어.

"아……."

전화를 받기 전까지는 할 말이 무궁무진했던 것 같은데 막상 그의 목소리를 들으니 말문이 막혔다.

―목소리 들으니 좋다. 피곤이 가시는 것 같아.

자신의 생각을 그의 입을 통해서 들으니 가슴 복판이 간질거렸다.

―왜 그렇게 말이 없어. 피곤해서 그래?

걱정스러운 물음에 윤은 볼이 빨개졌다.

"아, 아뇨. 그냥 좀 쑥스러워서."

―뭐가?

"다."

그녀의 말에 그가 웃었다. 웃음을 그친 그가 은근한 어조로 말했다.

―가는 길에 바람은 안 피웠습니까?

"'출장 앞두고 차 고장 낸 놈을' 염두에 두고 하는 말이라면 아직은요."

―아직은? 그 말은 피울 용의가 있다는 소린가? 나 그 방면으로 인내심 있는 남자 아닌데?

"농담일 겁니다."

곧바로 내리는 꼬리에 그가 웃었다.

―조만간 볼 것 같아서 전화했어. 며칠 있다가 대구 내려갈 것 같다.

"대구요? 언제요?"

별안간 한 옥타브는 올라간 목소리였다. 제풀에 놀라 움찔거리자마자 그의 낮은 웃음소리가 들렸다.

―아직 일정 조정이 안 돼서 정확히 언제라는 말은 못 하겠네.

"아."

―반겨 주니 기쁜데? 내려갔을 때 몸도 좀 반겨 주려나?

"예?"

멍한 반문에 그가 웃었다. 단번에 이해하지 못해 나온 반문이었다.

─뭘 그렇게 놀랄까.

놀리는 말이었다.

"그게……."

윤의 얼굴이 새빨개졌다. '몸도 좀 반겨 주려나?' 라니. 이후 나눈 대화는 머릿속에 들어오지 않았다.

전화가 끊어진 뒤 그녀는 새빨개진 얼굴을 이불에 묻었다. 그런 말을 그렇게 아무렇지 않게 하다니. 윤무진이라는 남자, 몰랐는데 야한 남자였다. 그것도 아주 많이.

4
봄으로의 함몰

아침부터 내리던 비는 정오가 되자 그쳤다. 열린 매장 문을 통해 흘러든 먼지 섞인 비 냄새가 코를 자극했다.

지난 며칠은 전쟁 같았다. 본사에서 쏟아 낸 물건들이 창고 통로를 막는 바람에 검품을 하고 진열하는 직원들 사이에서 새로 뽑은 직원들을 교육해야 했다.

직원 뽑는 일은 예상보다 순조롭지 않았다. 현재 뽑아 놓은 인원은 4명으로 정원에도 못 미치는 수였다. 여차하면 본사에서 지원을 해 줄 테지만 그건 그녀가 바라는 일이 아니었다.

퇴근 시간이 다가오고 있었다. 아직 면접이 남았지만 어쩐지 무기력한 기분이었다. 다행히 비는 다시 내리지 않고 있었다. 지하철을 이용하니 비가 내려도 상관은 없었지만 지친 하루의 끝을 쫓기듯 걷는 것만은 사양하고 싶었다.

"김 매니저님 숙소가 두류역 근처라면서요. 그럼 지하철 타는 게 빨라요. 차로 이동하면 출근길 밀리고 주차할 곳 마땅찮고. 방금 유료 주차하고 왔죠?"

출근 첫날 멋모르고 차로 출근했다가 주차할 곳을 찾지 못해 애먹고 나타난 그녀에게 자은이 한 말이었다. 그녀의 충고대로 이후엔 지하철을 타고 출근했다. 집에서 역까진 10분 거리였고 시내까지도 10여 분이면 도착이었다. 그러니 지하철을 이용하지 않을 이유가 없었다.

물론 단점이 없는 건 아니었다. 지하철에서 내려 매장까지 도보로 30분이었다. 그보다 더 큰 문제점은 그 거리를 이승요 팀장과 이동해야 한다는 것이었다. 출근 이틀째 되던 날이었다. 두류역에서 그와 마주친 것은.

"낮도깨비 보듯 할 거 없습니다. 안 탑니까?"
"타, 타야죠."

출근하는 사람들로 빈자리는 없었다. 익숙지 않은 도시다 보니 혹시라도 내려야 할 곳을 놓칠까 봐 입구에 바짝 붙어 선 그녀였다. 그도 근처에 섰다. 말을 걸면 뭐라고 대답해야 하나 난처한 생각들로 가득했는데 다행히 그는 손에 쥔 휴대전화만을 만지작거렸다.

퇴근길 역시 함께였지만 그는 별말이 없었다. 사실 업무를 볼 때도 마찬가지였다. 필요한 말만을 했고 필요할 때만 쳐다봤다.

138

관심을 표한 것은 서울을 내려오는 차 안에서가 전부였다. 불편한 마음과는 별개로 그가 그 이상의 관심을 표하지 않자 안도감이 일었다.

그렇게 전날에 이어 두 번째 함께하는 퇴근길이었다.

"두 분 정말 같이 안 가실래요?"

퇴근길 술자리였다. 직원들이 그들도 함께 섞이길 바랐다.

"다음에요."

그게 그의 대답이었고 그녀 역시 술 마실 기분이 아니어서 사양했다. 이구동성 아쉽다는 말을 하며 자은과 직원들은 시내 어느 구석으로 몰려갔다. 퇴근길은 어제와 같았다. 두 사람은 거리를 두고 침묵한 채 역사로 들어섰다.

역은 쏟아져 내린 사람만큼 또 다른 사람들로 채워졌다. 둘은 전날처럼 한 사람은 입구에, 다른 한 사람은 멀지 않은 거리에 서서 각자의 생각에 빠져들었다. 이윽고 문이 열렸고 두 사람은 내렸다. 누군가 급하게 어깨를 치고 지나가 윤은 넘어지지 않으려고 비틀거렸다. 놀란 승요가 황급히 그녀의 어깨를 붙들었다.

"괜찮아요?"

다급하게 물은 그가 계단을 뛰어 올라가는 남자의 뒤통수를 좇았다. 금방이라도 따라잡을 기세에 윤은 그의 팔을 잡았다.

"그러지 마세요. 괜찮아요."

그의 시선이 자신의 손에 닿자 윤은 움찔 손을 내렸다. 그리고는 팔목에 간당간당하게 걸었던 가방을 어깨로 고쳐 메고 고맙다 중얼거리며 그를 지나쳤다. 역을 빠져나가기 위해 계단을 오르는 동안, 또 출구를 지나 지상으로 나올 때까지 그는 뒤처지지도 앞서지도 않은 채 그녀를 따라 걸었다. 그렇게 숙소까지 왔다.

"내일 뵐게요. 그럼."

꾸벅 인사를 하고 그녀는 급하게 돌아섰다.

"김 매니저!"

주춤 돌아보자 잔뜩 굳은 얼굴로 그가 말했다.

"좋아하면 안 됩니까?"

우려했던 일이 생기고 말았다. 그가 관심을 보였을 때 이런 종류의 일이 생길 수도 있다고 생각했다. 오가는 사람 없는 외등 아래 두 사람은 덩그러니 서 있었다.

"좋아합니다."

"……."

"뜬금없이 이러는 거 아닙니다. 많이 생각해서 하는 고백입니다."

"사귀는 사람, 있다고 말한 것 같은데요."

윤은 차분한 어조로 일깨웠다.

"압니다. 기억하고 있고 충격도 받았죠. 뭘 어쩌겠다는 거 아닙니다. 그저 제 마음이 이렇다는 겁니다."

"그럼 못 들은 걸로 하면 되겠네요. 안녕히 가세요."

"김 매니저!"

주춤 멈춰 선 윤의 입술 사이로 한숨이 흘러나왔다.

"어제 역에서 그러셨죠? 낮도깨비 보듯 한다고. 이 팀장님, 나한테 낮도깨비 맞아요. 갑자기 불쑥 튀어나와서 사람 당혹스럽게 하는 낮도깨비."

"……."

"제가 무슨 말을 할까요? 신경 쓰지 않겠다는 말 외에. 사귀는 사람이 있다고 했잖아요. 그런데도 고백한 사람한테 내가 어떻게 해야 할까요? 직장 동료였어도 불편했을 거예요. 하물며 직장 상사예요. 여기서 뭘 더 어떻게 말해요?"

"……."

"이 팀장님과 저, 함께 일해야 하는 사람이에요. 전 이번 일에 많은 것이 걸려 있고요. 오늘이든 내일이든 내키는 대로 다니다가 회사 그만둘 수 있는 팀장님과 달라요. 그러니 일만 하게 해 줘요. 그저 한번 찔러보는 거라면 안 들은 걸로 할게요. 안녕히 가세요."

굳은 표정의 그녀가 돌아섰고 출입문 비밀번호를 눌렀다. 막 열린 문 안으로 들어가려 했을 때였다. 절박한 음성이 들려왔다.

"그런 거 아닙니다."

윤은 돌아보지 않았다.

"찔러보는 짓 같은 거 안 합니다."

돌아보지 않는 그녀를 보며 그가 혼잣말처럼 중얼거렸다.

"진심입니다."
"안녕히 가세요."

그 말을 뱉은 윤은 그대로 출입문 안으로 들어갔다. 숙소에 들어가 등 뒤로 문을 잠갔다. 잠시 그대로 선 채 어둠을 응시했다. 당혹스러움이 마음을 짓눌렀다. 누군가의 진심을 차갑게 대했다. 명확하게 선을 긋는 것 외엔 방법이 없는 일 같아서.

윤은 심호흡한 뒤 집 안으로 들어가 전등 스위치를 눌렀다. 개켜 놓은 이불 한 채와 화장대로 쓰고 있는 여행 가방, 그 위에 놓인 플라스틱 거울이 눈에 들어왔다. 휑한 느낌은 첫날보다 나아졌지만 여전히 방 안 풍경은 적응되지 않았다. 돌연 자신은 이곳에서 무얼 하는 걸까, 하는 생각이 불현듯 일었다. 서글픔이었다. 선택한 일을 놓고 후회하는 일은 적었다. 특히 일에 있어선 그랬다. 그런데 요 며칠, 이번 출장에 회의를 느꼈다.

그 때문일까? 갑자기 의지할 사람이 생겨서? 아마도 그런 모양이었다. 바쁜 와중에도 촘촘히 생각나는 그 사람 때문에.

빗장 걸린 마음을 풀어 놓기 전의 그녀는 일이 힘들어서 누군가가 그리워지는 사람이 아니었다. 환경이 열악하다고 해서 서글프다고 생각해 본 적도 없었다. 한데, 단단한 마음의 끝은 자꾸만 가장자리가 물러지고 다잡은 마음은 헐거워졌다.

요즘은 모든 생각의 끝이 그로 귀결됐다. 전화가 울릴 때마다 그인가 하고 회사 단톡방 메시지가 울리면 그 소리조차 그의 메시지인가 했다. 그러나 그는 그녀와 달리 일상에 영향을 받지 않는 것 같았다. 그 사실이 몹시 섭섭하고 자신은 못나 보였다. 자신은 이다지도 흔들리는데 그는 지극히 평온한 것 같아서.

사실 그의 목소리가 듣고 싶어 두 차례 전화를 걸었었다. 그러나 두 번 다 만족스럽지 못했다. 힘겹게 연결된 전화는 회의 중이라는 짧은 말로 끝났고 다른 한 번은 거래처 사장과 미팅 중이라는 말로 끝났다. 제대로 된 통화는 대구에 내려오던 날 나눈 대화가 전부인 셈이었다. 그래서 오늘은 전화를 걸지 않았다. 전화에 목매는 인상을 주기 싫어서.

"휴."

그래도 못난 건 못난 거였다. 쓸데없는 자격지심만 가득하다니. 스스로 못남을 인정한 윤은 겉옷들을 벗고 반바지와 반소매 티셔츠를 챙겨서 욕실로 들어갔다. 머리에 세안용 밴드를 한 그녀는 칫솔에 치약을 꾹 짜서 이를 닦으며 욕실 입구 벽에 붙어 있는 보일러 온수를 눌렀다. 전화 한 번 안 하는 그를 원망하며 샤워를 마쳤다.

전화벨이 울린 건 그로부터 30분 뒤였다. 그일까? 심장 박동이 삽시간에 빨라졌다. 받지 말까? 한 번쯤은 튕겨 볼까? 아니면 나도 바쁘다고 해 볼까? 수초 동안 스쳐 간 생각들이었다. 결국, 받고 싶은 유혹을 이기지 못하고 휴대전화를 집었다. 그러나 무안하게도 걸려 온 전화는 낯선 것이었다. 그녀는 잠시 망설이다 전화를 받았다.

"여보세요?"
―누님!

다짜고짜 날아온 음성은 무영이었다.

"윤무영?"

─네, 누님. 무영이요!

"네가 어떻게 이 시간에. 아니, 그보다 누나 전화번호는 어떻게 알고……."

─빵 아저씨한테 누님 전화번호 물어봤어.

"빵 아저씨? 우리 삼촌?"

─빵 아저씨가 민환 아저씨 말고 또 있어?

없지. 무영이 빵 아저씨라고 부를 만한 사람은. 그보다 이 시간에 전화번호를 묻는 수고까지 해서 무슨 용건일까.

"무슨 일 있는 건 아니지? 집에 어른들은 계시지?"

─다들 계셔. 그리고 무슨 일이 생기면 경찰한테 전화하지 누님한테 하겠어? 대구에 있는 사람한테?

맹랑한 대꾸는 여전했다.

"대구에 있는 건 어떻게 알고?"

─빵 아저씨.

"빵 아저씨 전화번호는 어떻게 알고?"

─빵 봉투.

이쯤 되면 박수라도 쳐 줘야 할 판이었다.

"그럼, 빵 아저씨한텐 뭐라고 하고 내 전화번호 물었어?"

─누님 보고 싶어서 눈가가 짓물렀다고. 그러니 목소리나 듣자고.

무영을 돌보는 도우미의 말투였다.

"그래, 알았다. 전화한 용건이 뭔데? 뭐가 궁금해서 이 밤중에 잠도 안 자고?"

그녀의 말에 무영이 어깨가 축 처지는 게 그려질 정도로 한숨을 쉬었다.

─이제 본론이야? 오프닝 참 길다.

윤은 잠시 누가 스물여섯이고 누가 열두 살인지 헷갈렸다.

"윤무영."
─알았어. 단도직입적으로 말할게. 누님 울 형님이랑 결혼 안 해?
"뭐?"

전혀 예상치 못한 말에 윤은 멍하니 반문했다.

─울 형님이랑 결혼 안 하느냐고.
"갑자기 그건…… 윤무영 어린이 그거 물으려고 전화했어요?

그게 왜 갑자기 궁금해졌을까요?'

어르고 달래는 말투에 무영이 투덜거렸다.

─애 취급 말고. 오늘 청담동 아저씨 왔다 갔어. 울 아버지 친
군데 딸 하나 있고 그냥 놀고먹어도 살 만한 집이야. 그 아저씨가
무진이 형님 사위 삼고 싶대. 벌써 두 번째야. 그래서 묻는 거야.
우리 형님이랑 결혼할 거야, 말 거야?

윤의 표정이 굳어졌다.

"청담동, 아저씨?'
─웅, 유 사장 아저씨. 거봐, 말해도 모르잖아. 누님 아직 대답
안 했어. 결혼해, 안 해?

멍했다. 중매가 오가고 있구나.

─누님!

그녀의 침묵에 무영이 답답한 듯 일깨웠다. 윤은 애써 마음을
가라앉히며 목소리를 가다듬었다.

"윤무영, 너 지금 몇 신 줄 알아? 지금 방 아니지? 엄마한테 혼
나지 말고 얼른 들어가서 자."

원치 않은 대답이었는지 고집쟁이 무영이 툴툴거렸다.

—대답 들을 때까지 안 잘 거거든? 말처럼 방 아니고 베란다야.
추워 죽겠으니까 빨랑 대답해. 결혼해, 안 해. 나 감기 들면 비용
청구한다?

아아, 이놈의 윤씨 꼬맹이.

"그건 누님도 몰라. 아직은. 그리고 이건 어른들 이야기야. 윤
무영 어린이가 관심 가질 일이 아니라고. 그러니까 윤 어린이는
빨리 들어가서 씩씩하게 잔다. 실시."

—아이 참! 이 중차대한 시점에 잠이 오겠어? 왜 누님은 대답을
그렇게 해? 내 말이 어려워? 결혼해, 안 해? 누님 생각을 알아야
작전을 짤 거 아냐. 우리 형님이랑 일하는 누나래. 사장 아저씨가
생각해 보라고 하니깐 아버지도 듣는 눈치셨고. 그러니까 절대적
으로 불리하단 소리야. 누나 갑부 아니잖아. 그냥 형님한테 결혼
하자고 해.

함께 일하는 사람. 직원 중 한 사람인가 보다. 수많은 직원이
그 밑에 있었다. 그런데도 무영의 말을 듣는 순간 한 여자가 떠
올랐다. '선배' 하고 부르던 또렷하고 자신감 넘치던 목소리의
여자가.

"윤무영, 어른들 얘기 듣고 옮기고 그러면 안 되는 거야. 그리고 너 계속 그렇게 고집부리면 형님한테 전화한다? 형님 전화받고 싶어?"

그 말이 떨어지기 무섭게 수화기 너머에 정적이 흘렀다. 한동안 씩씩거리던 무영이 말했다.

—혹시 무진이 형님도 알아? 아군을 적군으로 만드는 누님 실력을?

"윤무영 어린이, 형님한테 전화할까?"

—끊으면 될 거 아냐! 기껏 정보 알려 줬더니. 형님이 딴 사람이랑 결혼해도 난 몰라. 누님 바보!

성질내면서 제 할 소린 다하고 끊는 무영이었다. 제 딴에는 어른들 눈 피해 가며 어렵게 전화한 건데 너무했나 싶었지만 그렇다고 칭찬할 만한 행동은 아니기에 달래 줄 수가 없었다.

"하아."

윤은 무릎을 세워 안으며 무릎 끝에 이마를 댔다. 공허한 밤에 느닷없이 생각할 거리가 넘쳐 났다. 삼촌이 했던 말이 떠올랐다. 자신의 어정쩡함에 석주 삼촌이 애매해한다고. 겨우 그에게 한 걸음 내디뎠을 뿐인데 주위에선 걷지 말고 뛰라고 재촉하고 있었다.

어제 아침, 성북동에 뒤늦은 안부 인사를 넣었을 때만 해도 석주 삼촌은 평소와 다름없었다. 타지에서 몸 건강하게 지내고 쉬는 날 집에 들르라는 말까지 해 주었다. 그 목소리를 듣는 순간 불안이 가시는 것 같았다. 뭔가 일단락되는 느낌을 받았던 건 순전히 기분 탓이었던 모양이다.

석주 삼촌이 그의 결혼에 대해 올해를 넘기지 않겠다고 했다던 민환 삼촌의 말이 떠올랐다. 삼촌은 자신을 어떻게 생각하고 계실까? 이번 일이 대답일까? 아니다. 물음도 생각도 순서가 틀렸다. 아직 그와는 미래에 대한 어떤 말도 나누지 않았다. 하지만 그가 결혼하자고 한다면? 말문이 막혔다. 윤은 무영에게 대답하지 못했듯 자신에게도 대답하지 못함을 깨달았다.

매장으로 들어가자 입구 쪽에서 통화하고 있던 이 팀장과 눈이 마주쳤다. 그러나 그뿐이었다. 그는 사무적으로 인사한 뒤 돌아섰다. 아마 서이창 부장에게 진행 사항을 보고하는 거겠지.

윤은 힐긋 팀장을 돌아봤다. 그날 이후, 역사 안에서 그와 마주한 적은 없었다. 자신의 말을 받아들이기로 한 것일까? 더 불편해지기 전에 제발 그래 주었으면 하는 바람이었다.

오후의 면접은 성공적이었다. 주말 아르바이트를 포함해서 두 명만 확보하면 정원이었다. 바쁜 시간이 지나고 윤은 무진에게 전화를 걸었다. 망설이다가 건 전화였다. 그러나 근래 그랬듯 통화는 짧았다.

—미안. 나중에 다시 전화할게.

회의 중이라고 했다. 윤은 끊어진 전화를 서글프게 바라보았다. 물어보고 싶었다. 선 얘기 오가는 거 알고 있었느냐고. 그렇다면 나는 어쩌면 좋겠느냐고. 그러나 묻지 못할 말이었다. 하고 싶은 말들이 가슴에 쌓여 갔다.

"먼저 갑니다."

퇴근 30분 전이었다. 어김없이 매장을 나서는 이승요 팀장이었다.

"매일 택시 왕복이네."

옆에 다가온 자은이 한 말이었다. 전면 창 너머로 택시에 오르는 이 팀장이 보였다. 그는 언제나처럼 스마트한 차림이었고 머리 손질 역시 완벽했다.

"두 사람 분위기 묘한 거 알아요?"

윤이 자은을 돌아봤다.

"무슨, 뜻이에요?"

둘은 동갑이었지만 자은과 윤은 서로 존대하고 있었다.

"이 팀장님이 김 매니저 좋아하죠? 김 매니저는 아니고."

자은의 말에 윤의 눈이 동그래졌다.

"어떻게 아나 싶죠? 내가 그런 쪽으로 눈치가 좀 빨라요."

"……."

"관상용이라고 생각해요."

"관상용?"

"소위 외모, 학벌, 집안 다 받쳐 주는 사람들 말이에요. 같은 부류가 아니니 가진 건 마음 하나뿐일 텐데 나만 다칠 거거든요. 마음 깨지면 난 어떻게 살아? 그러니 딱 연예인 보는 심정으로 보는 거죠. 그래도 사람인지라 저런 사람이 연애하자고 덤비면 어떻게 심장이 안 떨리겠어요. 그럴 땐 자신과 타협하는 거죠. 딱 연애까지만. 언제든 등 돌릴 수 있는 남자니, 딱 연애까지만. 혹시라도 서로가 진심이 되더라도 결혼 같은 건 하지 말자, 그렇게요. 사랑은 깨지기 마련이고 서류는 나 죽을 때까지 따라다닐 거니까 말예요."

자은이 윤을 돌아보았다.

"난 친구가 현명하게 대처하면 좋겠어요. 안 되면 연애까지만. 이만 퇴근 준비해야죠?"

자은에게 팀장과는 그럴 마음이 없으며 자신이 만나는 사람은 그런 사람이 아니라고 말하고 싶었지만 그녀는 이미 계산대로 걸어가고 있었다. 연애. 결혼. 이제 막 마음을 열었을 뿐인데 비좁게 열린 문틈으로 무수한 문제가 쏟아져 들어오고 있었다.

새벽 1시를 넘긴 시각이었다. 무진으로부터 전화가 걸려 온 것은. 휴대전화가 징징 울려 대고 있었다. 비몽사몽, 윤은 엎드린 자세 그대로 팔만 뻗어 스마트폰을 찾았다. 손끝에 걸리는 휴대전화를 간신히 끌어당겨 귀에 얹은 그녀가 눈을 감은 채 말했다.

"여보세요?"

─나야.

"……!"

윤의 눈이 확 벌어졌다.

─너무 늦게 전화했지?

"아, 아뇨!"

벌떡 일어나 앉는 윤의 심장이 세차 뛰었다. 잠결에 휴대전화 잠금만 해제하고 받은 터라 그인 줄 몰랐다.

─다행이다, 받아서. 안 받으면 어떻게 하나 궁리 중이었는데.

안도하는 목소리에 윤은 무릎으로 기어가 TV 선반에 올려 둔 탁상시계를 들여다보았다. 1시 30분. 새벽이다. 금방 잠들었다고 생각했는데 한 시간이 지나 있었다.

"많이 기다렸어요? 진동으로 해 놔서. 집이에요?"

탁상시계를 원래대로 돌려놓은 윤은 이부자리 위로 되돌아왔다.

─집 앞이야.

아아, 또 새벽까지 회사에 있었나 보다.

"이제 집 앞? 좀 일찍 들어가요. 몸 상해."

걱정하는 말이 싫지 않았는지 그가 웃었다.

─그럴게.

"많이 피곤하죠?"

─글쎄, 누구 생각하면서 밟았더니 피곤한진 모르겠다.

순간 윤의 표정이 딱 굳어졌다. 설마 하고 짐작하는 윤의 눈동자가 크게 흔들렸다. 마른침을 꿀꺽 삼킨 윤은 제 생각이 맞길 바라며 조심스럽게 물었다.

"그러니까 그 말은, 오빠 말은…… 내가 생각하는 게 맞아요?"

―아마도.

악! 소리를 속으로 지른 윤은 벌떡 일어났다.

"내, 내려갈게요! 자, 잠깐만 기다려요!"

들끓는 흥분을 억누르며 윤은 전화를 끊었다. 잠시 휴대전화를 쥔 채 허둥지둥하던 윤의 눈에 구겨진 이부자리가 들어왔다. 정리할 것도 없는 방 안이지만 윤은 황급히 이부자리를 정리했다. 그리고 무릎으로 기어가 여행 가방을 들추어 그 속에 든 브래지어를 꺼내 입었다. 티셔츠를 도로 입은 그녀는 베란다로 급하게 나가 건조대에 걸린 집업 저지와 긴치마를 옷걸이에서 걸어 냈다. 그런 뒤 서둘러 옷을 입고 부리나케 방을 나섰다.

현관문 너머 그가 보였다. 타닥거리며 내려오는 소리를 들은 건지 은회색 차체에 기대섰던 그가 몸을 바로 세우는 것이 보였다. 곧바로 열리지 않는 문 너머 그를 바라보는 윤의 눈빛이 떨렸다. 몇 번의 오작동 끝에 잠금이 해제되자 윤은 얕은 숨을 쉬며 밖으로 뛰쳐나갔다.

"오빠……."

고요한 골목 안, 시장을 낀 거리는 어둠에 잠겨 있었다. 자정까지만 해도 켜져 있던 건너편 아파트의 불도 모두 꺼져 빛이라곤 맞은편 슈퍼마켓 앞 가로등이 전부였다.

"잘 지냈어?"

셔츠 소매를 팔뚝 위로 접어 입은 익숙한 모습에 왈칵 그리움이 솟구쳤다. 며칠 만에 보는 그는 턱 선이 더 날렵해져 있었다. 또 체중이 빠졌나 보다.

"피곤한데 어떻게 여기까지?"

면회 오겠다는 장난스러운 말이 이렇게 금방 이뤄질 줄은 몰랐다. 그저 휴무하면 가야지, 쉬는 날 만나러 가야지. 그렇게 다독였던 마음이었다. 그러나 막상 지척에서 그를 보니 부풀었던 마음은 쑥스러움으로 변했다.

"예상한 반응 아닌데? 달려와 안기는 시나리오 생각하고 몸에 힘주고 있었는데 딱 거기 멈추네. 나 아무래도 고백 잘못 받은 거 같은데."

슬쩍 휘는 입술. 잔잔하게 일렁이는 눈빛. 마주하니 더욱 선명해지는 그리움이었다. 그녀는 흐릿해진 눈으로 생각했다.

나, 이 사람 정말 보고 싶었구나.

짙은 새벽. 짙은 그리움. 파르르 마음 끝이 떨려 왔다. 그의 눈빛이 깊어지고 있었다. 윤은 그 눈빛에 이끌리듯 다가가 무진의 허리를 가만히 안았다.

"보고 싶었어요."

"나도. 전화 많이 기다렸지?"

윤은 넓은 품에 안긴 채 고개를 끄덕였다. 한숨을 쉰 그가 등을 가만히 쓰다듬었다.

"미안. 며칠 뺄 생각에 바쁘게 움직였더니 타이밍이 좋지 않았다."

며칠? 눈이 동그래진 윤은 무진에게서 몸을 뗐다.

"바로 안 가요? 그래도 돼요?"

"가급적 늦춰 볼 생각이야. 다트 판에 꽂히기 직전이거든, 내가."

무진이 겸연쩍은 미소를 흘렸다.

"대구 내려오려고 무리 좀 했더니 임직원들 독이 바짝 올랐다. 그래서 독 빠질 때까지 안 가려고, 서울."

아아, 없는 시간을 더 잘게 쪼개 썼다는 소리였다. 홀로 있으면서 왜곡했던 생각들, 이렇게 달려오려고 애쓴 줄도 모르고 원망했던 순간들이 미안했다.

"올라갈까?"

올라갈까? 윤은 잠시 그 말이 무슨 뜻인지 몰라 눈을 깜빡였다. 그러다가 정신이 번쩍 났다.

"그, 그래야죠."

신경 끝이 바르르 떨려 왔다. 그와 밤을 보낸다.

"여기로 들어가면 되는 거지?"

벤츠 트렁크에서 여행 가방을 꺼낸 무진이 열린 문으로 성큼 들어섰다.

"자, 잠깐만."

당황한 그녀가 무진을 막아섰다. 당황한 마음을 반영하듯 두 뺨은 발갛게 물들어 있었다.

"왜?"

"여기 불편할 텐데……."

방 안 풍경이 떠올랐다. 베란다 건조대에 어수선히 걸린 옷가지, 화장대 하나 없이 여행 가방 위에 놓인 파우치와 화장품, 그리고 침대 없이 바닥에 펼쳐져 있는 이부자리. 깨끗하지만 세간

없는 옹색한 공간이 현재 그녀가 사는 방이었다. 그래도 출장이라고 배웅까지 받으며 떠나온 길인데, 멋진 구석 하나 없는 현실은 궁색했다.

"그래서 호텔로 가라고?"

어떤 식으로 말해도 기분 상할 말이었다.

"침대 없어서 불편할 거예요."

시선을 피하는 그녀를 뚫어지게 응시하며 무진이 말했다.

"바닥에서 자면 돼."

"이불 하나밖에 없는데."

"이불 필요 없고."

"베, 베개도 없는데?"

윤은 절박한 심정으로 무진을 올려다봤다. 마음 상해서 굳은 표정을 하고 있을 거라고 예상했던 무진은 웃고 있었다.

"없는 거 일일이 나열할 거면 올라가면서 들을게."

손목이 잡혔다.

"아, 잠깐만!"

윤은 그의 보폭을 따라잡느라 치맛자락을 움켜쥐었다. 현관에 이어 곧바로 계단이었다. 윤은 그에게 손목을 붙들린 채 울상이었다.

"정말 자고 갈 거죠?"

"안 자고 너 안고 있을 거야. 몇 호?"

"2, 205호."

점점 집과 가까워지자 별안간 일전의 통화에서 그가 했던 말이 떠올랐다. '몸도 반겨 주길 바란다'는 말. 지금 이 시점에서 그의 말이 떠오른 건 절대적인 실수였다.

"여기?"

3층 같은 2층, 205호 앞에 선 그가 그녀를 돌아봤다. 한 번 쉬는 법도 없이 커다란 여행 가방을 들고 그녀까지 끌고 올라온 그는 숨결 하나 흐트러지지 않았다. 그에 반해 그녀는 절대적인 운동 부족으로 난간을 짚고 숨을 고르는 중이었다.

"열려 있어요. 보통은 안 그러는데 급하게 나오느라."

다음부터는 그러지 말라는 눈빛을 보낸 그가 문을 열었다. 그는 문고리를 잡은 채 그녀를 보고 있었다. 먼저 들어가길 기다리는 그였다.

"아아."

제집에 들어가는 일이 이렇게 떨릴 줄이야. 발목에 수만 개의 납덩이를 매단 것처럼 발이 떨어지지 않았다. 그런데도 이율배반적인 심장은 기대감에, 설렘에 파닥거리고 있었다.

"혀, 현관이 좀 좁아요."

두 사람이 서기엔 좁은 현관이었다. 신발을 벗으려는데 등 뒤로 문 닫히는 소리가 들렸다. 뒤이어 철컥하고 잠금장치 걸리는 소리와 함께 여행 가방이 바닥에 놓이는 소리가 났다. 꿀꺽 마른침이 목구멍으로 넘어갔다. 온 신경이 등 뒤로 집중됐다. 윤은 서둘러 슬립온을 벗었다.

"집이 좁죠? 나도 첨엔 현관 보고 당황……!"

허리에 팔이 휘감겼다.

"앗!"

삽시간에 몸이 돌려졌고 단단한 몸에 바짝 밀착됐다. 가라앉은 눈길이 파들파들 떨리는 속눈썹을 내려다보고 있었다.

"수칙 하나, 둘만 있을 땐 무조건 키스해 주기."

말이 끝나기 무섭게 입술이 겹쳐졌다. 성급하게 파고드는 혀를 받아들이며 윤은 무진의 목을 끌어안았다. 입술을 빨며 짙어지는 키스에 윤은 발갛게 단 얼굴로 헐떡였다.

"여, 여기 방음이……."

그 말이 떨어지기 무섭게 벽을 타고 수돗물 쏟아지는 소리가 들렸다. 이어서 물이 잠기는 소리와 동시에 뭔가의 뚜껑 여닫히는 소리가 들렸다. 한 공간에서 나는 것 같은 그 소리에 그가 멈칫했다. 윤은 한 발짝 떨어지며 어색하게 웃었다.

"퇴근하고 오면 젤 먼저 휴대전화 진동 모드로 돌려요. 안 그럼 옆집에 미안해지니까."

"여기서, 1년이라고?"

그제야 안이 눈에 들어오는지 무진이 여행 가방을 다시 들고 방으로 들어섰다. 구석에 가방을 내려놓은 그가 싸구려 문갑 위에 놓인 TV와 벽걸이 에어컨, 바닥에 깔린 요와 이불을 바라보았다. 그러다 그의 시선이 플라스틱 거울이 놓인 여행 가방에 머물자 윤의 얼굴이 빨개졌다.

"1년만 있을 거라서 가구 사들이기가……."

변명처럼 들리는 말에 윤은 입술을 깨물었다. 무진을 바로 보기가 민망했다.

"지금이라도 괜찮다면, 호텔 가서 잘래요?"

그녀의 말에 그가 돌아봤다.

"왜?"

"그, 그야 잠자리 불편할 거니까."

"네가 안 불편하면 나도 안 불편해. 여긴 뭐야? 욕실?"

그가 열린 문을 나가려고 하자 윤은 작은 소리를 지르며 그 앞을 막아섰다. 아직 마르지 않은 속옷과 옷들이 어지럽게 걸려 있는 옷장 대용의 좁은 베란다였다.

"욕실 아니고 베란다. 그냥 호텔에서 자죠?"

새빨개진 얼굴로 무진의 팔을 붙드는 그녀였다.

"네가 여기 있는데 나만? 여기가 베란다면 욕실은 어디?"

"요, 욕실은 여기."

얼떨결에 욕실 문을 연 윤은 그가 그 틈을 타 베란다로 나가는 걸 보고 속으로 신음을 흘렸다. 무진은 창문의 잠금장치를 살피고 있었다. 제대로 걸리나 몇 번 걸고 풀고 해 보던 그가 방범창도 없는 홑겹 문을 닫았다.

"호텔 안 가요?"

윤은 제발 그가 호텔로 가 줬으면 하는 바람이었다.

"안 간다고 말했는데, 난."

"잠자리 불편할 텐데 가죠?"

"야박하게 구는 이유가 딴 데 있는 건 아니지?"

슬쩍 가늘어지는 눈빛이었다.

"따, 딴 데 있다니요?"

"안길 준비됐나 확인당할까 봐."

멍한 얼굴의 그녀가 귀까지 빨개지자 무진이 만족스러운 미소를 띠었다.

"저기가 욕실이라고 했지? 선 채로 뻗기 전에 씻어야겠다."

그녀를 지나친 그가 방으로 들어갔고 얼마 후 욕실에서 물소리가 들렸다. 그 소리에 반사적으로 그의 나신이 떠올라 순식간에 빨갛게 얼굴이 익었다. 감히 방으로 돌아갈 엄두를 내지 못한 채 서 있던 그녀는 떨리는 손으로 상의를 벗어 원래대로 옷걸이에 걸었다. 반바지 위에 입었던 치마 역시 마찬가지였다. 몸에 붙는 브이넥 티셔츠와 골반 라인의 반바지가 입은 옷 전부가 되었을 때 그녀는 벗어 버린 브래지어를 들고 방으로 돌아왔다.

여행 가방 속에 속옷을 넣은 윤은 다가올 시간을 머릿속에서 떨치려 멀쩡한 이부자리를 손으로 매만졌고, 하나뿐인 베개를 토닥거려 도톰하게 만들었다. 뭔가 더 정리할 게 없나 두리번거렸지만 있을 리가 없었다.

결국 욕실에서 떨어지는 물소리를 듣지 않으려고 TV를 켰다. 화면이 미처 뜨기 전에 채널이 휙휙 넘겨졌다. 오락 채널, 드라마 채널, 뉴스 채널이 나타나기 무섭게 사라졌다. 그리고 멍한 눈으로 채널을 돌리던 그녀의 시야로 성인 영화가 들어왔다. 놀랄 틈이 없었다.

—헉헉.
—아아.

좁은 방에 울려 퍼지는 신음 소리에 기겁한 그녀가 TV를 껐다. 손이 덜덜 떨렸다. 맙소사. 이 시간에 TV 보는 게 처음이라 심야방송으로 성인 영화가 나오는 줄 몰랐다. 설마, 방금 그 소리를 그가 들은 건 아니겠지? 제발 아니어야 할 텐데. 마음 졸이며 욕실을 돌아본 순간 벌컥 문이 열렸다. 눈 돌리기엔 늦은 타이밍이었다. 그는 젖은 머리를 수건으로 문지르며 나오고 있었다. 몸에 운동 팬츠를 걸치고 있었지만 지금 그녀에겐 전혀 위안이 되지 않는 차림이었다.

"이건 베란다에 두면 돼?"

그제야 그의 손에 들린 젖은 수건이 보였다.

"내, 내가 갖다 놓을게요!"

윤은 그가 뭐라고 말하기 전에 후닥닥 일어나 빼앗듯이 드로우즈가 포함된 수건을 챙겨 베란다로 나갔다. 심장 박동에 압사당할 것 같은 기분이었다. 눈앞에 방금 본 그의 나신과 아까 본 영화 속 남자 주인공의 육체가 겹쳐졌다. 거친 정사 장면이었다. 하필이면 타이밍도 절묘하게 남녀의 하반신이 노출된 장면이었다.

아아, 맙소사.

덩달아 숨이 가빠지는 것 같았다. 고산지대에 오른 적도 없는데 산소가 희박해진다는 게 어떤 기분인지 알 것 같았다. 절대 이대로, 이런 기분으로는 방에 들어갈 수 없었다. 떨리는 손으로 세탁 바구니에 속옷과 수건을 넣고 숨을 골랐다.

상체를 숙인 순간 티셔츠 안이 훤하게 들여다보였다. 가슴 골짜기부터 반반한 아랫배까지 가감 없이 들여다보이는 모습에 윤은 속으로 신음을 삼켰다. 이 차림으로 그에게 수건을 받아 왔다니.

윤은 뭐라도 겹쳐 입을 생각에 천장 건조대를 닥치는 대로 헤쳤다. 그러나 출근복 위주로 챙겨 온 탓에 잘 때 입을 만한 옷이 없었다.

"뭐 찾아?"

"으악!"

언제 나왔는지 무진이 그녀를 보고 있었다.

"왜 그렇게 놀라?"

"아, 아뇨!"

윤은 잽싸게 그를 지나쳐 방으로 들어갔다. 그리고 빛의 속도로 이불 속으로 기어들었다. 방으로 달아난 그녀를 따라 들어온 그가 눈을 가늘게 떴다.

"그렇게 재빠른지 몰랐네."

놀리는 말에 윤은 못 들은 척 눈을 감았다. 힘주어 감은 눈꺼풀이 파르르 떨렸다.

"부, 불 좀."

그가 웃었다는 것에 전 재산을 걸 수도 있었다. 잠시 후 불이 꺼졌고 이불을 들치며 그가 들어왔다. 바짝 긴장한 그녀를 그가 마주 보게 안았고 몸을 얽으며 입술을 겹쳐 왔다. 가슴 위를 덮었던 손이 티셔츠 안으로 미끄러져 들어와 가슴을 지그시 그러쥐었다. 작은 신음이 그녀에게서 새어 나왔다. 형태와 크기를 가늠하고 매끄러운 살갗의 감촉을 음미하는 손길이었다. 그녀의 허리가 휘어지고 벌어진 입술 사이로 혀가 밀려들었다. 혀가 얽히고 빨리는 동시에 다리 사이로 근육질의 허벅지가 밀어 넣어졌다.

"흐으."

맨다리에 거친 털이 쓸리는 감촉에 윤의 얼굴이 어둠 속에서 찡그려졌다. 단단한 어깨 위로 고양이 발톱 같은 손톱이 세워졌다. 손톱을 박으며 몸을 밀착하는 그녀의 행위에 그가 신음했고 가슴을 애무하던 손길이 파들파들 떨리는 아랫배를 지나 허리로 돌아갔다.

"윤."

그가 헐떡이며 단단한 손가락을 윤의 허리춤에 걸었다. 고무밴드로 된 반바지가 그의 손길에 밀려 내려가고 있었다. 그때까지 그의 손길에 무아지경이었던 윤은 정신이 번쩍 들었다. 당황한 그녀가 엉덩이에 얹힌 무진의 손을 눌렀다.

"자, 잠깐만."

"싫어?"

가라앉은 목소리로 그가 물었다. 숨결도 목소리도 아찔할 정도로 가까웠다. 이번만은 거절이 아니길 바라는 목소리였다.

"그, 그게 아니라."

윤은 입술을 깨물었다.

"여기 방음……."

그녀의 일깨움에 무진이 멈칫하며 신음을 흘렸다.

"맙소사."

이제 집까지 그를 도와주지 않고 있었다. 그녀의 옷을 끌어올려 준 그가 끙 하는 신음을 뱉으며 바로 누웠다. 눈두덩 위에 팔을 얹는 그를 보며 윤은 몸을 일으켜 앉았다. 창을 통해 들어오는 흐릿한 가로등 불빛에 그의 모습이 어렴풋이 보였다.

"호텔…… 갈까요?"

몹시 미안한 말투에 그가 갑자기 웃음을 터트렸다. 낮은 웃음소리는 그로 말미암아 자극받은 몸을 더욱 달아오르게 했다. 저릿한 전율이 아랫도리에서 일자 윤은 무릎을 세워 두 팔로 끌어안았다.

"그 마음이 내일까지 가야 할 텐데."

혼잣말처럼 그가 중얼거렸다.

"내일까지?"

"……응, 내일까지."

무진이 눈두덩에 얹었던 팔을 내리고 어둠 속에서 윤을 올려다보았다.

"집 옮기는 건 어때?"

고심 끝에 하는 말인 듯 말투가 조심스러웠다.

"여긴 본사에서……."

"네가 불편한 게 싫다."

"……."

"타이밍이 이상하지만 그랬으면 하는데."

"……."

"1년 동안 숨죽이며 살아야 하는 거잖아. 내가 몰랐다면 모를까 알고는 못 넘어가겠다."

단순히 사랑을 나누지 못해서 하는 말이 아님을 알고 있었다. 숙소를 보여 주고 싶지 않았던 이유도 그의 말이 예상됐기 때문이었다.

"윤?"

침묵이 길어지자 그가 그녀를 불렀다. 그런데도 쉽사리 입이 떨어지지 않았다. 그가 그녀의 일을 무시해서, 근무 환경을 낮잡아서 하는 말이 아님을 알면서도 선뜻 그렇게 하자는 말이 나오지 않았다.

"윤."

"……."

한숨을 쉰 무진이 몸을 일으켰고 오도카니 앉은 그녀를 품에 당겨 안았다. 등을 쓰다듬는 손길에 근심이 묻어났다.

"네가 여기 있는 한 말이야. 난 여기로 달려오고 싶어 안달할 거야. 네가 잘 있는지 걱정할 거고 무슨 일이 생길까 봐 마음 졸일 거다. 네가 보고 싶어서 마음이 타들어 갈 거고 널 안고 싶어서 고통스러울 거야. 달려오는 날이면 널 안고 싶어 할 테고. 여기 계속 있겠다면 네 뜻을 받아들이겠지만 널 안을 때마다 내 여자의 평판을 걱정할 거야."

더는 무의미한 고집이었다. 그의 마음을 거부할 이유가 없었다. 그에게 사랑받는 게 좋았다. 넓은 가슴에 안기고 싶은 마음을 부인하고 싶지도 않았다. 그를 원했다. 그의 품에 안겨 있으면 그 순간만큼은 모든 것이 또렷하고 명료해져 불안정한 생각들이 사라졌다. 사랑받고 있고 사랑하고 있으며 앞으로도 그럴 수 있을 것 같은 기분이 들었다. 그러니 너무 많은 생각은 그만.

"그럴게요. 오빠 말대로 집, 옮길게요."

❀ ❀ ❀

집을 옮겼다는 전화를 받은 건 다음 날, 오후 3시였다. 집 애

기를 꺼냈을 때 예상한 일이었지만 출근 후 두 시간 만에 이뤄
질 거라는 생각은 못 했다. 이렇게 빨리 옮길 줄 알았으면 베란
다의 옷가지라도 싸 두는 건데. 그나마 위안인 건 전날 나온 세
탁물은 미리 정리하고 왔다는 것이었다.

　─퇴근 전에 올 거야. 그래도 늦어지면 근처 카페에서 기다리
고 있어.

　그는 구미에 가는 길이라고 했다. 대구에 왔다고 해서 온전히
쉴 거라는 생각은 하지 않았지만 쉴 틈 없이 일하는 그가 걱정
이었다. 그런데도 그녀가 할 수 있는 말은 조심해서 다녀오라는
말뿐이었다.

　"숙소를 옮길까 합니다."

　이 팀장은 아직 재고 창고에 있었다. 넓은 창고 안쪽엔 면접
자를 위해 마련한 임시 테이블이 있었다. 테이블 위에는 그녀가
나가기 전 봤던 이력서가 그대로 놓여 있었다. 면접이 끝나자마
자 무진의 전화를 받고 나갔다 온 그녀였다.

　"숙소를 옮긴다니 무슨 뜻입니까?"

　"친척…… 집으로 들어가게 됐어요. 가능하다면 처리해 주셨
으면 합니다."

　더 묻지 않길 바라며 윤은 무진의 전화를 받고 생각해 낸 말
을 했다. 승요가 한동안 그녀를 바라봤다.

　"앉아서 얘기하죠."

　그가 맞은편 의자를 가리켰다.

"서서 듣겠습니다."

"좋아요."

승요는 작게 한숨을 쉬었다. 그는 그녀가 들어오기 전까지 만지작거리던 휴대전화를 테이블 위에 내려놓았다.

"혹시 나 때문에 옮기는 거라면……."

생각지도 못한 말에 윤은 잠시 멍한 표정을 지었다.

"아뇨, 그래야 하나요?"

그럴 이유가 있느냐는 단단한 말투와 눈빛이었다. 조금도 흔들리지 않는 모습에 승요의 눈빛이 요동쳤다. 그는 한동안 아무런 말도 하지 못했다. 이윽고 그가 말했다.

"알겠습니다. 본사에 보고하죠."

"감사합니다. 그럼."

그녀가 몸을 돌려 나가려고 하자 승요가 그녀를 불러 세웠다.

"수요일 휴무지요?"

"네."

"난 내일 본사 들어갑니다."

예정보다 빠른 복귀였다. 부족했던 직원은 방금 면접으로 모두 채워졌다. 남은 일은 개점까지의 교육이었다.

"휴무 돌려놓고 올라가려고 했는데 사정이 생겨서 하루 먼저 갑니다. 내가 없더라도 예정대로 휴무하면 됩니다. 교육생은 하루 동안 구자은 매니저가 교육시킬 테니 신경 쓰지 말고요."

"감사합니다."

"김 매니저."

"네."

"퇴근하고 잠깐 얘기 좀 할 수……."

그때 테이블 위의 휴대전화가 울렸다. 자리를 피하려는데 승요가 붙들었다.

"나가지 말고 있어요. 통화 금방 끝낼 테니까."

"……."

승요가 휴대전화를 집어 들었다. 발신자는 공간, 수의 유수원 사장이었다. 얼마 전 의뢰한 견적이 나온 모양이었다.

"네, 유수원 사장님."

의자에서 일어난 그는 탁자에서 조금 벗어난 벽에 기대섰다.

—견적 나왔는데 어떻게 할까요? 사무실로 직접 오실래요?

"견적 내역은 휴대전화로 받죠. 지금 지방이라 당장 사무실 방문은 어렵겠고……."

업체 사장의 출신 성분도 몹시 중요하게 생각하는 어머니의 정보에 의하면, 재력가 아버지를 둔 유수원 사장은 그와 같은 대학을 나왔고 경영학을 전공했으며 난다 긴다 하는 외국의 대학을 나와 인테리어업을 하는 여자였다.

유수원 사장이 윤무진 옆에 있던 여자라는 것을 알게 된 건 그녀 덕분이었다. 아무래도 이 사람은 상대의 흑역사를 당사자 앞에서 까발려 주는 악취미가 있는 것 같았다. 명함까지 들고 찾아온 어머니만 아니었다면 무시했을 상대였다.

"무진 선배 옆에 있던 여자, 나였거든요. 내내 궁금했어요. 선배한테 왜 그랬는지. 이유 알려 주면 견적 깎아 줄 수도 있는데."

그가 누군지 알고 휘두른 주먹이었다. 어떻게 그를 모를 수가 있을까? 대학 총장부터 허드렛일 하는 잡역부까지 그를 모르는 사람이 없는데. 정치 명문가라는 것만으로도 대단한데 재력가 집안이기까지 했다. 모르면 오히려 이상한 일이었다.

그런 그가 두뇌는 물론 인물까지 출중한 건 신의 편애였다. 덕분에 그는 남학생들에겐 부러움과 시기의 대상이며 여학생들에겐 동경과 선망의 대상이었다. 그렇게 대단한 인물의 턱을 날렸으니 여자가 그를 기억하는 건 당연한 일이었다.

"의뢰인의 사생활 캐는 게 거래 조건인 줄은 몰랐네. 험한 말 주고받는 거 좋아한다면 모를까, 적당히 하고 견적 내서 연락해요. 언제 착수할 수 있는지 말해 주면 더 좋고."

모멸감이 일정도로 차가운 말에도 여자는 꿈쩍도 하지 않았다.

"그 성격, 예나 지금이나 꽤나 일관성 있으시네요. 견적 낼 주소 알려 줘요. 당장은 어렵고 둘러보고 연락드릴 테니."

여기까지가 대구로 출발하기 전 여자와 나눈 대화였다. 그리고 여자가 집을 둘러보고 갔다는 말을 어머니에게 들은 게 그다음 날이었다. 그런데 이제서야 전화를 하다니. 업체를 바꿔 버리고 싶었지만 그랬다간 두고두고 어머니의 시달림을 받을 게 분명해 참고 넘겨야 했다. 여자가 대답을 기다리고 있었다.

"내일이나 모레쯤 시간 되는대로 청담동에 한 번 들르죠. 자세한 건 그때 다시 얘기하고……."

청담동, 유 사장.

윤의 심장이 다단계로 내려앉는 중이었다. 무영과의 통화 이후 유씨 성은, 그리고 청담동이라는 이름은 그녀의 심장에 좋지 않은 영향을 끼치고 있었다. 익명의 유 씨가 무진과 혼담이 오가는 까닭이었다.

"미안합니다. 기다리게 해서."

통화를 마친 승요가 그녀에게 다가왔다.

"근데 무슨 일로?"

경계하는 눈빛이었다.

"얘기 좀 하고 싶습니다."

"하세요. 들을게요."

"여기서 할 얘기는 아닙니다."

"여기서 못 할 얘기면 들을 이유 없을 것 같은데요."

"그러지 말고 잠깐 시간 좀……."

"시간 없다고 말씀드렸는데요."

윤의 눈빛이 단호해졌다. 그런 그녀를 보는 승요의 마음은 달아올랐고 안타까웠다.

"할 얘기 끝난 것 같으니 이만 나가 볼게요."

윤은 차갑게 돌아섰다.

"내가 그렇게 별로입니까?"

절망적인 말에 윤의 걸음이 멈추었다.

"누군가를 진심으로 좋아해 본 적 있으세요?"

묻는 말에 승요의 눈빛이 흔들렸다. 진심. 무엇이 마음을 다한 사랑인지는 모르겠지만 사랑이 있긴 있었다. 뒤늦은 깨달음에 미칠 것 같이 괴롭고 미안했던 사랑이.

"글쎄요. 그게 중요합니까?"

"아마도요."

"……."

첫눈에 반한다는 것. 그녀를 만난 뒤 그 말을 이해하게 됐다. 식상했던 것들이 새롭게 느껴지는 기묘함. 아침에 눈을 떴을 때 그녀가 가장 먼저 떠올랐고 잠들기 전 마지막까지 그의 뇌리에서 떠나지 않았다. 그래서 고백했었다.

"좋아하는 사람이 있어요. 그 사람한테 고백하려고요."

바라보는 것만으로 행복한 사람이라고 했다. 그를 동경한다고 얘기할 때 꿈꾸듯 빛나던 눈이란. 그녀를 바라보는 그의 눈빛 또한 그러했으리라. 홍역 같은 짝사랑이었다. 다른 이를 사랑하는 그녀의 마음을 안 이후 잠을 잘 수도 밥을 먹을 수도 없었다. 마음에는 그녀로 말미암아 매일같이 상처가 생겼고 더께가 내려앉기 시작했으며 아물 겨를 없이 또 다른 상처로 덧칠됐다. 그러던 어느 날, 그녀가 그를 찾아왔다.

"술 한잔 사 주실래요?"

이미 어딘가에서 술을 마시고 온 그녀였다. 망설이다가 아파트로 그녀를 들였다. 집 안에 있는 술들을 거실로 가져와 그녀와 함께 술잔을 기울였다. 한동안 말없이 술잔만 비웠다.

"고백했는데 사랑하는 사람이 있대요. 그 여자로 가득해서 마음에 빈자리가 없대요."

그녀가 하염없이 눈물을 떨어뜨렸으나 그는 어떤 위로도 해줄 수 없었다. 그 역시 그녀의 눈물에 마음이 베였음에. 밤새 술을 마셨던 것 같다. 그러다 선을 넘었다. 안겨 오는 그녀를 밀어내지 못했고 위안을 찾는 그녀를 안으며 그 역시 같은 것을 찾으려 애썼다.

석 달의 낮과 밤, 갈급한 한낮의 정사와 짙푸른 새벽의 정사. 두문불출하고 서로를 탐했던 시간. 그리고 갑작스럽게 찾아온 이별. 사랑이 아닌 욕망이라고 말하던 여자. 짙은 자기혐오에 몸부림치던 여자. 쪽지 한 장의 이별. 몰랐던 그녀의 휴학. 그의 전화도 받지 않는 그녀였다. 어디에서 그녀를 찾아야 할까. 어디로 가야 그녀를 만날 수 있을까! 사방으로 찾아다녔지만 그녀를 찾을 길이 없었다. 사랑한다고 했으면서 그녀에 대해 아는 것이 없었다.

수소문한 끝에 찾아낸 그녀의 집 주소. 어느 지방의 감나무가 있는 파란 대문 집이었다. 그녀는 대문 밖에 선 그를 보고 얼굴을 굳혔다. 놀람과 당혹감이 가신 얼굴에 곧 다른 감정이 자리했다. 대문 안을 불안하게 살피던 그녀가 안에 아버지가 계신다며 말을 덧붙였다.

"나갈 테니까 기다리고 있어요."

그녀가 기다리라고 한 곳은 읍내 작은 커피숍이었다. 마주 앉은 그녀는 차분하고 담담했다. 한 번도 뜨거웠던 적이 없었던 것처럼.

"결혼해 줄 수 있어요?"

돌아오라는 그의 말에 그녀가 한 말이었다. 생각지도 못한 말이라 그는 당황했고 말문이 막혔다. 스물둘이었다. 책임감에 대해 진지하게 생각해 본 적 없는 철없는 나이였다.

"선봐요, 곧."

그의 대답을 짐작이라도 한 것처럼 그녀가 말했다. 혀가 천장에 달라붙은 것 같았다. 아니, 목구멍 가득 차게 부풀어 오른 것 같았다. 말을 할 수가 없었다.

"돌아가요. 그리고 다시는 찾아오지 마요."

그녀가 일어섰지만 그는 멍하니 앉아 있기만 했다. 그녀는 그대로 커피숍을 걸어 나갔다. 그 뒤로 어떻게 서울로 돌아왔는지 기억이 없었다. 그는 아무것도 할 수 없었다.

어느 날 정신이 번쩍 들었고 미친 듯이 차를 몰았다. 그녀를 데려올 생각이었다. 결혼하자 말할 생각이었다. 한 달 만이었다. 두드린 대문 안에서 초로의 남자가 나왔다. 그녀를 찾는 말에 남자가 험상궂게 말했다.

"결혼한 애를 왜 찾아. 누군데, 총각은?"

"……아."

간신히 친구라는 말이 입에서 나왔다.

"남녀가 유별한데 친구는 무슨. 계집애가 공부한다고 지랄하고 다닐 때부터 알아봤다. 친구 좋아하고 있네."

한 대 칠 기세로 보던 그가 쾅 하고 문을 닫고 들어가 버렸다. 차라리 맞고 싶었다. 죽도록 맞아서 시간을 되돌릴 수 있다면 그렇게라도 하고 싶었다.

진심으로 누군가를 좋아해 본 적 있느냐고? 있었다. 좋아는 했으나 무책임했던 때가. 스물둘, 그의 인생에서 가장 빛나던 순간이었지만 가장 비참하기도 했던 그때. 이후 진지한 관계를 맺어 본 적이 없었다. 수도승처럼 살진 않았지만 그 속에 진심은 없었다. 그러다 눈앞의 이 여자를 발견했다. 처음엔 그녀인 줄 알고 가슴이 철렁 내려앉았었다. 그런데 다시 보니 아니었다. 그런데도 세상은 다시 밝게 빛나기 시작했다. 이 여자라면, 어쩌면 김윤이라면 다시 사랑할 수 있지 않을까? 그러나 윤은 그녀보다 더 단단한 눈빛으로 그를 밀어내고 있었다.

"별로냐고 물으셨죠?"

윤의 말이었다.

"그래요. 당신에겐 내가 별롭니까?"

"사귀는 사람 있다는 사람에게 그런 말을 묻는 이유가 뭐죠?"

"사랑은 변합니다."

"내 사랑은 변하지 않아요."

"영원한 걸 본 적이 없죠."

"그래서 내가 그와 헤어지길 바란다는 소린가요?"

"그렇게 되나요, 내 말이?"

"그렇게 들리네요. 헤어지길 바란다는 말로."

"……."

"별로냐는 물음에 답할 말은 없어요. 그 말에 답할 만큼 이 팀장님을 잘 아는 것도 아니라서. 다만 이런 식의 맹목은 그 상대가 누구든 반감만 살 뿐이에요. 누굴 좋아해 봤다면, 진심으로 사랑해 봤다면 제 말 이해하실 거예요. 흔든다고 흔들리면 사랑이 아니겠죠. 그러니 흔들지 마세요. 확신 갖지 마시고요. 난 그 사람 하나로도 벅차서 흔들릴 힘도 없는 사람이니까."

긴 하루의 끝이, 그리고 무진과의 시간이 다가오고 있었다.

마음이 떨려 때때로 심호흡이 필요한 기다림이었다. 퇴근 30분 전이었다. 평소와 달리 이승요 팀장은 매장에 남아 있었다. 그는 창고에서의 대화 이후 다시 그녀와 거리를 두었다.

손님이 썰물처럼 빠져나간 매장, 지친 얼굴들이 퇴근 시간만 기다리며 대기 중이었다. 윤 역시 교육생들을 돌려보내고 창밖을 내다보고 있었다. 매장 앞에 차가 정차할 때마다 설렘으로 콩닥거렸다. 그때 계산대에서 자은이 불렀다.

"전화 온 것 같은데요?"

마감 준비를 하는 자은에게 고맙다는 말을 하고 계산대 서랍에 넣어 둔 휴대전화를 꺼냈다. 잠시 창고 쪽을 바라본 다음 발길을 돌려 매장 밖으로 나갔다. 창고엔 아직 퇴근 전의 이승요 팀장이 있었다.

"나야, 삼촌."

평소 통화하는 시간과 거리가 먼 시간대였다. 사적인 전화는 가급적 퇴근 후에 하는 그녀였다. 그녀가 세운 원칙을 모르지 않는 삼촌이 퇴근 전에 전화를 걸어오다니.

"무슨 일 있는 건 아니지?"

다짜고짜 걱정하는 말에 수화기 너머에서 한숨이 새어 들었다.

—일은 무슨 일. 전화 걸고 보니 아직 퇴근 전이라 아차 했구만. 전화받았으니 하는 말인데 언제 한 번 안 오냐? 서울 있을 때는 몰랐는데 없다고 생각하니 보고 싶다.

삼촌의 말에 윤은 그제야 웃었다. 바람이 기분 좋게 부는 밤이었다.

"수요일이 휴무야. 아침 일찍 기차 타고 갈게."

─……그래.

"삼촌."

─응.

"정말 집에 별일 없지? 아픈 데도 없고?"

기분 탓일까? 평소와 다른 삼촌이었다.

─별일은 무슨. 그럼 수요일에 오는 걸로 안다?

"정말 어디 아픈 건 아니지? 갑자기 폭탄선언하고 그러면 나…… 쫄 텐데?"

─폭탄선언은 무슨. 네 말에 내가 다 쫄린다. 늦지 않게 와. 너 좋아하는 거 많이 해 놓을게.

"훗, 알았어. 홍삼 다 떨어졌지? 택배로 보내 놨으니까 꼭 챙겨 먹어."

─힘 쓸 데도 없는데 홍삼은 무슨. 끊어, 병자 삼촌 케이크 데코 하러 간다.

"알았어. 내가 많이 사랑하는 거 알지? 아프면 나 운다? 아프지 마."

─그래서 너 땜에 아프지도 못한다. 이따 조심해서 들어가.

그제야 삼촌 같아서 윤은 피식 웃었다. 통화를 끝내고 돌아서는데 저만치 눈에 익은 차가 들어왔다. 매장 앞으로 미끄러져 들어오는 그 차에 심장이 쿵 내려앉았다. 벤츠 S클래스 마이바흐였다. 눈을 크게 뜨고 번호판을 봤다. 그다! 손목시계 시간으로 마감 10분 전. 윤은 차오르는 기쁨에 주위의 눈도 잊고 차를 향해 달려갔다. 차창이 내려졌다.

"오빠!"

숨차게 달려온 그녀가 허리를 접고 그와 눈높이를 맞추었다. 당겨서 입 맞추고 싶은 걸 참으며 무진은 윤의 뺨에 흘러내린 머리카락을 귀 뒤로 넘겨 주었다.

"그렇게 뛰다가 넘어지면 너 모른 척한다?"

농담에 윤의 눈이 가늘어졌다.

"믿는 도끼에 발등 찍힌다더니, 그 도끼가 오빠였군요. 곧 마감. 잠깐만 기다려요!"

윤은 날아갈 듯 말하고 그보다 더 가볍게 뛰어갔다. 조수석 창을 통해 매장으로 들어가는 윤을 보며 무진은 웃었다. 그의 윤은 오늘도 무탈하게 하루를 보낸 얼굴이었다.

"누구예요?"

윤이 막 매장으로 뛰어들었을 때였다. 자은이 그녀를 막아섰다. 그녀가 선뜻 대답하지 못하자 자은이 목소리를 낮추었다.

"이 팀장님 아니었구나?"

윤과 이승요 사이에 뭔가가 있다고 생각한 자은이었다.

"그럴걸요."

윤은 어색한 웃음을 흘렸다. 매장으로 뛰어든 건 실수였다. 전면 유리 창에 다닥다닥 붙어 있던 눈들을 잊은 것도 실수였다.

호기심 가득한 시선이 한 몸에 꽂히자 윤은 속으로 신음을 삼켰다. 설상가상 무진이 차에서 내리고 있었다. 맞춤 슈트에 노타이 차림의 그는 목덜미를 주무르고 있었다. 그 모습을 본 건지 사방에서 숨죽인 감탄사가 흘러나왔다. 익숙한 반응이었다.

중학교, 고등학교 심지어 대학교 때도 봐 왔던 반응이었다. 그 걸 여기서도 또 보게 될 줄이야. 윤은 속으로 한숨을 쉬었다. 그 나마 이곳에선 사진 달라는 사람은 없을 것 같았다. 대신 내일 출근하면 질문 공세에 시달리겠지. 자은은 그녀의 대답을 기다 리고 있었다.

"나 가방 덜 챙겼는데."

난처해하는 그녀를 자은은 순순히 놓아주었다.

"내일 이야기해 줄 거죠?"

기대에 찬 표정에 윤은 애매한 웃음을 흘리며 자은을 지나쳤 다. 등 뒤에서 자은이 '다들 집에 갈 준비' 하고 외치는 소리가 들렸다. 그 말에 창가에 게딱지처럼 붙어 있던 직원들이 우르르 창고 입구로 몰려들었다. 삽시간에 계산대가 복잡해졌다.

"진짜 잘생겼더라. 사람이 어쩜 저렇게 생기냐?"

"그러게요. 혼자 딴 세상에 사네요."

"힝, 난 오늘 남자 친구 만나지 말까 봐요. 저 얼굴 보고 가면 분명 싸울 것 같아."

그녀가 있음에도 멋대로 흘러가는 대화였다. 그것 역시 익숙 한 것이었다.

"김 매니저님은 진짜 좋겠어요. 혹시 친오빠세요? 아니시죠? 닮은 것 같기도 하던데."

희망 사항이 담긴 말에 윤은 결국 웃고 말았다. 그러나 그 웃 음은 곧 어색하게 굳어졌다. 창고에서 언제 나왔는지 이 팀장이 그녀를 보고 있었다. 직원들이 열린 창고 안으로 들어가자 윤 역시 그에게 가벼운 묵례를 해 보이곤 지나쳤다.

"다들 오늘도 수고 많았습니다."

매장 출입문을 보안 카드로 세팅한 자은이 언제나처럼 활기찬 마감 인사를 했다. 모두의 시선이 윤과 차 앞에 서 있는 장신의 남자에게 쏠렸다. 다시금 집중되는 시선에 윤은 서둘러 인사를 했다.

"그럼 내일 뵐게요. 수고들 많았습니다."

"네, 내일 뵐게요. 부러워요."

부러움을 감추지 못하고 일심동체 한 눈빛으로 바라보는 여직원들을 뒤로한 채 윤은 무진에게로 다가갔다. 볼이 빨개진 그녀를 맞으며 무진이 조수석 문을 열어 주었다.

"매너까지. 아웅, 진짜 부럽다."

"애인님! 안녕히 가세요!"

여직원 중 누군가가 무진에게 한 말이었다. 뜻밖의 인사에 그가 돌아봤고 미소 띤 얼굴로 가볍게 인사를 했다. 그의 행동에 직원들의 반응은 가히 폭발적이었다. 연예인이 따로 없었다. 자은조차 부러움의 한숨을 쉬었다.

"이 마음으론 집에 못 가겠다. 한잔하러 갈 사람?"

여기저기 호응이 잇따르자 자은이 승요를 쳐다봤다. 그는 아까부터 심각한 표정으로 차 쪽을 바라보고 있었다.

"팀장님도 한잔하러 가시죠?"

"고맙지만 난 됐습니다."

거절의 말에 자은은 어깨를 으쓱해 보이고는 매장 직원들과 함께 거리 어딘가로 사라졌다. 주변의 소란스러움이 가시자 승요는 마음을 정한 듯 성큼성큼 걸음을 내디뎠다. 그가 멈춰 선

곳은 무진 앞이었다.

"잘 가요, 김 매니저."

지척에서 들린 남자의 말에 운전석 문을 열려던 무진이 돌아봤다. 차에 타려던 윤은 심장이 쿵 내려앉았다.

승요는 두어 걸음 떨어진 거리에서 그들을 보고 있었다. 정확히는 무진을 건너 그녀를 보고 있었다. 중간에 선 무진을 싹 무시한 태도였다. 속으로 신음을 삼킨 윤은 서둘러 차체를 돌아 무진 옆에 섰다.

"팀, 팀장님이야. 함께 일하는."

윤의 입가에 어색한 미소가 떠올랐다. 승요의 눈빛이 언뜻 흐려졌다. 혹여 말실수할까라도 초조해하는 기색의 그녀를 바라보는 그의 마음이 무거웠다. 무진의 눈빛이 묘한 빛을 발했다.

"함께 일하는 팀장님이라……."

하얀 얼굴의 이목구비, 호리호리한 체격의 해사한 남자였다. 어딘지 낯이 익은.

"어? 응, 팀장님이셔. 서울에서 같이……."

'같이'라는 말에 날카롭게 빛나던 눈빛에 희미한 비웃음이 들어섰다.

"그 팀장님이 '이분'이었군."

윤은 속으로 신음을 삼켰다. 출장을 앞두고 차 고장 낸 놈이라 말하지 않은 것만으로도 감사한 상황이었다. 물론 무진은 예의에 벗어나는 행동을 하는 사람은 아니었다. 상대에 따라 달라지기는 하지만.

"김윤 매니저와 일하고 있습니다. 처음 뵙겠습니다."

승요는 손을 내밀었다. 시치미 뗀 행동이었다. 이 상황에선 맞지 않는. 거절당해도 할 말이 없었다. 게다가 눈앞의 윤무진이 누군 줄 알면서 자신이 누군지 시원하게 통성명하지 않은 비겁함이 깔린 상황이면 더욱 말이다.

그러나 거절당할 줄 알았던 손은 가볍게 쥐어졌다. 정확한 매너가 밴 손이었다. 그의 손이 다시 주머니 속으로 들어가는 것을 보며 승요는 자신의 비겁함을 속으로 비웃었다. 예나 지금이나 그 앞에서 당당하지 못한 자신이었다.

"사귄다는 분이신가요?"

이 또한 예의를 벗어난 무례한 말이었다. 윤은 움찔했고 무진의 눈매가 가늘어졌다. 그가 윤을 돌아보지 않고 말했다.

"먼저 차에 타고 있어."

"예? 아······."

주춤 망설인 윤은 차마 떨어지지 않는 발걸음을 옮겼다. 한 번 뒤돌아본 그녀가 조수석에 올랐다. 승요는 그 모습을 눈으로 좇았다.

"내 여자에게 관심이 많군."

차 문이 닫히자 무진이 한 말이었다. 불쾌함이 내려앉은 무진의 눈빛은 경고를 담고 있었다.

"사귀는 사람이 있다고 했을 때 믿기면서도 믿기 싫었습니다. 그런데 사실이었네요."

담담한 말이었지만 대놓고 도발을 한 셈이었다.

"이제 알았으니 내 여자 귀찮게 하는 일은 없다고 봐도 되나?"

경고를 담은 말이었다. 그 말에 승요의 눈빛이 잠시 흔들렸다. 그러나 이내 담담해졌다.

"앞으로 가끔 뵐 수도 있겠군요. 김 매니저가 대구에 있으니."

묘하게 신경을 자극하는 말이었다. 눈앞의 이 남자, 자신을 알고 있다. 무진의 눈빛이 예리하게 빛났다.

"낯익어, 당신. 혹시 날 본 적 있나?"

그의 물음에 승요의 대답은 조금 뒤에 나왔다.

"글쎄요. 워낙 흔한 얼굴이라 종종 듣는 말이죠."

거짓말이었다. 어째서 거짓말을 내뱉은 건지 승요 자신도 난감했다. 그의 말에 무진의 눈초리가 가늘어졌다. 흔한 얼굴이라. 차라리 흔한 얼굴이면 기억 못 한다고 할 수도 있었다. 그러나 묘하게 시선을 끄는 얼굴이었다. 선이 가는 듯하지만 그것이 남자다움을 감하지는 못했다.

"아니라면 실례했군. 그럼 이쯤에서 수인사를 접지. 앞으로 인사 정도는 매장 안에서 끝내 주길 바라. 굳이 내 앞으로 와서 내 여자에게 인사할 필욘 없어. 그리고……."

"……."

"출장 전에 차 고장 났다는 말, 너무 진부하지 않나?"

승요의 뺨이 어둠 속에서 붉어졌다.

"그럼."

무진이 차에 올랐다. 그의 표정은 굳어 있었다. 집요하게 보는 눈빛이 눈에 익었다. 남자는 내색하지 않으려 애쓰고 있었지만 자신을 알고 있는 게 분명했다. 언뜻언뜻 긴장하는 눈빛이 그랬고, 호기 있게 청한 악수와는 달리 뻣뻣하게 긴장하던 손이 그랬다. 그는 마치 피하고 싶은 상대에게 용기를 낸 듯 몸에 잔뜩 힘을 주고 있었다.

신경 쓰이는 상대였다. 무엇보다 그를 자극하는 건 윤을 바라보던 남자의 시선이었다. 한시도 윤에게서 떨어지지 않던 눈. 상대는 자신 앞에서조차 감정을 숨기지 못했다. 그는 이미 윤의 애인이 누구든 상관없는 지경까지 간 것이다. 마음의 통제 불능 상태. 윤 역시 그의 마음을 알고 있는 듯했다. 안절부절못하던 그녀의 태도가 그랬다.

윤이 대구로 내려간다고 할 때부터 이런 유의 일이 생길지도 모른다고 생각했었다. 윤의 마음은 아직 온전히 그의 것이 아니었고 몸 역시 멀리 떨어져 있었다. 그에 반해 윤에게 마음을 빼앗긴 남자가 지척에 있다. 함께 호흡하고 눈을 맞추며 같이 일하고 밥을 먹는다.

사람이 사랑에 빠지는 계기는 대단한 일에서 오는 것이 아니었다. 자주 얼굴을 대하고 감정을 나누다 보면 마음이 열리는 것이었다. 소소한 것이 쌓여 사랑으로 발전한다. 그런 의미에서 그는 지극히 불리하고 불안한 위치에 있었다. 남녀에게 1년이란 시간은 어떤 일이 일어나도 이상할 것 없는 시간이다. 떨어진 시간이 길어질수록 윤과의 대화거리가 줄 것이고 남자는 쌓여 갈 것이다. 지난 세월 쌓아 온 감정이 어떠했던 멀어진 거리만큼 원활한 소통을 하지 못할 것이고 결국 감정의 종말을 통보받을지도 모른다. 윤 앞에서 자신의 존재는 이토록 힘없는 존재였다.

'무슨 말을 주고받았을까?

윤은 무진의 표정을 살폈다. 행인을 피해 느리게 주행하던 차가 대로로 들어서고 있었다.

혹시 이 팀장이 쓸데없는 말을 한 건 아닐까? 제발 그가 신경 쓸 만한 말은 하지 않았어야 하는데. 윤은 표정 없는 무진의 침묵이 견딜 수 없어 중앙 컨트롤러 위에 놓인 그의 팔을 잡았다. 깊은 생각에 잠겼던 무진이 그녀의 손길에 움찔했다. 그 반응을 거부로 받아들인 윤이 손을 거두려고 하자 그가 그녀의 손을 찾아 쥐었다.

"그 얼굴, 몹시 마음에 안 드는데?"

무진이 힐끗 그녀를 돌아봤다. 영문을 알 수 없는 말에 윤은 고개를 갸웃거렸다.

"어떤 얼굴?"

"걱정으로 못생겨진 얼굴."

순간 윤은 무진에게 잡힌 손을 빼며 그의 손등을 탁 때렸다.

"폭력까지. 헤어날 수 없는 여자네."

"못생겼다며. 오빠 취향이 못생긴 여잔 줄은 몰랐네요."

제대로 삐친 모양새에 무진은 쿡쿡거렸다.

"아냐, 예뻐. 넌 백발이 돼도 예쁠 거야."

"백발에 예쁜 여자가 어딨어."

"너 있잖아. 김윤, 그러니 그만 튕기고 손 좀 주지?"

부드럽게 휘어진 입술을 보며 윤은 못 이긴 척 손을 내어 주었다. 그가 손을 잡자 윤은 생각에 잠긴 얼굴로 단단한 손가락을 만지작거렸다.

"이 팀장님이랑 무슨 얘기 했어요?"

"글쎄, 너 잘 부탁한다는 얘기?"

윤은 무진을 뚫어지게 바라보았다.

"아닌 것 같은데?"

윤의 말에 이번엔 무진이 그녀의 손을 만지작거렸다. 그리고 한동안 말이 없던 그가 신호 대기에 걸리자 그녀를 돌아봤다.

"이 팀장이란 놈이 너한테 마음 있는 것 같던데?"

진담인지 농담인지 모를 물음이었다. 눈빛 또한 아리송해 판독 불가였다.

"바람 안 피울 자신 있느냐고 또 묻는 거라면, 그럼 오빠? 윤무진 씨는 바람 안 피울 자신 있어요?"

그녀 역시 농담 섞인 진담이었다. 꽤 진지한 눈빛에 무진의 눈썹이 꿈틀 움직였다.

"지금 애인 단속하는 겁니까? 나쁘지 않지만 대답은 마저 합시다?"

"뭐, 바람 안 피운다고는 했지만 자꾸 단속하니 구미는 당깁니다."

시치미 떼고 하는 말에 무진의 미간에 주름이 잡혔다.

"그 말에 대한 내 대답은 새벽까지 잠 안 재운다가 될 텐데 괜찮겠습니까?"

즉각 빨개지는 윤의 얼굴이었다. 종알거리던 입술이 꾹 다물리자 무진은 피식 웃었다. 다시 정면을 응시하자 그의 눈에 저 멀리 목표 지점이 보였다. 밤하늘에 펼쳐진 신기루처럼 주변과

섞이지 않는 빌라촌이었다.

"옮긴 집, 편하게 사용해 주면 좋겠다."

"……."

윤은 어떤 곳인지 묻지 않았다. 다만 평범한 집이길 바랄 뿐이었다. 그렇지 않으면 그녀의 월급으로 감당하기 어려운 곳이 될 테니까. 그 앞에서는 구차해지기 싫어서 내색하지 않았지만 빤한 월급으로 하는 타지 생활이었다. 월세 걱정을 안 할 수가 없었다.

"편하게 생각할 테니까 걱정 마요. 펜트하우스만 아니면 커버 가능!"

5
꽃물, 들다

건물의 최상층이었다.

"여기가······ 그러니까, 옮긴 집이라는 거죠?"

또박또박 묻는 윤의 표정은 굳어 있었다. 말은 단조로웠지만 시선은 당혹감에 흔들렸다. 무진은 대답 대신 윤의 손을 잡고 엘리베이터에서 내렸다. 그러나 몇 걸음 떼어 놓기 전 윤이 잡힌 손을 뺐다.

"생각 좀."

떨리는 숨을 내쉬며 윤은 현관 벽에 기대섰다. 무진은 그런 그녀를 지켜보며 바지 주머니에 손을 넣었다. 집 안의 적막감이 두 사람을 짓눌렀다. 한동안 드넓은 복도와 높은 천장을 바라보던 윤이 무진을 쳐다봤다. 그러나 바라만 볼 뿐 말이 없었다. 결국 무진이 물었다.

"무슨 생각해?"

"오빠 생각이요."

재깍 돌아온 대답이었다.

"내 생각?"

윤의 시선이 아래로 떨어졌다.

"그리고 내 생각."

"……."

다시 둘 사이에 침묵이 내려앉았다. 잠시 후 입을 연 건 윤이었다. 생각 많은 얼굴은 굳어 있었다.

"익히 알고 있었지만 오늘 그런 생각이 드네요. 나 대단한 남자랑 사귀고 있구나. 말만 하면 다 해결되는 그런 남자랑 만나고 있구나."

윤은 차가 빌라 출입문으로 들어서는 순간부터 말을 잃었다. 설렘과 기대로 가득했던 분위기는 찬물을 끼얹은 듯 가라앉았고 지금까지 이어지고 있었다. 무진이 말했다.

"그래서 결론은? 나 지금 되게 긴장하고 있는데."

"생각 중이에요."

담담한 대답이 돌아왔다. 시선 또한 담담했다. 무거운 시선에 무진은 애써 농담을 했다.

"그럼 계속 이렇게 벌서는 건가? 대답 들을 때까지?"

"그것도 생각 중."

그 말을 하고 입을 닫는 윤이었다.

"그런 눈으로 그만 보면 좋겠다. 가시도 그만 세우고."

"어떤 눈으로 보는데요, 내가?"

"왜 이 남자는 '적당히'를 모를까. 그냥 적당한 집으로 옮겨 줬으면 적당히 감동했을 텐데, 하는 눈."

알면서 그렇게 하지 않은 무진을 윤은 노려보았다.

"그러게요. 적당히 했으면 감동했을 텐데. 적당한 집에, 적당한 부담감이었으면 기뻐했을 텐데. 물가 맹한 사람이라도 알 정도의 집이어서 나는 지금 좋아해야 할까 화를 내야 할까 갈림길에 서 있어요. 알면서 왜 이런 집을 얻었을까요, 오빠님은."

9m는 너끈한 담벼락에 입구부터 예사롭지 않은 빌라였다. 주차장으로 들어서고 전용 주차장에 세워진 자신의 차를 볼 때까지도 부인했던 현실이었다.

"내 집이니까. 얻은 거 아니고 산 거야. 너 때문 아니고 나 때문에."

"샀다고요? 왜요!"

그때까지 목소리를 깔고 있던 윤이 벽에 기댔던 몸을 발딱 일으켰다. 발끈하는 모습에 그제야 마음이 놓이는 무진이었다.

"눈 더 커졌네. 뒷말은 안 들은 거지? 너 때문 아니고 나 때문이라고 했는데."

"오빠 때문? 오빠가 왜요? 여기 살 이유가 뭐가 있어서?"

말 안 된다고 분개하는 그녀를 보며 무진은 한결 여유를 찾은 모습이 됐다.

"감동 반감시키고 싶지 않은데 진짜 너 때문에 산 거 아니고 나 때문에 샀어. 그것도 올해 초에."

윤의 표정이 주춤해졌다. 사실일까?

"왜 진작 말 안 했어요?"

"문제 될 거라는 생각 못 해서."

"진짜면 좋겠네요. 아니면 진짜 마음 복잡해지는데."

그녀의 말에 무진이 한숨을 쉬었다.

"아니라고 해도 복잡할 이유 없어. 믿어. 올 초에 구입한 거 맞으니까. 지방 사업 본격화될 거라서 사들였어. 호텔 생활 길게 할 게 못 되니까. 그리고 이참에 말하는데 이곳 말고 몇 군데 더 있어. 이렇게 말하는 이유는 우연과 필연이 겹쳐 내 집 근처에 출장 떨어지면 사용해 달라는 뜻이야. 복잡해지지 말고 단순하게."

희미하게 남아 있던 의구심이 비로소 완전하게 걷혔다. 진한 안도감이 윤의 얼굴에 번졌다. 그러나 곧바로 윤의 미간은 찡그려졌다.

"근데 왜, 내가 호텔 가라고 했을 때 말하지 않았어요? 여기로 올 수도 있었으면서? 그러고 보니 굳이 숙소도 옮길 필요 없었네요."

윤의 말에 이번엔 무진의 표정이 굳어졌다.

"너 안고 싶을 때마다 여기로 오자고? 그러다가 네 마음 다치면?"

할 말을 잃은 윤을 보며 무진은 굳은 어깨를 펴 벽에 기대섰다. 당고 머리를 한 윤은 거즈 면으로 된 하얀색 원피스를 입고 있었다. 몸매가 드러나지 않는 느슨한 원피스 차림에 플랫 슈즈를 신은 윤은 상처 받기 쉬운 소녀처럼 보였다. 그러나 그 안에는 누구보다 단단한 마음이 숨어 있다는 걸 아는 그였다.

길지 않은 삶을 살아왔지만 실패한 삶을 살지 않으려 치열하게 노력해 왔다. 하나에서 열까지 쉬운 일이 없었고 쉬운 상대도 없었다. 그러나 그들은 그를 긴장시킬 수는 있었어도 무너뜨릴 순 없었다. 그의 인생에서 유일한 난제는 눈앞의 여자였다. 속수무책 난공불락이었다. 그는 언제나 그렇듯 오늘도 지는 싸움을 하고 있었다.

"두렵다, 겁난다가 요즘 윤무진의 테마다. 내 진심이 너한테 잘못 전달될까 봐. 그래서 네가 뒷걸음칠까 전전긍긍이 일상이란 소리다."

"……."

사귀기 전에는 문제 될 게 없던 요소들이었다. 서로의 삶에 깊숙이 개입하지 않았고 주고받는 것 역시 가벼운 것들이어서 의미를 담을 이유가 없었다. 대체 연애가 뭐라고. 자신의 사정모두 아는 그인데, 힘겹게 버텨 온 삶이라는 거 누구보다 잘 아는데도 부족함과 구차함을 보이고 싶지 않았다. 멋진 구석 하나없는 자신이지만 그래도 조금은 멋져 보이고 싶은 마음.

"내가 뭐랬다고…… 듣고 보니 자기 자랑이었네. 뭐, 요즘은 자기 자랑을 그렇게 하나 봐요? 말 나온 김에 집 자랑이라니."

미안한 마음에 어색하게 건네 보는 말이었다. 멋쩍게 하는 말에 그의 얼굴이 환해졌다. 안도감이 번지는 얼굴이었다.

"자랑 아닌 읍소. 제발 빈집이니 사용해 달라는 간곡한 부탁. 나 겁먹은 거 안 보여? 어째 남들한텐 다 통하는 재력 어필이 너한텐 안 통할까."

제발 살살 다뤄 달라는 표정이었다.

"뭐 자기 여자는 순수할 거라는 믿음, 좋네요."

"순수하다는 말은 안 했는데?"

입술을 슬쩍 비틀며 하는 말에 윤은 무진을 노려봤다.

"나 순수한데?"

발끈하는 모습에 무진이 쿡쿡거렸다. 그녀가 째려보자 무진이 헛기침을 했다.

"곧 안 순수해질 거라서 말이지. 그보다 나 다리 아픈데. 들어가서 얘기하지?"

미간에 엄살을 잔뜩 새긴 그가 종아리를 주물렀다. 그런 그를 못 본 척하며 윤은 가슴에 팔짱을 꼈다.

"내 얘기 아직 안 끝났어요. 경청해요. 안 그럼 밤새 이러고 있을 거야."

농담 아니라는 듯 노려보는 시선에 무진은 떨떠름한 표정으로 입맛을 다시며 몸을 바로 했다.

"매정한 여자. 이젠 엄살도 안 통하고."

"우리 얘기 못 했잖아요. 할 시간, 할 타이밍 지금뿐이니 들어 줘요."

"안에 들어가서 들으면 안 되나? 그냥 안고만 있을게. 착하게 경청하면서."

다시 무진을 노려보는 윤이었다.

"퍽도. 그래서 안 들어가는 거라고 찔러서 말해야 줘야 하는 거구나, 이 오빠."

결국 손든 건 그였다.

"경청."

"멋지네요. 말도 잘 들어 주고."

"그래서 하고 싶은 말은?"

"나 머릿속이 복잡해요. 흠잡을 데 없는 사람 만난 죄로."

무진의 미간이 찌푸려졌다.

"무슨 말을 하려고 그러나."

윤은 작게 한숨을 쉬었다.

"내내 그런 생각이 들었어요. 오빠가 내 사람 된 뒤부터. 이 멋진 남자한테 난 해 줄 게 없구나. 앞으로도 계속 얹혀 가는 삶이면 어쩌나, 그건 싫은데. 이 남잔 스무 살에 독립해서 자신의 왕국을 만들었는데 난 이 사람에 비해 이룬 게 없구나. 그저 좋아하는 마음 하나로 얹혀 가기에 너무 양심 없는 거 아닌가."

담담한 고해성사 같은 말에 지금까지 장난스럽게 빛났던 무진의 낯빛이 굳어졌다.

"왜 다시 산이야?"

"산 아니고 카오스."

"그래서 그 카오스의 핵심이 뭔데?"

"결혼."

뜻밖의 화제에 무진의 표정이 다시 굳어졌다.

"결혼하자고 할까 봐 복잡한 건가, 마음이?"

"이 와중에 눈치까지 빛나네요."

농담처럼 하는 말에 웃음기가 없었다. 무진의 표정이 굳어졌다.

"넌 이 와중에 걱정이 넘치고? 단순해지자고 하면 무린가?"

"난 단순할 수 있는데 사태가 안 단순하니까. 둘만 사랑하면 끝 아니잖아요, 우리."

"……"

"아직 결혼할 자신 없는데, 아직 두려운데 결혼하자고 하면 뭐라고 대답해야 할까. 오빠 결혼해야 하는 사람인데 마냥 붙들고만 있는 난 어떻게 해야 하나."

내내 고민했던 말이었다.

"떨어져 살면 안 되겠구나, 이 여자. 며칠 사이에 걱정을 산으로 쌓아 놨네. 아무려면 고백하자마자 결혼하자 할까."

"할 수도 있으니까. 오늘 밤이 딱 그 타이밍이니까."

선을 넘으면 묻는 쪽도 대답하는 쪽도 명확해지기 어려웠다. 경계에 선 지금이 묻고 답하기에 적당했다. 그녀 생각엔.

"그래서 했으면 도망이야?"

"도망은 아니고 딜레마에 빠졌겠죠. 놓고 싶지 않은 마음, 놓아야 하는 마음."

"기다리라는 말을 하는 방법도 있는데. 그건 고려하지 않고?"

"언제까지 기다리게 할 줄 알고. 삼촌이, 아니 아버님이 오빠 결혼 생각하고 계신 것 같던데."

그녀의 말에 무진의 표정이 굳어졌다.

"어디서 무슨 얘기를 들은 거야?"

윤은 구체적인 말이 오간 성북동 이야기 대신 서울을 떠나기 전 삼촌에게 들었던 말을 했다. 내용은 둘 사이가 애매하니 그의 아버지가 결혼을 걱정한다는 것이었다.

"이미 각자의 삶이야. 자식 된 도리는 하겠지만 거기까지고. 그러니 넌 내 걱정만 해. 너 때문에 백발로 늙어 죽을 수 있는 내 걱정만."

"부담 백배가 목표였다면 성공했네요. 백발이라는 말에 부담

생겼어, 방금."

"부담이라도 떠안겨야 도망 못 가지."

"……"

"재촉하지 않을게. 대신 느리게라도 와."

이 남자는, 참 바보다.

"백발이 돼도…… 내가 안 가면."

"그래도 기다릴 거야. 네가 그만하라고 할 때까지. 그러니까 마음 편하게 가져."

윤은 할 말을 잃었다. 늦더라도 오겠지만, 자신 안의 두려움을 깨려고 기를 쓰고 노력하겠지만 이 남자의 진심이 그녀를 먹먹하게 했다.

"왜 그렇게까지 하려고 해요? 내가 뭐라고. 그럼 내가 너무 미안해지잖아."

"미안하라고, 더 미안해지라고 하는 말이야. 미안함에 치여서 나 떠날 생각 못 하게."

"내가 왜 좋아요? 눈이 돌 정도로 미인도 아니고 오빠가 못 가진 거 가진 것도 아닌데."

떨리는 입술로 속상한 마음을 꺼내 놓는 그녀였다. 자신만 아니면 행복할 사람인데, 자신만 아니면…….

벽에 기댔던 몸을 일으켜 다가온 그가 그녀의 뺨을 감쌌다.

"그런 넌 내가 왜 좋은데? 가진 게 많아서? 이 남자면 평생 돈 걱정 없이 살겠구나, 그런 계산으로?"

가만히 묻는 물음에 윤은 입술을 깨물었다.

"윤무진이니까."

"내 대답도."

무진이 마디가 느껴지는 긴 손가락으로 뺨을 어루만졌다.

"너니까. 김윤이니까."

나지막한 한마디가 가슴속 깊이 파고들었다. 그렁그렁 눈물이 맺혔다. 뺨을 감싼 손을 적시는 눈물이었다. 안타까운 탄식이 무진의 입술 사이로 흘러나왔다.

"기다릴 거야. 네가 올 때까지. 이 자리에서 100년을 기다리라고 해도 기다릴 거야. 내가 여기 있다는 걸 잊지만 않는다면. 그러니 걱정하지 마. 마음 졸이지도 말고. 네 손 안 놓을 테니까."

정말 바보 같은 사람이었다.

"오빠, 바보 같은 거 알아요? 나 아니면 행복하잖아⋯⋯."

"네가 있어서 행복하다는 걸 왜 모를까."

말끝에 가만히 휘어지는 입술이었다. 파고드는 눈빛이 뜨거웠다.

"널 사랑해. 언제까지나 그럴 거야."

다가선 그가 체중을 실어 왔다. 벽과 그와의 사이에 낀 윤은 몸을 떨었다.

"윤."

짙어진 눈빛, 흐트러진 숨으로 그가 말했다.

"널 원해."

말끝에 입술이 뜨겁게 부딪쳐 왔다. 뒷머리를 더듬는 손길에 고무줄이 툭 풀려 나가고 길쭉한 손가락 사이로 머리카락이 휘감겼다. 단단한 손가락에 턱이 당겨지고 깊숙이 혀가 빨렸다.

턱을 쥐었던 손이 뺨을 스치며 목을 감쌌고 그 매끈한 감촉을 즐기다 봉긋하게 솟은 가슴을 덮었다.

애태우듯 쓰다듬는 손길에 묘한 쾌감이 일었지만 한 번도 누군가에게 이런 식의 접촉을 허락한 적 없기에 어떻게 반응해야 좋을지 알 수 없었다. 그를 사랑하는 마음을 서슴없이 보여 주고 싶은 생각과 달리 거침없는 손길은 그녀를 움츠리게 했다. 결국 그가 눈치챘고 흐트러진 숨을 어깨로 쉬며 그녀를 내려다봤다.

"괜찮아?"

뺨에 다정한 손길이 닿았다. 근심 어린 눈빛에 윤은 입술을 깨물 수밖에 없었다.

"좀 긴장돼서…… 미안해요."

낙담하는 그녀를 무진은 부드럽게 안아 주었다. 등이 가만히 쓰다듬어졌다. 흥분이 가시지 않은 그의 몸을 뜨거웠다. 호흡 또한 불안정했다. 애써 자신을 억누르고 있는 그가 느껴졌다.

"준비가 안 된 거라면…… 하지 말자."

그의 말에 당황한 윤은 고개를 들었다.

"아냐! 그러지 마요."

"아니, 내가 안 되겠어."

그가 물러서려고 했다.

"그러지 마요!"

윤은 벗어나려는 무진의 목을 끌어안고 매달렸다. 떨리는 입술이 단단한 입술에 닿았다. 그가 오해하는 것이 싫었다. 오해가 아니라고 해도 자신의 마음을 알아주었으면 싶었다. 그러나 매달리는 그녀를 안아 줄망정 닫힌 입술은 열릴 줄을 몰랐다. 그는 그녀의 입술을 피했다.

"나 때문이면 안 하는 게 맞아."

"그런 거 아녜요. 한 번은 두려울 거잖아. 그러니까 괜찮아요."

"네가 두려워하는데 내가 멈추지 못하면?"

그녀만큼 이 사랑의 행위가 두려운 그였다. 그도 서투니까. 그녀는 그를 위해 아픔을 참을 테지만 자신은 그녀를 위해서 무얼 해야 할지 모를 테니까.

"안아 줘요. 제발."

그러나 그는 미동도 하지 않았다. 그저 바라볼 뿐이었다. 윤이 그의 뺨을 어루만졌다. 굳게 닫힌 입술도. 그녀가 떨리는 목소리로 속삭였다.

"오빠 여자가 되게 해 줘요, 오늘. 부탁이야."

그 한마디에 그의 자제력이 무너졌다. 무진은 더는 참지 못하고 윤을 와락 끌어안으며 입술을 겹쳤다. 원피스와 슬립이, 그 뒤를 이어 브래지어가 윤의 발아래로 떨어졌다. 드러난 가슴에 차가운 공기가 닿았다. 넋을 잃은 듯한 무진의 시선을 받았지만 이번엔 그의 손길도 맨가슴에 닿는 입술도 피하지 않았다. 그녀는 서툰 손길로 무진의 머리카락과 목덜미, 어깨를 어루만졌고 허리를 돌아 등을 뜨겁게 안는 손길에 신음했다. 커다란 몸에 지그시 안기며 서둘지 않는 부드러운 키스에 마음을 열었다. 그의 셔츠가 바닥에 떨어졌고, 무진은 몸을 떨며 서 있는 윤을 번쩍 안아 올렸다.

넓은 침실, 무진은 윤을 침대 위에 내려놓았다. 완벽한 어둠이 내려앉은 방 안, 침대를 밝히는 등만이 유일한 빛이었다. 테라스로 통하는 유리문을 닫고 침대 위에 누워 있는 윤을 바라보며 콘솔 위에 손목시계와 벨트를 올려놓았다. 바지 지퍼를 내리던 그가 서랍을 열어 콘돔을 꺼내었다.

어스름한 불빛 아래 뚜렷한 이목구비와 운동으로 다져진 몸이 드러났다. 그가 하는 사소한 행동에도 팔근육이 도드라져 꿈틀댔다. 그의 손가락이 허리에 걸리자 윤은 더는 바라보지 못하고 눈을 감았다. 그녀는 두 팔로 가슴을 안은 채 그를 기다리고 있었다. 가슴에 오소소 소름이 돋았다.

그의 입술이 스치듯 닿았던 곳이 멋대로 뻣뻣해지더니 다리 사이에 열감이 번졌다. 저릿하고 묵직한 느낌에 다리를 오므렸다. 그때 매트리스가 움직이며 그가 그녀 곁에 누웠다. 상체를 세우고 몸을 기울여 오는 그를 바라보며 윤은 마른침을 꿀꺽 삼켰다. 긴장하는 그녀를 내려다보는 그의 눈매가 깊었다. 커다란 손이 뺨을 가만히 어루만졌다. 그녀의 안색을 살피는 눈길이 조심스러웠다.

"괜찮아?"

윤은 보일 듯 말 듯 고개를 끄덕였다. 그런 그녀의 모습에 잘생긴 입술 끝이 올라갔다. 그가 팔꿈치로 상체를 지탱한 채 부드럽게 입술을 겹치면서 자잘한 키스를 퍼부었다. 커다란 손이 가슴을 부드럽게 쥐며 어루만졌다. 긴장이 빠져나간 자리에 갈망이 들어찼다. 가슴을 덮었던 손은 어느새 그의 입술로 바뀌어 있었다. 옅은 분홍색의 정점이 혀끝에 휘감기며 쓸리고 기습적으로 빨리자 윤은 날카로운 신음을 토하며 몸을 들썩였다.

"윤."

무진은 신음하며 뜨거운 키스를 퍼부었다. 벌어진 입술 사이로 그의 혀가 밀려들었다. 가슴을 쥐고 정점을 문지르던 손이 아래로 내려가 젖기 시작한 아랫도리로 파고들었다. 흠칫 다리가 붙여지며 몸에 힘이 들어갔지만 이내 몸에서 힘이 빠졌다. 그녀는 그가 속옷을 벗기 쉽도록 살짝 허리를 들었고 곧 팬티는 벗겨져 나갔다. 그리고 드러난 둔덕을 커다란 손이 덮었다.

"하으."

부드럽게 쓰다듬는 손길에 윤의 얼굴이 새빨개졌다. 갈라진 틈을 훑으며 문지르는 감각에 진저리치며 몸을 들썩였다. 시트를 움켜쥔 손에 하얀 마디가 드러났고 괴로운 듯 가쁜 숨을 몰아쉬던 입술은 꼭 깨물렸다.

무진은 베개 근처에 놓아둔 콘돔을 끼운 뒤 재빨리 몸을 겹쳤다. 벌려 세운 다리 사이에 그가 무겁게 내려앉았다. 실오라기 하나 걸치지 않은 몸의 겹침이 자극으로 다가와 두 사람은 동시에 신음했다. 뭉긋하게 비벼지는 그의 일부가 딱딱하게 일어선 채 여린 속살을 찌르고 있었다. 무섭도록 발기한 그것을 본 뒤로 윤은 흥분과 두려움을 동시에 느꼈다. 입술이 겹쳐지고 그의 손이 아래로 내려와 좁은 그곳을 가늠하듯 더듬었다. 속살을 훑으며 손가락이 그곳을 열었다.

"하웃!"

얕게 침입하며 내벽을 자극하는 손길에 윤의 허리가 들썩였다. 깨물린 입술 사이로 신음이 비어져 나오고 발끝이 곱아들며 몸이 비틀렸다. 흘러나온 애액이 그의 손을 적셨다. 조금 더 깊이 파고드는 손가락이었다. 굵은 손가락이 들고 날 때마다 윤은 숨이 넘어갈 것 같은 얼굴이 됐다. 꼭 깨물린 입술 사이로 흐느낌 같은 신음이 새어 나왔다. 그녀는 급기야 그의 목을 끌어안으며 흐느꼈다. 그 순간 그가 그녀의 두 다리를 바짝 벌려 세웠고 힘껏 몸을 밀어 넣었다.

"아으, 윽!"

단단하게 물린 아랫도리였다. 손가락과 비교할 수 없는 엄청난 그것에 윤은 얼어붙었다. 빠져나가려 버둥거리는 그녀를 무진이 온몸으로 끌어안았다. 그를 끊어 놓을 듯 죄며 빨아들이는 윤으로 인해 무진은 그녀만큼이나 창백했다.

"아…… 그만. 아아, 제발……."

놔 달라는 뜻이겠지만 그는 놓는 대신 입술을 겹쳤다. 입을 맞추며 그녀를 얼마나 사랑하는지, 얼마나 원하는지 속삭였다. 그러면서 풀썩이고 들썩여지는 몸에 조금씩 몸을 밀어 댔다. 경련하는 그곳을 쓰다듬고 어루만졌다. 사랑한다고 속삭였다. 이마와 눈두덩에, 코끝에 입을 맞추며 원한다고 말했다.

"사랑해. 사랑해, 윤."

마법 같은 고백.

"오빠……."

그의 고백에 그녀의 몸이 서서히 이완되기 시작했다.

"윤."

열기가 피어오르고 있었다. 뭉긋이 비벼지는 그곳에, 찰싹이기 시작한 그곳에 쾌감이 일고 있었다.

"하아, 오빠."

"사랑해."

빨라지는 찰박거림이었다. 그는 오랫동안 이 순간만을 기다려 왔노라고, 마주치는 그 많은 순간 키스하고 싶었노라고 말했다. 수없이 많은 밤을 그녀 생각으로 지새웠노라고 말하며 애태우듯 키스했고, 이렇게 만지고 싶었노라고 말하며 연한 분홍색 유두를 아프게 빨았다.

엉덩이를 움켜쥐며 숨을 쉴 수 없을 정도로 강하게 치받다가 어느 순간 뭉긋하게 비비며 꿈이 아니었으면 한다고 말했다. 그의 고백에, 행위에 정신을 차릴 수가 없었다. 온몸이 그를 위해 열린 것처럼 반응했고 아파서 피하고 싶던 그의 일부는 미칠 것 같은 쾌감의 도구가 되었다.

머릿속이 하얗게 비어 갔다. 쾌감에 겨운 비명을 지른 것도, 안아 달라고 애원한 것도, 사랑한다고 수없이 소리친 것도 기억나지 않을 만큼의 무아지경이었다. 거친 숨소리. 달뜬 신음. 살갗이 빠르게 부딪치는 소리. 격렬하게 치받다가 꾹 누를 때 그녀가 내지르는 소리. 아프고도 달콤한 그 행위에 몸도 마음도 젖어 갔다.

마침내 절정이었다. 비명 같은 교성이 터져 나왔다. 새하얗게 부서지는 절정에 두 사람은 마지막까지 서로를 찾으며 몸을 밀어 댔다. 윤은 넓은 등을 부둥켜안으며 흐느꼈다. 무진은 그녀의 엉덩이를 끌어안으며 더 깊이 더 깊이 제 몸을 밀어 넣었다. 마침내 잦아드는 행위였다.

완벽한 추락이었다. 환희의 극치였다. 세상에 존재하는 줄도 몰랐던 통렬한 쾌감이었다. 그 쾌감에 관통당한 윤은 축 늘어졌다. 그 역시 힘겹게 숨을 몰아쉬었다.

얼마나 그렇게 누워 있었을까. 기운을 먼저 회복한 건 그였다. 그가 몸을 일으켜 침대에서 벗어났다. 잠시 후 돌아온 그가 모로 누워 몸을 웅크리고 있는 그녀를 바로 눕혔다. 그때까지도 눈을 뜨지 못하고 있던 윤은 그의 손이 다리 사이에 닿자 화들짝 놀라 눈을 떴다. 반사적으로 잡은 손을 그가 가만히 떼어 놓았다.

"괜찮아."

붉어진 얼굴로 몸을 맡기자 그가 그녀의 다리를 열었다. 무진이 티슈로 가만가만 그녀의 중심을 눌러 닦고 난 뒤 제 몸도 닦았다. 휴지를 처리하고 침대로 돌아온 그는 그녀 옆에 누웠다. 이마에 꾹 눌리는 입술을 느끼며 윤은 무진의 허리에 팔을 감았다.

"많이 아팠어?"

등을 어루만지며 가만히 묻는 말이었다.

"아프게 해 놓곤."

"그랬지, 내가."

무진의 입꼬리가 올라갔다. 꼭 끌어안으며 등을 쓰다듬는 그였다. 커다란 손에 엉덩이가 토닥여졌다.

"그래서 아프기만 했으려나?"

짓궂은 손길에 짓궂은 물음이었다. 얼굴이 붉어지는 건 늘 그녀 몫이었다.

"노코멘트."

205

"말 안 한다고 모를 사람이 아닌데, 내가."

장난스러운 손길이 아랫도리로 곧장 파고들자 움찔 놀란 윤이 그의 손을 붙들었다. 윤의 얼굴이 더없이 붉어졌다. 그의 손끝이 닿았던 자리가 움찔 떨렸다.

"아파요."

"부었어."

"그런 말하지 말고요."

부끄러움에 눈을 흘기는 그녀였다. 그런 그녀가 못 견디게 사랑스러워 무진은 쿡쿡 웃었다.

"씻자."

"다리에 힘이 하나도 없어요, 좀만 있다가."

"걸으라고 한 적 없는데."

무슨 말인지 이해하기도 전에 그녀의 팔을 잡아 목에 감게 하더니 번쩍 안아 올렸다. 놀란 그녀가 작게 비명을 질렀다.

"나 무거운데! 거, 걸을게요!"

"끙차, 진짜 무거운데?"

미간을 찡그리며 하는 말에 윤의 얼굴이 붉어졌다. 그녀가 무진의 팔을 때렸다.

"내려놓죠?"

뾰족한 반응에 무진이 쿡쿡거리며 웃었다.

"무거울 리가."

"안 무거울 리가."

제대로 삐친 모양새에 무진이 윤의 이마에 쪽 하고 입을 맞추었다.

"진심. 그나저나 살 좀 찌자."

"무겁다면서요."

흘기는 말에 그가 씩 웃었다.

"난 뒤끝 있는 여자가 좋더라."

유쾌한 웃음소리가 가슴속으로 파고들었다. 따라 웃게 되는 웃음이었다. 윤은 굵은 목을 꼭 끌어안았다. 단단한 살갗, 매끄러운 감촉, 무거운 심장 소리. 침대를 내려선 그가 침실에 붙은 욕실로 향했다. 숨소리도 발걸음도 흐트러짐이 없었다.

창가에 욕조가 있는 욕실은 넓고 고급스러웠다. 욕실 바닥에 그녀를 내려놓은 무진은 욕조에 물을 튼 뒤 두툼한 수건 몇 장을 챙겨서 돌아왔다. 계단식 욕조에 두툼한 수건이 깔렸고 그 위에 그녀가 앉혀졌다.

다리를 모은 채 한쪽 팔로 가슴을 가리고 앉은 윤은 아름다웠다. 동그란 어깨에 가는 팔다리, 그의 손에 꽉 차는 예쁜 가슴, 그리고 까만 숲이 예쁜 아래. 뿌듯하게 그녀를 내려다보던 무진의 시선이 한곳에 닿았다. 하얀 다리 사이에 붉게 얼룩진 자리였다.

그가 그녀 옆에 앉았다. 반사적으로 다리를 모으는 윤을 안으며 그녀의 다리를 가만히 벌렸다. 그녀가 깜짝 놀라자 그가 이마에 입을 맞추며 어깨를 꼭 끌어안았다. 말하지 않아도 이해하는 것들이 있었다. 윤은 미안함을 담은 입술을 느끼며 눈을 감았다. 그런 그녀의 아픈 자리를 그가 부드럽게 어루만졌다. 미안함과 뿌듯함, 자신의 여자라는 소유욕이 거세게 충돌했다. 무진이 윤의 어깨를 놓으며 몸을 일으켰다.

"잠깐만 있어."

수건을 적셔서 돌아온 그가 그녀 앞에 무릎을 꿇고 앉았다. 그가 다시 다리를 벌리려 하자 윤은 그의 손을 붙들었다.

"싫어."

"괜찮아. 벌려 봐."

윤은 다리를 꼭 붙이며 고개를 저었다. 그러나 그가 다시 다리를 붙들어 가만히 밀자 이번엔 순순히 다리를 열어 주었다. 다리 사이를 조심스럽게 누르며 닦던 손이 멈췄고 다리가 넓게 벌려지며 그 사이로 그가 들어섰다. 뜨겁게 입술이 포개졌다. 짧지만 농밀한 키스였다. 입술이 떨어지고 이마와 콧날이 맞닿았다.

"사랑할 땐 용감하더니. 부끄러워?"

그녀가 아무 말도 못 하고 뺨만 붉히고 있자 무진은 쪽 소리가 나도록 입을 맞추었다. 그리고 다시 무릎을 꿇고 앉아 사랑의 흔적을 닦아 냈다. 그녀의 아픔에 무감하지 못한 남자. 돌아보면 늘 등 뒤에 있는 남자. 자신의 아픔보다 그녀의 아픔에 더 예민한 남자. 윤은 가슴이 뜨거워졌다. 자신은 오늘 그 남자의 여자가 되었다.

"내가 좀 봐 줄 만한 얼굴이지?"

시선을 느꼈는지 그가 올려다보며 싱긋이 웃었다. 무진이 몸을 일으키며 그녀를 안아 들었다. 그리고는 넓고 완만한 계단을 올라 욕조로 들어갔다. 욕조 창턱, 낯익은 물건들이 눈에 띄었다. 그녀의 바디 용품들이었다.

"내가 씻겨 줄게."

"아, 아뇨! 내가."

당황해서 욕조 끝으로 달아나려는 그녀를 무진이 간단하게 제지했다. 허리가 붙들려 그와 마주 보게 앉혀졌다. 탄탄한 근육질의 다리가 엉덩이 밑에 있었다. 열린 몸 끝에 그가 닿았다.

"훗."

당황해서 물러나는 그녀를 그가 더욱 당겨 안았다.

"달아나지 마. 부끄러워하지도 말고."

그의 눈빛에, 숨결에 갇히며 윤은 더는 저항하지 못하고 고개를 끄덕였다. 몸을 씻기는 그의 손길은 부드러웠고 또 거침이 없었다. 씻는 내내 자잘한 입맞춤과 깊은 입맞춤, 가벼운 어루만짐과 농밀한 스킨십이 아슬아슬 경계를 탔다. 오늘로 두 번째였다. 욕실에서 그에게 몸을 맡긴 게. 그리고 공교롭게도 두 번 다 그의 집에서였다.

고문 같은 달콤한 시간이 끝나고 욕실 바닥에 섰을 때 그가 그녀의 몸을 닦아 주었다. 목욕으로 나른하게 풀린 몸이 노곤해졌다. 젖은 몸을 닦아 주는 손길에 만족스러운 신음이 흘러나왔다. 살갗에서 나는 뽀송뽀송한 냄새도 마음에 들었다.

문제가 있다면 살갗의 냄새를 그녀만 좋아하는 게 아니라는 것이었다. 젖은 머리를 새 수건으로 말려 주던 그가 그녀의 목덜미에 얼굴을 묻으며 몸을 안아 왔다. 반사적으로 몸이 뜨거워졌다. 다시 뜨거운 구애를 시작한 이 남자는 사흘 밤낮의 철야도 거뜬히 해내는 체력의 소유자였지만 그녀는 아니었다. 내일 출근을 위해서라도 더 늦기 전에 잠을 자야 했다.

뜨거운 한숨이 윤의 입술 사이로 흘러나왔다. 이래선 안 된다는 생각에 윤은 무진의 가슴을 밀어냈다. 그녀 역시 그를 원하는 마음이라는 건 여기선 논외였다.

"하, 하지 마요."

"아직 아무 짓도 안 했는데?"

능청스럽게 말하며 그가 다시금 지그시 몸을 밀어 왔다. 그의 몸이 좀 전보다 더 딱딱해졌다. 또다시 아랫도리가 움찔 떨려 왔다. 얼떨결에 아래를 본 윤은 힘줄이 불거진 검붉은 그것에 당황해 곧바로 고개를 돌렸다. 반사적으로 숨이 가빠 오고 어이없게도 아랫도리가 젖어 들었다. 주인의 체면 따윈 아랑곳하지 않는 몸이었다. 몸의 배반에 윤은 속으로 신음을 삼켰다. 희미하게 열 오른 얼굴을 심상하게 보던 무진이 말했다.

"젖었구나?"

"네······."

태연한 음색에 바른말을 고한 윤은 뒤늦게 기겁했다.

"아뇨!"

"확인하고 싶어지네."

그가 다가오자 윤은 질색하며 물러섰다.

"만지면 화낼 거예요."

무진이 손을 내렸다. 그러나 손만 내렸지 몸 상태는 점점 더 불량해지고 있었다. 아랫배를 미는 몸에 윤의 얼굴이 새빨개졌다.

"우리 잠 좀 자죠? 선 채로 졸도할 것 같은데."

"백배 양보해서 그러자 해도 과연 잠이 올까? 그 상태로?"

못 잘 거라고 장담하며 하는 말이었다. 아래를 들킨 무안함을 무시하고 윤은 시치미를 뗐다.

"내 상태가 어때서요."

"몹시 젖은 상태?"

"아니거든요!"

"아니라고 한들 믿을 사람이 있나."

"믿든 말든 난 잘 테니까, 이만."

윤은 재빠르게 무진을 지나쳤다. 그러나 곧바로 손목이 붙들렸고 원래 위치에 세워졌다. 그가 심각한 표정으로 그녀의 어깨를 짚었다.

"있지, 나한테 몹시 괜찮은 생각이 하나 있는데."

어쩐지 수상한 말이었다. 말려들면 안 된다고 생각하며 그녀가 물었다.

"뭔데요?"

"그대는 잠을 자고, 난 사랑을 하고."

윤의 눈이 즉각 가늘어졌다.

"말 된다고 생각하는 거 아니죠?"

"안 되나?"

"당연하죠!"

"그러게, 어쩐지 나도 말 안 될 것 같더라니. 어쩐다? 이럼 설득력 떨어지는데."

혼잣말처럼 중얼거리는 말에 윤은 어이가 없었다.

"설득당할 마음 없거든요!"

"협상도?"

"노, 협상. 노, 타협."

"그럼 방법은 하난데……."

"뭔데요?"

또다시 걸려든 그녀였다. 그가 회심의 미소를 지었다.

"이거."

"앗!"

몸이 번쩍 허공으로 들렸다. 놀란 그녀가 소리를 지르며 목을 끌어안자 그가 한쪽 눈을 찡긋했다.

"정면 돌파."

"악! 말도 안 돼! 완전 억지!"

그녀가 버둥거렸지만 그는 미동도 하지 않았다. 그가 유쾌하게 웃으며 입을 맞추었고 걸어가는 동안 키스는 점점 더 짙어졌다. 마침내 등이 차가운 시트에 닿았을 때 윤은 새로운 갈망에 신음하게 됐고 그에게 항복하고 말았다. 넓게 벌어진 다리 사이로 그가 몸을 내리며 뜨겁게 입술을 겹쳐 왔다. 입술 사이로 혀가 파고듦과 동시에 다리 사이로 손이 내려졌다.

"읏!"

윤은 반사적으로 허리를 비틀었다. 처음의 여운이 가시지 않은 몸이었다. 몸은 금세 달아올랐다. 엉거주춤 열린 다리가 파들파들 떨리고 있었다. 문지르며 파고들고, 파고들며 문지르는 손길에 윤은 엉덩이를 옴짝거렸다. 그 순간 젖은 아래에 굵은 몸이 사정없이 밀고 들어왔다.

"흐윽!"

윤의 등이 활처럼 휘었다. 휘어진 등을 끌어안으며 그가 한 번 더 길게 치받았다. 윤의 입에서 비명이 터졌고 허리가 허공에 들렸다. 그녀가 팔을 휘저으며 그를 밀어내려 몸을 비틀었다.

"으, 으으⋯⋯."

살 부딪는 소리가 요란했다. 거친 드나듦에 분홍색 살갗이 또다시 빨갛게 물들어 가고 있었다. 열꽃이 피고 말간 액체가 끊임없이 흘러내렸다. 한껏 벌어져 세찬 풀무질을 당하는 그곳에 쾌감이 일었다. 윤의 등이 휘고 가슴이 내밀어져 손등의 마디가 드러날 정도로 시트가 비틀어졌다. 쾌감에 질려 가고 있었다. 닿고 싶고, 닿았음에 견딜 수 없었다.

"윤. 아아, 윤."

그 역시 그랬다. 끊어 놓을 것처럼 물고 조이는 그녀 때문에 그도 죽을 것 같았다. 그는 젖은 얼굴에 키스를 퍼부으며 하얀 목덜미에 얼굴을 묻었다. 그러면서 허리를 세차게 흔들었다.

"흐윽⋯⋯."

윤이 그의 목덜미를 파고들며 흐느끼고 있었다.

아아, 윤.

죽어도 좋을 것 같았다. 이대로 안은 채 죽어도 좋을 것 같았다. 그에게 와서 그의 여자가 되어 준 윤. 그를 안으며 원한다고, 사랑한다고, 안아 달라고 말한 윤. 이 여자를 사랑한다.

"으윽."

뿌예지는 눈앞이었다. 사정의 기미였다. 무진은 온몸으로 매달려 오는 윤을 안으며 거세게 엉덩이를 흔들었다. 단단한 엉덩이에 손톱이 박히고 등이 할퀴어졌다. 아랫도리가 쉴 새 없이 찰박거렸다. 두껍고 긴 그것에 닦달당하며 윤은 감히 소리도 지르지 못한 채 그에게 매달려 있었다.

그가 맹렬하게 몸을 밀어 댔다. 그리고 사정 직전, 이를 악물며 윤에게서 제 몸을 빼냈다. 아랫도리를 쥔 채 침대 위에 엎드린 그는 곧 사정했다. 바짝 문 잇새로 신음이 새어 나왔다. 길고 긴 사정이었다. 그는 힘줄이 툭툭 불거진 팔을 뻗어 윤의 손목을 잡고 뜨겁게 키스했다.

욕실에서 나오자마자 몸을 겹친 탓에 콘돔을 쓰지 못한 그였다. 그 바람에 절정의 순간에 윤을 놓아야 했다. 그는 미안함을 보상하듯 정성스럽게 키스했다. 몸을 얽으며 등을 쓸고 파들파들 떠는 아랫배를 쓰다듬었다. 쓰다듬으며 다리 사이를 문질렀다.

"으."

윤이 괴로운 듯 다리를 꼬며 그에게 매달려 왔다. 그런 그녀의 귓불을 뜨겁게 깨물며 그가 사랑한다고 말했다. 입술이 겹쳐지고 그녀의 속살을 헤칠 때 그는 다시 한 번 말했다. 내 여자가 되어 줘서 고맙다고. 이런 기분을 느끼게 해 줘서 고맙다고.

"하아, 오빠."

다시 몸이 들썩였다. 빨갛게 단 얼굴, 찡그려진 미간, 벌어진 입술. 도달하지 못한 정점에 그녀는 괴로웠다. 바짝 오므리는 다리를 열어 젖히며 그가 그녀의 절정을 도왔다. 파고드는 손가락, 뭉긋하게 비벼지는 정점. 윤은 근육질 팔에 매달렸다. 숨이 멎는 곳, 쾌감에 우는 곳을 찾아낸 그는 그녀가 견딜 수 없을 때까지 몰아붙였다.

"으으……."

윤의 엉덩이가 격렬하게 들썩여졌다. 그런 그녀를 제 몸으로 누르며 그는 사랑한다고 속삭였다. 사랑한다, 사랑한다 속삭이며 무자비한 쾌감으로 몰고 가는 그였다. 울부짖고 매달리며 등을 할퀴기를 반복하다 마침내 시야가 하얗게 부서졌다. 까마득하게 치솟아 아득한 바닥으로 추락했다. 그사이 그녀가 얼마나 많이 그를 부르며 사랑한다고 말했는지는 그만이 알 일이었다. 탈진한 그녀가 무너져 내리자 그는 이불 대신 제 몸으로 그녀를 덮으며 하얀 나신을 뜨겁게 어루만졌다.

얼마 지나지 않아 잠든 윤을 확인하고 그 역시 잠속으로 빨려들었다. 그리고 서너 시간 뒤 침실 안은 젖은 몸이 부딪치는 소리로 가득 채워졌다.

"하읏! 하읏! 아읏! 읏……."

혈기 왕성한 무진 탓에 전날 밤을 능가하는 아침을 맞이하고 있는 윤이었다.

느른한 햇볕이 내리쬐기 시작한 창가 구석진 자리에 윤과 무진은 동그란 탁자 하나를 사이에 두고 마주 앉아 있었다.

무진은 진한 커피를 마시며 윤을 관찰하는 중이었다. 당고머리에 느슨한 흰색 셔츠, 아이스블루색 스키니 진을 입고 있는 윤은 반쯤 조는 얼굴로 20분째 베이글 한 조각을 뜯고 있었다. 호텔 레스토랑에 가서 제대로 된 식사를 하자는 그를 윤이 만류해 이곳으로 왔다.

"그렇게 졸다가 넘어지면 모른 척한다."

그의 전용 멘트가 된 말이었다. 무진의 말에 윤이 눈을 떴으나 곧바로 되감기고 말았다. 그녀는 언제 베어 물었는지 기억이 없는 빵을 씹었다.

"걱정 말아요. 넘어져도 오빠 쪽으로 넘어질 테니까. 누가 봐도 일행인 줄 알게."

그녀의 말에 무진이 쿡쿡거리며 웃었다. 그는 그녀의 손에 들린 빵을 빼낸 뒤 대신 커피가 담긴 머그잔을 쥐여 주었다.

"간밤에 뭐하셨나? 새 나라에 착한 어린이는 아니었나 봐?"

놀리는 말에 윤은 눈을 반짝 떴다. 새벽까지 안아 놓고 아침에 일어나자마자 또 그녀를 안은 그였다.

"오빠가 할 소린 아닐 텐데요?"

뾰족한 말에 무진은 항복의 표시로 낮게 양손을 들어 보였다. 그가 씩 웃었다.

"흘기는 눈빛도 섹시하네, 우리 애인은."

도저히 당해 낼 수가 없다. 웃지 않으려고 애쓰는데 그가 탁자 위로 몸을 내밀었다. 말끔하게 손질된 머리를 한 그는 옅은 블루 색상의 셔츠와 흰색 치노 팬츠를 입고 있었다. 모양 좋은 손톱은 짧게 다듬어져 있었고 길쭉한 손가락은 주인만큼이나 매력적이었다.

그러나 그 손가락이 간밤에 무슨 짓을 했는지 떠오르자 그녀의 얼굴이 빨개졌다. 윤은 시선을 내리깔았고 간신히 커피를 한 모금 마셨다. 그런 그녀에게서 눈을 떼지 못하는 그였다.

"아침에 일어날 때도 예쁘고 잘 때도 예쁜데…… 어느 때 안

216

예쁠까, 우리 애인은?"

피식하고 웃음이 새어 나왔다. 그녀는 화내는 걸 포기했다. 자신을 눈부신 듯 바라보는 남자를, 모든 순간을 사랑으로 보는 남자를 어떻게 당해 낼까.

"'안 예쁜 구석이 없거든요' 라고 말하고 싶지만 그러면 너무 양심 없어서. '부디 그 콩깍지 백만 년 가게 해 주세요' 라고 해야겠네요."

"농담 아닌데."

"다른 사람은 그렇게 안 보던데요."

순간 무진의 미간이 좁혀졌다.

"다른 사람? 대체 어떤 놈일까? 그 '다른 사람' 은?"

느리게 묻는 말투에 순간 뜨끔해진 윤은 목을 만졌다.

"원두 가루가 있나 봐. 콜록콜록. 목이 막 간지러운 게, 오빠 괜찮았어요?"

애먼 커피 잔을 들여다보며 하는 말에 무진은 의자에 바로 앉으며 가슴에 팔짱을 꼈다. 셔츠가 팽팽하게 당겨졌다.

"웬 딴청일까."

"그러게요."

윤은 곧바로 수긍하며 바른 자세로 앉았다. 무진이 탁자 위로 몸을 기울였다. 은근한 말투가 그에게서 흘러나왔다.

"나 뒷조사할 수 있는 남잔데. 질투 아주 치졸하게 할 수 있는 남자."

그 말에 즉각 고개를 든 그녀가 무진을 흘겨봤다.

"그러기만 해. 진짜 바람피울 거야!"

적반하장이었다. '하!' 하고 잠시 허공을 노려보던 무진은 아주 억울하지만 참는다는 얼굴로 말했다.

"이래서 을이 서러운 거구나? 기막히고."

"털끝 하나 건들지 못하게 했어요, 그 남자. 그 덕분에 안면도에 사장될 뻔했죠. 근데 오빠가 을인 줄은 몰랐네요."

"아아, 안면도. 거기까지 가셨다? 진심으로 궁금해지네, 그 새끼."

"을이라면서요. 왜 을이에요?"

"많이 사랑하는 자의 비애지."

"비애가 바람직할 때도 있네요."

팽팽하게 대치하며 노려보는 두 사람이었다. 결국 피식, 웃음이 동시에 새어 나왔다.

나른하고 한가로운 시간, 허비되었던 지난 시간이 안타깝고 아쉬울 만큼 그와 함께 하는 이 순간이 행복했다. 이래서 사람들은 연애를 하나 보다. 그래서 사랑을 하는구나.

"윤."

무진이 할 말 있는 표정으로 바라보았다. 주저하는 기색에 윤은 의아함을 느꼈다. 왜 그러나 싶어서 그녀는 들고 있는 머그잔을 내려놓았다. 그의 얼굴에는 미안한 기색이 가득했다.

"조금 이따가 서울 올라가 봐야 할 것 같아."

생각지도 못한 말이었다.

"갑자기 왜……."

"현장에 문제가 생겼어."

나오기 전에 받았던 연락이 그 전화였던 모양이다.

"현장에 무슨?"

"업체 쪽 인부가 다쳤어."

"많이 다쳤어요? 어쩌다……."

"건물 외벽에 쳐 놓은 지지대를 헛디딘 모양이야. 안전 장비 없이 올라간 모양인데 떨어지면서 발목에 금이 간 것 같아. 현장에 있던 최 부장이 바로 병원으로 옮겼다고는 했지만 아무래도 가 봐야 할 것 같아."

"아……."

아무런 말도 하지 못하고 시선을 내리까는 그녀였다. 실망한 기색을 감추려는 모습에 무진은 탁자 위에 놓인 손을 잡았다.

"언제 쉴 수 있어?"

"수요일이 휴무예요. 그때 서울 가려고요."

그녀의 말에 그가 손을 꼭 쥐었다.

"전화해. 시간 맞춰 나갈게."

윤은 고개를 끄덕였다. 풀 죽은 모습에 무진은 한숨을 쉬었다.

"이러면 나 발걸음 안 떨어지는데. 안아 주지도 못하고. 카페만 아니었으면……."

화들짝 놀란 윤은 급하게 무진의 입술을 눌렀다. 최근 취급 주의가 필요해진 그였다.

"발언 금지."

당황한 얼굴에 그가 웃었다. 그가 그녀의 손을 떼어 내곤 탁자 위로 몸을 기울였다.

"내가 무슨 말할 줄 알고?"

"뭔지 몰라도 하지 마요."

슬쩍 뒤로 물러나며 그가 다가오라는 손짓을 했다. 어쩐지 수상한 행동이었지만 윤은 주춤 그에게 몸을 기울였다. 그의 입술이 귓가를 스칠 듯 가깝게 닿았다. 그가 작게 속삭였다.

"19금 멘트는 침대에서만. 난 문화 시민이니까."

그 말을 한 뒤 그가 그녀에게서 떨어졌다. 윤은 무진을 노려보았다.

"그런 얘기를 왜 귀에 대고……."

"왜, 기대했던 말과 다른가?"

놀리는 말에 윤의 얼굴이 단번에 붉어졌다.

"그게 아니라!"

말문이 막힌 그녀를 보며 그가 짐짓 정색하며 말했다.

"수요일 외박, 단단히 준비하고 옵니다. 참고로 전날 밤, 잠은 충분히 자 둡니다."

전날 밤 충분히 잠을 자야 하는 이유를 알기에 윤은 새빨개졌다. 깜짝 놀란 그녀가 몸을 낮추었다.

"뭐하는 거예요!"

"뭐하긴, 애인에게 수칙 전달 중이지."

"하, 하지 마요!"

그녀는 곤란함에 목덜미까지 빨개졌다.

"그만 듣고 싶으면 대답을 하지?"

알았다고 대답하기도 부끄러운 상황이었다. 윤은 어금니를 꼭 깨물었다.

"그만합니다?"

그러나 협박은 통하지 않았다. 가슴 앞에 팔짱을 낀 그가 내리깐 눈으로 그녀를 바라봤다.

"구간 반복합니까? 이해 못 했으면 할 때까지 반복합니다. 전날 충분히 자 둔다는 말 이해했습니까?"

직진형 남자는 커브가 없었다. 결국 윤은 목이 떨어져 나가라 고개를 끄덕였다. 가슴 앞에 두 손 모아 사정하며 눈짓으로 카페 안을 가리켰다. 제발 그 입 좀 다물어 주십사 읍소하는 그녀였다. 절박한 무언의 호소에 무진은 터져 나오려는 웃음을 참으며 말했다.

"그 표정 다시 만날 때까지 유지합니다. 덧붙여 몹시 보고 싶을 겁니다."

6
바람 길목

서울에 도착했다는 전화를 받은 것은 늦은 오후였다. 봄철, 밀리는 도로 사정을 감안하면 늦은 도착은 아니었지만 그의 전화를 기다렸던 그녀에겐 한없이 긴 시간이었다.

그는 병원이라고 말한 뒤 저녁에 다시 전화하겠다는 말을 남기고 전화를 끊었다. '근무 중에는 사적인 통화를 하지 않는다'는 스스로의 규칙을 깨고 들은 그의 목소리는 달콤했다. 짧은 통화가 아쉬울 만큼.

전신을 관통하는 쾌감을 경험하게 하고 열감에 몸을 떨게 했던 격정적인 연인은 이제 대구가 아닌 서울에 있었다. 거짓말처럼 대구에 내려와 그녀를 놀라게 하더니 다시 서울로 올라가 허전한 마음을 느끼게 만들었다.

온몸에 새겨 놓은 하룻밤의 후유증. 그녀 속의 뭔가가 변한 것 같았다.

"반짝이는 것 같아요."

자은이 한 말이었다. 윤은 커피를 마시다 말고 맞은편에 앉은 자은을 쳐다보았다. 퇴근길, 두 사람은 시내 카페에 들러 커피를 마시고 있었다. 영문 몰라 하는 눈빛에 자은이 빙긋이 웃었다.

"사랑하면 사람도 반짝이나 봐요. 빛나요, 반짝반짝."

"아⋯⋯."

뭐라고 대꾸해야 좋을지 몰라 윤은 희미하게 붉어진 얼굴로 커피를 마셨다. 그냥 해 보는 말일 텐데 공연히 쑥스러웠다. 그런 윤을 보며 미소 짓던 자은은 내내 마음에 담아 두었던 말을 꺼냈다.

"일전에 내가 한 말 말예요. 윤이 씨랑 이 팀장님 사이 오해해서 했던 말이요. 내가 그날 쓸데없는 얘기를 한 것 같아요. 그분과 있는 윤이 씨를 본 뒤로 내가 했던 말들이 생각나서 마음이 편치 않았어요. 알면 얼마나 안다고 그런 소릴 했을까 싶어서⋯⋯ 미안해요."

상류층 사람들을 관상용이라고 말했던 자은이었다. 그런 부류의 사람들과 운 좋아 만나더라도 깊이 빠지지 말고 헤어질 것을 고려하라던 자은이었다. 다치지 않게 딱 연애까지만 하라던. 윤은 가만히 고개를 저었다.

"마음에 담아 두지 마요. 위해서 한 말인 거 아는데."

"그렇긴 하지만⋯⋯ 정말 그래도 돼요?"

"그래도 돼요."

"아아, 한시름 놨다."

가슴을 쓸어내리는 시늉을 하는 자은을 보며 윤은 작게 웃었다.

"어떤 면에선 내가 미안한걸요. 자은 씬 예전 남자 친구 얘기 다 해 줬는데 나만 입 다물고 있었던 것 같아서. 그간 그럴 사정이 있었지만 그래도 마음에 걸렸어요. 나도 미안해요."

자은은 친해진 이후로 살아온 이력이나 전에 사귀던 남자 친구에 대해 기회가 닿을 때마다 얘기해 주곤 했다. 그러나 윤은 자신의 가족사에 대해서 터놓지 못했다. 자은은 자신이 부모를 잃고 삼촌 손에서 자랐다는 정도로만 알고 있었다.

숨긴 것이 아니라 말할 수 없어서 하지 못한 이야기였다. 부친을 교통사고로 잃고 모친은 자신의 인생을 찾아 떠났다. 제 존재는 그녀의 판단에 영향을 미치지 못했다.

잃고 외면당했던 열다섯 살까지의 삶. 그리고 유일한 혈육인 삼촌과 살면서 다시 버려질까 전전긍긍하며 살아온 삶.

삼촌 덕분에 밝아졌으나 버림받은 상처는 여전히 그녀 속에 존재해 다시 버려지면 어쩌나 졸여지는 마음까진 어쩌지 못했다. 버려질 때의 무기력함과 분노, 사랑하는 사람을 지키지 못할 것 같은 두려움, 인간관계의 회의감. 그런 것들을 어떻게 말할 수 있을까. 그리고 그 속에서 그녀를 꺼내 준 그에 대해서도.

그는 흘러간 과거가 아닌 현재였다. 아직은 누군가에게 그의 이야기를 꺼낼 수 없었다. 함께한 시간이 가볍지 않았고 제 감정을 입 밖으로 내어 말하기엔 너무 깊었다.

떠올리는 것만으로도 벅찬 사람이었다. 그의 마음을 오래 외면해 왔지만 느끼지 못한 건 아니었다. 그는 스스로의 상처보다 그녀의 상처를 더 아파하는 사람이었다.

그를 위해 희생한 어머니와 믿었던 아버지의 배신이, 태어나면서부터 모친에게 부정당했던 자신의 상처와 다르다고 해서 그 아득한 상처까지 다를 수는 없었다. 자신이야말로 독하게 눈감으면 덮을 수 있는 일이나 그는 그럴 수 없는 사람이었다. 아들을 구하고 주검 같은 삶을 살다 간 어머니를 어찌 묻을 수 있겠는가. 그런데도 그는 자신보다 그녀를 더 염려했다.

그런 무진을 위해서 그녀가 못 할 일은 없었다. 그가 행복해질 수만 있다면 설령 그 일이 자신을 슬프게 하는 일이 될지라도 기꺼운 마음으로 이루어 줄 것이다.

"그 사람에 대해서 많이 궁금하겠지만 지금은 내가 해 줄 수 있는 말이 없어요. 그저 오래 사랑했던 사람의 마음을 받아들였고, 그 사람은 자은 씨가 생각하는 유의 사람이 아니라는 말밖에."

자은은 고개를 끄덕였다.

"애써서 말하지 않아도 돼요. 하지 못할 말도 있는 거니까. 그런 의미에서 나도 못한 말이 있어요. 사실 하긴 했는데…… 내 얘기 아닌 것처럼 말한 게 있어요."

자은의 낯빛이 흐려졌다. 눈빛이 쓸쓸했다.

"일전에 한 말이요. 이 팀장님과의 사이 오해해서 했던……."

"……네."

"그거 내 얘기예요."

"……!"

놀라는 윤을 보며 자은은 희미하게 웃는 낯을 했다.

"남 말하듯 했었죠. 솔직하지 못해서 미안해요. 그래야 덜 아플 것 같아서……."

불시에 흘러내린 눈물이었다.

"자은 씨……."

"미안해요. 나 잠깐만."

흘러내린 눈물을 손바닥으로 훔치던 자은이 냅킨을 집었다. 그 모습에 윤은 허둥지둥 가방을 열어 곱게 접은 손수건을 내밀었다.

"고마워요."

깨끗하고 반듯하게 접힌 손수건을 받아 든 자은이 쑥스러운 듯 웃더니 눈가를 눌렀다. 그리고 손수건을 손에 쥔 채 한동안 말이 없었다. 결심한 듯 고개를 든 자은은 눈자위가 붉었다.

"이런 상태가 한 번씩 반복돼요. 나도 모르게 불시에 울컥하죠."

"……."

"1년 만났어요. 보자마자 사랑에 빠졌죠. 그 사람은 처음부터 원하는 바가 명료했는데 그걸 알면서도 불가항력이었어요. 그 사람에게 어떤 존재도 될 수 없는 걸 알기에 필사적으로 거리를 뒀지만 그럴수록 빠져들었죠."

눈물이 맺힌 눈으로 곱게 웃는 자은이었다.

"몇 달 전에 헤어졌어요. 그래서 아직 그 사람 닮은 누군가를 보면 심장이 쿵 내려앉죠."

"……."

"오늘, 매장에서 그 사람과 닮은 사람을 봤어요."

"아."

일하다가 갑자기 창고 안으로 뛰어 들어갔던 자은이었다. 그리고 한참 만에 창고에서 나온 그녀의 눈자위가 붉었다. 무슨 일일까 걱정됐지만 바쁜 시간이라 묻지 못했고 그러다 잊고 말았다. 마음이 무겁게 내려앉았다. 미안한 마음에, 그리고 안타까운 마음에 윤은 자은의 손을 꼭 쥐었다. 자은이 애써 웃었다. 울음을 참는 입술이 씰룩였다.

"그러니까, 그래서 내 말은…… 매 순간을 사랑하라고요. 할수 없는 말이 가슴에 쌓이지 않게. 이 시간 이후에 뭐가 올까 걱정하느라 이 순간을 놓치지 말고 매 순간 온 힘을 다해서요. 미련이 가슴에 남지 않게, 후회가 가슴에 남지 않게, 그렇게."

"일주일에 세 번 가사도우미가 갈 거야."

무진은 윤과 통화 중이었다. 하얀 목욕 가운 차림의 그는 맨발이었다. 유리잔에 얼음을 반쯤 채운 그가 위스키 병을 집었다. 얼음 위로 노란 액체가 부어졌다. 절반쯤 찼을 때 무진이 병을 내려놓았다.

"네가 없는 시간을 말해 두긴 했지만 원하는 시간이 있으면 그 시간에 와 달라고 하고."

대구 집엔 2주에 한 번꼴로 들러 주기적으로 집을 관리하는 관리인이 있었다. 그녀는 40대 후반의 여성으로 입이 무겁고 태도가 단정했다. 세탁물부터 청소, 주방 물품 채우기까지 꼼꼼히

관리하는 그녀는 매사가 철저한 사람이었다.

　―되게 고마울 땐 그냥 고맙다고 하면 될까요?

　윤의 말에 무진의 입꼬리가 비스듬히 올라갔다.

　"되게 고마울 땐 사랑한다는 말이면 족하지."

　―사랑해요.

　"그 말 들으니 되게 보고 싶네. 몸은 좀 어때? 괜찮아?"

　―괜찮아요.

　기어들어 가는 목소리에 그의 아랫도리가 뻐근해져 왔다. 그는 묵직해지는 아랫도리의 중량감을 느끼며 술을 한 모금 마셨다. 채 희석되지 않은 술의 강한 기운이 목구멍으로 넘어갔다.

　"보고 싶으니 오라고 좀 해 보지? 밟을지도 모르는데."

　술을 한 모금 더 마신 무진이 한 말이었다.

　―그래서 안 하려고요. 그러고 왔다가 날 새우고 또 밟을 테니까요. 가슴 졸이며 죽는 건 내 버킷리스트에 없는 일이라.

　낮게 웃은 무진이 술잔을 쥐고 테라스로 나갔다. 야외 테이블과 옥외 풀장이 설치된 곳을 지나 난간으로 다가간 그는 바를 짚으며 도심 전경을 바라보았다. 바람이 좋은 밤이었다.

　"지금 뭘 입고 있으려나. 내 눈으로 못 보니 듣고라도 싶네."

　―아……

　갑자기 바뀐 화제에 윤은 꿀 먹은 벙어리가 되었다.

　"말 안 하면 혼자 상상할 텐데."

　대답이 재깍 돌아왔다.

　―침, 침낭요. 요즘 침낭이 유행이라 머리 꼭대기까지 채우고 있어요.

상상하지 말라는 소리였다. 철통 방어에 그가 웃었다.

"침낭이라…… 몹시 믿음이 가는 말이긴 한데, 침낭만? 야하게?"

—하, 하지 마요.

"뭘 했다고? 보다시피 서울인데."

—서울인 김에 그만 주무시죠? 밤도 깊었는데.

자정이었다.

"깊어도 안 오는 잠을 어쩌나. 넌 내 생각 안 나나 봐? 난 미치게 나는데."

—…….

무진은 씩 웃었다. 보나 마나 얼굴이 빨개진 채 대답할 말을 찾고 있을 윤이었다. 그 모습이 상상이 돼 다시 아랫도리에 힘이 들어갔다.

그는 손목 스냅을 이용해서 술잔을 빙글빙글 돌리며 찰랑거리는 액체를 바라보았다. 욕구로 그의 눈빛이 짙어졌다. 그는 술을 한 모금 길게 마셨다. 가실 리 없는 갈증이었다.

"고문이 따로 없네. 그만 자라. 오는 날, 서울역으로 나갈게."

그의 인사에 모깃소리만 한 대답이 돌아왔다.

—잘 자요, 오빠.

"그게 다면 안 될 텐데?"

당황하는 기색이 느껴졌다. 수화기 너머로 정적이 흘렀다. 궁리하는 기색이었다. 이윽고 작게 헛기침을 한 그녀가 말했다.

—많이 보고 싶을 거예요. 내 꿈 꿔요?

한껏 낸 용기였다. 그 성격을 잘 아는 그라 터져 나오려는 웃음을 참았다.

"왜 물음표야. 멘트가 성의가 없네. 진심이 느껴지지 않아."

—몹시 진심입니다만…… 뭐라고 할까요? 원하는 멘트 해 드리죠.

윤의 미간에 주름이 잡히는 게 보이는 듯했다.

"안고 싶어서 미치겠다? 그럼에도 참고 자 보겠다?"

—…….

윤은 또다시 숨소리를 죽이고 있었다. 그의 눈가에 짓궂음이 번졌다.

"전화받는 사람 어디 간 건 아닐 테고. 원하는 멘트 알려 줬으면 약속을 지켜야지. 안 해 줄 거야? 쓱 닦으면 야박한 건데?"

—…….

"자는 거야?"

놀리는 말에 더듬거리는 목소리가 돌아왔다.

—숨, 숨 고르는 중이에요. 당황해서.

"그래서 안 해 주겠다고?"

—그, 그냥 자는 걸 권하죠.

기어들어 가는 목소리로 중얼거리는 그녀가 미치게 예뻤다. 옆에 있으면 빨개진 얼굴이 더 빨개지도록 안고 괴롭혀 줄 텐데. 그러나 그녀는 곁에 없었고 더 놀렸다간 밤새 괴로울 사람은 자신이라 이쯤에서 멈추는 게 좋을 것 같았다.

"그만 놀려야겠다. 더 놀렸다간 너 안고 싶어서 내가 죽을 것 같다."

그의 말에 쭈뼛대는 인사가 돌아왔다.

—잘, 자요. 너무 늦게까지 일하지 말고요. 건강 해칠까 걱정 돼요.

"내 걱정해 주는 거야? 바람직하게?"

—아프면 어떡해요. 나 여기 있는데…….

심장으로 스며드는 말이었다. 불시에 그의 힘을 빼놓는 윤이었다.

"내 걱정 많이 하라고 했더니 걱정이 넘쳐 나네. 걱정 그만하고 자. 일하다가 심정지로 죽는 건 내 버킷리스트에 없으니까."

휴대폰 너머로 작은 한숨이 들렸다.

—그 말 믿고 끊을게요. 못 믿겠지만, 믿으려고 노력하면서.

"잘 자, 좋은 꿈꾸고."

—오빠도요.

몇 초 후 전화가 끊어졌다. 무진의 얼굴에 옅은 미소가 번졌다. 그는 잠시 난간에 기대서 통화의 여운을 즐긴 뒤 서재로 들어가 책상 앞에 앉았다. 책상 위에는 그가 봐야 할 서류들이 쌓여 있었다. 그것 중 하나를 골라 몇 장을 넘겼다. 서류를 넘기는 손이 주춤했다. 낮에 수원이 했던 말이 다시 신경을 건든 탓이었다.

"아버지가 성북동에 꾸준히 찾아가고 있던데……."

수원은 자신의 아버지가 성북동을 오가기 시작했다는 말을 그에게 했다. 유철현 사장이 자식의 결혼에 적극적으로 개입하기 시작했다는 소리였다. 그에게 아무런 영향력도 행사하지 못

할 일이었지만 두고 보기에는 거북한 구석이 있었다.

아버지는 그에게 윤이 어떤 존재인지 알면서 민환 삼촌에게 중매 의지를 밝혔고 유철현 사장의 드나듦을 용납하고 있었다.

아버지의 생각과 행동은 중요하지 않았다. 그에게 중요한 것은 윤이었다. 성북동에서 진행하는 이야기가 길어지면 윤은 마음을 다칠 것이다. 이미 아버지의 권한을 잃은 아버지였다. 한데 지금에 와서 무얼 하자는 걸까? 자신이 용납하지 않을 걸 알면서.

천천히 술잔을 기울이며 낮 동안의 일을 떠올리는 무진의 눈빛이 굳어졌다.

늦은 오후였다. 서울에 도착한 것은.

그는 병원 입구에서 윤과 짧은 통화를 끝내고 로비에서 대기 중이던 부사장과 함께 인부가 입원해 있는 병실로 이동했다.

부사장, 이수한은 피트니스클럽에서 불려 나온 탓에 운동복 차림이었다. 그는 무진과 비슷한 체격으로 다소 날카로운 인상의 소유자였다.

"1인실은 이쪽입니다."

부사장이 앞장섰다. 환자가 누워 있는 병실로 들어가자 수원과 최 부장이 보였다. 그는 두 사람에게 눈인사를 한 뒤 환자와 보호자 앞에 섰다. 그리고 얼마 뒤 수원이 조용히 병실을 빠져나갔고 그를 비롯한 두 사람은 한동안 병실에 머물렀다가 밖으로 나왔다.

"술이라……."

복도로 나온 무진의 표정이 굳어졌다. 그가 뒤따라 나온 수한을 돌아봤다.

"술 깨는 대로 사태 파악해서 보고해 주세요. 김 변호사 불러서 양측 모두 문제 되는 게 없는지 확인하시고 우리가 할 수 있는 건 도의적이든 의무적이든 최선을 다해 주세요. 모두에게 후유증이 없어야 할 일입니다."

인부는 전치 4주가 나왔다. 추락하면서 충격을 받은 왼쪽 발목에 금이 간 상태였고 전신에 타박상을 입었다. 검사 결과 다른 부위는 이상 없는 걸로 나왔지만 추락 사고라 경과는 지켜봐야 한다는 소견이었다.

"지금 김 변호사님 대기 중입니다. 병원에서 나가는 대로 만나 볼 생각입니다."

수한의 말에 무진이 고개를 끄덕였다. 안전 펜스와 안전 장비가 갖춰진 상태에서 인부의 부주의함으로 벌어진 사고였다. 그러나 사람이 다친 데다가 사업적으로 예민한 시기였다.

대중은 이런 일에 예민했다. 사소한 법적 다툼도 치명적일 수 있었다.

"곧 4월이군요. 본사 이전 건은 어떻게 돼 갑니까?"

1월에 매입한 빌딩을 리모델링 중이었다. 사세 확장으로 현재 사무실로는 역부족이라 매입한 것이었다.

"4월 말까지 전 부서 이동 가능합니다. 내부 수리가 중순쯤 끝난다는 보고 받았습니다."
"진영 빌딩 임대계약이 4월 말까지입니다. 앞당겨 보세요."

본사 이전이 완료되면 몬테 비앙코 5층은 직원 전용 공간으로 활용될 예정이었다.

"말씀하신 대로 지시해 놓겠습니다. 대구는 다시 내려가시는 겁니까?"

예기치 않은 사건으로 예정보다 일찍 올라온 그였다.

"제가 몹시 보고 싶었던 얼굴인데 여기 남아 드려야지요."

최 부장을 염두에 둔 말에 수한이 웃었다. 낮게 웃는 모양새가 닮은 두 사람이었다.

"최 부장님을 비롯한 많은 분이 사장님을 '보고 싶어' 하는 중입니다. 덕분에 다음 주 휴일까지 꽉 잡혔던 업무 나누게 돼 영광입니다. 돌아오신 거 환영합니다."

"후후, 최 부장님 안색 바뀌셨습니다. 이러다가 지명수배 받는 거 아닌지 모르겠습니다."

최 부장은 쩔쩔 매다가 곧 따라 웃으며 뒷머리를 긁적였다. 그런 그에게 웃는 낯으로 수고 많았다 말한 뒤 무진은 수한을 돌아보았다.

"휴일인데 쉬지도 못하고 고생 많았습니다. 들어가 보세요."

"경과보고 드리겠습니다. 그럼……."

물러나려던 수한이 주뼛 복도 끝을 돌아보았다. 무진은 그의 시선을 따라 고개를 돌렸다. 복도 의자에 앉아 있는 수원이 보였다.

"많이 놀란 눈칩니다."

수한의 시선이 오래 수원에게 머무는 것을 지켜보며 무진이 고개를 끄덕였다.

"그럴 겁니다."

"그럼 전 이만."

수한이 고개를 숙여 보인 다음 최 부장과 함께 물러났다. 무진은 수원에게로 걸어갔다. 차림새가 외출했다가 달려온 모양새였다. 무릎 위로 맞잡은 손이 창백했다.

"유 사장, 괜찮아?"

수원이 고개를 들었다. 긴장한 기색이 역력한 얼굴은 손만큼이나 창백했다.

"술 당기네. 낮술 한잔할래요, 선배?"

수원의 입매가 희미하게 떨리고 있었다. 애써 태연한 척 미소 짓고 있었지만 두 눈은 충격을 고스란히 담고 있었다. 이번 일은 그가 아는 한 수원이 사업을 시작한 이래 처음 겪는 일이었다.

다친 사람은 하도급 업체 직원이었다. 노동의 고단함을 잊기 위해 인부들은 가끔 현장에서 술을 마셨다. 그러나 사고로 이어지는 경우는 거의 없었다. 한데 이번엔 사고였고 전치 4주가 나왔다. 보호자의 말로는 집안에 우환이 든 탓이라고 했지만 자칫하면 인명 피해로 이어질 뻔한 일이었다. 내막이야 어떻든 가볍지 않은 사안이었다.

"걸을 수 있겠어?"

고개가 끄덕여졌으나 대답과 달리 그녀는 휘청거렸다. 주저앉으려는 그녀를 무진이 재빨리 부축했다. 수원이 멋쩍은 미소를 흘렸다.

"약해지는 것도 해 볼 만하네. 오빠한테 부축도 다 받고."

'오빠'라는 말에 무진은 미간을 찡그렸다.

"오랜만이네, 그렇게 부르는 거. 남녀평등의 시작은 호칭의 정립부터 아니었나?"

대학에 입학하자마자 수원은 그를 선배라 부르기 시작했다. 남녀평등의 시작은 호칭 정립이니 앞으론 오빠라고 부르지 않겠노라고. 씁쓸한 웃음이 돌아왔다.

"그러게요. 오빠와 선배 사이의 간극이 지구와 명왕성 거린 줄 알았으면 그렇게 안 불렀을 텐데. 이참에 다시 오빠라고 부를까요?"
"헛소리하는 거 보니 충격을 받긴 받았구나, 유수원."

말과 달리 무진의 눈빛은 걱정하는 기색이었다.

"또 몸 던지고 싶어지네. 이번엔 받아 주려나?"

"토스."

부축하는 팔이 떨어졌다. 두 사람 사이에 다시 거리가 생겼다. 수원의 눈길이 잠시 제 몸에 둘렸던 팔을 응시했다. 그러나 곧 돌려지는 시선이었다.

"좋아요. 안주는 토스로 받았고 메인은 위스키로 하죠."

두 사람은 그대로 한남동에 위치한 바로 자리를 옮겼다. 이 바는 상류층만을 위한 싱글 몰트 위스키 전문 바였다. 나른한 음색의 재즈와 빈티지한 램프가 인상적인 곳으로 두 사람이 가끔 들러 술을 마시는 곳이었다. 홀은 평소와 달리 한산했다. 두 사람은 바의 중앙에 앉아 술잔을 기울였다.

"십년감수했다는 말이 이런 기분을 두고 하는 말이구나 싶네요. 이번 일 아버지 귀에 들어가면 또 사업 접으라고 난리 칠 것 같은데…… 벌써 머리가 다 아파요."
"아직도 사업 반대하시나?"

슬쩍 찌푸려지는 무진의 미간이었다. 근래 들어 사석에서 마주한 적 없는 수원이었다.

"도망갔다가 와도 별수 없네요. 여자가 무슨 공부, 무슨 사업, 낮잡아 보는 병 여전하시니. 다시 회유와 강압으로 압박하고 계세요. 심지어 본격적으로 내놓으셨죠, 선 시장에. 바야흐로 다시 전쟁이에요."

그녀의 말에 무진의 미간에 주름이 잡혔다.

"여전히 싫은가, 결혼이?"

한숨 쉬는 수원이었다.

"결혼이 싫은 게 아니라 강요가 싫고, 강요보다 더 싫은 건 선 상대예요. 뭐 이런 거죠. 내가 마음에 드는 사람은 날 싫어하고, 내가 싫은 사람은 날 마음에 들어 하고. 그런 의미에서 내가 좋아하는 윤무진 씨는 그 사람한테 갔다 왔나 봐요? 최 부장 통화하는 거 들었는데, 선배 대구라고. 혹시 추풍령 휴게소, 그 여자분 대구 사나?"

윤이 대구 내려가던 날, 추풍령 휴게소에서 걸려 온 전화를 들은 수원이었다. 유추하며 떠보는 말에 무진의 표정이 굳어졌다.

"술 마시러 왔으면 술이나 마셔. 엿듣은 얘기 함부로 하지 말고."

그는 다른 사람이 윤을 입에 올리는 걸 좋아하지 않았다. 그 상대가 누구든.

"매정하긴. 그래도 알아 온 세월이 얼만데 그 정도는 물을 수도 있지. 어쨌든 부럽네요, 그 사람. 선배 같은 사람한테 사랑받고. 역시 그때 무리해서라도 덮치는 건데 그랬어요. 그랬음 지금쯤 선배 여자로 살고 있을 텐데. 그 성격에 안은 여자 버리진 못할 거고. 난 그 덕에 밤낮으로 행복할 거고. 그랬으면 지금쯤 사업을 접네 마네, 시집을 가네 마네 안 하고 있을 건데. 아버지는 또 그런 나를 얼마나 대견해할까요. 선배 같은 남자를 잡은 딸을."

'그때'란 3년 전을 두고 하는 말이었다. 수원의 대학 졸업 파티였다. 초대된 이들은 재벌 3세들로 수원처럼 그해 졸업한 이들이었다. 파티의 특성상 일탈 행위가 있을 수 있었다. 그걸 우려한 수원의 아버지가 그를 찾아왔고 마지못해 파티가 끝날 때까지 저택에 머물렀다.

수원은 아버지의 전근대적인 사고방식에 진저리를 쳤다. 화살이 그에게로 돌아가 원망이 쏟아졌다. 그러나 그녀의 감정은 곧 수그러들었다. 그가 청을 받아들이지 않았다면 그녀의 아버지가 그 자리를 대신했으리라는 걸 인정했기 때문이었다.

그러나 마지못한 인정은 들끓는 반발심까지 누르진 못해 그를 상대로 일탈을 시도했다. 빗나간 반발심에 대한 그의 조언은 유학이었다.

"감당 안 되면 다시 떠나. 말했듯이 하나 있는 자식 죽이진 않으실 테니까."

그의 말에 수원이 쳐다봤다.

"감당할까 하는데…… 하죠, 결혼?"

무진의 얼굴에 어이없어하는 기색이 일었다.

"아직 멍해? 그래서 헛소리가 나오지?"
"어려운 남자."

흰소리임을 인정한 듯 수원이 한숨을 쉬었다.

"아버지가 성북동에 꾸준히 찾아가고 있던데……."

'꾸준히'를 강조하는 말에 무진이 수원을 돌아봤다.

"무슨 일로."
"내가 선배를 좀 팔았거든요."
"……."

수원이 반쯤 남은 술을 한 번에 비웠다. 잔을 비운 그녀가 그를 보지 않고 말했다.

"일단은 미안하고, 두 번째는 그렇게라도 잘됐으면 좋겠네요."

뭔가 있는 말에 무진의 표정이 굳어졌다. 그가 술잔을 내려놓았다.

"알아듣게 말해."
"선보러 갔고, 가서 미친 짓 좀 했고, 그 미친 짓이 아버지 귀에 들어갔어요. 머리가 밀리기 직전에 선배를 팔아먹었다는 얘기죠. 어차피 아버지가 넘보지 못할 사람이라."

얘기를 듣는 무진의 미간이 굳어졌다. 가늠하는 눈빛을 힐끗 수원이 돌아봤다. 그녀가 마른침을 삼켰다.

"아버지한테 그랬어요. 선배라면 결혼하겠다고."
"유수원."

서서히 굳어지는 얼굴이었다. 그를 끌어들인 것에 대한 분노였다.

"처음엔 그 순간을 모면하려고 해 본 소리였는데 생각해 보니 선배라면 결혼할 수 있을 것 같다는 생각이 들었어요. 나 좀 받아 주죠?"

그가 의자를 밀치고 일어났다.

"마시지 않고도 취했으니 안 마시는 게 맞겠지."

"어!"

옷소매가 붙들렸다. 붙든 손을 내려다보는 무진의 눈빛이 차가웠다.

"놔."

"내 도망 좀 받아 주죠? 사랑 간섭 안 할게요."

"말이 된다고 생각해?"

지극히 낮아진 목소리였다.

"안 된다고 생각하지만 말 됐으면 해서 하는 소리예요."

무진은 붙들린 손을 확 잡아 뺐다.

"3년 동안 변한 게 하나도 없구나. 그 시간이면 제 앞가림 정도는 해야 하는 거 아닌가? 말했지? 돌아올 땐 그때보다 더 조건이 나쁠 테니 각오하라고. 그 각오도 안 하고 돌아왔어?"

수원의 아버지는 정략결혼 신봉자였고 여자의 행복은 남편 내조에서 온다고 믿는 사람이었다.

그에 반해 수원은 결혼보다 자신의 능력을 인정받길 원했다.

애초에 좁혀지지 않을 의견 차였다. 떠날 때도 돌아올 때도 그
걸 모르지 않았을 수원이다.

"노력해도 안 되니까 그러잖아요."
"노력해서 안 된다고 나한테 엎어져?"

기가 차서 한 말이었다. 무진은 실망한 기색을 숨기지 않았
다.

"당분간 내 얼굴 볼 생각하지 마. 일도 임 실장 통해서 해."

수원이 자리에서 벌떡 일어났다.

"어디 가요!"

다급하게 잡는 손을 무진이 노려보았다. 싸늘한 시선에 주춤
손이 내려졌다.

"술 산다면서요……."

수원이 기어드는 목소리로 중얼거렸다. 그 얼굴 위로 가차 없
는 시선이 쏟아졌다.

"네가 사. 네가 더 마실 거니까."

그 말을 뱉은 그가 홱 돌아섰다.

"서, 선배!"

등 뒤로 수원의 다급한 목소리가 들려왔지만 무진은 그 소리를 무시하고 바를 나왔다. 차에 오른 그는 곧바로 시동 버튼을 눌렀다. 부드러운 엔진음이 차체에 전달됐다. 막 바를 벗어나려던 무진은 핸들을 쥔 채 한숨을 쉬었다.

언짢은 기색이 서린 눈빛이 바 입구를 응시했다. 저대로 두면 인사불성이 되도록 마실 수원이었다. 무진은 시동을 끄고 재킷 안주머니에서 휴대전화를 꺼내 들었다. 두 번째 신호음이 시작되기 전 이수한 부사장이 전화를 받았다.

수원의 소재를 부탁하고 무진은 전화를 끊었다. 그리고 그대로 돌아와 씻고 윤과 통화를 한 것이다. 술잔을 만지는 손길이 느릿했다. 윤은 혹시 전부 알고 있는 건가? 결혼 얘기를 꺼내던 윤이 떠올랐다. 그의 마음에 파랑이 일었다.

7
낮달, 그대 숨결

수요일, 도곡동.

"하아. 오빠."

"윤."

엘리베이터에서 내린 두 사람은 침실까지 가지 못하고 현관
에서 뒤엉켰다. 무진은 성급하게 넥타이와 정장 상의를 벗어 던
지며 윤의 몸을 현관 벽에 밀어붙였다. 입술이 다급하게 겹쳐졌
다. 서로의 몸을 더듬는 손길은 어느 때보다 절박했다.

짧은 니트 원피스가 머리 위로 벗겨졌고 브래지어가 바닥에
떨어졌다. 그녀의 옷을 벗긴 무진은 발기한 아랫도리로 윤의 몸
을 누르며 반쯤 풀어 헤쳐진 셔츠를 다급하게 벗었다. 미처 풀
지 못한 단추가 우두둑 뜯겨 나갔다. 셔츠가 저만치 떨어졌다.
윤의 팬티가 단숨에 끌어 내려졌다.

"벗겨 줘."

바지 지퍼를 내린 무진이 거친 숨을 몰아쉬며 속삭였다. 이글거리는, 데일 듯 뜨거운 눈빛이었다. 윤이 떨리는 손끝을 무진의 허리에 댔고 얼굴을 붉히며 바지와 속옷을 쥐었다. 그리고 떨리는 숨을 깨물며 옷을 끌어 내렸다. 속옷에서 해방된 몸이 거칠게 퉁겨졌다. 그 순간 그녀의 뒷머리가 움켜쥐어졌고 입술이 달라붙었다.

"윤."

무진은 윤의 하얀 다리를 허리에 감고 엉덩이를 쓰다듬었다. 목에 매달려 오는 그녀의 몸을 당겨 안은 뒤 그가 손으로 제 남성을 쥐었다. 뭉툭한 끝이 촉촉한 입구에 닿는 순간 힘주어 밀어 넣었다.

"아윽!"

얼굴이 고통스럽게 찡그려졌다. 그 표정을 보며 무진은 다시 아랫도리를 쳐올렸다. 윤은 방금 전보다 더 빨개진 얼굴로 몸을 웅크렸다. 그러나 길게 빠져나갔던 그의 몸이 다시 한 번 그녀를 치받았고 윤은 그의 목에 얼굴을 묻으며 입술을 깨물었다. 좁은 그녀의 몸은 한 번에 그를 받아들이지 못했다. 무진은 절반도 들어가지 못한 몸을 천천히 뽑았고 다시 한 번 강하게 밀어 올렸다.

"아으, 윽!"

그가 단번에 뿌리까지 박아 넣었다. 윤의 얼굴이 하얗게 질렸다. 그녀가 고꾸라질 듯 굵은 목을 끌어안았다. 그것이 시작이었다. 세차게 아랫도리가 마찰했고 찰박거림이 속도를 더했다.

"으, 으으."

뒤엉킨 두 사람의 몸이 함께 아래위로 사납게 요동쳤다. 윤은 입술을 깨물며 필사적으로 무진에게 매달렸다. 처음부터 전희는 없었다. 그럴 필요가 없었다. 그녀는 충분히 젖어 있었고 그는 견딜 수 없을 만큼 발기해 있었다. 서울역에서 서로를 마주한 순간, 손을 잡고 주차장까지 걸어가는 동안, 오롯이 둘만 함께한 차 안의 시간이 두 사람에겐 전희였다. 삼촌의 집에 머물렀던 잠깐을 제외한 그 모든 순간이.

"아, 으, 아……."

윤은 정신을 차릴 수가 없었다. 그가 견딜 수 없을 만큼 그녀를 몰아붙이고 있었다. 극심한 쾌감에 윤은 흐느꼈다. 그러나 그에겐 부족한 쾌감이었다. 도달할 듯 도달하지 않는 그곳이었다. 그는 이를 악물며 윤에게서 남성을 뺐다. 윤의 몸이 그에게 쏟아졌다. 그는 간신히 숨만 붙은 윤을 부둥켜안고 침실로 들어갔다.

그리고 다시 거칠게 밀어 넣으며 극한까지 몰아붙였다. 그러나 어느 순간 돌아온 정신에 콘돔을 찾아 몸을 일으켰다.

"오빠."

다급하게 붙드는 그녀였다. 묻는 시선에 윤은 새빨개진 얼굴로 더듬거렸다.

"내, 내가…… 했어요. 그러니까…… 그러니까 그냥 안아도 돼요."

첫 관계 이후 처음으로 자신이 피임을 했다. 떨리는 목소리로 간신히 하는 말에 무진의 눈빛은 뜨거워졌다. 윤은 파고드는 눈빛을 감당하지 못해 무진의 어깨에 얼굴을 묻었다. 그가 집어삼킬 듯 키스를 퍼부었다.

그리고 얼마 후 윤은 감히 소리도 지르지 못할 만큼 몰아붙여져 지독한 쾌감으로 내몰렸다. 쾌감의 극점이었다. 두 사람은 그 극점을 동시에 통과했다. 둘은 소리도 지르지 못한 채 서로의 몸에 몸을 밀어 대었다. 그가 고개를 젖힌 채 이를 악물었고 윤은 격렬한 사정에 온몸을 떨어야 했다. 아득한 추락이었다.

그가 그녀 위로 무너져 내렸다. 윤은 입술을 겹쳐 오는 그를 안으며 축 늘어졌다. 비로소 몸이 이완됨과 동시에 성적 긴장감이 풀어졌다. 무진은 촉촉하게 젖은 윤의 몸을 부드럽게 쓰다듬었고 젖은 이마에 입을 맞추며 가슴을 어루만졌다.

긴장이 가신 몸은 더없이 평온했다. 그 여유를 즐기며 둘은 키스를 나누었다. 잠시 후, 몸을 일으킨 그가 침대에서 내려섰다. 윤은 힘겹게 뜬 눈으로 그를 좇으며 흐릿한 눈을 깜빡였다. 졸음이 쏟아지고 있었다.

돌아온 그의 손에는 젖은 수건이 들려 있었다. 벌어진 다리 사이에 그의 손과 함께 수건이 닿았다. 아직 자극에서 벗어나지 못한 탓에 입에서 신음이 새어 나왔다. 그가 수건을 쥔 채 입술을 그녀의 어깨에 꾹 눌렀다. 한동안 그렇게 그녀를 안고 있던 그가 나직한 목소리로 그녀를 불렀다.

"윤아."

"네?"

그는 미안한 눈빛을 하고 있었다.

"빨리 올게."

회의가 있어 회사에 나가 봐야 했다. 그녀가 대답 대신 고개를 끄떡였다. 무진은 다시 한 번 힘주어 안으며 혼자 둬서 미안하다고, 사랑한다고 속삭였다. 졸린 눈꺼풀을 들어 '사랑해요'라고 대꾸하자 그가 뜨겁게 몸을 겹쳐 누르며 삼킬 듯한 키스를 했다. 그리고 마지못해 그녀를 놓아주었다.

욕실로 걸어가는 근육질의 나신은 아름다웠다. 그 몸이 어떤 식으로 자신을 안았는지, 사랑을 나눴는지 떠올리며 윤은 시트 속에 파고들었다.

그녀는 모로 누워 두 다리를 가슴에 꼭 붙였다. 아직 몸속에 그가 있는 듯했다. 그녀의 몸을 열고 끊임없이 부딪쳐 오던 그였다. 그를 떠올리면 몸 전체가 뜨거웠다. 견딜 수 없이. 윤은 자꾸만 감기려는 눈을 깜빡였다. 그가 출근하는 것을 보고 싶었다. 그때까진 잠들지 않을 생각이었다. 그녀는 졸음과 싸우며 오늘 아침의 일을 떠올렸다.

서울로 오는 첫 기차였다.

그녀는 그를 만날 생각에, 삼촌을 본다는 생각에 들뜬 채였다. 양손엔 전날 백화점에서 산 삼촌의 옷가지와 무진의 넥타이가 들려 있었다. 삼촌의 선물은 속옷과 가운 안에 입을 면 티셔츠였는데 선물이라기보다 늘 해 오던 일을 깜빡하여 산 것들이었다.

대구로 내려오기 전에 삼촌의 봄옷은 미리 사 두었지만 속옷을 빠뜨리고 말았다. 면 티셔츠와 양말도.

중학교 2학년 봄, 삼촌과 살기 시작하면서부터 삼촌의 속옷과 겉옷을 챙기는 건 그녀의 일상이었다. 삼촌이 결혼해 잠시 벗어났던 책무는 그가 이혼하면서 다시 그녀의 중요한 일과로 돌아왔다. 그녀는 아무리 바빠도 삼촌의 옷은 직접 챙겼다.

삼촌은 낡고 해진 것에 무감각해서 깨끗하기만 하면 그냥 입는 사람으로 오랜 잔소리에도 고쳐지지 않는 점이었다. 그건 소정 언니도 어쩌지 못했다.

그래도 언니가 있을 땐, 아니 숙모가 있을 땐 얼룩 하나 없는 옷을 입고 다녔었다. 그녀가 아무리 노력해도 따라갈 수 없는 부분이었다.

갖은 정성으로 삼촌을 챙겼던 숙모였다. 그래서일까? 속옷을 살 때마다, 흰색 면 티셔츠를 삶을 때마다 그녀가 떠올랐다. 애초에 두 사람은 떼어 놓고 생각할 수 없는 사람들이었다.

삼촌의 옷을 산 뒤 속옷 매장을 서성였다. 그의 선물로 넥타이를 일찌감치 사 뒀지만 자꾸 남자 속옷에 눈길이 갔다. 무진이 걸치거나 입는 것들은 모두 명품이라 그녀가 서성이는 매장에는 그가 입을 법한 것이 없는데도 말이다.

삼촌을 챙기듯 그를 챙겨 주고 싶었다. 손수건과 넥타이, 속옷과 양말 같은 사소한 것들을 직접 골라 주고 싶었다. 그러나 사랑을 나눈 사이라고 해도 속옷을 사서 건네는 건 쑥스러운 일이었다. 결국 매장 안으로 들어가지 못하고 발길을 돌렸다.

그렇게 전날 준비한 선물을 잘 보이는 곳에 두고 새벽 3시에 일어나 단장을 했다. 서둘러 준비해 도착한 동대구역에서 KTX를 탔다. 두근두근 걷잡을 수 없이 가슴이 뛰었다.

서울역 출구를 나왔을 때 저만치 그가 서 있었다. 깔끔한 정장 차림의 훤칠한 그를 지나치는 사람들이 돌아보았다.

그와 눈이 마주쳤고 그녀를 알아본 무진이 미소를 지었다. 성큼성큼 다가오는 모습에 뺨이 달아오르고 현기증이 일었다. 조건반사였다. 그의 모습, 그의 목소리, 그의 숨결, 그의 체취를 기억하는 세포들의 반란이었다.

달려가 안기고 싶었지만 보는 눈이 많았다. 몇 걸음 남겨 뒀을 때 그가 빠르게 다가와 와락 끌어안았다. 공항에서나 봄직한 연인의 포옹에 사람들이 낮게 휘파람을 불었다. 그녀는 얼굴을 붉히며 꿈지럭거렸지만 그는 꿈쩍도 하지 않았다.

등을 누르는 커다란 손과 밀착된 전신. 깨끗한 옷 냄새와 그가 사용하는 화장수 냄새, 그리고 두 다리에 힘을 쪽 빼놓는 그의 체취. 포옹은 몇 분에 불과했으나 그녀에겐 영원과도 같은 시간이었다. 그에게 안기면 시간도 공간도 잊게 되는 그녀였다. 마침내 그가 몸을 뗐고 다정하게 눈을 맞추었다.

"잘 지냈어?"

낮은 저음의 달콤함. 그녀는 아무런 말도 하지 못한 채 고개를 끄덕였다. 그가 그녀를 뜨겁게 바라보았다. 달아오른 뺨을, 희미하게 벌어진 입술을, 베이지색 니트 원피스에 감싸인 묵직한 가슴과 한줌의 허리를, 그리고 허벅지를 간신히 덮는 짧은 치마 아래 길게 뻗은 다리를. 짧은 시간의 스캔이었다.

그의 눈빛이 욕망으로 끓어넘쳤고 그녀는 그 시선에 전율했다. 삼켜 버릴 듯 바라보던 그가 쇼핑백을 쥐며 그녀의 허리를 안았다.

"가자."

역사 안의 수컷들이 홀린 듯 그녀를 보고 있었다. 등허리에서
풍성하게 물결치는 머리카락과 잘록한 허리를. 탄력 있게 올라
붙은 작은 엉덩이와 곧게 뻗은 다리를. 그는 몰래 훑어보는 시
선을 인지하고 있었다.

윤은 허리를 바짝 안는 팔에서 강한 소유욕을, 굳어진 표정에
서는 못마땅함을 느꼈다. 그의 품에 반쯤 안긴 그녀였다. 허리
를 안았던 손이 가슴 근처에 자리 잡아 때때로 움켜쥘 듯 멈칫
거렸다. 어떻게 주차장까지 걸어갔는지 기억이 없었다. 그녀는
자신을 휘감는 체취와 허리를 바짝 죄는 팔에 정신이 팔려 있었
다.

차에 타는 순간 성적 긴장감은 최고조에 달했다. 그녀가 차
문을 닫자마자 그가 뒷머리를 강하게 끌어당기며 집어삼킬 듯
입술을 겹쳐 왔다. 입속이 거칠게 헤집어지고 입술이 빨리며 이
지러졌다. 누구의 것인지 모를 신음이 새어 나왔고 그가 그녀의
가슴을 움켜쥐었다.

"아."

거친 키스와 함께 가슴을 애무하던 손이 아래로 파고들었다.
놀란 그녀가 그의 손을 붙들자 곧바로 치워졌다.

"아, 안…… 흐읏!"

속옷 속으로 파고든 손가락이 기어이 속살을 움켜쥐었다. 윤은 느끼지 않으려 입술을 깨물고 필사적으로 다리를 모았다. 그러나 역부족이었다.

"아아, 오빠!"

입술이 집어삼켜졌다. 질식할 것 같은 맹렬한 허기였다. 그는 당장에라도 그녀를 가질 것처럼 사나웠고 뜨거웠다.

그러나 잠시 후 별안간 그녀를 놓아주었다. 그가 탈진한 사람처럼 운전석에 털썩 몸을 묻었다. 거친 숨을 몰아쉬더니 두 눈을 질끈 감았다.

어느 정도 호흡이 진정됐을 때 그가 그녀를 끌어당겨 헝클어진 머리카락과 번진 립스틱을 닦아 주었다. 그리고 허리께로 밀려 올라간 치마를 바라보았다. 타는 듯 뜨거운 시선이었지만 못마땅함도 섞인 시선이었다.

"차에 있어."

그 말을 한 그가 차에서 내렸고 얼마간의 시간이 흐른 뒤에 돌아왔다. 무진은 운전석에 앉으며 그녀의 무릎에 쇼핑백을 안겼다. 의아한 눈으로 쳐다보자 가라앉은 목소리로 말했다.

"입어. 차 안에서 나 감당하고 싶지 않으면."

얼굴이 새빨갛게 달아올랐다. 떨리는 손으로 열어 본 쇼핑백
엔 샤 치마가 들어 있었다. 그녀가 일전에 입었던 치마와 색깔
만 다른 것이었다.

윤은 잠시 쇼핑백을 바라보다가 힐을 벗었고 그가 지켜보는
앞에서 치마를 입었다. 치마 하나를 더 입었다고 해서 성적 긴
장감이 사라진 건 아니었지만 다행히 삼촌 집에 도착했을 때는
어느 정도 진정되어 있었다.

삼촌은 평소보다 일찍 일어나 그들을 맞을 준비를 한 것 같았
다. 거실 탁자가 물려진 자리에 긴 밥상이 놓여 있었는데 그녀
와 무진이 좋아하는 것들이 한 상 가득 차려져 있었다. 삼촌은
그와 반가운 포옹을 나누었고 무진은 삼촌이 좋아하는 와인과
위스키, 그리고 그것에 어울리는 치즈 세트를 선물로 안겨 주었
다. 삼촌은 아이처럼 좋아했다.

식사가 끝난 뒤 그녀는 두 남자 앞에 선물을 내놓았다. 삼촌
도 그도 감격했다. 무진은 그 자리에서 넥타이를 해 보였다. 거
울 없이 맨 넥타이는 조금 삐뚤었다. 그녀는 바짝 다가앉아 넥
타이를 매만져 주었다. 무진은 삼촌에게 면목 없는 표정을 지었
지만 그는 더없이 흐뭇해했다.

"얼굴 봤으니 됐다. 그만들 가 봐."

반나절 쉬었으니 가게에 나갈 생각이란다. 가기 전에 들르겠

다는 그녀의 말에 얼굴 봤으니 됐다며 그 시간에 데이트나 하라
며 웃었다. 감사하다는 그에게 삼촌은 내가 복 있는 사람이라고
했다.

"이 녀석 옆에 자네가 있어 얼마나 든든한지 몰라. 내가 정말
고맙고 감사해."

그렇게 등 떠밀려 나왔다. 더없이 충만한 시간. 삼촌과 주방
에서 나눈 대화만 아니었다면 완벽하게 행복했을 시간이었다.
11년의 세월, 그녀에게서 차곡차곡 멀어졌던 엄마는 한국으로
돌아와 있었다.

삼촌 집을 나와 그의 차에 올랐을 때였다.

"치마, 벗어."

윤은 놀란 눈으로 무진을 쳐다보았다. 뜨겁게 시선이 파고들
었다.

"벗어."

그녀가 어쩔 줄 몰라 쳐다보자 그가 다시 말했다.

"지금."

윤은 떨리는 손으로 안전벨트를 놓았고 그가 지켜보는 가운데 샤 치마를 벗었다. 니트 원피스가 말려 올라가 있었다. 당황해서 벗은 치마를 무릎 위에 올려놓자 그가 잡아채서 뒤로 던져버렸다. 귀밑까지 빨개졌다.

"벨트 매."

그녀가 안전벨트를 매자 그가 주차장에서 차를 뺐고 아파트 정문을 통과했다. 아랫도리가 휑했다.

윤은 극도로 짧아진 치마가 어색해 허벅지를 비비듯 다리를 교차했다.

"윤."

꽉 잠긴 목소리였다. 돌아보자 욕망으로 짙어진 눈이 쳐다보고 있었다.

"그러지 마. 벗기고 싶어지니까."

윤은 치마를 꼭 누르며 입술을 깨물었다. 그가 손을 내밀었고 그녀는 그의 손을 잡았다. 힘주어 잡혔다가 느슨하게 손등을 어루만지더니 다시 꽉 쥐였다. 그럴 때마다 그녀의 호흡이 가빠졌고 몸이 젖어 갔다. 키스하고 싶은 마음, 안고 싶은 마음, 닿고 싶은 마음이 간절해졌다.

그리고 간절함이 폭발한 건 그의 집 현관에서였다. 닿기 전에 젖었고, 자극 없이 거세게 일어섰다. 전희는 필요 없었다. 하나가 될 수 있다면, 미칠 것 같은 갈증을 해소할 수만 있다면 그것으로 족했다.

❀   ❀   ❀

"헉!"

윤은 소스라치며 침대에서 일어나 앉았다. 그녀는 혼자였다. 속으로 신음을 삼킨 그녀가 협탁 위 시계를 봤다. 다행히 한 시간가량만 흘러 있었다. 일을 마치고 데리러 온다던 그였다. 회의에 결재, 매장을 둘러보는 것만으로도 몇 시간이 걸리겠지만 마음이 급해졌다.

첫 데이트였다. 고백 이후 첫 데이트. 그녀는 서둘러 속옷을 챙겨 욕실로 들어갔다. 시간을 들여 목욕을 하고 머리를 감았다.

몇 시간 뒤 그녀는 화사한 원피스를 입고 무진과 외출했다. 두 사람은 레스토랑에서 밥을 먹고 영화관에 갔다. 드라이브하자는 그에게 영화 먼저 보자고 졸랐다. 한 번도 그와 극장에서 영화를 본 적이 없었다.

그도 그럴 것이 그의 집에는 극장이라고 불러도 좋을 시설이 갖춰져 있었다.

"남들 하듯 팝콘에 영화."

그 말을 호기롭게 하는 게 아니었다. 엔딩 크레디트가 눈에 들어왔다. 분명히 시작 전에 그의 손을 잡았던 기억이 선명하건만 눈을 뜨니 그의 어깨에 머리를 기대고 있었다.

"어떡해요."

무진은 한 손엔 팝콘을, 다른 한 손엔 핑크색과 하늘색 빨대가 꽂힌 탄산음료를 들고 있었다. 그녀가 졸라서 산 것들이었다.

"미안해요."

"나도 잤는데 뭘."

"안 잔 거 알아요. 어쩜 좋아."

울먹이는 그녀의 이마에 그가 입을 맞추었다.

"바다는 다음에 보자. 너 피곤해서 안 되겠다."

영화 끝나면 바다를 보러 갈 생각이었다.

"가자, 집에."

사람들이 거의 빠져나간 상영관을 나온 뒤 무진은 탄산이 빠진 탄산음료와 눅진해진 팝콘을 처리하고 돌아왔다.

"하지만 우리 첫 데이트인데."

"나중에."

그가 어깨를 감싸듯 안았다. 그를 따라 걸으며 윤은 무진을 올려다보았다. 무진은 검은색 셔츠에 검은색 슬랙스를 입고 있었다. 팔목에는 헤드가 큰 메탈 소재의 시계가 채워져 있었는데 평소 즐겨 끼는 시계 중 하나였다.

"난 뭐 맨날 미안하네요."

무진의 허리를 안으며 그녀가 한숨을 쉬었다.

"난 네가 그만 미안했으면 좋겠고?"

무진은 셔츠를 잡은 손을 큰 손으로 쥐며 윤의 관자놀이에 입술을 꾹 눌렀다.

"시간은 많아. 천천히 하자."

그의 말에도 윤은 내내 시무룩했다. 자신 때문에 망친 데이트와 무산된 드라이브에 대한 아쉬움, 미안함 때문이었다.

이제 3월도 끝 무렵이었다. 이렇게 봄은 그들을 피해 깊어 가고 있었다.

"어디로 가려고 했어요? 바다?"

미안함에 푹 젖어서 하는 물음에 무진의 입꼬리가 씰룩 움직였다.

"넓게는 태안 앞바다, 좁게는 안면도?"

미안함과 애틋함이 한 방에 날아가는 순간이었다. 윤의 눈이 즉각 가늘어졌다.

"왜 하필이면 태안이고, 안면도일까요?"

심상치 않은 기류를 느꼈을 텐데도 무진은 돌아보지 않았다.

"뭐 별 뜻이야 있겠어? 하필이면 안 가 본 곳이 태안이고 못 가 본 곳이 안면도겠지."

윤의 눈이 더욱 뾰족해졌다.

"은근 뒤끝 있다."

"그럴 리가."

"뭐가 '그럴 리가' 예요. 뒤끝 있는데."

"없다고는 안 했는데? '은근'이라고 하길래, '그럴 리가'라고 한 거지. 나 대놓고 뒤끝 있는 남자야. 그것도 많이. 그런 의미에서 털어놓지, 그래? 예뻐 보이려고 했던 그놈에 대해서."

뜨악해진 그녀가 무진을 노려보았다.

"뒤끝 작렬. 그런 오빠는 한눈판 적 없어요?"

"이 타이밍에 그게 왜 궁금할까? 고백하면 억울해지는 상황인데?"

"여자라곤 나밖에 없다는 소리예요?"

"거봐, 억울해진다니까."

"진짜 없었어요?"

"누구 흡족하라고 대답할까."

그의 말에 윤의 입꼬리가 천천히 올라갔다.

"희한하죠? 분명 아무 말도 못 들었는데 선명하게 들은 것 같은 기분이네."

그녀의 말에 룸미러와 사이드미러를 주시하던 무진이 핸들을 꺾어 차선 변경을 하며 말했다.

"내 인생에 여자는 김윤 하나지."

기분 좋은 말에 웃지 않으려 애쓰는 그녀였다.

"시종일관 바른 자세에 탄복했네요. 덕분에 비밀 있는 여자 못 하겠어요."

"진심은 늘 심금을 울리는 법이지."

"별로 이야깃거리도 없는데……."

윤이 투덜거렸다.

"나 아닌 남자는 다 이야깃거리지. 들을 준비됐다는군, 을이."

"진짜 별거 없는데. 후유, 이게 무슨 때 아닌 과거사 탈곡일까."

혼잣말처럼 중얼거린 그녀가 기억을 더듬느라 미간을 그러모았다.

"세 번 만났나 봐요, 그 선배. 첫 번째는 미팅에서, 두 번째는 밥집에서. 세 번째가 안면도였는데 대학교 2학년 때였어요. 그 시기에 난 좀…… 그러니까 힘들었죠. 여러 가지 의미로."

벗어나려 애썼던 시기였다. 마음속에 자리 잡은 무진을 밀어내려 애썼던 시기였고 남들처럼 연애도 하고 사랑도 해 보려 노력했던 시기이기도 했다. 덧붙이자면 온몸에 달라붙은 남성 기피증을 극복하려 애썼던 때이기도 했다.

"복잡했죠. 머릿속도 마음도. 뭔가를 극복해서 남들처럼 살아 보자 결심했던 때여서. 그때 그 선배를 만났어요, 친구 소개로. 말했듯이 첫 번째는 차를 마셨고, 두 번째를 밥을 먹었고, 세 번째엔 바닷가였죠. 친구 커플이 제안한 드라이브였는데 망설인 끝에 갔죠. 차 두 대로 이동했고 분위기는 나쁘지 않았어요. 그 선배 차를 탔는데 처음엔 둘만 남게 되니 긴장되더라고요. 그런 기분을 알는지 사소한 스침도 조심하는 눈치였어요. 배려해주는 모습에 어느 정도 마음이 놓였죠. 근데 안면도에 도착하자마자 친구 커플이 모텔로 가 버리는 거예요. 넷이서 시간을 보낼 거라고 생각했는데 당황했죠. 별수 없이 선배랑 해변을 걸었어요. 흐린 날씨에 쌀쌀한 탓인지 바닷가를 걷는 사람은 우리밖에 없었어요. 아마 그래서일 거예요. 그 선배가 돌변했던 건……."

마지막 말에 무진의 표정이 굳어졌다. 그러나 윤은 그것을 알지 못한 채 작게 한숨을 쉬었다.

"내가 안면도에 묻힐 뻔했다는 말은 거짓말이에요. 실은 내가 그 사람을 묻을 뻔했죠."

무진이 돌아봤다. 그러나 운전 때문에 곧 고개를 돌려야 했다. 윤은 그날의 기억을 떠올리며 떨리는 숨을 가만히 내쉬었다.

"안으려고 했거든요, 그 선배가. 만지려고 했었고. 입 맞추려는 그를 밀쳐 냈는데 듣질 않았어요. 실랑이를 벌였죠. 그러다가 신발이 벗겨졌고…… 블랙코미디가 따로 없었죠. 그냥 키스한 번이면 넘어갔을지도 모르는 일인데, 내가 은근 보수적이라 만난 지 세 번째인 사람과는 스킨십을 안 하거든요."

웃자고 한 얘기였지만 무진은 웃지 않았다. 윤은 다시 말을 이어 갔다.

"나중에 친구한테 들은 얘기로는 나를 좋아했었다나 봐요. 나랑 얘기한 적도 있다는데 그 무렵 난 늘 딴생각뿐이었던지라 그 사람이 누군지 기억하지 못했죠. 그 사람에게 친절히 대했던 모양이에요. 그 친절에 그 사람은 의미를 뒀고 용기를 냈던 것 같아요. 그러다 안면도에서 그 일이 있었죠."

남성 기피증이 절정이던 때였다.

"……집에 돌아와서 후회했어요. 조급해했던 것에 대해서. 극복이라는 게 그렇게 뚝딱 되는 게 아닌데…… 급한 밥 먹다가 체한 것 같아서."

묵묵히 듣고 있는 무진의 눈빛은 더없이 차가웠다. 그 선배라는 놈이 지독하게 운이 좋았다고 생각했다. 만약 자신이 그 당시 이 얘기를 들었다면 어디 한군데 부러뜨리는 걸로 그치지 않았을 테니까.

윤이 아무에게도 말 못 하고 혼자 얼마나 앓았을까 생각하니 마음이 좋지 않았다.

"많이 놀랐을 텐데 왜 내게 말하지 않았어? 그 일로 더 힘들었을 텐데."

남성 기피증에 대해 하는 말이었다.

"한동안 고생했는데 극복하려고 기를 쓰니 그럭저럭 담담해지더라고요."

"지금은 어때?"

이제껏 물어보지 못했던 말은 조심스럽게 흘러나왔다. 순간 윤은 허를 찔린 사람처럼 멍한 표정을 지었다.

"그러고 보니 나, 이제 괜찮네요?"

뜻밖의 깨달음에 윤의 표정이 환해졌다. 그녀가 눈을 깜빡이며 웃음을 터트렸다.

"이럴 수도 있나 봐요. 말하기 전까지 잊고 있었어요."

극복할 수 없을지도 모른다고 생각했던 마음의 병이었다. 생각해 보면 이승요 팀장의 집요한 대시에도 전 같은 거부감은 없었다. 이제 마음도 탄성이 생긴 걸까? 스스로 느끼기에도 놀라운 변화였다.

그녀는 스스로도 몰랐던 중대한 발견에 감격하고 있었다. 그런 그녀를 바라보는 무진의 얼굴에 깊은 안도감이 번졌다.

"다행이다. 내내 걱정하고 있었는데. 네가 더 힘들어지면 어떡하나 마음 졸이며 살았다."

"……아."

윤은 무진을 돌아봤다. 늘 이 남자의 진심은 그녀를 감동시켰다. 때와 장소를 가리지 않고.

"난 언제쯤 오빠의 걱정 인형이 되어 줄 수 있을까요?"

미안해하는 말에 무진의 입꼬리가 슬쩍 비틀어졌다.

"글쎄. 김윤의 걱정 인형, 난 나쁘지 않은데? 김윤 걱정이 곧 내 일이라. 그대는 앞으로도 쭉 걱정은 내게 줍니다. 기꺼이 받을 테니. 그래서 과거 있는 여자의 뒷이야기는 어떻게 됐나?"

"뭐 맨날 사람을 울컥하게 해요? 선수 같아."

투덜거리는 말에 무진은 보일 듯 말 듯 미소를 지었다.

"선수 짓, 자꾸 하게 하네. 옆에 여자가."

온몸과 온 마음으로 올인 하는 남자. 이 남자의 진심이 자꾸만 마음을 건드렸다.

"사랑해요."

그가 돌아봤다. 뜻밖의 말을 들은 듯 멈칫하는 표정이었다. 그러나 곧 잔잔한 미소가 번졌다. 깊은 눈빛이 마음을 찔러 왔다. 속수무책 뜨거워지는 가슴이었다. 윤은 그 마음을 애써 눌렀다.

"고마우면 사랑한다고 말하라면서요. 고마워서요."

겸연쩍은 말에 무진의 입꼬리가 올라갔다.

"무슨 그런 감동적인 말을 운전 중에 할까. 안아 주지도 못하게. 난 말보다 몸이 진솔한 사람인데."

장난스럽게 받는 말과 달리 눈빛은 더없이 진지하고 따뜻했다. 윤은 픽하고 웃었다.

"누가 아니래요? 그래서 프리토킹 시간을 좀 늘려 볼까 하고요. 넘치는 진솔함을 감당할 재간이 없어서요, 내가."

함께 있으면 그녀를 놓아주지 않는 그였다.

"그러게 내 속을 적당히 태우지 그랬어."

오랜 시간 홀로 그녀를 바라보며 기다린 그였다. 그때 그 마음이 어땠을지 이제야 알게 된 그녀였다.

"그 부분에 대해선 말해 뭐할까요. 안면도 얘기나 마저 하죠?"

어쩌다 샛길로 빠진 안면도 스토리였다.

"흠, 어쨌든 그 선배는 모멸감에 젖어서 떠났고 그 덕분에 친구 커플이 모텔에서 나와 나를 찾을 때까지 해변에 있었어요. 지갑이랑 핸드폰을 하필이면 그 선배 차에 둬서."

무진의 눈살이 찌푸려졌다. 여러모로 못마땅한 놈이었다.

"그 후론 안 부딪쳤나?"

무진의 말에 윤은 고개를 끄덕였다.

"부딪칠 틈이 없었죠. 얼마 뒤에 휴학했고 그러다 입대했거든요. 운동화에 맞고 군화 신은 거죠. 내가 그런 식으로 국방에 공헌을 했네요."

자조 섞인 심드렁한 말에 그가 소리 없이 웃었다.

"몹시 바람직했다고 생각합니다만."

윤의 눈빛이 가늘어진 눈빛이었다.

"뭐죠? 이 쿨한 반응은? 그게 다예요? 피 튀기는 복수극이나 치졸한 질투도 없이?"

작게 웃는 그였다.

"어쩌겠어. 신상 털고 싶으나 철 지난 복수니 패 줄 수도 없고, 운동화에 맞은 인생에 조의를 표하고 싶으나 그것도 늦은 것 같고. 할 수 있는 일이 없잖아."

"보상도 없는 자진 납세라니."

맥이 빠지는 걸 보니 정말 그의 질투를 기대했던 모양이었다. 윤은 샐쭉해진 얼굴로 입술을 삐죽였다.

"뭐, 됐네요. 패 주는 건 내가 했고 조의는 표하지 않아도 될 것 같아요. 내가 첫사랑이었다고 비장하게 말한 것치곤 잊는 게 빨랐으니까. 그 선배 첫 외박 나와서 사고 친 여자랑 결혼했거든요. 그 무렵에."

무진의 미간이 찌푸려졌다.

"그 말은 계속 연락 취하고 살았다는 소린데?"

"연락 아니고 소식이요. 그 선배가 내 친구 남자 친구랑 친구거든요. 술자리에서 우연히 들은 근황이었고 그걸로 소식은 끝."

그가 그녀를 뚫어지게 응시했다.

"뭘까요, 그 표정은?"

"그 친구가 포기가 빠른 건가, 아니면 금방 잊히는 얼굴인가 보는 중."

'금방 잊히는 얼굴'이 된 윤의 눈이 뾰족해졌다.

"이래서 과거를 약점이라고 하는군요. 비밀 있는 여자로 남을 걸."

몹시 억울해하는 말에 그가 쿡쿡거리며 웃었다.

"꽃이 진다고 그대를 잊을 리 있나. 마음에 맺힌 사람은 못 잊지. 특히 첫사랑이라면."

"남자들은 그렇다면서요? 오빠도 그랬어요?"

"은근히 털어 보는 건가? 털어 봤자 김윤 하나야. 과거도 여자도 김윤 하나라 몹시 재미없는 사람입니다, 내가. 그래서 이제 뭐하고 싶어? 외출은 힘들어하니 그렇고."

재미없는 사람이어도 좋으니 자신만 바라봐 달라고 말하고 싶었다. 앞으로도, 영원히.

"목욕하고 싶다. 어깨가 돌덩이 같아요."

"소박하게 목욕?"

"음, 그리고 아파트?"

"아파트?"

"올라온 김에 옷 좀 챙겨 가려고요."

평일인 탓에 아파트 주차장은 거의 비어 있었다. 윤은 무진이 주차하는 동안 화단 앞 보도블록에 서서 아파트 안 풍경을 바라보았다. 이불 빨래가 널린 아파트 난간과 지하 주차장을 출입하는 차들, 자전거 보관소와 정문 옆 경비실. 집을 떠나 있었던 탓인지 늘 보아 오던 특색 없는 풍경이 특별하게 느껴졌다.

막 정문에서 시선을 거둘 때였다. 바닥을 보며 걸어오는 남자가 눈에 들어왔다. 무심코 남자를 바라보던 윤의 표정이 굳어졌다.

흰색 라운드 티셔츠에 군청색 슬랙스를 입은 사람은 이승요 팀장이었다. 뒤늦게 그녀를 발견한 그는 유령이라도 본 듯한 얼굴이었다.

윤은 당혹감을 누르며 팀장을 향해 걸어갔다. 그녀가 어색하게 입을 열었다.

"팀장님이 여긴 어떻게……?"

"……아, 그게."

승요는 선뜻 대답하지 못했다. 당신을 생각하다 보니 이곳까지 와 버렸다고 말할 수는 없었기에. 그는 공식적으로 출장 중이었다. 한데 본사가 아닌 그녀 집 앞에 있었다. 이 상황을 어떻게 설명해야 좋을까, 잠시 정신이 아득해졌다.

"……아는 사람이, 여기…… 그래서 만나려……."

더듬거리던 그는 결국 설명하기를 포기하고 말을 돌렸다.

"김 매니저는 어쩐 일로?"

뱉고 보니 바보 같은 질문이었다.

"전 여기가 집……."

"아, 그랬죠."

승요는 속으로 자신의 발을 걷어찼다.

"저는 짐 가지러……."

"아."

대화가 이어질 리 없었다. 결국 윤이 쭈뼛대며 말했다.

"네, 그럼. 저는…… 일 보고 가세요."

"그래요. 그럼 대구에서……."

엉거주춤 고개를 숙이던 승요의 눈빛이 딱 굳어졌다. 그의 시선이 윤의 어깨너머에 고정됐다. 그가 몸을 바로 하며 혼잣말처럼 중얼거렸다.

"선배가 오는군요. 헤어지는 건 조금 뒤에 해야겠어요."

'선배?'

윤은 이 팀장이 응시하는 쪽으로 고개를 돌렸다. 시선 끝에는 이쪽을 향해 걸어오는 무진이 있었다.

선배라고? 설마…….

윤은 그럴 리 없다고 생각하며 이승요 팀장을 돌아보았다. 불길하게도 그는 무진을 뚫어져라 응시하고 있었다. 집요한 시선이었다. 느낌이 좋지 않았다.

윤은 묘한 긴장감을 느끼며 거침없이 걸어오는 무진을 응시했다. 그의 표정 역시 좋지 않았다.

"무슨 일이야?"

질문은 윤에게 하고 있었지만 매서운 눈빛은 승요를 향해 있었다. 역시 일전에 두 사람이 나눈 것은 수인사만이 아닌 것 같았다. 윤은 마른침을 삼키며 두 남자를 번갈아 보다가 무진의 팔을 잡았다.

"아무 일도 아니에요. 이승요 팀장님, 선배를 만나러 길이래요."

이승요라는 이름에 무진의 눈빛이 단박에 날카로워졌다.

"이승요, 그게 팀장 이름이었나?"

냉랭한 물음에 흔들림 없는 대답이 돌아왔다.

"오랜만에 뵙습니다, 윤무진 선배님. S대 경영학과, 00학번, 이승요입니다."

무진이 실소했다.

"역시 나를 알고 있었어."

"그렇습니다."

"그런데도 시치미를 뗐었군."

"그랬습니다."

승요는 부인하지 않았다.

"그렇다면 이유를 들어야겠지. 윤, 집에 들어가 있어."

두 남자 사이에 흐르는 불길한 기류에 윤은 그의 말을 거부했다.

"아뇨, 그냥 여기 있을래요."

"윤."

낮지만 단호한 부름이었다. 윤은 마지못해 그의 말을 받아들였다.

"알았어요. 대신 빨리 와요."

윤은 불안한 마음을 그렇게밖에 표현할 수 없었다.

"그래."

승요에게 시선을 붙박은 채 무진이 대답했다. 주저하던 윤은 마지못해 건물 쪽으로 걸음을 옮겼다. 그녀가 멀어지자 무진이 건물 뒤쪽으로 걸음을 옮겼다. 높다란 담벼락 아래에 섰을 때 무진이 돌아섰다. 승요를 응시하는 시선은 싸늘했다.

"이제 말해, 알고도 모른 척한 이유. 저의가 뭐야."

"저의 같은 건 없습니다. 어쩌다 보니 솔직할 기회를 놓쳤을 뿐."

"좋아. 그렇다면 이번엔 뭐지? 일전에 했던 내 경고가 너무 유했나? 돌려 말하니 못 알아듣겠어?"

한기가 이는 목소리였다.

"고백 중입니다. 김 매니저한테."

무진의 표정이 굳어졌다.

"지금 한 말, 뒷감당 자신 있어서 하는 말이지?"

다분히 위협적인 말이었다.

"감당해야 한다면 할 생각입니다."

"이 새끼가!"

순식간에 멱살이 잡힌 승요가 담벼락에 밀어붙여졌다. 승요는 저항하지 않았다.

"진심으로 좋아합니다."

"뭐라고 지껄이는 거야!"

바짝 디밀어진 눈빛이 살벌했다.

"근데 실연당했습니다. 요즘 눈 뜨면 하는 일이죠. 흔들지 말라더군요. 찍어서 넘어갈 거라는 생각도 말라고요. 사랑하는 사람 하나로도 벅찬 사람이라고. 그래요, 그 사람이 선배죠. 왜 또 선배일까요?"

윤의 마음을 간접적으로 들은 셈이었다. 아이러니하게도 이런 상황에.

"'또' 라니 무슨 뜻이야?"

무진은 밀치듯 멱살을 놓았다.

"이제야 궁금합니까?"

승요가 씁쓸하게 웃었다. 무진의 미간이 구겨졌다.

"말해. 돌리지 말고."

"6년입니다. 그 일이 있었던 건. 그래도 나는 못 잊었고, 선배는 이제야 궁금해하는군요."

승요가 무진을 뚫어지게 쳐다봤다.

"민지원이라고 아십니까?"

"내가 알아야 하나?"

차가운 말에 승요는 씁쓸하게 웃었다.

"그렇죠. 그 많은 후배를, 그중 한 사람이었던 여자를 선배가 기억해야 할 이유는 없죠. 그래도 말입니다. 고백한 여자 이름 정도는 기억해 줘야 하는 거 아닙니까?"

무진의 미간이 찌푸려지자 승요가 담담하게 말했다.

"자그마치 1년입니다. 그녀를 따라다닌 게. 그런데 그녀가 원한 건 선배였습니다. 선배의 사랑만 원했죠. 그래서 잠시 돌았었습니다. 내겐 그토록 절실했던 그 여자의 일편단심이 누군가에겐 아무것도 아니어서."

비로소 풀린 황당한 과거였다. 모르고 지나쳤더라면 더 좋았을 뻔한.

"그래서 내 여자한테 접근하는 건가? 당한 고통을 돌려주겠다는 심사로?"

무진의 말에 승요가 고통스러운 미소를 흘렸다.

"아뇨. 김 매니저에 대한 제 마음, 그렇게 불순하지 않습니다. 선배가 말하는 앙갚음도 생각해 본 적 없고요. 다만, 그런 생각은 했습니다. 왜 번번이 사랑하는 여자를 두고 선배와 엮여야할까…… 어쩌면 이번엔 제가 유리할지도 모르겠습니다. 선배는 멀리 있고 전 가까이에 있으니까요. 사람들이 말하더군요. 몸이 멀어지면 마음도 멀어진다고. 물리적인 거리 앞에 사랑도 어쩔 수 없나 봅니다."

"이 새끼가!"

승요의 몸이 다시 벽으로 밀어붙여졌다. 그 순간 새된 목소리가 날아들었다.

"하지 마, 오빠!"

소리 나는 방향으로 무진의 고개가 돌아갔다. 언제 왔는지 창백한 얼굴의 윤이 서 있었다.

"그러지 마."

윤이 만류했다.

도곡동으로 돌아오는 차 안, 두 사람은 처음으로 무거운 침묵으로 일관했다. 그는 생각에 잠긴 표정이었고 그녀 역시 그런 그의 침묵 사이로 쉽사리 끼어들지 못했다.

그녀는 무진의 말대로 집으로 향했으나 초조한 마음을 견디지 못하고 도로 돌아왔다. 그리고 두 사람의 이야기를 듣게 됐다. 두 사람 사이에 얽힌 이야기는 생각보다 깊었다. 자신에게 한 고백만으로도 충분히 불편한 상황에 그까지 얽혀 있었다.

무거운 침묵 속 침실로 들어섰을 때 무진이 뒤따라 들어온 그녀를 돌아보았다.

"그 팀장, 너한테 진심인 것 같던데."

무슨 뜻으로 하는 말까? 윤은 침대 테이블 위에 가방을 내려놓으며 무진을 쳐다봤다.

"왜 그런 말을 해요?"

"남자로 느낀 적 없는가 해서."

뚫어지게 바라보는 시선이었다. 윤은 이 낯선 전개를 이해하려 애쓰고 있었다.

"그게 무슨……?"

"나는 멀리 있고, 그놈은 가까이에 있으니까."

순간 윤은 할 말을 잃었다. 그러나 곧 정신을 차리고 말했다.

"아까 이 팀장이 한 말 때문에 이러는 거라면 신경 쓸 거 없어요. 혼자 그러는 거예요."

"알아."

"알아요?"

"그래, 알아. 근데 신경 쓰여."

윤의 표정이 굳어졌다.

"내가 그럴 이유 없다고 해도?"

"……."

"설마 내가 그 사람과 좋아지기라도 할까 봐 그래요?"

"못 그럴 이유 없잖아. 일적으로 계속 마주하는 사이고 결혼하지 않은 남녀인데."

"오빠!"

충격받은 모습에 무진은 두 눈을 힘겹게 감았다. 잠시 후 눈을 뜬 그가 잠긴 목소리로 말했다.

"미안해. 내가 피곤한 모양이다."

"……."

"씻고 올게."

그가 그녀를 지나쳤고 욕실로 사라졌다. 욕실 문이 닫히는 소리에 윤은 허탈한 웃음을 터트리며 침대에 내려앉았다. 그와 나눈 대화가 믿기지 않았다. 어째서 자신들이 이런 대화를 나눠야 하는 걸까?

씻고 나왔을 때 그는 먼저 침대에 누워 있었다. 어쩐지 거리감이 느껴져 윤은 선뜻 침대로 들지 못했다. 그런 그녀에게 그가 손을 내밀었다.

"이리 와. 그렇게 서 있지 말고."

그녀가 다가가자 그는 누울 수 있는 공간을 만들며 곁을 내주었다. 옆에 눕자 그가 말없이 그녀를 끌어안았다. 그는 평소와 달리 면 티셔츠에 트레이닝팬츠 차림이었고 그녀 역시 짧은 반바지에 면 티셔츠 차림이었다.

정수리에 그의 턱이 닿고 그녀의 이마가 굵은 목덜미에 기대졌다. 윤은 회색 면 티셔츠 밖으로 드러난 심줄 불거진 팔을 가만히 쓸었다.

"나한텐 오빠뿐이에요. 오빠가 곁에 있든 없든."

윤은 내내 마음에 걸렸던 말을 했다. 그가 깊은 한숨을 쉬었다. 그리고 그녀의 등을 안으며 이마에 입을 맞추었다.

"미안해. 마음 복잡하게 해서. 요새 일이 많아서 신경이 좀 날카롭다."

윤은 말없이 무진의 팔을 쓰다듬었다. 무진은 아무리 힘들어도 가까운 사람들에게 힘든 내색을 하지 않는 사람이었다. 그리고 지친 기색을 보일 바엔 만남을 미루는 쪽을 택하는 편이었다.

그래서 처음 보는 그의 지친 모습에 윤은 어찌할 바를 몰랐다. 어떡하든 무진의 마음을 풀어 주고 싶었다.

"다쳤다는 인부는 괜찮아요?"

"응, 좀 더 경과를 지켜봐야겠지만 지금까진 괜찮아."

"다행이다."

"······그래, 다행이지."

"······."

"윤아."

"응?"

"피곤하다. 그만 자자."

그가 눈을 감았다. 처음이었다. 서로를 품에 안고도 사랑을 나누지 않은 것은. 마음이 무거웠다. 그의 마음속에 잠재된 불안의 크기를 엿본 것 같아서.

벨 소리가 끈질기게 울리고 있었다.

밤 10시를 넘긴 시각이었다. 무진은 뻑뻑한 눈을 힘겹게 뜨며 안고 있던 윤을 놓아주었다.

몸을 돌린 그가 협탁 위로 팔을 뻗었고 휴대전화를 집어 발신자를 확인했다. 굳은 표정의 그가 침대에서 몸을 일으키자 윤역시 일어나 앉으며 이불을 끌어안았다. 침대에서 내려선 무진은 침대 의자에 걸쳐 놓은 나이트가운을 집어 든 뒤 생각에 잠긴 표정으로 둘러 입었다. 서두르는 기색 없이 허리끈을 묶은 그가 전화를 받았다.

"여보세요."

—선배애.

잔뜩 혀 꼬인 소리가 전화기를 통해 들려왔다.

"유 사장이 이 시간에 어쩐 일이야."

헝클어진 머리카락을 쓸어 넘긴 뒤 허리에 손을 얹으며 그가 한 말이었다.

—선배, 선배애. 무진 선배.

윤의 눈빛이 흔들렸다. 침대 옆에서의 통화였다. 듣지 않으려고 해도 '선배', '선배' 하며 목청껏 연호하는 여자의 음성이 귀에 박혔다.

낯익은 목소리. 그녀다. 인테리어 업체 사장이라던 그녀. 그녀의 성이 유씨였구나. 결혼 이야기가 오가는 사람도 유씨 성을 가졌다. '유 사장', 그리고 '선배'의 교차점. 그녀가 그녀구나. 현기증이 일었다.

"취했군."

언뜻 찌푸려지는 얼굴이었다.

—선배! 아니, 윤무진 사장님! 좀 나오시죠? 혼자 마시니까 너어무 심심한데.

"대체 얼마나 마신······."

언성을 높이려다 말고 무진이 인상을 썼다.

"바텐더 바꿔."

—아아, 뭐야. 왜 바텐더는 바꾸래. 나오시라니까. 여기가 어디냐면······.

"유수원."

경고성 부름에 수원이 투덜댔다.

—어떻게 한 번을 안 받아 줄까? 진짜 매정한 거 알아요?

"유수원, 아직 정신 박혀 있으면 바텐더 바꿔."

다시 뱉어진 경고성 말이었다.

─하아, 진짜 너무한다. 후배가, 아니 동생이 이렇게나 고뇌에 차 있는데 술 한 번을 못 마셔 주나? 매정한 사람. 치사해서 바꾼다, 바꿔. 저기, 저기요? 딸꾹, 여보세요? 전화 좀 받으시라는데…….

무진의 미간이 굳어졌다. 또 한껏 취한 수원이다. 그녀의 아버지인 유철현 사장은 3년 전이나 지금이나 수원이 술을 마시는 이유였다.

─전화 바꿨습니다.

차분한 음성의 바텐더였다. 어딘지 귀에 익은 목소리였다. 그는 이런 상황이 익숙한 듯 목소리에 기복이 없었다.

─보호자 분이 오셔야 할 것 같습니다. 귀가가 어렵겠습니다.

"위치가 어딥니까?"

한남동 바였다. 일전에 갔었던. 바텐더의 목소리가 귀에 익은 이유를 알 것 같았다.

"곧 사람 보낼 테니 그때까지 그 사람 좀 부탁합시다."

전화를 끊은 무진은 단축키를 눌렀다. 첫 번째 연결음이 끊기기 전 수한이 전화를 받았다.

─이수한입니다.

"어디십니까?"

─운동 중입니다.

"잠시 중단하고 술 한잔 어떻습니까?"

─사장님과 마십니까?

"나랑 마시면 재미없잖습니까. 일전에 갔던 술집 기억합니까?"

행간에 잠시 침묵이 들어섰다.

—누가 또 인사불성입니까?

"내 주변에 인사불성은 그 사람 하납니다."

—…….

"대답 더 기다립니까?"

무심한 재촉에 대답 대신 질문이 돌아왔다.

—하나만 묻겠습니다. 사장님 사람입니까?

"내 사람이면 처음부터 내가 갔겠지요. 대답 됐습니까?"

—가겠습니다.

인사를 한 뒤 끊으려는 부사장을 무진이 불렀다.

"부사장, 짧은 머리 좋아합니까?"

뜬금없는 물음이었다. 의중을 몰라 가만히 있는 수한이었다.

"긴 머리 취향이시면 술 깬 다음 들여보내시라고요."

—부모님께서 보수적이시군요.

"아버님이 한 성격하시죠. 어쩌면 그 이상으로."

그래도 가겠느냐는 물음이었다. 그 물음에 부사장이 대답했다.

—다시 전화받긴 어려울 것 같습니다. 내일 회사에서 뵙죠.

"감사는 조만간 술로 합시다."

그리고 전화를 끊었다. 잠시 눈가를 문질렀다. 수원에 대한 피로도가 급격히 쌓이고 있었다. 윤에 대한 마음이 깊어질수록 피로감은 더할 것이다. 연민에도 한계가 있는 법이었다. 앞으로도 이런 식이면 수원은 그토록 원하던 일을 잃게 될 수도 있었다. 그것이 당장 내일이 될지도 모른다.

수원이라 해도 윤과 자신 사이에 끼어드는 건 용납할 수 없었다. 윤의 마음을 얻은 뒤부터 살얼음판을 걷고 있는 그였다. 살얼음이 낀 호수. 윤을 향해 걸어가는 그의 마음이 그랬다. 자칫 체중이 집중되면 얼음판은 깨질 것이다.

윤의 마음을 확인했을 땐 세상을 얻은 것처럼 행복했었다. 마음을 열어 준 윤으로 말미암아 형언할 수 없는 감정이 차올랐다. 그녀와 하나가 되었을 때, 그녀 속에 깊숙이 잠겼을 때, 이대로 죽어도 좋을 것 같은 충동에 휩싸였다. 뜨거운 감격이었고 환희였고 충만함이었다. 그래서 기다리자 마음먹었다. 느긋해지자 다짐했다. 그녀도 분명히 다가오고 있을 테니 조급해하지 말자고.

그러나 시간이 지날수록 느긋한 마음은 불안으로 바뀌고 있었다. 불안정하고 불확실했다. 언제든 그를 떠날 수 있는 윤이었다. 태연한 척, 괜찮은 척하고 있었지만 매일이 초조했다.

그가 할 수 있는 일은 겨우 불안에 잠식당하지 않으려 기를 쓰고 버티는 것뿐이었다.

잠자는 시간을 쪼개 일을 하고 짬을 내 나가떨어질 때까지 스쿼시를 했다. 윤이 눈앞에 있을 때는 극한까지 자신을 몰아붙였다. 그녀가 딴생각할 수 없도록, 자신이 불안에 잠식당하지 않도록.

"가 봐야 하지 않아요?"

조심스러운 물음이 상념을 밀어냈다. 그가 돌아보자 윤이 바라보고 있었다. 읽히지 않는 표정이었지만 그는 짐작할 수 있었다. 늦은 밤 걸려 온 여자의 전화. 그러면 화를 냈을 일이다. 보통의 연인이라면 그게 정상이다. 하지만 윤은 담담했다. 감정을 숨긴다는 얘기였다.

그는 나이트가운을 벗어 침대 의자에 던지듯이 놓고 침대 속으로 들어갔다. 윤의 몸을 얽어서 안으며 바짝 끌어안았다.

"신경 쓸 일 아니야."

다시 잠을 청하려 누웠으나 쉽사리 잠이 올 것 같지 않았다. 그건 윤 역시 마찬가지인 듯했다.

"오빠."

"음."

"선배라고 부르는 사람, 결혼 이야기 오가는 사람이죠?"

순간 무진의 몸이 굳어졌다. 그가 윤의 어깨를 잡고 몸을 떼어 냈다.

"알고 있었어?"

수원의 실토가 없었다면 그도 몰랐을 일이었다. 당혹감에 젖은 그의 눈빛에 윤의 시선이 아래로 향했다.

"우연히요. 우연히 알게 됐어요."

"우연히?"

"예."

함구하겠다는 뜻이었다. 무진의 표정이 굳어졌다.

"신경 쓰였겠네. 신경 쓸 가치도 없는 일이지만 듣는 입장에선 다를 테니. 누구한테 들었는지 캐묻진 않겠지만 말한 사람이 아버지면 유쾌하지 않을 거야."

눈빛이 날카로웠다. 10년 가까이 남처럼 지내 온 두 사람이다. 집안 대소사와 행사에만 참석하며 지내는 그였고 그나마 행사나 파티가 성북동에서 열리면 아예 참석하지 않았다.

뜻밖의 추측에 윤은 당황했다.

"삼촌은 아니에요."

"그럼 무영이군."

곧바로 튀어나온 말이었다. 찔끔하는 그녀의 표정에서 확신을 가진 무진은 한숨을 쉬었다. 근접해야 알 수 있는 정보였다. 아버지가 아니라면 물을 것도 없이 무영이었다. 윤의 함구가 이해됐다. 아이가 한 말을 전할 수 없었을 테니.

무영은 주변 상황에 예민한 아이였다. 또래 같지 않게 애늙은이 같은 구석이 있는 녀석은 윤을 무척 따랐다.

"그게 중요한 건 아니지. 너에 대한 녀석의 충성도는 익히 아는 일이니. 내가 걱정하는 건 아버지도, 유수원도, 그녀의 아버지도 아니야. 바로 너야. 그런 이야기를 듣고도 내게 말을 하지 않은 너. 말하지 못한 이유 짐작할 수 있지만 표정 감추고 마음 숨길 정도로 신경 쓰였으면 말을 했어야지. 마음을 터놓기엔 내 믿음이 부족했나?"

무진의 실망한 눈빛에 윤은 당황했다. 옹졸한 마음을 내비치는 것도 싫었지만 마음을 숨겨서 골이 깊어지는 것도 원치 않았다.

무엇보다 몇 시간 뒤엔 다시 대구로 내려가야 했다. 그와 다툰 채 이런 마음으로 돌아가고 싶지 않았다.

"믿어요. 믿는데 믿는 것과 질투하는 건 다른 마음인가 봐요. 그러지 않으려고 해도, 그럴 이유가 없는데도 질투 나고 질투했어요. 그녀가 누구일까 궁금했어요. 그리고 방금 그녀가 오빠를 선배라고 부르는 사람이라는 걸 알게 됐을 때 오빠와 그 사람이 함께한 과거를 질투했어요. 그녀와 있었을 모든 순간을."

그리고 그 시간의 깊이를. 그가 그녀의 아버지를 '아버님'이 라고 불렀을 때 예리한 뭔가에 찔린 것처럼 움찔했고 마음이 따 끔했다.

아무리 자신이라 해도 그의 과거까지 전부 알 권리는 없었다. 그리고 그가 만났던 모든 사람을, 여자를 질투할 권리도 없었 다. 그런데도 오늘의 상황이 마음을 건드렸다.

두 사람 사이에 침묵이 내려앉았다. 그녀를 바라보고 있었지 만 그의 눈빛은 가라앉아 있었다.

"수원인, 내가 기억하지 못하는 순간부터 함께했어. 내 인생 에 의미가 된 사람은 아니지만 내 과거의 일부이긴 해. 어머니 가 사고를 당하기 전까지 수원이 부모님은 자주 성북동을 드나 들었고 부모님은 수원이를 좋아하셨어. 특히 아버지가 예뻐하셨 지. 그러다 어머니가 사고를 당했고 너를 만났을 무렵엔 왕래가 거의 끊어진 상태였어. 그렇다고 연락을 끊고 산 건 아니었지 만."

"……."

"수원인 사교 모임 일원이야. 가끔 그 모임에서 얼굴 보며 지 냈어. 그러다 그 친구가 유학을 떠났고. 다시 한국으로 돌아왔 을 때 기회를 주는 차원에서 일을 하나 맡겼어. 훌륭하게 해내 는 모습을 보고 파트너십을 맺는 계기가 됐어. 현재 6호점 인테 리어를 맡고 있고 10호점까지 계약된 상태야. 앞으로도 특별한 일이 없는 한 파트너십은 유지할 생각이다. 나머진 네가 아는 내용이야."

그의 과거를 모두 말하게 할 생각은 아니었다. 마음이 말할 수 없이 착잡했다. 들어도 개운치 않은 이야기였다. 차라리 안 들었으면 좋았을 이야기였다. 왜 이렇게 예민해지는지 자신도 알 수 없었다. 결국 뾰족해지고 말았다.

"오랜 인연이었네요, 나보다. 좋아하는 마음이 생겼을 수도 있었겠어요."

그녀의 말에 무진의 표정이 굳어졌다.

"무슨 뜻으로 하는 말이야."

"아무 뜻도. 그저 그럴 수 있었겠다 싶어서요."

담담한 말에 무진의 얼굴에서 표정이 사라졌다.

"그래, 그랬을지도 모르지. 그랬다면 이 자리에 수원이가 있었겠지."

그만하라는 경고였다. 그러나 경고를 읽지 못한 윤은 선을 넘어섰다.

"그렇겠네요. 말해 줘서 고마워요. 이제 그만 자요."

부드럽게 말한 그녀가 그의 품에서 빠져나와 돌아누웠다.

자괴감에 빠졌다. 무진의 눈동자가 흔들렸다. 무기력함이 전신을 휘감았다. 절망적인 중얼거림이 그에게서 흘러나왔다.

"내가 여기서 뭘 더 어떡할까? 뭘 어떡해야 하는 거냐? 알고 있으면 말 좀 해 줘."

"……."

그가 벼랑 끝으로 내몰리고 있다는 생각은 하지 못했다. 그가 어떤 눈빛으로, 자신의 등을 바라봤는지 그 막막한 마음을 짐작하지 못했다. 윤은 끝내 그 마음을 외면했다.

얼마나 시간이 흘렀을까, 그는 침대에서 벗어나 방을 나가 버렸다. 현관 쪽으로 거친 발소리가 들렸고 잠시 후 집 안엔 정적이 내려앉았다. 그가 나가 버린 것이다.

그로부터 서너 시간 뒤 윤은 아무런 전희 없이 거칠게 파고드는 그를 감당해야만 했다. 그는 절망에 빠져 있었고 그녀는 당혹감에 젖어 있었다.

"하지 마요. 윽! 하지 마!"

그녀가 그의 입술을 피하며 어깨를 밀었다. 그러나 그는 피하는 그녀를 집요하게 끌어안았다.

"이러지 마! 이렇게는 싫어! 싫어, 오빠!"

거센 저항에 그가 무너졌다.

"윤아."

푹 젖은 목소리가 그에게서 흘러나왔다.

"윤아, 제발."

잘못 들은 걸까? 가라앉은 목소리의 끝이 희미하게 젖어 있었다.

"나 좀 안아 줘. 아무 생각 못 하게. 불안하지 않게. 제발, 나 좀 안아 줘."

결국 그를 밀어내던 두 팔에서 힘이 빠져나갔다.

윤은 어둠 속에서 눈을 떴다. 그는 그녀를 감싸는 형태로 누

운 채 깊이 잠들어 있었다. 윤은 허리에 걸쳐진 묵직한 팔을 걷어 내며 침대 밖으로 빠져나왔다. 아랫도리에 인 묵직한 통증에 잠시 움찔한 그녀가 나이트가운을 손에 쥐었다. 푹신한 카펫에 발소리가 묻히는 것에 감사하며 그녀는 방을 나왔고 그가 깰세라 숨죽여 문을 닫았다.

가운을 걸치고 주방에서 등을 켠 그녀는 물 한 잔을 따라 아일랜드 식탁 앞 의자에 앉았다. 의자에 두 발을 올려 모은 그녀는 물을 한 모금 마셨다. 차가운 물이 마른 입안을 적시며 목 안으로 흘러들었다. 가슴까지 번지는 차가움이었다.

처음이었다. 자제심 잃은 그를 본 것은. 극한의 상황에서도 중심을 지키는 사람이었다. 그런 그가 흔들리고 있었다. 무너지려 하고 있었다. 자신의 잘못이었다. 자신이 그렇게 만들었다. 불분명한 자신의 태도가, 불확실한 자신의 마음이 그를 그렇게 만들었다.

간밤의 일을 떠올리는 윤의 눈빛이 흐려졌다. 떨리는 숨을 가만히 내쉰 그녀는 두 팔로 제 몸을 안았다.

전에 없이 난폭하게 자신을 안은 그였다. 채 젖지 않은 몸에 거칠게 들어왔고 한계까지 몰아붙였다. 아팠고 고통스러웠지만 그를 끌어안을 수밖에 없었다. 그의 절박함이, 그렇게라도 닿고자 하는 몸부림이 밀어낼 수 없게 만들었다.

결혼하자고 했다. 결혼해서 곁에 있으라고 했다. 불안해하지 말고, 불안하게 하지 말고 결혼하자고 했다. 그러나 그녀는 대답하지 못했다.

결혼.

윤은 두 팔 사이에 얼굴을 묻으며 눈을 감았다. 그와 결혼하고 싶었다. 매일 밤 그의 품에 안겨 잠이 들고 매일 아침 그의 품에서 눈을 뜨고 싶었다. 그를 사랑했다. 자신을 아프게 하는 순간조차 그를 사랑했다.

그러나 잘 해낼 수 있을까? 결혼해서도 지금 같은 마음을 지킬 수 있을까? 서로를 애틋해하며, 상대의 말에 귀 기울이며, 서로의 눈을 바라보며 영원을 꿈꿀 수 있을까? 죽는 날까지 이 손 놓지 말자, 변치 않을 수 있을까? 누구도 답해 줄 수 없는 물음이었다. 그럼에도 그녀는 답을 원했다.

그녀 주변엔 대답해 줄 수 있는 사람이 없었다. 모두가 깨어진 사랑을 가슴에 안고 살아가는 이들뿐이었다. 한때는 누구보다 상대를 사랑했고, 또 한때는 그 상대를 위해 죽을 수도 있으리라 가슴 먹먹했던 때가 분명히 그들에게도 있었겠지만 지금은 아니었다. 그들은 지금 열렬했던 사랑과 무관한 삶을 살아가고 있었다. 엄마 역시. 그래, 그녀도.

그녀가 자신을 사랑했는지는 알 수 없었다. 다만, 아빠를 사랑했다는 것은 알 수 있었다. 성장하면서 깨달은 것이었다.

엄마라는 말보다 여자라는 말이 더 어울렸던 그녀는 아빠 앞에서는 한없이 수줍었고 햇살처럼 빛났다. 그 사랑의 짧음을 탓할 생각은 없었다.

그러나 열렬했던 사랑의 종말이 사별이고 사별 끝에 떠난 사람이라면 적어도, 돌아올 때는 재혼이라는 트로피를 안고 돌아와서는 안 되는 것이 아닐까.

재혼.

삼촌이 전화로 차마 전하지 못했던 엄마의 소식. 그 소식을
전해 들은 건 어제였다.

　무진이 회사에서 걸려 온 전화를 받느라 잠시 자리를 떴을 때
였다. 삼촌과 그에게 차를 내기 위해 주방으로 향했다.

　사랑하는 두 남자가 있는 풍경. 그녀는 한껏 들떠 있었고 행
복에 젖어 있었다. 막 선반의 찻잔을 꺼내고 있을 즈음 주방으
로 삼촌이 들어왔다.

　"윤아."

　머뭇거리는 기색에 꺼낸 찻잔을 싱크대 위에 내려놓았다. 다
가선 삼촌은 주머니에서 뭔가를 꺼냈다.

　"이거⋯⋯."

　삼촌이 내민 것은 명함이었다. 윤은 그것을 받아 들었다.

　"이게 뭐야?"
　"네 사촌 명함."
　"!"
　"얼마 전에 네 사촌 오빠 왔었다. 가게에."

　윤은 웃음기 가신 얼굴로 제 손에 들린 명함을 내려다보았다.
명함에 박힌 이름 석 자를 본 그녀가 굳어진 얼굴로 삼촌을 쳐

다봤다.

"이걸 왜?"

삼촌이 한숨을 쉬었다.

"일부러 찾아온 모양이더라. 누구라고 밝히기 전에는 몰랐다. 어릴 때 봤다고 해도 한 번 본 걸로 알 수가 있나. 도봉구에서 장사하는 거 알고 있었다네. 한자리에서 10년이니 알아내려고 들면 쉬웠을 일이지. 그 친구 암이래. 그래서 그런지 안색이 영 안 좋아 보였어. 예전에 너한테 했던 일이 마음에 걸린다더라. 사람이 죽을 때가 되면 마음이 변한다잖아. 너 잘 있는지 물었다."

그녀보다 서너 살 많은 오빠였다. 싸늘한 눈빛, 차가웠던 표정. 동생을 대동하고 와서 그녀를 을렀던 그였다. 어른들에게 들은 소리가 있었는지 함께 살게 됨을 못마땅해했던 그였다.

그는 먹지도 않고 자지도 않는 그녀를 괴롭혔고 기운 없어 누워 있는 그녀를 방 밖으로 끌어내기도 했다. 그러면서 어른들이 한 소리를 따라 했다.

"너희 집, 빌어먹을 집안이라며? 똥구멍 찢어지게 가난하다지?"

그의 말에 그의 여동생이 킥킥거렸다.

"오빠, 빌어먹는 게 뭐야?"

"글쎄. 빌어먹는 게 빌어먹는 거지."

우리 집은 그렇게 가난하지 않다고 대들었던 것 같다. 그러나 빌어먹는 게 뭔지 몰라 그땐 그 말에 대해선 말하지 못했다.

나중에 알았다. 그 말이 가난한 집안을 빗댄 외할머니의 욕이라는 것을.

그렇게 삼촌 품으로 돌아오기까지 외조모의 집에서 보낸 며칠은 끔찍했다.

"고해성사는 성당에서 하고 참회는 절에서 하는 거지. 만날 이유 없어."

"윤아."

"뭐라고 하지 마. 정말 보고 싶지 않은 사람들이야. 삼촌도 알잖아. 그 사람들이 우리한테 어떻게 했는지!"

"알아."

삼촌의 한숨이 깊었다. 그는 그녀를 물끄러미 바라보다가 결국 입을 다물었다. 그러나 잠시 뒤 좀 전보다 더 깊은 한숨을 토했다.

"네 엄마, 귀국했단다."

멍해지는 머릿속이었다. 얼굴에서 핏기가 가셨다. 그녀는 한동안 아무런 말도 하지 못했다. 이윽고 꽉 다물린 입술이 열렸다.

"오랜만이네. 그 엄마라는 소리. 근데, 그게 어떻다고."

고집스러운 얼굴이었다. 그러나 톡 하고 건들면 눈물을 쏟을 것 같은 얼굴이었다.

밉다고 말했어도, 꼴 보기 싫다고 말했어도 삼촌은 알고 있었을 것이다. 그녀가 엄마를 기다렸다는 것을. 그래서 차마 입이 떨어지지 않았으리라.

"재혼한단다."
"!"

뭔가로 뒤통수를 세차게 얻어맞은 기분이었다. 그녀는 멍하니 서 있었다. 싱크대 모서리를 움켜쥔 손등에 마디가 하얗게 도드라졌다. 삼촌의 얼굴 또한 우울했다.

"다음 주에 식 올린단다. 친지들이 여기 있으니 한국에서 하나 보더라. 결혼식하고 다시 외국 나간다네. 네 사촌이 그랬다. 그전에 얼굴 볼 수 있으면 보라고. 그래도 엄마니까 재혼 소식 정도는 알아야 할 것 같았다고. 청첩장…… 네 가방 속에 넣어 뒀다."

뭐 이런 소식이 다 있을까 싶었다. 남남처럼 살았으면, 그렇게 떠났으면 영영 잊자 하고 살 일이지 무슨 억하심정으로 잊고 사는 사람 속을 헤집나 싶었다. 이럴 땐 뭐라고 해야 하나. 뭐라고 말을 해 줘야 속이 후련할까. 어떻게 해야 이 바보 같은 마음이 진정될까.

11년이었다. 자신에게서 차곡차곡 멀어진 세월이 11년. 그렇게 떠났으면 돌아오지 말지. 돌아왔으면 거지 같은 소식 들려주지나 말지.

"윤."

숨죽인 부름에 윤은 고개를 들었다. 주방 입구에 무진이 서 있었다. 황급히 눈가를 매만진 그녀는 다가오는 무진을 향해 미소를 지었다. 맨발에 정장 바지 차림이었다. 급하게 바지를 입은 것인지 허리 부분은 풀려 있었다.

자다가 깨어 그녀가 없는 것을 발견하고 찾아 나선 것 같았다. 급하게 다가온 그가 그녀를 와락 끌어안았다. 관자놀이와 뺨, 정수리에 절박한 입술이 눌러졌다.

"가 버린 줄 알았다. 떠난 줄 알았어."

꽉 잠긴 목소리는 떨고 있었다. 자책으로 얼룩진 얼굴과 불안으로 생생하게 빛나는 눈동자가 눈에 들어왔다. 헝클어진 머리카락, 충혈된 눈동자, 날렵한 턱과 뺨을 파르스름하게 덮고 있는 수염까지. 그의 두려움이 손에 잡히는 듯했다. 어떤 말을 해줄 수 있을까? 그의 불안을 이해하면서도 온전히 받아들일 수만은 없는 자신이었다.

"용서해 줘. 널 아프게 했어."

윤은 대답 대신 희미하게 웃었다. 그 아스라함이 그를 미치게 하는 줄도 모르고.

"윤."

미동도 않는 윤을 무진이 불안스레 불렀다. 그가 한층 더 다가섰고 부드럽지만 차가운 뺨을 감싸 쥐었다. 그의 손길을 거부하지 않는 윤의 표정은 온화했다.

그러나 그뿐, 눈빛이 읽히질 않았다. 하룻밤 새 멀어진 기분이었다. 그 생각에 사로잡히자 초조함이 배가 됐다. 무슨 생각을 하느냐고 묻고 싶었지만 돌아올 대답이 두려워 물을 수가 없었다.

그는 가슴속에 이는 소용돌이를 억누르며 속삭였다.

"사랑해."

윤은 허리를 숙여 기대 오는 그를 말없이 안아 주었다. 굵은 목에 가는 팔을 감고 너른 등을 가만히 쓰다듬었다. 무진은 하얀 목덜미에 얼굴을 묻으며 가녀린 몸을 힘주어 안았다. 심장과 심장이 맞닿았으면 싶었다. 잡히지 않는 윤의 마음이 그를 미치게 했다. 안고 또 안아도 허기졌다. 마음이 닿지 못한다면 몸이라도 닿고 싶었다.

"윤아."

그가 갈망 가득한 눈을 하고 윤의 이름을 불렀다. 입술이 내려앉아 가만히 포개졌다.

주고받던 키스는 오래지 않아 절박하게 변했다. 무진이 윤을 식탁 위에 앉혔고 다리를 벌리며 그 사이로 단단하게 들어섰다.

열린 몸 아래, 정장 바지의 앞섶이 빠듯하게 들어찼다.

나이트가운 속으로 커다란 손이 미끄러져 들어왔다. 매끄러운 어깨를 어루만지다 가슴을 움켜쥐었다. 부드러운 손길에 가슴의 돌기가 일어섰다.

뜨거운 입술이 가슴을 머금자 윤의 입술 사이로 신음이 흘러나왔다. 그의 손길이, 입술이 집요해질수록 윤의 얼굴이 붉어졌고 허리가 휘어지며 몸이 들썩였다.

아래가 한없이 젖어 들었다. 그를 원했다. 그가 자신을 채워주길 바랐다. 이 불확실한 마음을 잠식해 주길 바랐다.

그녀가 견고한 등에 매달리자 가운의 매듭이 당겨지고 옷자락이 젖혀졌다. 파들거리는 아랫도리를 커다란 손이 덮었다. 혀가 거칠게 빨렸다. 그와 동시에 아래가 뜨겁게 어루만져졌다. 이미 그는 그녀의 어디를 어떻게 만져야 숨이 멎는지 알고 있었다.

"아아, 그만, 아……."

견딜 수 없는 쾌감에 윤은 무진의 손을 떼어 내려 애썼으나 그는 마지막 순간까지 그녀를 몰아붙였다. 결국, 그녀가 비명 같은 신음을 내지르며 격렬하게 수축했다. 손가락을 뺀 그가 그녀의 몸을 문지르며 바지 지퍼를 내렸다.

그리고 단 한 번의 허리 짓으로 그녀 속에 파고들었다. 아랫배에 경련이 일 만큼 강한 침입이었다.

윤은 소리도 지르지 못한 채 무진의 어깨를 붙들었고, 곧바로 이어진 거센 허리 짓에 비명을 지르며 무진을 부둥켜안았다.

절박한 새벽이었다. 서로가 서로에게 닿기 위해 몸부림치는 새벽이었다. 몸은 뜨거우나 마음은 이전보다 더 공허했다. 그도 그녀도 이 행위로 인해 변하는 것은 없다는 걸 알고 있었다. 그럼에도 서로를 기꺼이 삼켰다. 오늘이 마지막인 것처럼.

8
봄의 끄트머리

"저녁에 전화할게."

대구까지 데려다준 그가 떠나기 전 한 말이었다. 그가 그 말을 한순간부터 그 시간만 기다려졌다. 그러나 기다림이 무색하게도 퇴근 후 집에 돌아온 그녀는 샤워하자마자 잠들어 버렸고 다음 날 7시가 되어서야 잠에서 깨어났다.

"으응."

손가락이 곱은 느낌에 눈을 뜬 윤은 왼손에 쥔 휴대전화를 보고 인상을 찡그렸다.

'핸드폰을 왜 쥐고 잔…… 헉!'

불현듯 떠오른 생각이었다. 벌떡 일어나 앉아 급히 휴대전화의 화면을 켰다. 부재중 전화 두 통. 그에게서 온 것이었다. 깜짝 놀란 그녀는 통화 버튼을 눌렀다. 두 번째 연결음이 시작될

즈음 그가 전화를 받았다.

—잘 잤어?

다정한 목소리가 귓속을 파고들었다. 윤은 손톱을 깨물었다.

"어떡해요. 전화 온 거 몰랐어요."

—자나 보다 했어.

"어떡해요……."

미안해하는 말에 그가 웃었다.

—뭘 어떡해. 자면 못 받는 거지.

그는 출근 준비 중이라고 했다. 온몸으로 사랑의 여파를 감당하고 있는 그녀와 달리 그의 일상은 늘 그렇듯 안녕해 보였다. 그가 몸 상태를 물었고 그녀는 그럭저럭 괜찮다고 대답했다. 미안함이 섞인 낮은 웃음소리에 이번엔 그녀가 피곤하지 않으냐고 물었다. 그는 피곤하지 않다고 대답했다.

"혹시, 오빠님은 기계일까요? 밥 대신 기름 마시는 거 아니죠?"

뜬금없는 말에 그가 큰 소리로 웃었다. 유쾌한 웃음소리가 심장을 간지럽히는 아침이었다.

—왜 아닐까. 아침마다 지하 벙커에서 팔다리를 갈아 끼우지.

가벼운 농담으로 받아치는 목소리를 들으니 안심이었다. 그의 불안을 알고 난 뒤부터 말투 하나, 숨소리 하나까지 신경이 쓰였다. 사랑한다는 이유 하나만으로 그 혼자 감당해 온 것들을 돌아보게 된 그녀였다.

오랜 세월, 자신의 것이 되지 못한 것들을 아파하며 천착해 온 자신이었다. 아직 그것들로부터 완전히 자유롭지 못하지만 천착하지 않으면 희석되리라. 돌이켜 보면 감정의 모서리들을 날카롭게 연마한 건 자신이었다. 끊임없이 반복해서 떠올리고 집착했기에 날카로워진 것이다. 그것에 찢기고 베이는 것은 자신이었음에도 그것들을 놓지 못했다.

지난밤 그의 무너짐을 보며 깨달았다. 진작 버렸어야 했던 것들이라고. 그를 위해서 못 할 일이 없다고 해 놓고 정작 아무것도 한 것이 없었다. 도리어 그를 아프게 했다. 인연 없어 떠난 것들을 돌아보느라 긴 세월 자신을 지켜 준 그는 돌아보지 못했다. 그런데도 그는 그녀만 있으면 된다고 말했다. 곁에만 있어 달라고. 아무 때나 전화하라고. 언제든 달려가겠노라고. 늘 그녀 걱정부터 앞세웠다. 지금처럼.

—바빠지면 전화 자주 못 할 수도 있어. 그래도 무슨 일 있으면 꼭 전화하고.

"내 걱정은 말아요. 나 정말 잘 있을 테니까."

4월 초부터 말일까지 그는 살인적인 스케줄을 소화해야 한다. 소소하게는 6호점 개점과 대기 중인 개점 건, 그리고 그와 관련한 크고 작은 회의와 관계자 미팅. 또 크게는 생산 설비 확충과 물류, 본사 이전 건까지.

—전화 못 받으면 메시지라도 남겨. 이동 중이라도 확인하고 전화할 테니까.

"그럴게요."

—아프지 말고.

'오빠도요'라고 말한 그녀가 그를 불렀다.

—음?

"사랑해요."

그녀의 말에 그가 웃었다.

—또 내가 고마운 건가? 고마운 짓 안 했는데?

"아뇨, 이번엔 그냥."

—윤.

"네?"

—사랑해.

윤의 뺨이 희미하게 붉어졌다. 겨우 숨소리만 내는 윤의 침묵에 무진이 웃었다.

—들었으면 대답.

"아……."

대답도 아닌 모호한 소리에 그가 다시 웃었다.

—들어가라. 또 통화하자.

전화가 끊어졌다. 통화 종료 버튼을 누른 그녀는 휴대전화를 내려놓으려다가 액정을 켜 배경 화면을 바라보았다. 운전하는 무진의 모습이 화면에 담겨 있었다. 옆모습으로, 그는 푸른색 셔츠를 입고 있었다. 내려오는 차 안에서 그녀가 찍은 사진이었다. 찍은 뒤 사진을 슬쩍 보여 주며 생각날 때마다 볼 거라는 말에 그가 웃었다.

윤은 액정 위로 무진의 얼굴을 가만히 만져 본 뒤 화면을 껐다. 침대에서 몸을 일으킨 그녀는 욕실로 걸어갔다. 그녀는 욕조에 물을 받으며 뻐근한 목을 문질렀다.

1시 출근이라 출근 준비는 아니었다. 묘하게 컨디션이 좋지 않았다. 일단은 따뜻한 물에 몸을 담그고 그래도 시원찮으면 출근길에 병원에 들를 생각이었다.

개점을 앞두고 아프기라도 하면 큰일이었다. 목구멍이 건조한 걸 보니 감기인 것 같았다. 어젯밤 그녀는 샤워를 하자마자 목욕 가운 차림으로 침대에 엎드렸고, 잠시만 이대로 있자 하면서 그대로 잠들어 버렸다. 난방 트는 것은 고사하고 이불조차 덮지 않았으며 머리카락은 젖은 채.

역시나 감기였다. 진료를 받고 나온 그녀는 매장으로 출근했다.

"이 팀장님은 아직이네요."

잘 쉬었느냐고 물으며 자은이 한 말이었다. 공연히 마음이 뜨끔했다. 서울에서 본 그의 모습과 말들이 마음에 걸린 탓이었다. 때문에, 그래선 안 된다는 걸 알면서도 이승요 팀장이 늦어질 수도 있다는 전언에 안도감이 일었다. 그때 그 일이 있고 난 후 이승요 팀장은 또 다른 의미로 껄끄러운 사람이 되어 있었다.

오픈 준비는 차질 없이 진행되고 있었다. 그의 부재가 업무에 지장을 주지 않는다는 뜻이었다. 채용한 직원들과 서브 매니저 모두 매장 일에 능숙해져 그녀의 일이 많이 줄어든 상태였다. 오픈 때까지 여유가 생겨 하루 중 몇 시간은 근처 카페에서 여가를 보낼 수 있을 만큼.

그 덕에 자느라 무진의 전화를 놓치는 일은 없어졌지만 그와의 통화가 늘 이뤄지는 것은 아니었다.

그는 말했던 것처럼 바빠졌고 두 사람은 통화하는 날보다 문자를 나누는 날이 더 많아졌다. 그녀의 문자는 주로 잘 지낸다는 말과 걱정하지 말라는 말이었다. 가끔은 문자 대신 자신의 사진을 찍어 전송하거나 휴대전화 편집 툴을 이용해서 사진에 하트를 그려 넣어 보내기도 했고 사진 귀퉁이에 보고 싶다는 문장을 써서 보낼 때도 있었다. 그러면 그는 몇 시간 뒤에, 혹은 그보다 조금 더 늦게 문자를 보내 왔다.

〈보고 싶다.〉
〈사랑한다.〉

그의 진심은 늘 뜨거웠다. 늦은 밤의 통화는 행복했고 설레었으며 아쉬웠다. 통화가 끝나는 밤이면 넓은 집이 더 휑하게 느껴져 새벽이 오도록 잠을 이루지 못했다. 빨리 그를 만나 넓은 품에 안기고 싶었다. 그러나 이번 휴무에는 대구에 남기로 했다. 정신없이 바쁜 그를 방해하고 싶지 않기도 했지만 그에 앞서 몸이 좋지 않았다. 푹 자고 싶다는 말에 그는 다음 주엔 시간을 내어 내려오겠다는 말을 한 뒤 전화를 끊었다.

그렇게 시간은 차근차근 흘렀고 결혼식을 한다는 토요일이 코앞으로 다가왔다. 그사이 감기는 더 심해져 몇 차례 병원을 오갔다. 그리고 그녀의 고민도 깊어 갔다. 끊어 내야 하는 어떤 일에 대한 치열한 고민이었다.

다음 날, 퇴근한 그녀는 일찌감치 샤워하고 침대에 앉았다. 그녀의 손에는 청첩장과 명함이 들려 있었다. 매일 밤 습관처럼 청첩장을 꺼내 보았다. 특히 무진과의 통화가 있는 날이면 더 오래 그것을 들여다보았다.

잠시 후 그녀는 협탁 서랍에 청첩장과 명함을 넣은 뒤 침대로 돌아왔다. 휴대전화 화면을 켜 무진의 얼굴을 바라보았다. 흔들리는 마음을 다잡기 위한 의식 같은 것이었다. 윤은 손끝으로 무진의 얼굴을 만지며 침대에 누웠다. 다음 날 그녀는 본사에 팩스를 넣었다. 연휴 신청서였다.

늦은 오후였다. 근처 카페에서 여유 시간을 보낸 그녀는 매장으로 돌아왔다. 뜻밖에도 이 팀장이 돌아와 있었다. 그는 계산대 근처에서 자은과 얘기를 나누고 있었는데 그녀를 본 자은이 먼저 알은체해 왔다.

"김 매니저님! 이 팀장님 오셨어요."

그가 돌아봤다. 캐주얼한 정장 차림이었다. 몇 걸음을 앞두고 시선이 마주쳤다. 그녀가 고개를 숙여 인사하자 그가 잠시 바라본 뒤 보일 듯 말 듯 고개를 끄덕였다.

"오랜만입니다. 잘 지냈습니까?"

서울 아파트에서 그 일이 있고 첫 대면이었다. 이 팀장은 그녀만큼 편치 않아 보였다.

"오신 줄 몰랐어요. 잘 다녀오셨어요?"

눈길을 피하며 그가 고개를 끄덕였다.

"방금 도착했습니다. 혼자 애 많이 썼다고 들었습니다."

"제 일인 걸요."

어딘지 선을 긋는 말에 승요의 표정이 착잡해졌다.

"시간 괜찮으면 차 한잔할까요?"

그 말에 윤은 반사적으로 거절의 말을 뱉었다.

"아뇨. 괜찮으시면 매장에서…….."

"오래 걸리지 않을 겁니다."

승요가 잘라 말했다. 그가 자은을 돌아봤다.

"자은 씨는 마시고 싶은 거 없습니까? 올 때 사 올게요."

두 사람 사이의 불편한 기류를 느낀 자은이 어색하게 웃었다.

"그럼 사양하지 않고 핫초코로 할게요."

카페는 매장에서 5분 거리에 있었다. 아래층에서 주문한 커피를 들고 두 사람은 2층 볕 좋은 창가에 앉았다. 무릎이 닿지 않는 사각 테이블이었다. 창 너머로 매장이 내려다보였다. 날씨가 좋은 탓인지 거리는 사람들로 넘쳐 났고 카페 안은 한산했다. 한두 사람이 구석 자리를 차지하고 앉아 잡지를 뒤적이거나 스마트폰을 만지작거리고 있었다.

"연휴 잡았다고요? 보고받았습니다."

"네, 좀 쉬고 싶어서요."

주 중 어느 때고 휴무는 가능했다. 주말과 국가 지정 공휴일도 마찬가지였다. 본사에선 매장 개점이라는 특수한 경우라고 해도 매장 내 인원이 부족하지 않으면 쉬는 쪽을 권장하고 있었다.

다만 원활한 매장 운영과 유지, 매출은 매니저의 몫이라 쉬라고 해서 다 쉬기란 어려웠다. 때문에 반려했던 연휴였다.

"새로 뽑은 직원들 일 습득이 빨라요. 서브 매니저도 이제 전산 다루는 게 제법이고요."

이 팀장이 고개를 끄덕였다.

"책임감은 매사에 플러스가 되죠. 본사에서 평가가 좋습니다. 부장님 칭찬도 대단하고요. 이번에 일본 들어가서 김 매니저 이야기를 한 모양입니다. 상무님 평가가 긍정적입니다."

앞으로의 승진에 플러스가 될 요인이었다. 생각지도 못한 칭찬에 윤의 뺨이 붉어졌다. 아직은 이런 종류의 칭찬이 어색했다.

"감사합니다."

승요가 고개를 끄덕였다. 잠시 생각에 잠긴 표정으로 컵에 담긴 커피를 바라보았다. 몇 분을 침묵하던 그는 어렵게 말문을 열었다.

"사실 차 한잔하자고 한 건 따로 하고 싶은 말이 있어섭니다. 고백은 아니니 긴장하지 말고요."

전적이 있었던 터라 하는 말이었다.

"지금부터 내가 하려는 말은 지극히 개인적인 이야깁니다. 좀 거북할 수도 있는. 그런 만큼 나도 꺼내기가 쉽지는 않군요. 그래도 역시 제대로 된 사과를 하려면 감당해야 할 부분이라 이야기를 할 참입니다. 그러니 김 매니저도 끝까지 들어 줬으면 합니다."

어색하게 말한 뒤 그가 얼음이 가득 담긴 커피를 내려다보았다. 그리고 그것을 한 모금 길게 마셨다.

"역시 쉽지 않네요. 이런 얘긴 술 마시면서 해야 하는데."

"……."

"후."

떨리는 숨을 그가 내쉬었다. 그러다 결심한 듯 말했다.

"그간 내가 좀 많이 창피한 짓을 했죠. 김 매니저한테, 그리고 무진 선배한테."

그 말을 한 뒤 그는 한참을 말을 잇지 못했다.

"예전에 사랑했던 여자가 있었습니다. 스물둘, 대학생 때. 처음 영업 회의 때 숨이 멎는 줄 알았죠. 김 매니저가 그녀와 너무 닮아서."

뜻밖의 말이었다.

"그러고 보면 김 매니저와 나, 윤 선배. 묘한 인연이네요."

그렇게 그의 이야기가 시작됐다. 그의 첫사랑은 같은 학교 같은 학과 여학생이었다. 모든 짝사랑이 그러하듯 마음이 넘쳐 혼자 간직할 수 없는 지경이 됐을 때 그녀에게 고백을 했다. 결과는 거절이었다. 그녀는 이미 마음을 준 사람이 있었고 그 상대는 경영학과 선배였다고 했다.

"무진 선배였죠. 하필이면."

"……."

무진의 대학 생활에 대해선 아는 바가 없었다. 그러나 인기가 많았다는 건 알고 있었다.

가끔 그가 떠안기고 가는 셀 수 없이 많은 초콜릿이 대신 말해 주었다. 사흘에 한 번씩 비워 낸 사물함 러브레터에 대해선 오늘 알게 됐지만 놀랍지는 않았다. 그가 주고 간 초콜릿 상자 속에 초콜릿만 있었던 건 아니었으니까.

"그는 나의 우상이었습니다."

뜻밖의 말이었다.

"닮고 싶은 남자였죠. 그랬기 때문에 그라는 걸 알았을 때 절망이 깊었습니다. 도저히 따라잡을 수 없는 상대에 대한 원망이었죠. 그는 나를 알지도 못하는데, 그녀가 사랑한다는 이유로 참 많이 미워하고 시기했었습니다."

무진에게 거절당한 그녀는 많이 괴로워했다고 덧붙였다. 그녀는 괴로움에 술을 마셨고, 그는 그녀 마음에 자리한 사람이 자신이 아님을 알면서도 밀어내지 못했다고 했다.

"부끄럽지만 석 달 동안 함께 살다시피 했습니다."

그러던 어느 날 그녀가 사라졌다고 했다. 수소문 끝에 찾은 그녀는 결혼을 원했단다. 그는 도망쳤고, 다시 그녀를 찾았을 때는 모든 게 끝난 뒤였다고 했다.

"결혼을 했더군요. 고작 한 달이었습니다. 그녀는 그 시간조차 기다려 주지 않았던 거죠. 결국, 나란 사람은 그녀에게 그정도였던 겁니다."

최근에야 알았다고 했다. 자신이 아직도 그녀를 떠나보내지 못했음을.

"아마도 난 김 매니저에게서 그 사람을 찾고 있었나 봅니다. 기억 속을 더듬으며, 그녀의 눈빛을 떠올리며, 가끔 나를 향해 웃어 주던 그 눈빛을요."

"……."

"당신의 사랑을 질투했습니다. 선배의 사랑을 시기했죠. 김 매니저의 사랑이 선배임을 몰랐을 때조차 당신의 눈빛을 보고 그를 질투했습니다. 누군가를 떠올렸을 때 그런 표정일 수 있다는 것이 부러웠습니다. 그게 나였으면 했습니다. 그러다 그 상대가 선배임을 알았을 때 어리석게도 박탈감을 느꼈습니다. 내가 사랑했던 그녀도, 그녀를 닮은 당신도 그를 향해 있었으니까요."

"……."

"본사에서 볼일은 진작 끝났지만 내려오는 길이 쉽지 않았습니다. 당신 옆에서 했던 말들과 행동들이 한 발짝 떨어져서 생각하니 부끄러워 견딜 수 없었던 까닭입니다. 이해해 달라는 소린 아닙니다. 다만 창피함을 무릅쓰고 고백하는 이유는 내가 회사에 남기로 했고 당신 역시 회사에 오래 남을 사람이라, 혹시라도 내가 했던 말과 행동들로 날 기피하는 일이 없길 바라서입니다."

"……."

누군가의 흔들림과 실수를 엿본다는 것은, 그것도 당사자에게 듣는다는 것은 곤혹스러운 일이었다. 그럼에도 모든 걸 내려놓은 사람의 헐벗은 마음과 마주하면 씻은 듯이 사라지는 것들이 있었다. 모른 척 잊은 양 행동하고 싶었다. 그러나 어떤 말을 해야 할까? 그녀 역시 만감이 교차했다. 윤의 침묵을 이해한다는 듯 그가 부드러운 미소를 지었다.

"선을 봤습니다. 방황에는 결혼만 한 게 없을 것 같아서. 한데 선도 쉬운 게 아니더군요."

난감한 표정으로 그가 미간을 찡그렸다.

"여러모로 경험 중입니다."

그가 어색하게 웃었다. 그는 잠깐 서울에서의 해프닝을 떠올렸다. 어머니가 생각한 선 상대는 유수원이었다. 업체 명함을 들고 찾아왔을 때부터 알아봤어야 했는데. 늘 속이 빤히 들여다보이는 어머니였음에도 알아차리지 못했다.

어머니는 공간, 수에 다녀온 그를 잡고 집요하게 늘어졌다. 인상이 어땠는지, 네게 호감을 느끼는 눈치 같으냐는 둥. 아무래도 수상한 태도에 정색하며 캐묻자 어머니는 그간의 사심을 털어놓았다.

어머니는 선 시장에 나온 유수원을 마음에 두었다. 급이 다른 집안이었으므로 정석대로면 언감생심이었다. 해서 궁여지책으로 생각해 낸 것이 미혼 남녀를 자주 부딪치게 해 보자는 생각이었던 모양이다.

그 얘기를 듣는 즉시, 공간, 수로 가서 견적 책정 비용만 치른 뒤 계약을 해지했다. 그 덕에 자신의 빌라까지 쳐들어온 어머니를 사흘 밤낮으로 견뎌야 했다.

결국 어머니의 성화에 못 이겨 또 다른 선을 봤다. '이번에야말로' 하고 벼르는 어머니를 피할 수 없어서였다. 선에 대한 그의 생각은 회의적이었다. 나온 상대 역시 그와 생각이 다른 것 같지 않았다. 서로 마음에 찰 리 없었고 그저 나쁘지 않으니 자리를 지켰다. 그러나 두 번의 만남은 없었다. 또 다른 선이 있었을 뿐.

"내가 선본 이야기까지 하는 이유는 하납니다. 김 매니저에 대한 관심을 접었다는 뜻입니다."

치부에 가까운 고백이었다. 그의 입장에선 굳이 하지 않아도 될 말이었다. 상사가 부당하게 굴어도, 또 불편하게 굴어도 선만 넘지 않으면 불편함과 거북함을 참아 내야 하는 것이 부하

직원의 위치였다.

그러나 그는 자신의 잘못을 인정하며 그녀의 짐을 덜어 주었다. 진심으로 고마움이 일었다. 그녀는 그를 만난 이후 처음으로 환하게 웃었다.

"감사합니다. 이제 팀장님을 편하게 뵐 수 있을 것 같네요."

승요는 대답 대신 고개를 끄덕였다.

"마음고생 하게 해서 미안합니다. 그리고 이야기 들어 줘서 고맙습니다. 듣기 편한 이야기도 아니었는데. 덕분에 마음이 한결 가볍습니다."

어색한 미소가 오갔지만 전처럼 거북한 것은 아니었다.

"커피가 알맞게 식었네요."

커피는 반쯤 식어 있었다. 그녀는 그것을 홀가분해진 마음으로 한 모금 마셨다. 그러나 그게 화근이었다. 요란한 기침이 터져 나왔다. 당황한 윤은 재빨리 냅킨으로 입을 가렸지만 한번 시작된 기침은 쉬 그칠 줄을 몰랐다. 얼마 뒤 거센 기침이 잦아졌을 때 윤이 다시 한 번 사과했다.

"죄송해요, 기침이……."

사과하는 윤을 승요가 근심스럽게 바라보았다.

"어디 아픕니까? 그러고 보니 아까부터 안색이……."

"감기요. 감기가 오래가네요."

기침으로 코끝이 빨개진 그녀가 웃었다. 승요는 한 대 맞은 사람처럼 멍해졌지만 곧바로 정신을 가다듬었다.

"아프면 안 됩니다. 오픈이 코앞입니다."

농담처럼 한 말에 그녀가 스스럼없이 '그러게요' 하며 맞장

구를 쳐 왔다. 말끝에 말갛게 웃기도 했다. 그 모습이 얼마나 예쁜지 그녀는 알까? 승요의 마음 끝이 뭉툭하게 베어져 나갔다. 그러나 멈춰야 하는 마음이었다.

"그나마 내일 쉴 수 있어 다행이군요. 푹 쉬고 이틀 뒤, 감기 떼고 만납시다."

❖   ❖   ❖

서울에 도착한 시간은 저번 휴무 때와 비슷했다. 윤은 아파트 입구 우편함에 쌓인 광고지와 청구서를 꺼내 들고 엘리베이터에 올랐다. 어지러운 느낌에 벽에 기대섰다. 그러나 곧바로 떨어졌다. 열 때문에 벽의 한기가 따갑게 느껴진 탓이었다.

어깨에 멘 커다란 쇼핑백이 흘러내려 팔에 걸렸다. 결혼식에 입고 갈 옷이 구두와 함께 담겨 있었다. 그에 어울리는 작은 핸드백도. 눈앞이 점점 뱅뱅 돌아 별수 없이 쇼핑백을 손에 쥐고 엘리베이터에 몸을 기대섰다. 바를 잡은 손바닥이 따가웠다.

서울로 올라오는 첫 기차를 타기 위해 그녀는 이른 새벽에 일어났다. 억지로 빵 한 조각과 감기약을 삼켰고 샤워를 한 뒤 짐을 챙겨서 집을 나섰다.

택시를 타고 동대구역으로 향하는 동안에도 사위엔 어둠이 내려앉아 있었다. 일찌감치 플랫폼으로 내려가 새벽 기차가 들어오길 기다렸다. 길지 않은 그 시간이 아득하게 느껴졌다. 그녀는 휴대전화 바탕 화면을 보며 무진을 생각했다. 지난 시간 내내 그러했듯이. 그는 그녀가 서울로 향하고 있다는 사실을 몰랐다. 삼촌 역시 마찬가지였다. 결혼식은 12시였다.

띵—

기계음과 함께 엘리베이터 문이 열렸다. 집 앞에 서서 열쇠 구멍에 열쇠를 밀어 넣고는 현관문을 열었다. 훅 끼쳐 오는 먼지 냄새에 반사적으로 미간을 찡그렸다. 감기가 심해 모든 자극에 민감한 탓이다.

윤은 숨을 반쯤 참으며 신발장 위에 청구서와 고지서를 올려놓은 다음 거실로 들어갔다. 소파를 지나치며 쇼핑백과 가방을 내려놓자마자 곧장 거실 창을 열어젖혔다. 바람에 리넨 커튼이 흔들거렸다. 작고 아담한 집이었다. 소파 뒤로 크고 작은 액자가 걸려 있는.

한동안 집 안을 돌아다니며 환기를 시킨 그녀는 다시 샤워했고 외출 준비를 서둘렀다. 창백한 얼굴 탓에 화장하는 시간이 평소보다 오래 걸렸다.

아직 시간이 남아 있었지만 J호텔까지 가려면 서둘러야 했다. 윤은 침대에 펼쳐 놓은 치마 정장을 스팀기로 펴서 옷걸이에 건 뒤 긴 머리카락을 고데로 말았다. 향수를 뿌리고 스타킹을 신은 다음 정장 치마를 입었을 때 휴대전화가 울렸다.

순간 멈칫했다. 짧은 순간 많은 생각이 스쳤다. 무진은 이번 주에 그녀가 쉬는지 모르고 있었다. 혹시라도 그가 대구에 내려올까 봐 휴무를 미뤘다는 거짓말까지 한 그녀였다. 심장이 말할 수 없이 뛰었다. 현기증이 일 정도였다.

전화는 성북동에서 걸려 온 것이었다. 윤은 새로운 당혹감에 젖어 들었다. 그러나 곧바로 정신을 차리고 전화를 받았다.

―윤이냐?

"아, 안녕하셨어요?"

―오냐, 잘 지내고?

"예, 별일 없으시죠?"

―나야 늘 그렇지.

"……."

―다름이 아니라 내가 오늘 대구 좀 갈까 하는데 볼 수 있을까? 점심 같이 할 수 있으면 좋겠는데.

"……아."

무슨 일일까 하는 생각보다 더 큰 당혹감이 그녀를 덮쳤다. 결국, 솔직하게 말을 했다.

"아…… 그게, 제가 마침 서울인데요……."

―그래? 잘 됐구나. 그럼 지금 올 수 있을까? 점심 같이 들었으면 하는데.

재빨리 손목시계를 본 윤은 속으로 신음을 삼켰다. 성북동에서 머무는 시간 여하에 따라 결혼식 참석 여부가 정해지겠지만 못 갈 확률이 높았다. 결혼식에 참석한 뒤 가겠다고 말씀드릴까? 그러나 예감이 좋지 않았다. 어쩐지 그저 얼굴이나 보자는 전화는 아닌 것 같았다.

새로운 긴장감이 그녀의 내부를 팽팽하게 채웠다. 석주 삼촌은 아들과 멀어지면서 그녀와도 어느 정도 거리를 두었다. 성북동을 꾸준히 오가고 있었지만 1년에 한 번, 무진의 생일이라는 특수한 경우가 아니면 직접 전화를 하는 경우는 없었다. 그녀가 때때로 안부 전화를 넣고 있으나 식사 초대를 받은 적이 없듯이. 윤은 밀려오는 불안감을 누르며 말했다.

"지금…… 출발하겠습니다."

이따가 뵙겠다는 말을 한 뒤 전화를 끊었다. 윤은 복잡한 심경을 떨치지 못한 채 침대를 돌아보았다. 시선 끝에는 핸드백이 놓여 있었다. 침대로 다가간 그녀는 핸드백에서 청첩장을 꺼냈다.

송이령.

한동안 그 이름을 바라보다 윤은 청첩장을 원래대로 접어 가방에 넣었다. 그리고는 거울 앞에서 옷매무시와 머리카락을 정돈했고 결혼식을 위해 차려입은 그대로 집을 나섰다.

✤   ✤   ✤

얼마 뒤 윤은 높다란 담이 성벽처럼 둘러진 대문 앞에 도착했다. 머리 위로 작동 중인 보안 카메라가 눈에 들어왔다. 심호흡한 그녀는 잠시 옷매무시를 가다듬은 뒤 인터폰을 눌렀다. 누구라고 밝히기 전 대문이 열렸다. 윤은 드넓은 정원을 지나 규모 있게 들어선 저택의 계단을 올라갔다. 현관문은 활짝 열려 있었다.

"어서 와요, 윤이 씨."

현관 입구에 선 무진의 새어머니가 그녀를 반겼다. 40대 초반의 단발머리가 우아한 그녀는 심플한 원피스 차림이었다. 열두 살 아들을 둔 엄마라는 게 믿기지 않을 만큼 동안인 그녀는 아담한 체구에 차분한 인상의 사람이었다.

"안녕하셨어요?"

윤은 고개를 숙여 인사한 뒤 그녀 등 뒤에 서 있는 가사도우미에게는 눈인사를 했다.

"약소하지만 이거……."

윤은 들고 온 과일 바구니를 공손하게 건넸다.

"뭘 또 이런 걸…… 들어와요. 서재에 계세요."

웃는 낯으로 과일 바구니를 받아 든 희연은 바구니를 가사도우미에게 넘겼다. 그리고는 슬리퍼로 바꿔 신는 윤을 기다려 주었다.

넓고 긴 복도를 통과하는 동안 두 사람은 말이 없었다. 어쩌다 눈이 마주쳐도 어색한 미소를 주고받을 뿐이었다. 오래 알아왔다 해도 둘 사이에는 좁혀지지 않는 거리가 있었다. 무진과 새어머니의 관계 때문이었다.

예전의 두 사람은 지금과 같지 않았다고 했다. 두 사람 사이에 살얼음이 낀 건 새어머니 희연이 그의 아버지와 결혼한 뒤부터였다고 삼촌은 말했다. 친모가 세상을 떠나기까지 무진은 매일같이 병원을 오갔고 그 당시 간호사였던 새어머니를 신뢰했었다고. 그랬던 두 사람이 오늘의 모습이 된 건 신뢰가 깨졌기 때문일 것이다.

거실을 지나 다른 복도로 들어선 두 사람은 서재 앞에 섰다. 희연은 문 앞에 서서 윤이 도착했음을 노크로 알렸다. 안에서 나지막한 음성이 들려왔고 윤은 평소보다 긴장한 채 안으로 들어갔다.

"여보, 윤이 씨 왔어요."

소형 도서관을 방불케 하는 서재였다. 무거운 커튼이 반쯤 드리워진 창가 널찍한 책상 앞에 석주 삼촌이 앉아 있었다. 창을 향해 있던 회전의자가 그녀들을 향해 돌려졌다. 넓은 창을 통해 연녹색의 정원이 보였다.

"어서 와라."

의자에서 몸을 일으킨 석주 삼촌이 그녀를 맞았다. 엷은 미소를 띤 채 다가오는 어른은 언뜻 봐선 40대 중반으로 보였다. 그런 어른을 볼 때마다 나이 든 무진이 떠올랐다. 두 사람은 모든 면에서 흡사했다. 외모와 체격은 물론, 분위기까지도.

"안녕하셨어요?"

"그래, 온다고 고생했다. 앉자."

그가 자리를 권했다. 본인도 소파에 앉으며 윤을 바라보았다. 차려입은 모습이 보기 좋았다. 선이 곱고 유려한 아이였다. 여린 빛만 있는 것이 아니어서 그것이 더 시선을 끌었다. 무진이 다른 곳에서 윤을 만났더라도 마음을 빼앗겼을 것이라 장담할 수 있었다.

"안색이 안 좋구나. 목소리도 그렇고. 어디 아프냐?"

안색을 살피는 기색에 윤은 희미하게 낯을 붉혔다.

"감기 때문에 조금 고생하고 있어요. 걱정하실 정도는 아닙니다."

"그래…… 그렇다면 다행이구나. 여보?"

석주가 옆에 선 아내를 돌아봤다.

"우리 마실 것 좀 주겠소?"

남편의 말에 희연이 부드러운 미소를 지으며 '그럴게요'라고 말한 뒤 물었다.

"점심 준비는 어떻게 할까요?"

아내의 말에 석주가 윤을 돌아보았다. 허리를 곧게 펴고 앉아 있긴 하나 윤의 안색은 창백했다. 그 때문에 마음이 복잡했다. 잠시 후 하게 될 말이 아픈 아이를 더 아프게 할 수도 있기 때문이었다. 그러나 언젠가는 해야 할 말이었다. 이대로 돌려보낸 뒤 다시 부른다는 것은 시기적으로 맞지 않았다.

"몸 안 좋은 사람 길게 붙들고 있는 것도 그렇고…… 일단 이야기 끝나고 봅시다."

점심을 청했던 어른이 자신 때문에 신경 쓰는 듯해 윤은 좌불안석이었다.

"점심 주시면 감사하게 먹고 가겠습니다."

윤의 말에 석주가 고개를 저었다.

"굳이 그럴 필요 없다. 점심은 아무 때나 할 수 있는 거니까. 이 아이 갈 때 감기에 좋은 음식이나 좀 싸 줘요. 이 기사도 준비시켜 주고."

"그럴게요. 그보다 감기라니 커피 말고 다른 걸 올릴까요?"

"아, 아뇨. 커피면 됩니다. 커피 주세요."

사양하는 말에 희연이 남편을 돌아봤다.

"커피로 줘요."

"네, 그럼 말씀들 나누세요."

서재 문이 닫히자 방 안에 정적이 내려앉았다. 윤은 무릎 위

317

에 올려놓은 손을 마주 잡았다. 긴장한 탓에 손끝이 차가웠다.

"그래, 대구 생활은 할 만하고?"

잘 지내고 있다고 말한 뒤 윤은 일전에 인사도 없이 대구로 내려갔던 일을 떠올리며 낯을 붉혔다.

"내려갈 때 인사도 못 드리고…… 죄송했습니다."

석주가 개의치 말라는 표정을 지었다.

"일하다 보면 그럴 수도 있는 일이지. 그보다 내가 오늘 보자고 한 건……."

그때 가벼운 노크 소리가 들려왔다.

"들어와요."

서재 문이 열리고 현관에서 봤던 가사도우미가 쟁반을 들고 들어왔다. 머그잔을 놓고 나가자 방 안엔 다시 정적이 감돌았다. 윤의 긴장이 더해졌다. 어색해져 머그잔 주위에 서린 김을 보고 있는데 그가 입을 열었다.

"갑자기 보자고 해서 당황했겠구나. 차려입은 걸 보니 약속이 있었던 것 같은데 곤란하게 한 건 아닌지 모르겠다."

"아, 아닙니다."

"얘기 끝나고도 시간이 되거든 이 기사한테 데려다 달라고 말하거라. 내 가급적 말을 줄여 보마."

"아, 아닙니다. 편하게 말씀해 주세요."

긴장한 기색에 석주는 잠시 윤을 바라보았다.

"어느 정도 짐작하고 있을 테니 에둘러 말하지 않으마."

윤은 무릎 위의 손을 꼭 쥐었다. 무진의 마음을 받아들인 뒤 언제고 닥칠 일임을 짐작했었다.

"며칠 전에 전화를 받았다, 무진이한테. 조만간 너와 성북동에 들르겠다고 하더구나."

말을 한 뒤 살피는 기색이었지만 윤은 모르는 이야기였다. 그녀는 처음 듣는 말에 당황하는 중이었다.

"몰랐나 보구나. 둘이 나눈 생각이 아니었어."

어딘지 나무라는 말에 윤은 자신이 실수했다는 것을 깨달았다. 당황하는 기색을 느꼈는지 석주의 표정이 딱딱해졌다.

'당사자도 모르는 결혼 결심이라.'

우격다짐과는 거리가 먼 무진이었다. 어떤 경우에도 신중한 아들이었다. 윤과 관계된 일이라면 더했다. 그런 아들이 동의도 구하지 않은 말을 했다? 그렇다면 그것은 단순한 전화가 아니었다. 자신에게 전하는 메시지였다. 결혼할 여자는 윤이니 다른 생각은 하지 말라는.

짚이는 게 있었다. 얼마 전, 당사자를 뺀 결혼 이야기가 나온 적이 있었다. 무진이 그 이야기를 들은 거다. 수원일 확률이 높았다. 함께 일을 하는 데다 무진에게 숨기는 것이 없는 아이였다.

무엇보다 유철현 사장은 무진에게 그런 의사를 밝힐 만큼 배짱 있는 사람이 아니었다. 무진이 어릴 때부터 농담 반 진담 반으로 사돈 맺자 은근하게 굴고 있었지만 정작 당사자를 어려워했다. 그래서 그가 다시 결혼 이야기를 꺼냈을 때 뜻밖이라 생각했다. 처음부터 듣기 좋은 꽃노래도 아니었고, 반복해서 듣자니 하는 이는 실없어 보이고 듣는 이는 성가신 일이었다.

애초에 그 결혼 이야기가 무진에게 미칠 영향 같은 건 없었다. 아들에게 종이호랑이가 된 지 오래였다. 그런데도 그런 메시지를 던졌다는 것은 더는 유쾌하지 않을 일을 만들지 말라는 소리이며, 덧붙여 윤의 마음을 아프게 하지 말라는 경고이기도 했다.

윤에 한해선 어떤 타협도 없는 아들이었다. 부러질지언정 굽어지지 않았다.

그런 반면 윤은 명확하지가 않았다. 무진을 사랑하는 것은 분명하나 제 속의 흔들림이 너무 많았다. 그래서 분명히 하고 싶었다. 결혼이라는 돌이킬 수 없는 길로 들어서기 전에.

"두 사람이 오누이처럼 만나고 있다고 생각할 만큼 세상 물정 모르지 않다. 그걸 문제 삼을 생각도 없고. 허나, 남녀가 결혼 생각도 없이 깊은 정을 주고받는 건 문제라고 생각한다. 무진인 하나밖에 모르는 애다. 그 성격에 결혼하자 말하지 않았을 리 없고 기다리게 하는 건 너일 테지. 난 항상 네가 애매했다. 너의 그 불확실한 태도 말이다. 넌 잡지도 않고 놓지도 않아. 어쩌자고 네가 그럴까, 나는 오랫동안 마음이 편치 않았다."

"……."

"너를 부르기까지 오래 생각했다. 자식 가슴에 대못 박아 부모 자격 잃은 사람이라 며느리 될지도 모를 너를 불러 이런 말을 할 처지가 되나 많이 고민했었다. 허나, 자격 없는 부모라고 자식 걱정까지 내려놓고 사는 건 아니다. 자식 일에 관여 못 하고 살아왔다만 자식이 안정된 가정을 꾸리고 사는 것만은 보고 싶구나."

성북동을 떠나던 날, 그가 지었던 서글픈 미소를 이해하기까지 오랜 세월이 걸렸다. 성인이 된 후에야 조금이나마 이해할 수 있게 되었다. 그때 그녀는 많이 울었다. 그가 안쓰러워서, 그가 짊어진 슬픔이 너무 무거워서.

무진이 한결같이 어머니를 찾아가 '제발 살아만 있어 달라' 기도했음에도 결국 3년 만에 그의 곁을 떠났다. 그는 죄책감과 슬픔에, 그리움과 보고 싶음에 질식할 것 같았지만 온전히 무너지지 못했다고 했다.

마음 놓고 슬퍼할 수 없었던 이유는 저 때문에 평생의 반려를 잃은 아버지에 대한 죄스러움 때문이었다고 했다. 한 여자를 끔찍이도 사랑했던 한 남자에 대한 죄책감. 그러니 그가 어떻게 받아들일 수 있었을까. 아버지의 배신을.

"상처가 상처를 덮진 못하는 법이다. 상처란 나눠서 짊어진다고 가벼워지는 게 아니야. 근본적인 게 해결되지 않으면 자신은 물론 상대를 좀먹는 게 상처다. 내가 너를 모를까, 내 아들을 모를까. 네가 쉬 결혼을 결정하지 못하는 이유가 네 아픔 때문인 거 안다. 그래서 나는 네가 걱정이다."

제 부모를 잘 알고 있는 어른이었다. 그들의 사랑이 어떻게 시작됐는지, 어떤 과정을 거쳐서 어떻게 파국에 이르렀는지 모두 지켜봤다. 일련의 과정에서 파생된 상처를 어린 그녀가 고스란히 받았다는 것도 알고 있었다. 때문에 그녀의 아픔이 그를 불행하게 만들 거라고 생각하고 계신 게 아닐까.

"내가 아들의 배우자에게 바라는 건 하나다. 무진이를 행복하게 해 주는 것. 그래서 제 상처를 들여다보지 않게 하는 것. 네가 기특하고 예쁜 거 안다. 우리 둘 사이를 이어 보려고 부단히 노력하는 것도, 무진이 너를 보며 버텨 온 것도 안다. 하지만 나는 두렵다. 내가 준 상처는 견뎠지만 네가 주는 상처는 견디지 못할 테니까."

"……."

"사람은 어른이 되어서도 극복하지 못하는 부분이 있다. 속에서 곪아 터진 상처는 언젠가는 겉으로 드러나기 마련이야. 마냥 싸안아 주며 살 수만은 없는 게 결혼이다. 하물며 결혼 결심조차 망설이는 만남이라니…… 사랑한다는 이유만으로 언제든 떠날 수 있는 상대를 끌어안고 사는 건 가혹한 일이다."

"……."

"여기까지가 내 걱정이고, 여기까지가 널 보아 온 내 판단이다. 이제 말해 보거라. 넌 어떤 생각을 가지고 있는지."

❖　　　❖　　　❖

─매니저님, 휴무신데요?

전화를 끊는 무진의 안색이 창백하게 굳어졌다. 휴무라고? 그런 이야기는 없었는데.

최근 바빠진 통에 통화가 드물었다. 오늘은 목소리라도 들을 요량으로 전화를 걸었는데 윤의 전화기가 꺼져 있었다. 처음엔 배터리가 다 됐기 때문이라고 생각했다. 윤의 성격에 뜻밖이라고 생각하면서도 전화기가 꺼져 있는 이유는 그것밖에 생각할 수 없었다. 한 시간 뒤 다시 전화를 걸었지만 전원은 여전히 꺼져 있었다.

덜컥 가슴이 내려앉았다. 초조한 마음을 애써 달랬다. 몇 시간 뒤 윤의 출근 시간에 맞춰 매장으로 전화를 걸어 보았다. 그런데 돌아온 대답이 휴무였다. 휴무라니. 그에게 연락도 없이 연휴라니. 분명히 이번 주에는 쉬는 날이 없다고 했는데……

근래 들어 더욱 바빠진 두 사람이었다. 그녀는 오픈 준비에 피치를 올리고 있었고 그 역시 착수한 사업과 거듭되는 회의로 바쁜 시간을 보내고 있었다. 그래서 잦았던 문자가 뜸해지고 목소리 듣는 날이 드물어져도 이해했다.

그러나 일을 마치고 집으로 돌아가는 밤, 혹은 그보다 늦은 퇴근길. 그녀의 목소리가 못 견디게 듣고 싶은 날이 있었다. 그럴 때면 잠든 그녀를 깨웠고 자다 일어난 목소리는 싫은 기색 없이 그를 반겼다. 그러나 짧은 통화에서도 묻어나는 피로함은 숨길 수가 없었다. 그 때문에 통화를 자제하고 있었던 건데 이런 상황이 벌어지다니.

그는 대구로 전화를 걸었다. 두 번째 신호음이 떨어지기 전 가사도우미가 전화를 받았다.

—네, 사장님.

"지금 집으로 가 주세요. 사람 있나 확인 좀 부탁합시다. 급한 일입니다."

전화를 끊은 무진은 휴대전화와 차 키를 집어 들었다. 사무실을 나와 엘리베이터에 오른 그는 오픈식이 한참인 6호점으로 향하는 대신 도봉구로 차를 몰았다. 그에게 연락 없이 삼촌 집에 있을 리 없었지만, 이번만은 그랬으면 하는 바람으로.

"자네가 이 시간에 어쩐 일인가?"

그가 왔다는 소리에 빵 반죽을 떼다 말고 나온 윤의 삼촌이었다.

"지나가는 길에 얼굴이나 뵐까 하고 왔습니다."

그의 말에 민환은 한 치의 의심 없이 환하게 웃었다.

"언제든 환영이지! 우리 윤이 안 오니 자네를 자주 보네. 언제 한잔해야지?"

윤이, 없다. 윤이…….

"언제든 청해 주십시오. 자리는 제가 만들겠습니다."

"하하하. 좋아, 좋아."

이후 무슨 말이 어떻게 오갔는지 기억나지 않았다. 그는 일간 윤과 들르겠다는 말을 남긴 뒤 베이커리를 나왔다. 베이커리 주차장에 세워 둔 차에 올랐을 때 전화가 걸려 왔다. 대구 집으로 보낸 가사도우미로부터였다.

"어떻게 됐습니까?"

굳은 목소리로 묻는 말에 난처한 목소리가 돌아왔다.

—집은 비어 있습니다. 주차장에 차는 그대로고요.

외출인지 모르지만 현재 상태는 그렇다고 했다. 수고했다는 말을 한 뒤 무진은 전화를 끊었다. 손끝이 떨렸다. 어딜 가면 간다고 말할 사람이었다. 전화를 못 하면 문자라도 남길 사람이었다. 한데, 전화기는 꺼져 있고 행적은 묘연하다.

정신이 아득해졌다. 무턱대고 연락을 끊을 사람이 아니다. 섭섭한 감정이 생겼다고 해도 이럴 사람은 아니다. 어떻게 된 일일까. 어디로 간 거지? 어디에 있는 걸까! 미칠 것 같은 기분에 휩싸였다. 이대로 앉아서 기다릴 수만은 없다는 생각이 들었다.

그는 급히 시동을 걸었다. 그러나 이내 맥을 놓았다. 떠오르는 장소가 없었다. 어디로 가야 그녀를 찾을 수 있을까? 윤이 사라졌는데 사라진 사실조차 몰랐었다. 망연자실했다. 무슨 일이 생긴 건 아닐까? 그를 기다리고 있는데 자신이 찾지 못하는 건 아닐까? 정말 그런 거라면…… 숨이 막혀 왔다.

하지만 떠난 거라면?

불현듯 떠오른 생각이었다. 만약 윤이 그를 떠나기로 했다면? 그래서 전화를 받지 않는 거라면? 무진의 얼굴에서 핏기가 가셨다. 그렇다면 이 모든 상황이 이해가 됐다. 전부 맞아떨어졌다. 어디서부터 어긋난 것일까. 그 밤이 생각에 불을 붙였을까? 그녀를 난폭하게 안았던 그 밤이?

아아, 아니다. 사랑한다고 말하던 그녀였다. 어디에도 가지 않겠다던 그녀였다. 그런 그녀가 자신에게 잔인하게 굴 리 없었다. 그러나 위태롭게 빛나던 윤의 눈동자가 떠올랐다. 주방에 오도카니 앉아 있던 모습도. 무슨 생각을 하고 있었던 것일까? 그를 발견하고 말갛게 웃던 그녀는.

돌연 숨이 막혀 왔다. 오도카니 앉아 바라보던 모습이 떠올라서, 흐릿하게 웃던 그 얼굴이 떠올라서 미칠 것 같았다. 그 모습이 마지막일 것 같아서, 자신을 보며 미소 짓던 그 얼굴이 마지막인 듯해서 숨을 쉴 수가 없었다.

9

Marry Me

윤.

무진의 목소리를 들은 듯했다. 꿈결이었다. 그녀는 깊은 잠속을 유영 중이었다. 그러나 근심 어린 목소리가 그녀를 일깨웠다.

일어나, 윤.

다급한 목소리. 이마를 짚는 손이 느껴졌다. 어깨가 흔들렸다. 자고 싶어요. 마른 입술을 달싹였다.

괜찮아요.

미소를 지어 보였던가.

졸려요.

그렇게 말했던 것도 같았다. 걱정하는 그를 안심시키고 싶었다. 그러나 눈꺼풀이 너무도 무거웠다. 눈을 뜰 수가 없었다. 짙은 어둠을 뚫고 눈꺼풀 사이로 부드러운 불빛이 흘러들었다.

윤.

눈을 떴을까? 눈꺼풀 속으로 인영이 어른거리다 점차 또렷해
졌다. 창백한 얼굴. 무진이었다.

왜 그런 얼굴을 해요? 윤은 미간을 찡그렸다. 나, 괜찮아요.
그를 안심시켰다. 아니, 그런 말을 했던가? 윤은 미간을 찡그렸
다. 그랬었나? 의식이 흐려졌다.

그래, 어쩌면 다른 말을 했을지도…… 지금 아주 기분이 좋다
고. 조금만 자고 일어나서 만나러 가겠다고. 오빠가 깜짝 놀랄
만큼 예쁘게 차려입고 만나러 가겠노라고. 아니다. 그 말을 했
던가? 기억이 분명치 않았다. 그의 얼굴을 보고 싶은데 눈꺼풀
이 떨어지지 않았다. 도저히 눈을 뜰 수가 없었다. 끔찍한 통증
과 오한이 사라진 달콤한 잠이었다. 그녀는 오랜만에, 아주 오
랜만에 평온했다.

"어떻습니까?"

근심하는 목소리가 귓속을 파고들었다. 무진이다. 문득 그가
왜 여기 있는 건지 의아해졌다. 귓가에 누군가의 손길이 닿았
다. 귓속으로 뭔가가 밀려들었다. 흠칫 몸이 떨렸다. 차가운 감
촉이었다. 그러나 차가운 그것은 이내 귓속에서 빠져나갔다.

"열은 떨어진 것 같습니다."

남자의 목소리였다.

"링거 빼겠습니다."

이번엔 여자의 목소리였다. 팔에 차가운 것이 닿았다. 휘발되
는 그 차가운 감촉에 윤은 움찔 몸을 떨었다. 이어서 팔이 가볍

게 눌리며 날카로운 뭔가가 혈관 속에서 빠져나갔다. 그리고 그 자리에 뭔가가 붙여졌다.

"다 됐습니다."

여자의 목소리는 상냥했다. 팔이 들려 이불 속으로 넣어졌고 이불이 조심스럽게 덮였다.

"열이 떨어진 정도로 괜찮은 겁니까?"

그의 목소리였다. 근심 가득한 목소리에 잠 속으로 빨려 들려 던 의식이 경계를 탔다.

"내일이라도 내원해서 검사받기를 권하지만 지금 봐선 크게 걱정하실 건 없어 보입니다. 다행히 열도 떨어졌고요. 정확한 건 환자가 일어나 봐야 알겠지만 증상으로 봐선 감기 몸살입니 다. 체력이 현저하게 떨어진 게 걸리네요. 폐렴으로 가기 전에 치료해 다행입니다. 그리고 처음에도 말씀드렸지만 의식을 잃은 것이 아니라 깊이 잠든 겁니다."

"그렇습니까."

"마음이 안 놓이시면 지금 병실 비워 두라고 하겠습니다."

"아닙니다. 박사님 판단이 그렇다면 그런 거겠지요. 수고하셨 습니다."

문 쪽으로 기척이 일었다. 그 소리를 따라가다 그녀의 의식은 다시 잠 속으로 흘러들었다.

눈을 떴을 때 방 안에는 그녀 혼자였다. 윤은 느리게 눈을 깜 빡였다. 어두운 천장이 눈에 들어왔다. 침대 맡을 밝히는 불빛이 부드러웠다. 여기가 어딜까? 잠깐 혼란스러웠으나 차츰 방 안 풍경에 안도했다. 서울, 자신의 방이었다.

그래, 서울에 왔었지. 성북동을 갔었고 삼촌을 만났고 J호텔에 갔었어. 윤은 다시 흐릿해지려는 의식의 끝을 붙들며 속으로 중얼거렸다. 미간이 희미하게 꿈틀거렸다.

삼촌이 내어 준 차를 타고 나왔다. 예식이 끝나 가고 있었지만 마음은 조급하지 않았다. 그럴 이유가 없다는 걸 깨달았기 때문이다.

타고 온 차를 돌려보내고 호텔 로비에 들어섰을 때였다. 한 무리의 사람들이 로비를 빠져나가고 있었다. 본능적으로 고개를 돌려 그들을 바라보았다.

아!

움찔 마음이 굳어졌다. 그들이다! 외조모, 외삼촌, 그리고 외숙모. 그들 중 몇몇이 돌아봤다. 시선이 교차했다. 그러나 수초 후 비껴 갔다. 찰나의 멈춤이 있었지만 그것이 의미하는 바는 명확하지 않았다. 그들 중 몇몇의 눈빛이 떨렸던 것도 같았으나 그녀의 착각일 수도 있었다.

그들이 지나가고 짧은 시간 한껏 긴장했던 몸에서 힘이 빠져나갔다. 알아보지 못했을까? 한순간 유령을 본 듯한 표정은 어떻게 설명할까? 돌연 쫓기듯 걷던 걸음은? 그럼에도 내린 결론은 하나였다. 그들은 그녀를 알아보지 못했다.

허탈함이 일었다. 그래서였을 것이다. 멀어지는 그들의 모습에 무모한 용기가 솟아난 것은. 그녀는 한 걸음 뒤처져 무리를 따라 걷기 시작했다. 걸으며 그들을 바라보았다. 값비싼 한복으로 성장한 외조모를, 바짝 마른 몸에 완고함이 더해진 외삼촌을, 전보다 살이 오른 외숙모를, 그리고 그 옆을 걷고 있는 새치름한 인상의 젊은 여성을.

숙모 옆의 여자가 눈에 익었다. 이종사촌인 듯했다. 그렇다면 그도 여기 어딘가 있을 것이다. 명함을 들고 삼촌을 찾아왔다던 그도. 다시 무리를 훑어보았다. 그러나 그는 보이지 않았다. 혹시 아파서 오지 못했나? 아니다. 어쩌면 그녀가 찾지 못하는 걸 수도 있었다. 11년이란 세월은 결코 짧은 세월이 아님에.

저만치 웨딩카 앞, 신랑 신부가 하객들을 기다리고 있었다. 하객들이 그들을 중심으로 모여들기 시작했다. 그녀는 걸음을 멈추었고 무리에서 떨어졌다. 그리고 모두를 내려다보는 곳에서서 신랑 신부를 바라보았다.

신랑과 신부는 20여 명쯤 되는 하객들에게 일일이 인사 중이었다. 신랑의 팔에 안긴 채 신부는 남자를 올려다보며 귀엣말을 하고 있었다.

오랜 외국 생활 탓일까? 그녀에게서 이국적인 분위기가 풍겼다. 여자의 미소는 부드러웠고 남자를 바라보는 눈빛엔 사랑이 담겨 있었다. 남자의 시선 또한 다정하고 다감했다. 날카로운 뭔가가 명치끝을 예리하게 찌르는 느낌이었다.

좋아 보였다. 예전엔 보지 못했던 편안함이 느껴졌다. 함께 사는 동안에는 보지 못했던 안정감과 만족감 같은 것이었다.

행복해, 당신?

마치 그녀의 물음을 들은 것처럼 그녀가 돌아보았다. 하객에게 미소 짓고 있던 그녀의 입가에서 웃음이 걷히고 움찔, 몸이 굳는 것처럼 보였다. 시간이 멈추었다. 눈빛이 흔들렸을까? 어쩌면 미소 짓던 입매가 살짝 떨렸을지도 모른다.

모든 것은 찰나였다. 그러니 우연히 닿은 시선일 수도 있었다. 그녀가 자신을 알아보지 못했으리라 장담했다. 거리는 멀었고 세월 또한 멀었으니까. 그런데도 시선이 마주친 순간 착각이 일었다.

그녀가 뒷좌석에 앉기 전 저를 돌아보았다. 마치 처음의 시선이 우연이 아니었다는 듯이. 다시 한 번 시선이 얽혔지만 마주함은 이전보다 짧았다. 차 문이 닫혔고 그대로 멀어져 갔다.

사는 동안 한 번은 만나고 싶었다. 그녀와 자신 사이에 무엇이 남았는지 확인하고 싶어서. 결론은 공허였다. 이상하게도 마음이 가라앉았다. 아연했다. 그토록 들끓었던 마음은 어디로 사라진 것일까? 비현실적으로 느껴질 만큼 초연한 감정 앞에 당혹감을 느꼈다. 여자가 떠난 뒤 머릿속으로 그린 수백 번, 수만 번의 재회 속에도 지금의 제 모습은 없었다.

뒤이어 하객들의 차가 빠져나갔고 윤은 천천히 발길을 돌렸다. 이제 그에게 갈 시간이었다. 달려가서 마음을 고백할 시간이었다. 그러나 몸이 마음 같지 않았다. 오랜 세월 쥐고 있던 긴장의 끈을 놓아 버린 탓인가? 간신히 택시를 타고 집으로 돌아왔을 때 전신에 오한이 일고 견딜 수 없이 몸이 떨려 왔다. 몸이 한없이 가라앉았다.

겨우 샤워를 하고 화장대 앞에 앉아 버렸다. 하지만 거기까지였다. 그녀는 더는 이겨 내지 못하고 이불 속으로 기어들었다. 가야 하는데, 기다리는 그에게 가야 하는데, 몸이 말을 듣지 않았다.

전신을 휘감는 극심한 통증과 무기력함이었다. 근육통과 오한이 그녀를 덮쳤다. 입술을 깨물어도 신음이 새어 나왔다. 자야겠다. 자고 일어나면 괜찮아질 것 같았다. 며칠 전에도 그랬으니 이번에도 자고 일어나면…… .

주체할 수 없는 졸음이 쏟아졌다. 꿈인지 현실인지 아득한 그 경계에서 성북동 서재의 일이 떠올랐다.

"여기까지가 내 걱정이고, 여기까지가 널 보아 온 내 판단이다. 이제 말해 보거라. 넌 어떤 생각을 가지고 있는지."

한동안 말을 잇지 못했다. 옳은 말이었다. 들어 마땅한 말이었다. 그간에 그녀가 보인 태도였고 그 결과였다. 때문에, 어떤 말도 쉽게 나오지 않았다. 오래 고뇌한 어른 앞에서 쉬운 말은 없었다. 잘 알고 있었다. 지금까지 그의 곁에 머무를 수 있었던 것은 어른이 묵인했기 때문이라는 것을. 어른이 작정했다면 그 곁에 있지 못했으리라는 것을. 아들과의 관계가 악화될까 사린 마음도 있었겠지만 그보다는 정도를 지켰기 때문이라는 것도. 그러니 이제 최선을 다해 마음을 열어 보일 생각이었다.

"한때는 떠나 주는 게 오빠를 지키는 길이라고 생각한 적도 있었습니다. 부모님을 떠올릴 때마다 그들을 닮아 사랑하는 사람에게 상처를 주는 사람이면 어떡하나 무섭고 두려웠던 적도 있었습니다. 불행은 저만 가지면 된다고 생각했고 그게 오빠를 위한 일인 줄 알고 했던 행동이었습니다. 제가 애매하게 굴었다는 거 압니다. 그래서 미덥지 않다는 것도 압니다. 하지만 한 번만 믿어 주시면, 언짢은 마음 푸시고 한 번만……."

울려고 했던 게 아니었다. 저도 모르게 흘러내린 눈물이었다. 푹 고개를 떨구었다. 어른의 한숨 소리가 들려왔다. 소파에서 일어난 어른이 옆으로 다가왔고 말없이 내려다보다 체념한 듯 옆에 앉아 손을 잡았다.

"울지 마라."
"죄송합니다……."

깊은 한숨을 쉬는 어른이었다.

"울 일 없다. 네 마음 듣자고 했고 들었으니 됐다. 마음고생 심했다는 거 안다. 그래도 이제는 결정할 때가 됐다 여겼다. 결혼 얘기에 마음 아팠겠지만 무진이 나이가 서른이다. 이제는 가정을 이뤄야 할 나이야. 너 아니면 안 될 녀석이라서 걱정이 태산이었다. 네가 끝끝내 아니라 하면 무리해서라도 다른 혼처, 찾아볼 생각이었다. 애매한 네가 마뜩잖았던 것도 사실이다. 제 자식 속 태우는 거 보며 흡족할 부모는 없다. 하지만 네 마음이 그렇다니, 그 마음 거두마."
"삼촌……."
"결혼해라. 무진이 손잡고 살아. 사는 게 확신이다. 살면서 티격태격, 아옹다옹 놓지 않고 사는 게 확신이야. 두려움이 일 수는 있다. 하지만 그건 너만의 이야기가 아니야. 사람 사는 길, 어찌 꽃길만 있을까. 가시밭길도 있고 언덕길도 있고, 길이 없어지기도 한다. 그럼에도 사랑한다면 상대를, 너를 믿어야 해."

"삼촌……."

"자나 깨나 걱정이었다. 혹시라도 네가 떠나서 그 철벽같은 마음 영영 열리지 않을까. 자나 깨나 걱정이었어."

등이 토닥여졌다.

"아픔 같은 건 잊어라. 잊고 살아. 사람이 그렇다. 마음먹으면 못할 게 없어. 노력하다 보면 마음 아픈 것도 슬픈 것도 언젠가는 희미해져. 상처 받았다 생각하지 말고 상황이 그랬을 뿐이라고 받아들여. 그러면 지나간다. 흘러가. 내 말 또한 가슴에 담지 말고 흘려. 네가 내게 했던 결심만 새기고 살아. 그러면 무진인 네게 그 이상을 할 거다."

"감사합니다. 감사합니다……."

서재를 나왔을 때 주방에서 나온 새어머니가 당황했다.

"벌써 가려고요? 어쩌나, 점심 준비하느라 아직 아무것도 못 싸 놨는데. 잠깐만 기다려요. 금방 준비할 테니."

그녀의 말에 윤은 황급히 만류했다.

"괜찮습니다. 들를 데가 있어서 가 봐야 합니다."

"그냥 가려고요? 식사라도 하고 가지."

"다음에 다시 들르겠습니다. 그때 맛있는 거 많이 해 주세요."

새어머니가 희미한 낯으로 웃었다.

"그래요. 꼭 그래 줘요."

배웅하는 그녀와 현관에서 헤어지고 윤은 어른과 대문 밖을 나왔다.

"조심해서 가거라. 안색이 많이 안 좋다."

석주가 주치의를 부를 테니 잠깐 쉬었다가 가라고 권했다.

"며칠 잠을 설쳤더니 그런 것 같아요. 일 끝나는 대로 집에 가서 좀 자려고요."

"그래, 알았다. 이 기사한테 가는 곳까지 데려다 달라고 하고."

"네, 전화 드리겠습니다."

고개를 끄덕이는 그에게 인사를 하고 돌아서려던 그녀가 말했다.

"다음엔 둘이 오겠습니다."

어른의 얼굴에 서글픈 미소가 피어올랐다.

"그래, 다음에 성북동 올 땐 둘이 오너라. 너 좋아하는 음식 많이 해 놓으마."

윤은 환한 미소를 지었다. 그런 그녀에게 석주가 어서 가라 손짓했다. 차에 오르자마자 창문을 열고 다시 한 번 어른에게 인사를 한 뒤 성북동을 떠났다. 알고 있었다. 그리고 믿고 있었다. 그녀가 사랑하는 사람도, 그의 아버지도 계기가 필요할 뿐 서로를 향한 마음은 닫히지 않았다는 것을.

"으음."

뭔가 행복한 꿈을 꾼 듯했다. 윤은 만족스러운 미소를 띠며 돌아눕다가 무진과 눈이 마주쳤다.

"아!"

어둑한 방 안 침대 가에 그가 앉아 있었다. 머리맡 창을 통해 푸르스름한 새벽빛이 흘러들고 있었다.

"오빠?"

꽉 잠긴 목소리로 새어 나왔다. 자신의 것 같지 않은 목소리였다.

"좀 어때?"

그녀만큼이나 칼칼하게 가라앉은 목소리가 돌아왔다. 의자에 앉아 밤을 새운 얼굴이었다. 꿈인 줄 알았다. 그가 곁에 있을 리 없었으니까. 그런데 아니었다. 윤은 몸을 일으켰다.

"오빠가 여길 어떻게……."

그가 황급히 의자에서 일어나 그녀를 만류했다.

"일어나지 말고 누워 있어."

어깨를 누르는 힘에 저항하지 못하고 윤은 다시 누웠다. 그녀는 마른침을 삼키며 근심 어린 눈동자를 바라보았다. 언제부터 저러고 있었던 걸까? 꺼칠한 얼굴은 창백했고 흰색 셔츠는 구김이 가 있었다.

"지금 몇 시예요?"

"새벽 4시쯤? 어쩌면 더 됐을지도 모르고."

새벽 4시?

윤은 미간을 그러모았다. 대답을 들었어도 시간을 가늠하기가 어려웠다.

"오늘이 무슨 요일이에요?"

"새벽이니, 이제 월요일이겠지?"

윤은 깜짝 놀랐다. 한동안 마른침만 삼키며 눈을 깜빡였다. 월요일? 조금 잤을 뿐인데…… 윤은 쭈뼛대며 무진을 돌아보았다. 꿈속에서 다급한 목소리를 들었던 기억이 났다. 그의 목소리였다. 한데 꿈이 아니었다니. 윤은 다시금 마른침을 삼켰다.

"나 여기 있는 건 어떻게 알았어요?"

그녀의 말에 무진의 낯빛이 흐려졌다.

"찾아다녔지."

무진은 윤을 찾아다녔던 시간을 떠올렸다. 휴대전화 위치 추적까지 생각했었다.

베이커리에서 나왔을 때 그는 망연자실했다. 어디로 가야 할지 알 수가 없었다. 그러다 윤의 집을 떠올렸다. 삼촌의 집에도 없는 윤이 자신의 집에 있을 리 만무했지만 지푸라기라도 잡고 싶은 심정이었다. 그리고 침대에 죽은 듯이 누워 있는 윤을 발견했을 때의 기분이란.

윤은 두꺼운 이불을 두 채나 덮고 누워 있었다. 전신이 땀에 젖어 흥건했다. 몸은 놀랍도록 뜨거웠고, 또 차가웠다. 놀란 그가 병원에 가자며 그녀를 안아 올렸으나 윤은 한사코 거부했다. 이불 밖으로 나오려 들지 않았다. 작은 몸의 저항이 거셌다. 자고 싶다고, 자게 해 달라고, 감기약도 먹었고 병원도 다녀왔으니 자게 해 달라고 버티었다. 결국, 집으로 주치의를 불렀다. 일요일이었기에 응급실로 데려가 절차를 밟자니 윤의 상태가 나빴다.

"널 발견했을 때 내 심정은……."

그는 한동안 말을 잇지 못했다. 무진은 괴로움으로 얼룩진 눈으로 윤을 바라보았다.

"내가 발견하지 못했으면……."

그는 상상조차 하기 싫은 일에 입을 다물었다. 그는 그녀를 수습한 뒤 침대 위에서 휴대전화를 찾아냈다. 전화기는 방전 상태였다. 상황을 들은 윤은 할 말을 잃었다.

"전화기가, 꺼져 있었어요?"

멍하니 중얼거린 그녀는 신음을 삼켰다. 미안하다는 말조차 나오지 않았다. 성북동 호출을 시작으로 종일 다른 곳에 정신이 팔려 있었다. 전화가 꺼져 있을 줄은 꿈에도 몰랐다. 조금만 주의를 기울였어도 이런 일은 없었을 텐데. 연락이 닿지 않는 동안 그는 얼마나 속을 끓였을까. 그의 심정이 어땠을지 짐작이 되어 괴로웠다.

혼자 정리할 시간이 필요해서 서울에 왔고 정리되는 대로 그를 만나러 갈 생각만 가득했다. 그러고 보니 성북동 전화 이후 가방에서 휴대전화를 꺼낸 적 없다는 것을 깨달았다. 그에게 전화가 걸려 올 수 있었다는 생각조차 못 하고 있었다. 그랬던 휴대전화가 침대 위에 있었다고 한다. 꺼낸 기억조차 없는데.

윤은 입술을 깨물었다.

"미안해요. 무슨 말을 어떻게 해야 할지…… 정말 미안해요. 연락 닿지 않은 것부터 끔찍하게 걱정시킨 것까지."

그녀의 사과에 무진은 깊은 한숨을 쉬었다.

"그러지 마. 네 사과받자고 한 말 아니니까."

"하지만 너무 미안해서……."

그녀가 그의 손을 만지작거렸다. 고개 숙인 그녀의 턱을 그가 가만히 들어 올렸다.

"윤, 충분해. 네 사과."

"……오빠."

"네가 무사히 내 앞에 있는 것만으로, 이미 충분해."

윤은 입술을 깨문 채 한동안 말을 잇지 못했다. 그러다 그의 눈을 보며 말했다.

"오빠한테 갈 생각이었어요. 몸이 좋지 않아서 잠깐 누웠다

갈 생각이었는데…… 일이 이렇게 될 줄은 몰랐어요."

"알아. 그랬을 거야."

"이제 걱정시키지 않을게요. 나, 할 말이 많아요. 우선 서울에 연락 없이 온 일부터……."

문득 윤은 자신의 몰골을 떠올렸고 깜짝 놀라 그에게서 떨어졌다. 침대에서 발딱 일어났다. 몸 상태를 잊은 행동에 한순간 어지럼증이 일었다. 그녀가 털썩 주저앉자 놀란 그가 재빨리 부축했다.

"왜? 화장실 가고 싶어?"

그의 말에 윤은 얼굴을 붉혔다.

"아뇨. 좀 씻고 싶어서."

그녀의 말에 그가 미간이 찌푸려졌다.

"지금? 몸도 못 가누면서?"

도로 눕히려고 하자 윤은 그의 팔을 붙들었다.

"이, 이제 괜찮아요. 정말."

살짝 어지럽고 아주 조금 기운이 없었지만 정말 괜찮았다. 안 괜찮아도 괜찮아야 할 상황이었다. 인생에서 가장 중요한 순간을 꾀죄죄한 몰골로 맞을 순 없었다.

"씻을게요. 씻고 싶어요."

그에게 청혼할 생각이었다. 대구에서 준비해 온 상황은 이게 아니었지만, 자신의 인생에서 가장 중요한 순간이 가장 멋없게 치러질 예정이었지만 오늘을 놓치고 싶지 않았다.

"말려도 하겠다는 거지?"

고집을 읽은 그가 한숨을 쉬었다. 그녀가 고개를 끄덕이자 무진이 손목시계를 풀었다.

"그럼 같이 씻자."

협탁에 손목시계를 올려놓은 그가 셔츠 단추를 풀기 시작했다. 그 모습에 당황한 그녀가 손사래를 쳤다. 분명히 씻겨 주겠다고 나설 그였다.

"아, 아니에요! 금방 씻고 나올게요!"

윤이 침대에서 내려서려고 하자 그가 그녀를 붙들었다.

"어딜."

결국 침대에 앉혀졌다. 눈으로 경고의 빛을 보내며 그가 셔츠를 벗었다. 또 그를 귀찮게 만들었다. 심각해진 그녀의 낯빛을 오해한 그가 놀리는 투로 말했다.

"환자랑 무슨 짓을 할까."

생각지도 못한 말이었다.

"얘기가 왜 그렇게 튀는……."

빨개지는 그녀를 보며 그가 무심하게 말했다.

"아니면 됐고."

어느새 옷을 모두 벗어 의자에 올려놓은 그가 그녀를 번쩍 안아 들었다. 넓은 가슴에 바짝 안기고 나자 더욱 땀 냄새가 신경 쓰였다. 그녀는 움찔 몸을 굳혔고 무진과 거리를 두려 애를 썼지만 곧바로 나무라는 말이 날아왔다.

"침대 신세 지고 싶어?"

꿈지럭대지 말라는 소리였다.

"신, 신경 쓰여서. 나 땀 냄새날 텐데……."

"안 나."

"그럴 리가. 토요일부터 못 씻었는데……."

절망적으로 속삭인 그녀가 잔뜩 몸을 웅크렸다. 그 순간 귓불에 입술이 닿았다. 그리고 예고도 없이 귓불이 핥아졌고 이에 깨물렸다.

"앗!"

놀란 그녀가 목을 움츠리자 겨드랑이 밑을 받친 손이 가슴을 꽉 움켜쥐었다. 귓불과 목덜미가 다시 핥아졌고 입술이 문질러졌다.

"안고 싶을 만큼 달콤한 냄새야. 그러니까 그렇게 뻗대지 마. 간신히 참고 있으니까."

다소 거친 속삭임에 귀밑까지 달아올랐다. 윤이 굵은 목을 끌어안자 목덜미에 그의 입술이 붙었다 떨어졌다.

그녀를 욕조 안에 세운 그는 잠옷과 속옷을 벗겨 주었다. 그리고 어지러워하는 그녀를 안아 욕조에 함께 앉았다. 넓고 탄탄한 가슴에 동그랗게 말린 하얀 등이 닿았다.

거품 묻은 퍼프가 하얀 몸에 문질러졌다. 기분 좋은 거품과 부드러운 손길이었지만 그에게 안겨서 느긋할 수만은 없었다. 등을 스치는 가슴은 단단했고, 뺨을 스치는 턱은 자극적이었다. 묵묵히 그녀를 씻기는 그와 달리 윤의 마음은 평온함과 거리가 멀었다.

그에게 폭 안긴 채 전신이 문질러지자 미안했던 마음은 간데없이 그를 향한 갈증만이 자리했다. 그 사실이 부끄러워 웅크린 그녀에게 그는 몸에 힘을 빼라고 요구했다. 그러나 등을 문질렀던 손길이 가슴과 아랫배에 닿자 윤은 더는 참지 못하고 그의 손을 붙들었다.

"내, 내가 할게요."

"힘 빼지 마. 시간 끌면 감기 심해져."

그가 붙든 손을 간단히 떨쳐 냈다.

"하지만……."

윤은 입술을 깨물었다.

"환자와 아무 짓도 않으려고 노력 중이야. 그러니 협조해. 마음 변해서 환자랑 무슨 짓 하기 전에."

딱딱하게 내뱉은 그가 거침없이 다리 사이로 손을 미끄러뜨렸다. 결국 그녀는 입술을 깨물며 그의 손길을 견뎌야 했다. 그러나 그의 인내심도 욕실까지였다.

목욕을 끝낸 그녀가 먼저 방으로 돌아왔다. 한결 가뿐해진 몸과 마음으로 서랍장에서 깨끗한 치마 잠옷과 팬티를 꺼내서 입었다. 젖은 머리카락을 말리며 혹시라도 그가 입을 만한 것이 없나 서랍 안을 뒤졌다. 그러나 있을 리 없었다.

서랍장을 닫았을 때 욕실에서 그가 나왔다. 수건으로 젖은 머리카락을 닦으며 나오는 그는 당연히 나신이었다. 희뿌연 여명 아래, 근육질의 나신은 너무도 자극적이었다. 윤은 저도 모르게 숨죽인 채 그를 보았다. 그러다 그와 눈이 마주쳤다. 새빨개진 얼굴로 고개를 돌렸지만 뒤늦은 행동이었다.

어느새 다가온 그가 그녀를 돌려세우고는 으스러뜨릴 듯 끌어안았다. 그리고 주린 키스를 퍼부었다. 아랫도리가 성급하게 더듬어졌고 팬티가 끌어 내려졌다. 두 사람은 침대 위로 쓰러졌다. 서로를 향한 갈증에 더운 숨을 토하며, 뜨겁게 몸을 얽으

며 신음했다. 그를 향한 사랑에, 그녀를 향한 갈증에 서로의 품
안에서 몇 번인지 모를 절정을 맞았다. 이윽고 더는 어쩌지 못
할 만큼 지쳤을 때에야 서로에게서 떨어졌다. 그리고 밀려든 허
기에 주방으로 나갔다. 무진이 그녀가 깨면 먹이려고 사다 놓은
죽과 과일을 나눠 먹었다.

윤은 아까 꺼낸 잠옷을 머리 위로 뒤집어써서 입었다. 이불을
덮고 눕자 무진이 끌어안으며 입술을 맞춰 왔다. 두 사람은 한
동안 서로의 눈을 바라보며 키스를 나누었다.

"결혼식에 갔었어요."

윤은 그렇게 운을 뗐다. 무진이 몸을 움직여 그녀를 내려다보
았다.

"결혼식?"

"엄마 재혼식이요."

뜻밖의 말에 그의 얼굴이 굳어졌다. 한동안 말을 잇지 못하던
그는 그녀를 말없이 안아 주었다.

"괜찮아?"

조심스러운 물음에 윤은 미소를 띠며 작게 고개를 끄덕였다.
그가 걱정스러운 눈빛으로 바라보았다.

"어떻게 알고 갔어?"

오래전 연락이 끊어진 엄마라는 것을 알고 있는 그였다.

"같이 삼촌 집에 갔을 때 삼촌이 말해 줬어요. 사촌이 다녀갔
다고. 삼촌 가게 수소문해서 소식 알려 주고 갔나 봐요. 그래
도 엄마니까, 한 번 만나 보라고."

오랜 시간 모친 소식을 기다려 온 윤이었다. 한데, 그런 소식

을 들고 왔다니. 그의 낯빛이 흐려졌다. 그 밤, 윤이 그토록 흔들렸던 이유를 알 것 같았다. 그는 말없이 윤을 안고 관자놀이에 입을 맞추었다. 가만히 팔을 쓸어내리는 손길에 윤은 넓은 가슴으로 파고들었다.

"처음엔 만날 생각이 없었어요. 회피하고 싶어서. 그러다 그 밤, 오빠를 본 뒤 나를 돌아봤어요. 놓아야 할 때를 놓쳐 버려 정작 지키고 싶은 사람을 힘들게 하는 나를요. 그래서 혼자 정리하고 혼자 떠나보낼 시간이 좀 필요했어요. 엄마를 보고 난 뒤 내 반응이 짐작되지 않아서."

"……."

"그런데 괜찮은 것 같아요. 지난 세월, 내 속에서 부풀려 온 마음이 민망할 정도로. 엄마를 만나면 아픈 말을 해 주고 싶었어요. 근데 막상 그럴 수 있는 상황이 되니 담담해지는 거예요. 그토록 시끄럽게 들끓던 마음인데 그 아우성이 무색하게 아무 느낌이 없었어요. 어떻게 그럴 수 있나 싶을 정도로."

"……."

"사랑이 두려웠어요. 오빠에게 상처만 줄까 봐. 그러다 문득 그런 생각이 들었어요. 난 그들이 아니다. 난 엄마와 다르다. 그러니 두려워할 필요 없다."

"……윤."

"그동안 너무 많은 생각을 짊어지고 살아왔나 봐요. 덕분에 탈 났어요. 그래서 오빠를 걱정시켰죠."

호되게 앓은 그녀였다.

"그러니 오빠는 어땠을까요. 난 고작 이 정도로 아팠는데 오빤 그 많은 날을 어떻게 버틴 거예요."

그녀의 말에 그가 빙긋이 웃었다.

"너 보면서 버텼지."

먹먹해지는 그녀였다.

"그럼, 상을 줘야겠네요."

일부러 밝게 말한 그녀였다.

"상?"

"잠깐만 기다려 봐요."

가볍게 침대에서 내려선 윤은 협탁 앞으로 걸어갔다. 상기된 윤의 얼굴에 무진은 미소를 지었다. 그는 침대에서 일어나 양쪽 무릎을 벌려 세운 자세로 헤드에 기대앉았다. 그때 돌아온 윤이 벌린 무릎 사이로 바짝 들어왔다. 그녀는 등 뒤로 가방을 들고 방글방글 웃고 있었다.

"뭘 하려고 이럴까?"

무진은 웃었다.

"눈 감아 봐요."

"눈?"

"응, 눈. 왜냐고 묻지 말고. 빨리요."

재촉하는 말에 무진은 웃으면서 시키는 대로 했다. 가방이 열렸다가 닫히는 소리가 들렸다.

"이제 손 주세요. 왼손. 눈 뜨면 안 돼요."

"좋아."

그가 손을 내밀었다. 그리고 잠시 후 네 번째 손가락에 차가운 감촉이 밀려들어 멈칫 굳었다.

"이제 눈 떠요."

가만한 속삭임에 무진은 떨리는 숨을 몰아쉬었고 잃었던 시력을 되찾은 사람처럼 천천히 눈을 떴다. 반지가 끼워져 있었다. 그가 멍한 얼굴로 윤을 바라보았다.

"윤."

"이제 내 차례."

윤이 내민 작은 상자 속엔 그의 것과 같은 반지가 들어 있었다.

"윤……."

"어서요."

무진은 떨리는 손으로 상자에서 꺼낸 반지를 윤의 왼손 약지에 끼웠다. 꼭 맞게 끼워진 반지. 두 사람은 한동안 말을 잇지 못했다.

"……윤."

감격한 표정에 윤은 희미하게 뺨을 붉혔다.

"원래는요. 근사한 레스토랑에서 멋지게 청혼하고 싶었어요. 근데 보다시피 일이 이렇게 꼬여서……."

목소리가 잠겼다.

"흠, 그래서 말이죠. 내 말은……."

윤은 떨리는 숨을 가만히 내쉬며 무진의 손을 잡았다. 그리고 수줍게 말했다.

"윤무진 씨, 달콤한 와인도 향긋한 향초도 눈부신 장미꽃도 없지만…… 그래서 몹시 조촐한 청혼이지만 저와 결혼해 주시겠어요?"

그의 눈빛이 흔들리고 있었다. 그 눈을 그녀가 바라보고 있었다.

"아주 많이 기다리게 하고 속도 많이 태운 사람이지만, 지켜보면 괜찮은 구석도 많은 사람이랍니다. 자기 남자 사랑할 줄 아는 여자고요. 가끔은 그 남자를 위해서 예쁜 짓도 할 사람인데요. 그 여자는 방황할 때조차 그 남자밖에 없었대요. 그 여자 소원은요, 그 남자와 검은 머리 파뿌리 될 때까지 사는 거라고 하고요. 가능하다면 백발이 더 눈부신 백발이 될 때까지 함께하는 거래요. 그 여자의 청혼을 받아 주시겠어요?"

"……윤."

그의 두 눈이 힘겹게 감겼다. 고통스러운 듯 행복한 듯 만감이 교차하는 얼굴이었다. 무진이 눈을 떴을 때 그녀는 제 품 안에 있었다. 서로를 꼭 끌어안은 채 입술이 포개졌고 오래도록 떨어질 줄을 몰랐다. 윤은 무진의 품에 편안하게 기댔다.

"밋밋한 금반지예요. 촌스럽지만 변하지 않는 게 금이라서 내 마음도 그러리라, 금반지로 골랐어요. 안쪽에 이니셜만 새겨서 장식은 없어요. 태어난 그대로예요."

서울에서 그와 밤을 보낸 뒤 내려온 대구. 이튿날 백화점에 들러 반지를 샀다. 늘 만지작거렸던 그의 손가락이었지만 막상 반지를 사려니 가늠이 되지 않아 애를 먹었다. 다행히 완벽하게 맞지는 않아도 끼고 다니는 데는 문제가 없었다. 윤은 가슴 밑에 놓인 손을 잡아 입술을 꾹 눌렀다.

"사랑해요. 오래 흔들리고 오래 아프게 했지만 이 금처럼 그 마음 변치 않을게요. 고마워요, 내게 와 줘서. 고마워요, 나를 기다려 줘서.”

“이런.”

무진이 불만을 토로했다.

“내가 할 말을 다하면 난 뭘 하나.”

그의 말에 그녀가 웃었다.

“정혼자에 대한 맹세? 난 그런 거 좋던데.”

장난스러운 말에 무진은 뭔가를 생각하는 눈치였다.

“맹세보다 더 확실한 방법이지.”

그가 갑자기 몸을 일으켰다.

“옷 입자.”

“갑자기? 어디 가게요?”

그녀는 손목이 잡힌 채 절반쯤 몸을 일으켰다.

“혼인신고 하러.”

“네?”

윤의 눈이 동그래졌다. 그런 그녀를 보며 무진이 진지하게 말했다.

“말보다 서류지. 네 마음 변하기 전에 가서 쓰고, 찍고, 제출하고 오자.”

더없이 진지한 말투에 윤은 웃고 말았다. 그러나 무진은 웃기는커녕 오히려 심각한 표정에 어딘지 멍해 보였다. 윤은 미간에 주름을 잡았다.

“안 믿겨요?”

“안 믿겨.”

“꿈일까요?”

놀리는 말에 무진의 미간이 찡그려졌다.

"이거 꿈이야?"

무진의 말에 윤은 터지는 웃음을 삼켰다.

"냉엄한 현실일걸요?"

"무슨 현실이 이렇게 달콤해?"

투덜거리는 말에 윤은 결국 더 크게 웃고 말았다. 한없이 미안했다.

"내가 그런 존재죠? 오빠를 불안하게 하고, 또 불안하게 하는?"

"……."

"어떻게 해 줄까요? 어디에 사인할까요? 말만 해요. 사인해 달라는 데 다 해 줄게요. 새겨 달라면 새겨 줄 수도 있어."

"내가 원하는 부위는 아주 야할 텐데."

그 말조차 진지하게 하는 그였다. 찌푸린 얼굴로 앉아 있는 그 앞에 무릎걸음으로 다가간 윤은 무진의 뺨을 잡고 쪽, 입을 맞추었다.

"사랑해요."

"실감이 안 나."

그가 멍하니 중얼거렸다. 그녀가 다시 쪽 하고 입을 맞추었다.

"역시, 안 나."

그가 맥 빠진 얼굴로 말했다.

"어떻게 할까요? 어떻게 하면 실감이 날까요? 내가 뭘 할까요?"

진지한 물음에 그가 미간을 그러모았다.

"그거면 될 것 같은데……."

"그게 뭔데요?"

"방금 한 말."

"방금?"

"어디에 사인할까요, 새겨 달라면 새겨 줄 수도 있어."

"그거면 돼요?"

"응. 대신 사인 받고 싶은 부위는 내가 고를게."

윤의 얼굴이 삽시간에 빨갛게 달아올랐다.

"아, 진짜!"

순간 그가 웃음을 터트리며 그녀의 허리를 낚아채 제 몸 아래 두었다. 그녀를 내려다보는 그의 눈길이 뜨거웠다.

"사랑해."

가슴 깊이 파고드는 속삭임. 윤은 무진의 뺨을 두 손으로 감 쌌다.

"사랑해요."

그녀가 그의 목을 끌어안았다. 그가 몸을 숙이자 윤은 입술에 살포시 입을 맞추었다. 한 번 두 번, 가볍게 입술이 머금어지더니 이어서 깊게 포개졌다. 무진은 짙은 신음을 흘리며 달콤한 입술을 받아들였다.

10

다시, 봄

샤워 후, 생수 한 잔을 마실 때 휴대전화가 울렸다. 윤의 얼굴이 반사적으로 환해졌다. 윤은 물 잔을 쥔 채 반바지 주머니를 뒤적거려 휴대전화를 꺼냈다. 이 시간에 전화를 걸 사람은 무진밖에 없었다.

"응, 오빠."

—여행 가자.

밤 11시를 넘긴 시각이었다.

"여행?"

듣기만 해도 설레는 말이었다.

"언제요?"

윤은 물 잔을 쥐고 거실로 나왔다. 그녀의 비음 섞인 애교에 무진이 낮은 웃음을 터트렸다.

—오늘.

"오늘?"

발코니 문을 열던 윤이 멈칫했다.

"일 마치고 오겠다고요? 나 그거 싫다고 했는데. 오빠, 일 마치고 운전하는 거 조마조마해. 내일 휴무니까 내가 갈게요."

걱정 가득한 말에 그가 다시 웃었다.

─이미 왔어. 내려와, 주차장이야.

"왔어요? 주차장?"

─응, 주차장.

놀란 윤은 하마터면 쥐고 있던 물 잔을 떨어뜨릴 뻔했다. 급히 발코니로 나가 탁자 위에 물 잔을 내려놓고 휴대전화를 고쳐 잡았다. 그리고는 난간 아래를 향해 목을 늘였다. 발코니에서 지하 주차장이 보일 리 만무함에도.

"정말요?"

─응, 정말. 간단히 챙겨서 내려와.

"진짜요? 진짜 왔어요?"

─응, 진짜.

재차 확인시켜 주는 말에 윤은 지금까지 점잔 빼고 있던 것이 무색하게 들뜬 비명을 지르며 발을 굴렀다. 무진이 웃음을 터트렸다. 윤은 재빨리 정신을 수습하고 말했다.

"금방 내려갈게요. 기다려요!"

드레스 룸으로 달려간 윤은 구석에 세워 놓은 작은 여행 가방을 꺼내 펼쳤고 닥치는 대로 필요한 것들을 챙겼다. 그리고는 황급히 머리에 두른 수건을 풀어 낸 뒤 청바지와 티셔츠를 걸친 다음 한 손에는 외투, 한 손에는 여행 가방을 쥐고 집을 나섰다.

들뜬 마음으로 내려간 지하 주차장. 엘리베이터 앞 전용 로비에 서 있던 무진이 그녀를 발견하고 미소 지었다. 그가 성큼성큼 다가와 여행 가방을 받아 들었다.

"가자."

큼지막한 손이 그녀의 손을 잡았다. 큰 보폭을 따라 걸으며 윤은 무진을 올려다보았다.

"내일 쉬려고 또 다트 판에 꽂힐 일하고 온 거 아니죠?"

우려 섞인 놀림에 무진이 씩 웃었다.

"왜 아닐까."

조수석 옆에 선 무진이 차 문을 열었고 그녀가 차에 오르자 가볍게 닫았다.

"근데 왜 갑자기 여행일까요?"

트렁크에 짐을 넣고 온 무진을 보며 윤이 싱글벙글 웃으며 말했다. 잔뜩 기대한 얼굴을 힐끔 본 무진이 안전벨트를 맸다.

"하고 싶어 했잖아. 남들 하는 데이트."

멋쩍은 얼굴이었다. 윤은 슬랙스에 검은 셔츠를 입은 그를 흐뭇한 얼굴로 바라보았다.

"반지도 꼈네?"

뿌듯한 시선이 핸들 위에 닿아 있었다. 차를 빼던 무진이 대수롭지 않다는 듯 말했다.

"한 번도 안 뺐다. 네가 끼워 준 뒤로."

"기특하네요, 내 남자. 근데 어떡하나. 오빠 짝사랑하는 여자들 가슴 무너지는 소리가 여기까지 들린다."

무진이 피식 웃었다.

"배부른 고양이 흉내야?"

"응."

시원스런 인정에 무진은 못 말린다는 표정을 지었다. 윤은 중앙 컨트롤러 위에 놓인 무진의 팔을 끌어안았다.

"아, 좋다!"

그녀의 머리가 무진의 어깨에 기대졌다. 차가 빌라 정문을 통과하고 있었다.

"근데 우리 어디 가요?"

"바다."

"어디 바다?"

"안면도."

"어디요?"

윤이 발딱 고개를 들었다. 황당한 표정에 무진이 쿡쿡거렸다.

"하긴, 뭐. 어디면 어때. 오빠랑 바다 보는 게 중요한 거지. 무튼 좋다!"

"좋아?"

"응, 좋아."

"별거 없어 실망하면 어쩌려고."

"난 그 별거 없는 거 너무 기대돼. 밥 먹고, 차 마시고, 멍하니 바닷가 거닐고. 진짜 그 별거 없는 거, 그 게으른 시간. 너무 기대된다, 정말!"

윤은 두 팔을 벌려 가며 들뜬 기분을 표현했다. 전에 없던 행동이었다. 그건 괜찮지 않다는 신호였다.

모친의 결혼식을 다녀온 뒤로 윤은 지나치게 밝게 행동하고 있었다. 말로는 괜찮다고 했지만 괜찮을 수 없는 일이었다. 말을 들어 보니 서로 인사조차 나누지 못한 것 같았다. 어떤 식으로든 감정을 터트렸어야 했는데 타이밍을 잡지 못한 것이다. 그가 윤을 위해 해 줄 수 있는 일은 고작 이런 것밖에 없었다. 가끔 시간을 내어 말을 들어 주고 안아 주는 것.

"네가 좋다니 나도 좋다."

그 순한 동조를 들어서일까? 윤의 장난기가 발동했다.

"근데 태안엔 집 없으신가?"

은근한 물음에 당황한 눈빛이 돌아왔다.

"왜? 잠자리 불편할까 걱정이야?"

"아뇨! '남들 다 하는 데이트'란 말이 무색해질까 걱정인 거죠."

"난 또. 그 걱정이라면 안 해도 돼. 지극히 교본스러울 테니까."

바닷가에 도착했을 때는 새벽이었다. 충동적으로 떠난 여행답게 펜션도 충동적으로 골랐다. 윤의 의견이 반영된 펜션은 목조 건물로, 다소 낡은 집이었지만 산책로가 해변으로 이어진 집이었다.

"우와! 처마 밑에 저거 그네죠? 까아, 어떡해! 저기서 바다 바라보면 진짜 좋겠다!"

그 한마디에 무진은 후진했고 진입로 입구에서 봤던 연락처로 전화를 걸었다. 그리고 10여 분 뒤, 마당 안으로 왜건 한 대가 들어왔다. 낡은 차의 주인은 중키의 활달한 중년 남성이었다. 무진이 집주인과 셈을 치르는 동안 윤은 그들과 떨어져 주위를 둘러보았다. 길 하나를 사이에 두고 바다와 야산으로 나뉜 풍경은 아름다웠다.

이 일대엔 펜션만 있는 것 같았다. 상점이나 편의 시설 같은 건 보이지 않았다. 아마도 아까 지나친 곳이 시내인 모양이었다.

어둠이 내려앉은 해안, 바다를 바라보며 길게 늘어선 펜션의 불빛들이 아름다웠다. 마음이 둥글게 부풀어 올랐다. 무진과 밤을 보내는 것이 처음도 아닌데 가슴이 두근거렸다. 차가운 바닷바람에 옷깃을 여미자 자동차 엔진음이 들렸다. 왜건이 마당을 빠져나가고 있었다.

"들어가자."

다가온 그가 손을 내밀었다. 윤은 그 손을 잡았다. 힘주어 잡는 손에 아찔한 전율이 일었다. 저 멀리 차츰 주인의 차가 서서히 사라졌다. 그에게 이끌려 윤은 홀린 듯 현관으로 향했다.

집 안은 낡은 외관과 달리 쾌적하고 청결했다.

"먼저 씻고 있어. 짐 꺼내 올게."

"응."

어쩐지 수줍어 윤은 시선을 흘렸다. 그가 현관을 나서자 윤은 욕실로 들어갔다. 그녀는 들뜨고 멍한 상태로 옷을 벗어 문가에 내어놓고 뜨거운 물줄기 아래에 섰다.

잠시 후 욕실 문이 열리더니 나신의 그가 욕실로 들어왔다. 등 뒤로 문을 잠근 무진이 물줄기 아래에 마주 섰다. 그의 눈빛이 짙었다. 가는 허리에 미끄러지는 손을 느끼며 윤은 굵은 목을 끌어안고 눈을 감았다.

한참 뒤 나온 두 사람은 침실에서 다시 사랑을 나누다 잠들어 정오가 되어서야 눈을 떴다. 그리고 오후, 그들이 그토록 원했던 데이트가 시작되었다. '남들 다 하는 데이트'가.

밥집을 찾아 나선 건 그로부터 한 시간 뒤였다. 차를 몰고 나선 두 사람은 간밤에 왔던 길을 되짚어 백반집으로 들어갔다. 테이블이 몇 개 없는 작은 가게엔 구수한 냄새가 진동했다. 거리가 내다보이는 창가 쪽에 앉아 된장찌개를 시켰다.

먼저 보리차가 나왔다. 윤은 무진이 따라 준 물을 마시며 벽에 붙은 주류 광고를 봤다.

"예쁘다. 몸매도 훌륭하고."

"누가?"

"소주 모델."

넋을 놓고 보는 모습에 무진이 등 뒤를 돌아보았다. 그러나 이내 몸을 돌렸다.

"네가 더 예뻐."

무심하게 툭 던져진 말이었다. 윤이 픽 웃었다.

"거짓말이라도 기분은 좋네."

"거짓말 아냐."

"그럼 더 좋고."

윤이 활짝 웃었다.

금방 나온 밥은 고슬고슬하니 맛있어 보였다. 된장찌개는 작은 뚝배기 안에서 보글보글 끓고, 노릇하게 구운 생선 토막과 참기름으로 무친 나물에서는 고소한 냄새가 진동했다.

"와, 맛있겠다!"

윤이 작게 탄성을 올렸다. 그녀가 두 손을 맞잡은 채 밥상에서 시선을 떼지 못하자 무진이 웃었다.

"먹자."

"넵!"

신이 난 윤이 수저를 들었다. 그런 그녀를 한 번 더 본 무진이 숟가락을 들었다.

그는 평소 습관대로 밑반찬을 거의 먹지 않은 채 된장찌개와 밥만 먹었다. 윤 역시 평소 습관대로 그의 밥그릇 위에 부지런히 반찬들을 올려놓았다. 장조림과 생선 살, 조림 무 같은 것들이 그가 먹는 속도에 맞춰 올려졌다. 한참을 그렇게 먹기만 하던 무진이 눈을 들어 그녀를 봤다. 그의 시선을 느낀 윤이 눈을 끔뻑거렸다.

"왜요?"

영문을 모르는 눈빛에 그가 고개를 저으며 피식 웃었다.

그때부터였다. 윤이 열다섯이었던 그때부터. 투덜이 윤은 열아홉 살 윤무진의 밥그릇 위에 반찬을 올려 주었다. 귀찮다 성가시다 하면서도 왜 반찬을 먹지 않느냐, 이거 먹어라 저거 먹어라 잔소리하며 제가 생각하기에 가장 좋은 반찬을 그의 숟가락 위에 올려 주었다. 그때는 그것이 분홍색 소시지였다.

밥을 먹은 뒤 카페에서 커피를 마시고 차를 세워 둔 채 해변을 따라 걸었다. 걸을 때마다 모래알이 신발 속으로 들어왔다. 결국 두 사람은 신발을 벗었다. 무진은 버티려 했지만 윤의 독려에 결국 그녀 신발 옆에 벗어 두었다. 윤은 근처에서 주운 막대기로 신발 주위에 하트를 그린 뒤 '돌아올 거랍니다'라는 글씨를 썼다. 그 모습에 그가 웃음을 터트렸다.

둘은 손을 잡고 걸었다. 서두르는 법 없이 천천히. 발바닥에 닿는 따끈하고 서늘한 모래알의 감촉. 바람에 느리게 흩어지는 구름. 낮게 일렁이는 물비늘의 향연. 시간의 흐름을 잊게 하는 풍경에 두 사람은 오래도록 시선을 빼앗겼다. 그러다 다시 천천히 걸음을 옮겨 놓았다.

이 순간의 감동을 나눌 수 있는 것에 감사하며, 손을 잡고 어깨를 안으며, 가끔은 인적 끊긴 기슭에서 하나의 그림자를 만들어 냈다.

"찾아서 처단할까요?"

윤이 신발을 보며 키득거렸다. 그러자 무진이 낮게 이를 갈았다.

"죽이는 건 내가 할게."

두 사람은 날이 저물어 갈 때 즈음 신발을 벗어 놓은 지점으로 돌아왔다. 그리고 모래사장에 반쯤 파묻힌 자신들의 신발을 보고 어이없어했다. 하트와 글귀는 그대로였지만 신발은 온전하지 못했다. 누군가 그들의 신발 속에 모래를 잔뜩 쌓아 놓고 사라진 것이다. 그것을 털어 내며 윤은 웃었고, 무진은 탈탈 털어 냈음에도 자꾸 튀어나오는 모래알에 투덜거렸다. 그는 발을 디딜 때마다 나오는 모래알에 퍼 담았을 그 어떤 '놈'을 점잖게 욕했다. 그 양식 있는 투덜거림에 그녀가 배를 쥐고 웃었고, 결국 그도 따라 웃었다.

저물어 가는 바닷가, 아름다운 노을이 두 사람에게 내려앉았다. 하얀 원피스와 흰색 셔츠 자락이 바람에 나부꼈다. 윤은 긴 머리카락과 치맛자락을 모아 쥐며 원을 그리듯 그의 주위를 뱅뱅 돌았다. 등과 등이 스치고 어깨와 가슴이 스쳤다. 무진이 팔을 뻗어 윤의 손목을 잡아챘다. 어느 순간 그녀의 깔깔거림이 멈추었다. 구릿빛으로 그을린 무진의 팔이 윤의 허리를 감음과 동시에 두 사람의 입술이 맞닿았다. 그리고 점차 깊어졌다.

근처 관광지를 돌아본 뒤 펜션으로 돌아왔을 때는 사방이 어두워져 있었다. 두 사람은 내일 새벽, 이곳을 떠나야 한다는 아쉬움을 입 밖에 내지 않았다. 그저 침대 위에서 뜨거운 사랑을 나눈 뒤 밤바다를 보러 바깥으로 나왔다.

두 사람은 나란히 나무 그네에 앉았다. 그네는 견고했고 연결 고리의 삐걱거림은 부드러웠다. 무진은 모포를 당겨 윤의 몸을 감싸 주었다. 그리고 부드러운 목덜미에 입을 맞춘 뒤 두툼한 모포와 함께 그녀를 품 안에 안았다. 느릿느릿 움직이는 그네의 진폭에 따라 먹빛 바다가 가까워졌다가 또 멀어졌다. 비록 이 의자에 앉아 저물어 가는 바다를 보진 못했지만 함께 있는 것만으로 두 사람은 만족했다.

"이렇게 행복해도 될까요? 이토록 대책 없이?"

무진이 윤을 내려다보았다. 그의 눈은 윤을 향한 사랑으로 가득했다.

"돼."

확신 어린 허락에 윤은 만족스러운 한숨을 쉬며 무진의 허리를 꼭 끌어안았다. 그 바람에 어깨에서 모포가 흘러내렸지만 개의치 않았다.

"진짜?"

"응, 진짜."

그의 입술이 윤의 정수리에 가만히 내려앉았다. 그가 그녀를 무릎 위에 앉혔고 흘러내린 모포로 감싸며 끌어안았다. 살집이 별로 없는 엉덩이가 단단한 허벅지를 눌렀다. 무진은 안쓰러움을 느꼈다.

"행복해도 돼, 우리. 그 정도 욕심 괜찮아."

우리. 윤은 속으로 가만히 '우리'라는 말을 되뇌었다.

"좋다. 우리라는 말."

윤은 가슴 아래 둘린 무진의 팔을 느릿하게 쓰다듬었다.

"오빠한테 우린, 언제부터 우리였어요?"

그녀의 말에 가냘픈 어깨를 쓰다듬던 손길이 느려졌다.

"글쎄, 언제부터였을까. 구박하면서도 네 밥 덜어 줬을 때부터?"

열아홉 봄, 그는 늘 배가 고팠다. 열다섯 살의 어설픈 정성에 매달릴 만큼. 홀로 먹는 밥이 싫었고 거창하게 차려진 밥상이 견딜 수 없이 공허했다.

"아하, 그러니까 밥 덜어 주는 여자한테 약한 거였구나?"

한참을 웃고 난 그가 틀린 말은 아닌 것 같다고 말했다. 덕분에 윤의 눈 흘김을 감수해야 했다. 그는 그날 이후, 한 번도 그녀와 자신을 떼어 놓고 생각해 본 적이 없다고 덧붙였다.

이토록 확고한 사랑이라니. 그런 그 앞에서 그토록 무수히 흔들렸던가. 홀로 불행해지기로 작정하면서, 아직 오지 않은 불행으로부터 납작 몸을 낮추고 그 불행을 정통으로 맞지 않으려 애를 썼던가? 그가 없는 삶의 공허를 버텨 낼 자신도 없으면서.

함께 있어 의미가 되는 이 모든 순간, 모래알처럼 무수한 날을 산다고 한들 이 풍경 속에 당신이 없다면 무슨 의미일까. '우리'일 때 의미 있는 삶. 아프고 상처 받으면서도 살아가야 할 삶의 의미와 버티고 살아야 할 단 하나의 이유. 바로 당신.

이 사랑이 머지않아 종말을 고한다고 해도 괜찮다. 이 고단한 삶 중에 당신을 만나 이렇게 사랑했으니, 이 사랑이 찰나에 그친다 해도 두렵지 않다. 그러니 오지 않은 불행이 두려워 당신 손을 놓겠다는 생각은 하지 않을 것이다. 안전한 후회가 아닌 사랑했던 기억을 품은 불행을 택할 테니.

여행을 다녀온 사흘 뒤였다. 점심을 먹으러 매장을 나서던 길에 윤은 뜻밖의 전화를 받았다.

—혹시…… 김윤 씨 휴대폰인가요?

11년의 세월이 한순간에 무색해지는 순간이었다. 그녀는 단번에 엄마의 목소리를 알아들었다. 심장이 주체할 수 없이 뛰었지만 반가움이나 기대감 때문은 아니었다. 그저 놀란 것이었다. 그녀가 직접 전화를 걸어올 줄은 몰랐다.

"저예요."

—…….

수화기 너머의 침묵에, 그 주저함 섞인 숨소리에 불편해진 건 윤이었다.

"무슨 일로 전화하신 거죠?"

—좀 만날 수 있을까? 어디 있는지 말해 주면 찾아갈게.

대구라고 했다. 이번엔 윤이 침묵했다. 당혹감이 밀려들었다.

식장으로 찾아갔을 때 성북동에 들르느라 늦지 않았다면 그녀와 대면했을지도 몰랐다.

어쩌면 성북동은 핑계가 아니었을까? 그때 자신은 예식장과 성북동을 놓고 주저하고 있었다. 성북동은 예식이 끝난 뒤에 가도 상관없었다. 어른에게는 약속 때문에 늦어진다는 말로 양해를 구하면 되는 일이었다. 그 정도도 이해 못 할 어른이 아니었다. 그런데도 자신은 주저 없이 성북동행을 택했다. 그리고 뒤늦게 결혼식장을 감으로써 과거를 거짓으로 떨쳐 냈다.

지금 역시 그때의 연장선이었다. 당장 어떤 핑계가 생긴다면 그 핑계를 방패 삼아 숨을지도 몰랐다. 준비되지 않은 마음으로 과거와 마주하는 대신. 과거에 한한, 모친에 한한 영원히 준비된 마음 같은 건 생기지 않을 것이므로. 만약 만나지 않겠다고 한다면 이 사람은 돌아갈까?

"지금 어딘지 말씀하세요. 거기로 갈게요."

반월당 근처 카페였다.

"네, 그럼 그곳에서."

윤은 전화를 끊은 뒤 매장으로 돌아가 팀장에게 늦어질 거라는 말을 전하고 약속 장소로 걸어갔다. 인파를 피해 걸으며 중앙 파출소 부근 횡단보도를 건넜다. 그리고 마침내 약속한 장소에 다다랐을 때 그녀는 되돌아가고 싶은 충동에 휩싸였다. 그러나 이를 악물고 발을 내디뎠다. 이제는 끊어 내야 할 과거였다. 윤은 경직된 표정으로 카페 문을 밀고 들어갔다.

카페는 밖에서 보는 것보다 넓었다. 대부분 자리가 차 있었다. 종업원의 인사를 들으며 윤은 눈으로 카페 안을 훑었다. 홀로 앉아 있는 사람은 서너 명, 그중 중년 여성은 단 한 사람이었다. 윤은 호텔 앞에서 본 낯익은 뒷모습을 향해 천천히 걸음을 옮겼다. 심장이 고통스러울 정도로 뛰고 있었지만 마음은 한없이 가라앉았다.

"안녕하세요."

지극히 차분한 목소리였다. 스스로 놀랄 만큼.

그녀의 인사에 여자가 고개를 들었다. 베이지색 시폰 소재 원피스를 입고 옅은 화장을 한 여자의 얼굴은 화장법 때문인지 이국적으로 보였다. 여자는 한순간 멍한 표정을 지었다. 뚫어지게 바라보는 시선을 못 본 척하며 그녀가 앉으라는 말을 하기 전에 맞은편에 앉았다. 들고 온 지갑과 휴대전화는 테이블 위에 놓았다. 종업원이 다가왔고 그녀가 메뉴판을 건네기 전 커피를 주문했다. 종업원이 자리를 뜨자 윤이 말했다.

"왜 보자고 하셨어요?"

그렇게 말하고 보니 마치 며칠 전까지 만났던 사이처럼 느껴졌다.

"역시 너였구나. 호텔 앞."

이로써 그녀와 눈이 마주쳤던 것이 감상적인 착각이 아니었음이 증명된 셈이었다.

"네. 저였죠."

그녀가 물끄러미 바라보았다. 설명이 필요할 것 같아 윤은 덧붙였다.

"사는 동안 한 번은 봐야 할 것 같아서요. 그마저도 오지랖 넓은 사촌이 아니었다면 안 했겠지만요."

"차갑고, 단단하구나. 넌 어릴 때도 수월한 아이는 아니었어."

지금 역시 그렇게 느낀다는 소리였다.

"칭찬 고맙네요."

이령은 표정 변화 없이 뾰족한 말을 뱉는 딸을 바라보았다. 헐렁한 흰색 남방셔츠에 스키니 진을 입은 수수한 차림이었지만 윤은 근본이 화려한 아이였다. 꾸미지 않아도 빛이 났다. 거기에 덧붙여진 20대의 싱싱함. 딸과 마주하니 자신의 20대를 마주하고 있는 느낌이었다. 딸은 자신과 판박이였다. 물론 20대의 자신은 절대 청바지 같은 건 입지 않았고 운동화 따위도 신지 않았지만. 어쨌거나 그래서일 것이다. 11년의 세월이 흘렀음에도 윤을 단번에 알아볼 수 있었던 것은.

"그 눈, 네 아빠를 닮았구나."

입 밖에 내지 말았어야 할 말이었지만 담고 있을 이유 또한 없었다. 그를 닮은 눈이 그녀를 쏘아보고 있었다.

"그런 감상적인 말이나 하자고 온 건 아닐 텐데요. 왜 보자고 하셨어요?"

"그런 넌, 왜 날 보러 왔었니?"

정곡을 찔린 윤은 입을 꾹 다물었다. 그때 종업원이 커피를 놓고 갔다. 이령은 윤의 대답을 기다리지 않고 말했다.

"내가 널 만나러 온 이유는 간단해. 네가 날 잊지 못하는 것 같아서. 그러지 말라고 말하려고 온 거야. 난 네 상상처럼 가책 받지도, 괴로워하지도 않았으니까."

"친절도 하시네요. 고작 그따위 말 전하려고 여기까지 걸음하시고."

비난에 이령이 딸을 쳐다보았다.

"내가 왜 그때 널 떠났다고 생각하니?"

"당신 인생이 중요했기 때문이겠죠."

가시 돋친 말에도 이령은 화내지 않았다. 그럴 자격이 자신에게 없었으므로.

"그래. 내 인생이 중요했기 때문이야. 네 아픔보다 내 슬픔이 더 중요했기 때문이고. 난 그런 사람이야. 앞으로도 그럴 거고. 그러니 너도 네 인생 잘 살아."

"하."

그리웠다. 보고 싶었다. 피치 못해서 도망쳤었다. 그러나 한순간도 널 잊어 본 적 없다는 말 같은 걸 듣고자 한 건 아니었다. 그럴 사람이면 그렇게 도망치지 않았을 테니까. 그러나 적어도 이런 유의 이야기는 아니어야 하지 않을까.

"우리를, 아빤…… 사랑하긴 했어요?"

"……"

"대답해요."

이령이 한숨지었다.

"그게 중요한가 보구나. 그래, 네 눈엔 어떻게 보였는지 몰라도 그 사람 사랑했어."

여전히 담담하고 이기적인 그녀였다.

"날 이해해 달라고는 하지 않을 거야. 세상엔 선천적으로 엄마가 될 수 없는 사람도 있는 거니까. 널 가졌을 때에야 깨달은 건 비극이었지만. 노력해도 안 되는 게 있어. 내 남자의 가난과 내가 살던 세상과의 격리, 출산으로 망가진 몸, 내 몸을 망가뜨리고 나온 너. 난 궁핍에 익숙해지지 않았어. 내가 사랑한 남자는 자존심을 목숨처럼 여기던 사람이라 처가의 도움을 끔찍해했지. 그런 그에게 어머니는 잔인했고 난 그를 이해할 수 없었어. 그래도 그는 내 세상의 전부였어. 그가 죽었을 때 너만 슬펐던 게 아니야. 그러니 널 낳았다는 이유만으로 날 비난하지 마. 난 딱 그만큼만 할 수 있는 여자였을 뿐이니까."

애초에 모정을 기대할 수 없는 여자였다. 불편하지만 그게 진실이었다. 이 사람은 영원히 죄책감을 느끼지도, 미안해하지도 않을 것이다.

"결혼했다는 말은 못 들었는데."

급작스러운 화제 전환이었다. 그녀의 시선이 자신의 왼쪽 약지에 닿아 있었다.

"결혼반지니?"

이 태연함을 뭐라고 받아들여야 할까?

"지금 뭐하시는 거예요?"

"의외구나. 넌 결혼 같은 건 절대 안 할 것 같았거든. 네가 그랬었잖아. 죽어도 결혼 같은 건 안 할 거라고. 엄마 같은 사람 만날까 봐, 아빠처럼 불쌍하게 될까 봐 결혼 같은 건 죽어도 안 할 거라고."

그랬었다. 그날이 그녀를 보는 마지막 날인지도 모르고 아빠 주검 앞에서 그렇게 소리쳤었다. 그때 처음으로 창백하게 질린 엄마를 봤다.

"어린애의 말이었어요! 철없는 어린애의 말! 그것도 구분 못 해요?"

"……."

"고작 그 한마디에 아팠어요? 그래서 너 따윈 어떻게 되든 상관없다, 어디 한번 잘 살아 봐라, 도망갔나요?"

"……."

두 사람 사이에 정적이 내려앉았다. 그 정적을 깬 사람은 이령이었다.

"결혼, 안 했다면 해. 혼자 살진 마라. 인생, 생각보다 길어. 네가 아직 결혼에 대해서 부정적으로 생각하고 있을 것 같아서 하는 소리야. 네가 보기에 네 아빠와의 결혼 생활이 마냥 순탄치……."

"하! 미치겠네, 진짜."

윤은 소리라도 지르고 싶었다. 할 수만 있다면 발광이라도 하고 싶었다. 그러나 그렇게 해서 여자의 마음을 편하게 해 주고 싶지 않았다. 대신 윤은 웃었다. 미친 듯이 웃었다. 주위에서 따가운 시선이 쏟아졌지만 마주 앉은 사람이 창백하게 질릴 정도로 웃어 주었다. 그리고 엄마라는 사람을 마주 보았다.

"저기요, 죄송한데요. 그 말 진짜 무책임하지 않아요? '혼자 살진 마라? 인생, 생각보다 길다'고요? '결혼을 부정적으로 생각할까 봐?' 하는 말이라고요? 이보세요, 송이령 여사님. 버릴 땐 왜 그런 생각을 못 하셨을까요? 그 정도 지각이 있는 분이 아빠 잃은 열다섯 살짜리 딸을 버려요? 지금 이건 뭔가요? 열다섯 살은 귀찮고 스물여섯은 마주할 만해요? 개똥철학을 늘어놓을 수 있을 만큼? 혼자 살지 말라고요? 내가 왜 혼자 살 거라고 생각해요? 고작 어렸을 때 한 말 책임지려고? 웃기지 마요! 난 당신한테 상처 받았을지 몰라도 당신은 내 인생에 조금도 영향을 끼치지 못했어! 난 곧 결혼할 거예요. 날 사랑하는 사람은 당신처럼 무책임하지 않아!"

결국 소리를 지르고 말았다. 그렇게 숨기려고 애썼던 속을 까집어 보이고 말았다. 통쾌했다. 창백해지는 얼굴에 잔인한 희열이 일었다. 그러나 그 희열은 오래가지 않았다. 고작 값비싼 클러치 백 속에서 납작한 명함 케이스가 나오기 전까지였다. 명함 한 장이 앞으로 밀어졌다.

"내 명함이다. 결혼한다니…… 필요한 일 있으면 전화해."

돈이 필요하면 전화하라는 소리였다. 무릎 위의 손이 바르르 떨렸다. 할 수만 있다면 눈앞에서 명함을 찢어 버리고 싶었다. 그러나 그러지 않았다.

"당신 도움 따윈 필요 없어요. 당신 도움 없이도 삼촌과 나, 잘해 왔어. 이런 선심, 앞으로 태어날 당신 아이한테나 해. 아니면 다른 자식한테 하든지!"

'태어날 아이', '다른 자식'이라는 말에 이령의 표정이 이전보다 더 창백해졌다.

"위로가 될지 모르겠지만 중절 수술했다. 11년 전에."

"……!"

그 말을 한 이령은 커피 테이블 위에 벗어 놓았던 선글라스와 클러치 백을 집었다. 그녀가 의자를 밀치고 일어났다.

"할 말 끝났으니 이만 일어나마."

서둘러 탁자를 벗어나는 엄마의 모습에 윤은 입술을 깨물었다.

"또 도망인가요?"

이령이 주춤 멈춰 섰다. 그러나 곧 발걸음이 옮겨졌다. 윤은 자리에서 벌떡 일어났다.

"난 당신과 달라! 난 내 사람이 죽었다고 해도 배신하지 않을 거야! 어떤 일이 있어도 내 사랑 지킬 거고, 내 아이 지킬 거야! 난 당신과 다르니까!"

기어이 쏟아부었다. 이령의 등이 뻣뻣하게 굳어졌다. 몇몇 시선이 이령의 혈색 없는 얼굴에 닿았다. 잠시 후 이령의 입술이 달싹여졌다.

"다행이네. 넌 나와 달라서."

그 말을 한 그녀가 걸음을 옮겼다.

"번호 바꾸지 마요!"

이령의 걸음이 다시 주춤했다.

"죽을 때까지! 평생!"

멈추어야 했다. 그러나 멈출 수 없었다. 이게 마지막이 될 테니까. 다시는 저 얼굴 볼 수 없을 테니까.

"내 전화받아요. 원망하는 소리, 우는 소리 다 받아요! 그렇게라도 당신 도리 해. 내가 무슨 소리를 해도, 내가 어떤 아픈 말을 해도 끊지 마. 당신은 들어 줘야 해!"

주위의 시선이 쏟아졌지만 윤은 아랑곳하지 않았다. 그녀의 눈은 세련된 원피스로 감싸인 여자의 늘씬한 등에 고정되어 있었다. 얼어붙은 듯 서 있던 이령이 돌아보지 않고 말했다.

"그래, 기대할게."

그녀가 손에 쥐고 있던 선글라스를 썼고 꼿꼿하게 허리를 펴 걸어 나갔다. 다시, 엄마는 그녀에게 등을 보였다. 그리고 그녀의 인생에서 걸어 나갔다. 카페 문이 닫히고 좁은 등이 사라질 때까지 윤은 그 모습을 바라보았다. 이게 마지막일 것이다. 더 이상 엄마를 기다리지 않을 테니까.

윤은 자리에서 비틀거리며 일어났다. 그리고 이령이 그랬던 것처럼 등을 곧게 펴고 카페를 걸어 나갔다. 막 등 뒤로 문을 닫혔을 때였다. 그 문이 도로 열리며 종업원이 급하게 불렀다.

"손님! 이걸 두고 가셨는데요?"

윤은 종업원의 손에 들린 명함을 멍하니 돌아보았다. HK트렌드 대표이사, 송이령. 주소지는 뉴욕 어디였다.

"두고 온 거예요. 버려 주세요."

창백한 얼굴로 중얼거린 윤은 몸을 돌려 밖으로 나왔다. 카페 앞, 보도블록에 서서 멍하니 정면을 응시했다. 정물처럼 선 그녀 앞으로 무수히 많은 사람이 지나쳐 갔다. 시간을 잃은 멈춤. 한동안 그렇게 서 있던 윤은 인파를 헤치며 걷기 시작했다.

무진에게 말했었다. 막상 마주하니 그토록 들끓었던 마음이 거짓말처럼 사라지고 평온해졌노라고. 한데, 그 말은 거짓말이었나 보다. 자신도 속고, 그녀의 말에 그도 속은. 호텔 앞에서 그녀가 느꼈던 감정, 그 초연함은 모두 자기암시적 기만에 불과했다. 그걸 마주하고야 깨달았다.

이 자리에 나오지 말았어야 했다. 자기기만적인 환상이라 할지라도, 거짓 위안이라고 할지라도 그걸 믿고 끝냈어야 했다. 그랬더라면 중절했다는 말 같은 건 듣지 않았을 테니. 온전한 피해자가 되어 마음에서 그녀를 완전히 버릴 수 있었을 테니까. 윤은 웃었다. 정말 대단한 엄마이지 않은가.

당신은 끝까지 이기적이다.

나를 낳아 준 당신. 당신은 정말……

그러나 고맙다. 그래. 고맙다, 당신.

당신 때문에 결핍을 배웠고,

당신 때문에 나는 달라야 한다는 걸 깨달았으니까.

난 당신과 달리 내 사람에게 상처 주지 않을 것이며,

내 아이에게 무책임하지 않을 것이다.

그러니, 당신도 잘 살아.

어디에 있든. 누구와 있든.

당신, 잘 살아.

주머니 속 휴대전화가 울렸다. 메시지가 도착했다는 알림음이었다. 윤은 걸음을 멈추고 메시지를 확인했다. 무진이었다.

〈달려가는 중. 세 시간 후 도착.〉

그가 오고 있었다. 마치 보고 싶다는 속삭임을 들은 사람처럼.

가슴이 먹먹해졌다. 참았던 눈물이 기어이 차올랐다. 윤은 눈가에 번지는 눈물을 가만히 손끝으로 밀어냈다. 그리고는 발걸음을 옮겼다. 그를 생각하면 마음이 따뜻해졌다. 계절은 여름을 향해 가고 있었지만 그를 떠올리는 그녀의 마음은 언제나 봄이었다. 영원히 끝나지 않을 그 봄이 지금 그녀를 향해 달려오고 있었다.

에필로그

며칠 뒤, 성북동.

무진은 윤의 손을 잡고 대문 안으로 들어섰다. 윤의 집에 인사를 다녀온 다음 날이었다. 두 사람은 차분한 정장 차림이었다.

조경용 나무들이 늘어선 정원을 지나 현관에 당도하자 집안 일꾼들이 도열해 있는 것이 보였다. 그들 앞에 성북동의 안주인인 희연이 서 있었다. 두 손을 비틀어 쥔 불안정한 모습이었다.

"어서 와요……."

어색하게 반기는 새어머니에게 묵례를 해 보인 무진은 건조한 눈빛을 그녀에게 던졌다.

"아버지는 안에 계십니까?"

"서, 서재에 계세요. 도착했다고 말씀드렸으니 곧 나오실 거예요."

무진은 보일 듯 말 듯 고개를 끄덕이고 윤의 허리에 가볍게 손을 댄 채 걷기 시작했다. 이 상황이 난처했지만 그녀가 할 수 있는 일은 침묵뿐이었다. 언뜻 돌아보니 한 걸음 뒤쳐져 따라오는 새어머니가 보였다. 그녀는 고개를 숙인 채 걷고 있었고 그들보다 앞설까 걱정스런 기색이었다. 서재에서 나온 어른이 거실에 서 계셨다. 아버지를 보자 멈춰 선 무진이 인사를 했다.

"저희 왔습니다."

"그래, 어서들 와라."

무표정한 얼굴의 아들과 달리 환한 미소를 짓고 있는 윤을 본 석주가 자리를 권했다.

"앉자."

석주는 뒤늦게 들어온 아내를 돌아보았다. 그는 고개를 숙이고 있는 아내의 모습에 마음이 착잡했다.

"우리 차 좀 주구려."

"그, 금방 내올게요."

종종걸음으로 사라지는 아내의 뒷모습을 잠시 응시하다 석주가 고개를 돌렸다. 시선에서 연민을 읽은 무진은 마음이 불편해졌다.

"윤과 결혼할 생각입니다."

아들의 말에 석주가 무겁게 고개를 끄덕였다.

"인사 오겠다는 말이 그 뜻임을 짐작했다."

"5월 말이나 6월 초쯤 생각하고 있습니다."

윤의 일이 그때쯤 마무리될 것 같다고 그가 덧붙였다. 그의 말에 망설이는 기색의 말이 돌아왔다.

"괜찮다면 결혼식 준비를 이쪽에서 했으면 하는데……."

생각해 본 적 없는 말이었다.

"번거롭게 하고 싶지 않습니다."

"자식 결혼 준비가 번거로울 리 있나."

섭섭해하는 기색에 무진은 아버지를 바라보았다. 그는 윤으로부터 아버지를 만난 이야기를 전해 들었다. 수많은 말을 생략한 느낌이었지만 아버지의 직언과 축하만은 진심이라 믿었다.

"준비해 주신다면 그렇게 하겠습니다."

여느 아버지와 아들이었다면 살가운 말이 오갔을 수도 있었을 것이다. 그게 아니더라도, 머지않아 이 집 식구가 될 윤을 위해서 노력해 볼 수 있는 일이었다. 그러나 문 앞에 선 새어머니를 본 순간 싸늘하게 마음이 식었다. 그토록 스스로를 다잡고 왔건만 냉랭하게 굳는 마음은 어쩔 수 없었다.

열다섯 여름, 어머니의 생명을 기계에만 의존하던 나날들. 그는 그 기계가 멈출까 봐 매일 뜬눈으로 밤을 지새웠다. 그렇게 어머니가 무사하다는 걸 눈으로 확인해야 학교로 향할 수 있었다.

그렇게 3년이었다. 어머니를 보는 날 만큼 그녀의 얼굴을 봤다. 누구의 위로도, 손길도 허용하지 않았던 그가 그녀의 위로를 받아들였고 내민 손을 잡았다. 누나처럼 의지했고 친구처럼 마음을 터놨었다. 그런 그녀가 그를 기만했다.

그녀는 손을 내밀지 말았어야 했다. 진심인 척, 위하는 척 행동하지 말았어야 했다. 마음을 터놓게 하지 않았어야 했다. 그랬다면 아버지와 몸을 섞은 그녀를 용서했을지도 몰랐다. 그러니 아직은 여기까지였다.

"그럼 결혼식 준비는 그렇게 알고 가겠습니다."

눈에 띄게 안색이 나빠진 그가 일어섰다.

"벌써 가려고? 점심도 안 들고?"

엉거주춤 일어서는 아버지였다.

"다음에 와서 들겠습니다. 지금은 가 볼 데가 있습니다."

굳은 표정을 한 무진이 몸을 돌렸다. 그들이 간다는 말을 듣고 주방에서 새어머니가 급하게 나왔다.

"점심은……."

무진은 새어머니를 돌아봤다. 그의 눈빛은 차갑게 가라앉아 있었다.

"결혼식 준비 잘 부탁드립니다."

그가 윤의 손을 잡았다. 성북동을 나온 두 사람은 차에 올랐다. 둘만 있게 되자 윤은 무진의 손을 말없이 잡아 주었다.

그들이 향한 곳은 서울 외곽에 있는 사찰이었다. 사찰 봉안당에는 그의 어머니가 모셔져 있었다. 고즈넉한 마당, 처마 끝에 매달린 풍경이 바람결에 청량한 소리를 냈다.

결혼식은 6월 초로 잡혔다. 양가 어른들을 찾아뵙고도 한참 뒤의 일이었다. 그녀의 일 때문이었다. 4월 말 개점에 맞춘 한 달간의 오픈 행사는 5월 말이 되어서야 끝이 났고 행사 마지막 날 본사에 결혼 소식을 알렸다. 소식을 전해 받은 부장이 부랴 부랴 전화를 해 왔다. 그녀가 일을 그만둘까 우려한 것이다.

결혼한 뒤 일을 그만두는 것은 계획에 없었으나 자리 이동은 불가피했다. 1년 동안 서울과 대구를 오가면서 생활할 수는 없었다.

그 뜻을 전하자 부장은 예상했다는 듯 선뜻 응했다. 대구1호점의 서브 매니저를 오픈 매장 매니저로 두고 이 팀장이 지원하는 방향으로 가겠다고 했다. 대구1호점의 빈자리는 본사에서 지원하겠다는 말이었다. 결혼 후 복귀까지는 3주. 홍대점은 다시 그녀의 근무지가 됐다.

"이제야 축하할 마음이 생기네."

진심으로 안도하며 부장은 한 박자 늦은 축하 인사를 해 왔다. 그러면서 사귀는 사람이 있는 줄 몰랐다며, 알았다면 이승요 팀장과 엮어 주려는 시도는 않았을 거라고 사과의 말을 전했다. 그제야 그동안 부장이 보였던 태도가 이해됐다.

부장과의 통화를 끝낸 뒤 이후의 시간은 자은을 비롯한 매장 직원들의 축하 인사를 받으며 보냈다. 그 자리에 빠진 사람은 휴무인 이 팀장뿐이었다. 다음 날 출근한 그는 잠시 멍한 표정을 짓다가 축하한다는 말을 중얼거렸고 이후 몇 시간 동안 매장을 비웠다.

결혼식을 사흘 앞둔 날이었다. 윤은 아침 일찍 단장하고 삼촌과 함께 추모 공원에 갔다. 두 사람 모두 격식을 갖춘 차림이었다. 무진은 앞서 다녀간 터라 이번엔 둘이었다.

아빠의 유골은 추모 공원 내 봉안당에 안치되어 있었다. 5층

대리석 복도 오른쪽 안치실, 창가 안쪽 자리였다.

고(故) 김준환.

두 사람은 들고 온 국화꽃을 놓은 뒤 나란히 서서 눈을 감고
고인을 추모했다. 이윽고 고개를 들어 고인과 마주 섰다. 환하
게 웃는 아빠의 얼굴. 엄마와 연애할 때 찍은 사진이라고 했다.
사진 찍히는 걸 어색해해 환하게 웃는 사진은 저 사진밖에 없었
노라고 언젠가 삼촌이 알려 주었다. 아빠의 시간은 마흔둘에 멈
춰 있었다. 두 사람은 한동안 말을 잇지 못한 채 그들을 향해 웃
고 있는 얼굴만 바라보았다.

"형님……."

그리운 눈빛으로 사진을 보던 삼촌이 입을 열었다.

"……우리 윤이 결혼해요."

그 한마디에 윤은 울컥 눈이 뜨거워졌다. 재빨리 고개를 돌리
고 먼 산을 보며 눈을 깜빡거렸다. 아빠를 만나러 오는 길, 삼촌
과 약속했다. 울지 말자고. 그러나 그녀도 삼촌도 오늘 그 약속
을 지키긴 어려울 것 같았다. 삼촌의 목소리가 떨리고 있었다.

"형님, 내가 오늘은 형님한테 자랑도 좀 하고 투정도 좀 부리
려고 해요. 들어 줄 거지요?"

그 말을 한 뒤에도 삼촌은 오래도록 말을 잇지 못했다.

"형님 살아 계실 적에 뿌리내리지 못하고 산 거 참 많이 후회
했소. 기술 배운다고 전국 떠돌아다닌 거, 멋대로 외국 쏘다니
며 형님 속 썩였던 거…… 이놈하고 둘이 됐을 때 뼈아프게 후

회했어요. 그때 내가 결혼을 해 봤소, 아이가 있소. 뭘 어떡해야 애를 위하는 건지 알 길이 있나. 나만 바라보고 있는 이놈을 어떡하나 가슴이 참 많이도 아팠었소. 도망가고 싶을 때도 많았고, 다 포기하고 애 데리고 이 땅 뜨고 싶을 때도 있었소. 그래도 말이오. 형님이 언제 철들 거냐고 무시로 나무랐던 이 내가 포기하지 않고 예까지 왔어요. 참 대견하지 않소?"

꾹 다문 입매가 바르르 떨렸다. 아련해진 눈가가 축축해졌다. 평교사였던 부모 슬하에 형제로 태어나 20대 초반에 사고와 병으로 부모를 잃고 다섯 살 터울의 형을 부모처럼 의지하며 살아왔다.

때로는 부모 없다는 소리를 들을까 엄한 척했지만 자상한 형이었다. 부모가 남긴 재산을 축내지 않으려고 닥치는 대로 아르바이트를 하면서도 장학금을 놓치지 않았던 악바리 형이었다. 그럼에도 그가 배우려고 하는 것에는 돈을 아끼지 않던 사람이었다.

그런 형이 사고로 죽었을 때 하늘이 무너져 내리는 것 같았다. 어떻게 숨을 쉬나, 어떻게 감히 숨을 쉬나 울었던 그였다. 속만 썩인 자신인데 만회할 기회 한 번 안 주고 보란 듯이 가 버린 형이 미워서 견딜 수가 없었다. 그런 형이 남긴 딸이었다.

"형님, 그 세월이 거짓말 같아. 우리 윤이 시집갈 나이 된 거 보면 거짓말은 아닌데 이렇게 형님과 마주 서서 살아온 얘기하니 거짓말 같아."

민환은 유골함이 든 유리문을 어루만졌다. 느릿한 그 손길에는 그리움이 가득했다.

"형님, 나 많이 늙었지요? 이제 형님보다 나이가 많아. 믿어져요?"

기어이 꽉 깨문 입술을 비집고 울음이 새어 나왔다.

"삼촌."

윤은 오열하는 삼촌을 끌어안았다. 무슨 말을 할 수 있을까. 어떤 말로 그 세월을 위로할 수 있을까. 그런데도 고맙다, 감사하다, 너 때문에 버텨 온 세월이다 말하는 삼촌이었다.

"형님을 그렇게 잃고 망연자실한 나를, 다 던져 버리고 떠나려던 나를 잡아 준 건 너란다."

"삼촌……."

"행복해야 한다. 이 삼촌 소원은 그것밖에 없다. 그것밖에……."

아빠를 만나고 돌아온 그날 밤, 윤은 오래도록 삼촌의 손을 잡고 옛이야기를 했다. 그리고 시간은 빠르게 흘러 결혼식 당일이 되었다.

결혼식은 H호텔 웨딩홀에서 수많은 하객이 참석한 가운데 치러졌다. 신부 측 하객으론 친가 쪽 친인척과 친구들이 삼촌의 지인들과 함께 자리했고 신랑 측 하객으로는 사회 각계각층에서 활약 중인 친인척들과 집안 어른들이 대거 참석했다.

결혼식은 경건했고 아름다웠다. 은은한 조명. 센터피스를 장식한 은촛대와 풍성한 화이트 플라워. 버진로드와 궤를 같이하는 천장의 화이트 패브릭 커튼과 눈부신 샹들리에. 순백의 웨딩드레스와 길고 긴 베일. 하얀 튤립 부케.

삼촌의 손을 잡고 걸어 들어가는 길. 그녀보다 더 긴장한 삼촌은 눈가가 젖어 있었다. 울고 웃으며 삼촌의 집에서 연습했던 걸음. 만감이 교차하는 걸음이 그를 향해 가고 있었다. 이 길의 끝, 이 시선의 끝에 그가 있었다. 예를 갖추고 서서 그녀를 기다리고 있었다. 한 발짝, 두 발짝 내딛는 걸음이 떨렸다. 눈부신 듯 바라보는 그의 시선에 가슴이 벅차올랐다. 마침내 그 앞에 섰을 때 삼촌은 그녀의 손을 그에게 쥐여 주었다.

"이제 자네 사람이야. 평생 이 손 놓지 말게."

굳은 당부에 굳은 맹세가 돌아왔다.

"죽는 날까지 이 손 놓지 않겠습니다."

단단한 눈빛에 삼촌의 눈가가 눈물로 흐릿해졌다. 꽉 다물린 입술은 한동안 말을 잇지 못했다. 간신히 '그걸로 됐다' 라고 작게 중얼거린 삼촌이 돌아섰다.

혼주석에 홀로 삼촌이 앉아 있었다. 그 모습이 가슴 아파 눈물을 흘리자 그녀의 손을 그가 가만히 쥐었다. 모든 것을 이해한다는 눈빛이 그곳에 있었다. 이제 가야지? 그가 독려했다.

윤은 그의 팔을 잡으며 길게 뻗은 버진로드를 바라보았다. 온전한 시작. 그와의 사랑이 영글어지고 완성되어질 길. 이 길의 끝에 무엇이 기다리고 있건 기꺼이 걸어갈 길.

지난한 겨울, 온통 혼돈의 겨울이었던 그 시간. 봄을 두려워하며 겨울로만 파고들었던 시간. 당신은 지치지도 않고 나에게 밀려들었습니다. 얼음 같은 나를 끌어안으며, 선인장 같은 나를 끌어안으며 얼음을 녹이고 가시를 녹였습니다. 이제 그런 당신에게 대답하려고 합니다. 말하려 합니다. 사는 동안, 이 목숨이 다하는 날까지 당신을 사랑하겠노라고. 잡은 이 손 놓지 않겠노라고.

세 시간에 걸친 결혼식은 수많은 사람의 축복을 받으며 끝이 났다. 이제 곧 공항으로 떠날 것이다. 두 사람이 밀월지로 택한 곳은 남태평양의 작은 섬이었다. 피지의 완딩기 아일랜드 리조트(Wadigi Island Resort). 외부인의 출입이 완벽하게 차단되는 곳. 느린 시간이 약속된 곳. 그들은 한동안 세상으로부터 떨어져 오롯이 둘만의 세상에 갇힐 예정이었다. 이국의 하늘 아래, 그 작은 해변에 누워 서로를 바라볼 생각이었다. 서로가 전부이고 서로가 하나인 그곳에서.

2주 뒤, 두 사람은 서울에 돌아와 있었다. 꿈같은 신혼은 여행지에서 시작돼 도곡동으로 이어졌다. 매일 밤 두 사람은 늦도록 이야기를 나누며 새벽이 올 때까지 뜨거운 사랑을 온몸으로 표현했다.

신접살림은 도곡동 빌라에 차려졌다. 무진이 매물로 나온 청담동 집을 권했지만 윤은 정원 딸린 그 집이 아닌 이곳을 택했다. 특별한 의미가 있는 이곳에서 살기를 원했기 때문이다.

두 사람은 서재에 있었다. 조금 전까지 거실에서 사랑을 나눈 터라 긴장이 풀린 상태였다. 그는 목욕 가운 차림으로 책상 앞에 있었고 그녀는 소파 위에 길게 엎드린 채 책을 읽고 있었다. 앙증맞은 면 브리프에 헐렁한 면 티셔츠 차림이었다.

서재는 퇴근한 그가 침실로 들기 전 마지막으로 시간을 보내는 곳이었다. 그 옆에는 늘 그녀가 함께했다. 윤은 서류를 들여다보는 그 옆에서 책을 읽었다. 집중력이 좋은 탓에 가끔 일찍 일을 끝낸 그가 다가와도 깨닫지 못했다. 그런데 오늘은 유독 집중이 되지 않았다. 30분째 같은 페이지였다. 어떤 생각이 종일 그녀를 괴롭힌 탓이었다. 결국 그녀는 책장을 덮고 일어나 앉았다.

"오빠."

"음?"

그가 서류에서 눈을 들었다. 윤은 좀 망설였다.

"사람 좀 찾고 싶은데, 찾을 수 있을까요?"

"누굴?"

숙모라고 말했다. 윤은 낮에 삼촌 집을 청소하다 발견한 사진에 대해서 이야기했다. 베개 밑에 있던 숙모의 사진은 그동안 발견하지 못했던 것이었다. 그 사진을 보는 순간 만감이 교차했다. 자신의 결혼으로 허전함을 느끼시는 걸까? 아니면 오래전부터 베개 밑에 넣어 두고 봤던 사진을 그동안 발견하지 못했던 걸까. 어느 쪽이든 마음이 아팠다.

"내색하지 않으셔서 잊는 중이라 생각했어요."

"……"

무진은 고개를 끄덕였다. 생각에 잠긴 표정이었다. 6년의 연애와 4년의 결혼 생활. 잊을 수 있는 성질의 것이 아니었다.

언젠가 윤에게 말하지 않은 채 숙모의 행적을 좇은 적이 있었다. 삼촌과 술을 마셨던 다음 날이었다. 형편없이 취한 삼촌을 집으로 모셔다 드린 날, 만취한 삼촌은 그 앞에서 무너져 내렸다. 그는 숙모를 찾았다. 알아들 수 없는 말로 웅얼거리며 오래도록 흐느꼈다. 담담한 삼촌이었기에 그 모습은 충격이었다.

생각 끝에 숙모의 거처만이라도 알아 두자 소재 파악에 나섰었다. 서울 근교 베이커리가 그녀의 직장이었다. 서울을 아주 벗어나지는 않았지만 되도록 멀리하고자 하는 마음이 느껴지는 변두리의 베이커리였다. 그녀는 몇 개월, 이동 없이 그곳을 다녔다. 그런데 어느 날 종적을 감추었고 현재까지 소식을 듣지 못했다.

찾으려면 찾을 수도 있었다. 그러나 삼촌의 생각도, 떠난 그녀의 생각도 짐작할 수 없었다.

"자칫하면 두 분 모두에게 상처가 될 수도 있는 일이야."

헤어지고 4년이었다. 너무 오랜 세월이 흘렀다.

"지금 와서 뭘 어쩌겠다는 건 아니에요."

윤은 혼란스러워하고 있었다.

"숙모 얼굴이라도 보고 싶어요. 만나서 삼촌이……."

윤은 입술을 깨물었다.

"만나서 뭘 할 수 있을까요? 그래도 되긴 할까요?"

"……."

그도 알 수 없는 일이었다. 삼촌의 마음이 그대로라고 해도 숙모가 새 삶을 시작했을 수도 있었다.

"일단 찾아보자. 나머진 그때 생각하고."

❖   ❖   ❖

숙모를 만난 건 지방의 어느 소도시에서였다. 그에게 부탁한 뒤 보름 만이었다.

"차 안에서 기다릴게. 만나 보고 와."

윤은 호흡을 가다듬으며 고개를 끄덕였다. 혼자 숙모를 만나 보겠다고 말한 건 그녀였다. 느닷없는 방문을 부담스러워할 수도 있기 때문이었다. 그녀가 차 문을 열었다.

"윤."

그녀가 돌아봤다.

"얼굴 봤다는 게 중요한 거야."

결과에 실망하지 말라는 소리였다. 윤은 굳게 고개를 끄덕이며 '다녀올게요'라고 말한 뒤 차에서 내렸다.

카페 입구는 아기자기했다. 출입문을 열자 머리 위로 딸랑, 종소리가 났다. 서너 명의 손님이 볕 좋은 창가에 앉아 있었다. 안쪽에서 '어서 오세요' 하고 반기는 소리가 들렸지만 사람은 보이지 않았다. 낯익은 목소리에 홀린 듯 카페 안을 둘러보았다.

제일 먼저 창가 구석진 자리에 테이블 하나를 차지하고 앉은 꼬마가 눈에 들어왔다. 발을 까불며 깔깔 웃는 사내아이였다. 그 사내아이 앞에 무릎을 꿇은 여자가 바닥에 흩어진 장난감을 줍고 있었다.

"한지우, 엄마가 가게에선 어떻게 해야 한다고 했지? 이렇게 흩어 놓으면 손님이 싫어한다고 했어, 안 했어?"

"했지, 엄마가 했지."

발을 까불며 아이가 대거리를 했다. 장난스러운 말에 여자가 웃음을 참는 기색으로 말했다.

"잘못하면 어떤 벌을 받아야 할까?"

스스로 생각해 보라고 말하는 그녀였다. 그러자 아이가 까르르 웃으며 제 엄마의 목을 덥석 안았다. 끌어안으며 뽀뽀 세례를 퍼부었다.

"뽀뽀, 뽀뽀."

"너! 호호호, 그만! 욘석, 이게 무슨 벌이야."

아이의 입술을 피하며 못 말린다는 듯 소정 언니가 웃었다. 윤은 가방을 꼭 틀어쥐었다. 엄마라니. 그 말이 주는 충격에 윤은 얼어붙었다. 그러다 아이와 눈이 마주쳤다. 아이의 얼굴. 윤의 가슴이 조용히 무너져 내렸다. 아이가 제 엄마의 등을 토닥거렸다.

"엄마, 손님! 손님!"

아이의 채근에 소정이 아이를 놓아주며 돌아보았다.

"어머, 미안해요. 주문하시겠어……!"

반쯤 몸을 일으키던 그녀가 비틀거렸다. 그녀의 손에서 장난감 바구니가 떨어졌고 주워 모았던 장난감이 사방으로 흩어졌다.

"윤……."

창백해지는 얼굴이었다.

"네가 여길 어떻게……."

"……언니."

숙모라는 말보다 언니라는 말이 먼저 튀어나왔다. 소정은 유령이라도 만난 얼굴이었다. 두 사람은 한동안 마주 선 채 바라보기만 했다. 이윽고 정신을 차린 소정이 그녀의 손을 잡았고 창가 테이블로 이끌었다.

"앉아."

"……."

자리에 앉고도 두 사람은 말을 잇지 못했다. 소정이 시선을 피하듯 고개를 돌려 아이를 바라보았다. 옆 테이블에 앉은 아이는 제 손보다 조금 더 큰 자동차를 가지고 놀고 있었다.

"이름은 지우야……."

삼촌의 아이라고 했다. 말하지 않아도 알아볼 정도로 삼촌을 빼닮은 아이였다. 다시금 울컥 솟는 감정을 윤은 애써 눌렀다. 한지우. 아빠의 성을 받지 못한 아이의 이름이었다.

"그 사람은…… 그 사람은 잘 지내지?"

애써 담담하려 노력하는 목소리였다. '아니요'라고 말하고 싶었다.

"……네."

"그래, 그래야지. 그래……."

소정은 고개를 끄덕였다. 애써 미소 짓는 입꼬리가 떨리고 있었다. '그래, 다행이다' 하며 다시 말하는 그녀는 마치 자신을 이해시키려는 사람처럼 보였다.

"저 결혼했어요."

윤은 무슨 말을 어떻게 꺼내야 좋을지 몰라 그렇게 말했다.

"오빠하고 결혼했어요."

"그랬구나."

상대를 말하지 않아도 알아들은 그녀가 환하게 웃었다. 그럴 줄 알았다고, 그리고 생각했다며 숙모는 자기 일처럼 기뻐해 주었다. 다시 테이블 위에 침묵이 내려앉았다.

"날 어떻게 찾았어?"

"보고 싶었어요."

윤은 대답 대신 그렇게 말했다.

"보고 싶다는 말로는 부족할 만큼……."

진심이었다. 그녀가 떠난 뒤로 단 한순간도 잊은 적이 없었다. 자신에게 다정했던 그녀를, 엄마 같고 언니 같았던 그녀를. 10대에 소정을 만나 자신의 나이 20대 중반이었다. 그녀와 쌓아 온 정이 깊었다.

그리움을 누르지 못해 몇 번 그녀의 지인을 찾아가 연락처를 물은 적이 있었다. 그러나 그들조차 바뀐 전화번호를 모른다고 했다. 삼촌과 자신의 인생에 깊은 파문을 던지고 사라졌던 소정은 다시 그녀와 마주 앉아 있었다.

윤은 테이블 위에 놓인 손을 꼭 쥐었다.

"어떻게 지내셨어요? 고생 많았을 텐데. 혼자 어떻게……."

"……."

소정의 눈시울이 붉어졌다. 시선을 떨군 그녀의 입매가 가늘게 떨렸다.

"너를 보니…… 내가 참 세상을 못나게 살았구나 싶다."

그렇게 입을 연 그녀였다. 소정은 오랜 세월 그녀를 질투했다고 했다. 어른답지 못한 일이라 부끄럽지만 그랬다고. 민환 삼촌을 사귀는 6년 동안, 결혼해서 산 4년간 조카가 우선이었던 그가 섭섭하고 미웠노라고. 그러다 생긴 줄도 몰랐던 아이가 유산됐을 때 더는 그와 살 의미를 찾지 못했다고.

임신한 사실을 안 건 이혼 후였다고 했다. 아이가 태어난 뒤 가진 돈을 전부 털어 지금의 카페를 열었다는 그녀에게 거주지를 물었다. 소정은 카페 안쪽 작은 방을 보여 주었다. 작은 샛문이 바깥으로 난 방은 옹색했고 방 안엔 변변한 가구 하나 없었다.

친정 식구들을 묻는 말에 소정은 고개를 저었다. 결혼 전과 마찬가지로, 홀로된 이후에도 가족들은 그녀를 받아 주지 않은 모양이었다.

삼촌에게 몇 번인가 전화를 걸었었다고 했다. 그러나 너무도 잔인하게 밀어낸 사람이라서 통화할 용기가 나지 않아 받기 전에 끊어 버렸다고, 그러다 어느 날엔가 그 일을 멈췄다고 했다. 자신을 잊고 새 출발을 했을지도 모르는 사람인데 발목 잡을 일은 말아야겠다는 생각에.

그렇게 흘러 4년. 단 하루도 삼촌을, 그들을 잊은 적 없노라 말했다. 미안했다고, 보고 싶었다고 울음을 터트린 숙모는 삼촌이 보고 싶다며 오래 울었다.

몰랐던 숙모의 유산. 상처 준 줄 모르고 살았던 날들. 혼자 자책하며 아파했을 숙모의 시간이 너무도 안타깝고 아팠다.

"나랑 가요, 언니. 우리랑 가요."

다음 날, 네 사람은 서울로 올라왔다. 두려움에 망설이는 숙모를 설득해서 삼촌 집으로 향했다. 삼촌은 꿈에도 모른 채 일하는 중이었고 무진은 가게에 있는 그를 확인한 뒤 도봉구로 출발했다.

집 안으로 들어온 숙모는 한동안 말을 잇지 못했다. 4년 만에 돌아온 집이었다. 변한 것 없는 집 안 풍경에 숙모는 오래도록 오열했다.

윤은 그런 숙모를 안아 주며 함께 눈물을 흘렸다. 그리고 그녀가 어느 정도 진정되자 삼촌 베개 밑에 있던 사진을 꺼내 숙모 손에 쥐여 주었다. 사진 속 숙모는 환하게 웃고 있었다. 레스토랑에서 찍은 청혼 사진이었다.

"이건……."

"삼촌 베개 밑에서 찾았어요."

숙모의 동공이 크게 흔들렸다. 사진 속 숙모는 정면을 보며 웃고 있었고 삼촌은 그런 숙모를 바라보고 있었다. 연인을 바라보는 눈빛은 애틋했고 강건했다.

"흐흑……."

후회로 얼룩진 눈물이 끊임없이 숙모의 볼을 타고 흘러내렸다.

이제 두 사람은 침묵 속에 서로의 손을 의지하며 삼촌을 기다렸다. 아이는 숙모에게 안긴 채 잠들어 있었다. 태어나서 한 번도 타지를 여행해 본 적 없는 아이는 서울에 갈 거라는 말에 놀이공원이 있는 곳이냐고 물었고 무진은 그렇다고 대답해 주었다. 아이는 그 자리에서 방방 뛰며 무진의 목에 매달리더니 뽀뽀로 제 기분을 표현했다.

무진은 다리를 끌어안으며 매달려 오는 아이에게 푹 빠졌다.

낮가림이 없는 아이였다. 그녀가 숙모와 이야기를 나누는 동안 아이는 무진의 등과 팔에 매달리며 놀았다. 엄마와 달리 제 장난에 끄떡도 않는 남자 어른을 신기해하며 삼촌이 좋다고, 몇 번이나 제 엄마에게 말했다.

아이는 틈틈이 놀이공원을 노래 불렀다. 무진은 다음에 꼭 데리고 가겠노라고 약속했다. 그리고 서울로 올라오는 차 안, 아이는 곯아떨어졌다. 난생처음 지칠 때까지 논 아이였다.

모든 것을 게워 낸 시간이었다. 울음도 위로도 그친 집 안은 적요했다. 그때 현관 잠금장치가 돌아가는 소리가 들렸다. 두 사람은 반사적으로 일어섰다. 이어서 현관문이 급하게 열리는 소리와 함께 삼촌이 달려 들어왔다. 그 뒤로 무진이 보였다.

"아."

우뚝 선 삼촌은 아이를 안고 선 숙모를 믿기지 않은 눈으로 바라보았다. 붉어진 두 눈에서 눈물이 흘러나오고 있었다.

"소정아."

그 한 마디에 숙모의 입에서 '흑' 하는 울음소리가 토해졌고 삼촌은 한달음에 달려가 아내와 아들을 끌어안았다.

"미안하다, 미안하다……."

삼촌이 오열했다. 윤은 터져 나오려는 울음을 손바닥으로 누르며 무진의 가슴에 얼굴을 묻었다. 무진은 그저 안아 주었다.

윤은 숙모의 집에서 밤을 보내며 오래도록 그녀를 설득했다. 의도한 일은 아니었지만 두 사람이 헤어진 것에 책임을 느낀 그녀였다. 자신 없다고, 가지 않겠다고 버티는 숙모에게 그녀는 아이를 봐서라도 함께 살자고 설득했다. 아이에겐 아빠가 필요

하고, 삼촌에겐 그녀가 필요하다고. 자신 역시 그녀의 빈자리가
너무도 크다고.

윤은 다음 날 숙모가 함께 가겠다고 알려 올 때까지 그의 품
안에서 울었다. 숨죽여 우는 윤을, 자신 때문에 삼촌과 숙모가
헤어진 것이라고 자책하는 윤을 안고 그 역시 괴로운 밤을 보내
야 했다. 그러나 이제, 마침내 끝이었다. 모든 게 끝이 났다. 시
작을 위한 과거의 끝.

"윤."

그는 이제 그만 두 분만 있게 해 드리자고 말했다.

텅 빈 복도, 현관문을 당겨 닫은 무진은 윤을 품에 안으며 등
을 쓰다듬었다. 느린 손길이 등을 오르내렸다. 그는 그녀가 진
정될 때까지 관자놀이에 입을 맞추고 머리를 쓰다듬으며 꼭 안
기를 반복했다.

"이제 삼촌은 괜찮으실 거야."

"응……."

작게 고개를 끄떡이는 윤을 무진은 힘주어 안았다. 윤은 밤새
울고도 또 울었다. 삼촌을 모시고 집에 들어섰을 때 그의 눈에
는 윤만이 들어왔다. 금방이라도 쓰러질 것처럼 창백한 얼굴로
서 있는 윤만이.

윤의 얼굴은 숙모보다 더 창백했다.

"윤아."

나지막한 부름에 윤이 고개를 들었다. 무진은 젖은 뺨을 쥐며
엄지손가락으로 눈물을 지웠다. 진 빠지게 운 탓에 핼쑥해진 윤
이었다.

"다시 여행 갈까?"

"……"

"너 울리는 사람 없는 곳으로?"

비로소 그가 하는 말의 뜻을 알아들은 윤은 울컥하는 마음을 누르며 무진을 꼭 끌어안았다. 말문이 막혔다. 자신은 아무래도 전생에 신들이 감동할 만한 일을 많이 한 모양이었다. 그렇지 않고서야 이런 사람이 제 사람이 되었을 리가 없었다. 윤은 눈꼬리에 맺힌 눈물을 손바닥으로 밀어내며 웃었다.

"이번 생에 착한 일 많이 해야 할까 봐요."

감 잡기 어려운 말이었다.

"바람직한 말이긴 한데, 섬으로 가는 것과 관련 있는 거야?"

제가 생각해도 뜬금없는 말이었는지 윤은 작게 웃음을 터트렸다. 쑥스러움이 깔린 웃음을 본 무진은 그녀의 팔을 들어 제 목에 감았다. 그녀가 목을 끌어안자 그는 상체를 숙이며 가는 허리에 팔을 감았다. 윤이 무진의 물음에 대한 답을 했다.

"그 섬에 함께 갈 남자와 관련됐을 걸요?"

"일테면?"

가까워지는 얼굴이었다.

"그 남자와 관계된 전생과 내생에 관한 이야기?"

"풀어서 말하자면?"

허리가 당겨지며 콧날이 스쳤다. 두 사람의 몸이 밀착되었다.

"내생에도 그 남자의 여자가 되고 싶다는 이야기?"

입술이 희미하게 벌어지고 숨결이 가까워졌다. 무진의 눈빛이 짙어졌다.

"그래서, 그 남자의 여자는 영원히 한 여자일 거라는 이야기?"

눈길이 느리게 입술을 훑었다. 그 시선에 윤은 마른침을 힘겹게 삼켰다.

"아마도, 그런 이야기?"

"아주 마음에 드는 이야기."

두 사람의 입술이 가만히 포개졌다.

—*fin*

작가 후기

  사랑, 스미다…….

마침내 마침표를 찍고 이제야 마음으로부터 내려놓습니다.

  이 글을 쓰려고 마음먹었던 것이 2015년 12월쯤이었고, 초고
가 완성된 것이 2016년 5월 9일, 초고를 바탕으로 글을 다듬고,
끝낸 것이 같은 달 19일쯤 되는 것 같습니다. 겨울에 시작한 글
이 봄을 지나고 이렇게 여름에 끝맺음 됐습니다. 반년에 가까운
시간이 하나의 글과 함께 흘러 버렸다는 것이 믿기지 않지만,
그 짧지 않은 시간이 그저 흘러간 것만은 아니라 위안해 봅니
다.

  〈사랑, 스미다〉는 부모로부터 각기 다른 상처를 받은 두 사람
이 상처를 딛고 서로를 사랑하게 되는 내용입니다. 두 사람 모
두 10대에 부모로부터 말할 수 없는 아픔을 겪지만, 남녀의 사랑

을 바라보는 시각과 받아들이는 자세는 각기 다릅니다. 한 사람은 그 모든 것을 뛰어넘어 '그녀'이기에 수용을, 다른 한 사람은 그 누구도 아닌 '그'이기에 '저항'하는데요. 지키기 위해 저항하는 인물이 윤입니다.

윤은 고통의 시간을 함께 통과해 온 '무진'이 누구보다 소중하고 애틋하기에, 그만은 잃고 싶지 않습니다. 설령, 그와 헤어져 외롭게 된다고 하더라도. 그래서 오누이처럼 살아온 지난 시간의 소중함을 들먹이며, '가족'으로 묶이길 바란다고 말하지요. 그와 '남녀 사이'가 되지 않는 길만이, 그를 잃지 않는 길이라 여기기 때문에요.

그녀의 이런 생각은 부모로부터 기인한 것입니다. 윤의 부모는 불행한 결혼 생활을 했던 인물들로, 어린 윤은 그들의 싸움과 환멸을 고스란히 지켜볼 수밖에 없었고, 남녀의 사랑에 회의적인 인물로 성장합니다. 그녀의 생각은 확고해서 무진을 '남녀'의 범주에 묶지 않으려 애를 씁니다. 그러나 감정이라는 것이, 사랑이라는 것이 어디 뜻대로 되는 건가요. 또 사랑하는 사람의 무너짐 앞에 흔들리지 않을 사람이 있을까요?

무진은 윤에게 커다란 나무 같은 존재입니다. 그는 그녀의 그늘이고, 버팀목이며, 기댈 수 있는 넓은 품입니다. 그는 자신의 아픔보다 그녀의 아픔에 더 민감하게 반응하는 사람으로, 그녀가 아프면 자신이 더 아픈 사람입니다. 묵묵하고 담담하며, 그녀가 흔들 때조차 그녀를 기다리며 불안을 겉으로 드러내지 않는 사람입니다.

그런 그가 한순간 무너집니다. 그녀가 떠날까, 자신을 떠나 버릴까……. 결국 그는 처음으로 이성을 잃었고, 불안을 드러냅니다. 그 모습이 그녀에겐 충격이었고, 그렇게 그의 깊은 내면을 들여다본 밤, 윤은 깨닫게 됩니다. 자신이 지키려고 했던 것에 대해서요. 함께하지 않는 사랑의 무의미함에 대해서요. 그가 없는 삶의 공허함에 대해서요.

그래서 그녀는 생각하게 됩니다. 오늘 사랑하고 내일 안녕을 고한다고 해도, 온 마음을 다해 사랑한다면, 설령, 이 순간이 마지막이 된다고 해도 괜찮지 않을까? 그러니 아직 오지 않은 불행에 납작 엎드리는 대신, 이 순간의 진심을 믿고 나아가 보자고.

마침내 윤은 자신을 그토록 사랑하는 무진의 손을 잡습니다. 그리고 두 사람은 결혼하지요. 이제 머지않아 그들을 쏙 뺀 2세가 태어날지도 모르겠습니다. 그렇게 그들의 사랑은 더욱 깊어지고 견고해지겠지요. 그들을 믿어 주는 이들과 함께 말입니다.

〈사랑, 스미다〉를 쓰는 동안 많은 분의 응원이 있었습니다. 마지막 소설을 출간하고 2년이 넘는 공백기를 보낸 터라 글을 쓰는 과정이 쉽지 않았고, 그런 만큼 접고 싶은 유혹에 무시로 시달려야 했지만, 그때마다 응원을 아끼지 않았던 독자님들이 있어서 이렇게 〈사랑, 스미다〉가 세상에 나올 수 있었습니다. 이 자리를 빌려 진심으로 감사하다는 말씀을 전합니다. 그리고 〈사랑, 스미다〉가 책으로 나올 수 있도록 여러모로 애써 주신 봄 미디어와 편집팀 여러분 감사합니다.

　이제 끝으로 이 책이 세상으로 나가 작은 즐거움이 되길 희망하며 이 글을 맺겠습니다. 함께해 주셔서 감사합니다.

—세상의 모든 윤이, 당신들만의 무진을 만나,
그럴 수 없을 만큼 사랑받길 바라며.
2016년 7월, 한승주.